KB119097

화살 끝에 새긴 이름

초원의 화살, 김金의 나라에 닿다

이훈범 지음

문학수첩

목차

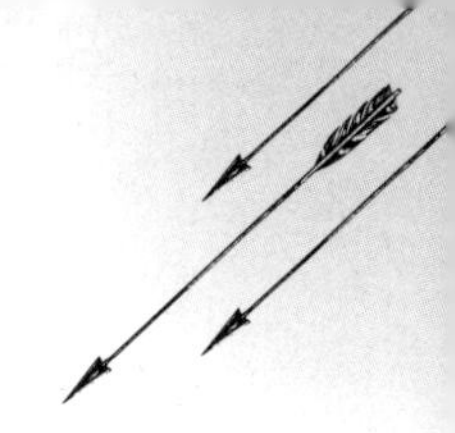

1. 초원의 아침

사막은 쉬이 깨어나지 않는다. 움직이는 것들은 곯아떨어져 있다. 한낮의 열기를 피해 어둠이 드리운 뒤에서야 그때까지 온기가 남아 있는 모래 위를 헤맸던 까닭이다. 운이 좋은 것들은 배를 채웠고, 더 많은 수의 운 없는 것들은 깊고 좁은 굴 안의 어둠 속에서 주린 배를 웅크리고 있다. 급속히 식는 땅의 변덕에 체온을 빼앗기지 않으려면 몸을 더욱 둥글게 말아야 한다.

땅에 뿌리박은 것들은 미동도 하지 않는다. 바람이 없으니 흔들림도 없다. 하지만 속으로는 한층 바쁘다. 차갑게 식은 공기가 응결한 수분의 흔적을 조금이라도 더 몸 깊숙이 빨아들여야 한다. 움직임은 없어도 늘 준비하고 있어야 하는 것이다. 그래야만 몇 방울의 빗물이라도 몸을 적실 때 꽃망울을 틔워낼 수 있다.

초원은 좀 더 일찍 눈을 뜬다. 덜 메마른 땅에 뿌리내린 것들은 한결 여유롭다. 젖은 습기가 가시 대신 잎을 가질 수 있는 사치를 허용한다. 볼품은 없어도 한 번 세상에 나서는 여간해서는 떨어지지 않는 잎이다.

움직이는 것들도 사막보다 많다. 그들이 가진 다리의 수는 부지런함과 비례하고 욕심과 반비례한다. 다리가 많은 것들은 스스로 바삐 움직여 마른 흙의 숨통을 열어주지만 결코 대가를 요구하는 법이 없다.

다리가 적은 것들은 다르다. 척박한 땅에서조차 만족할 줄을 모른다. 애써 만들어진 잎들을 게걸스레 씹으며 결코 채워지지 않는 갈증을 달랜다. 그중에서도 제일 적은 수의 다리를 가진 인간은 가장 큰 적이다. 관심조차 없는 게 더 무섭다. 발부리에 걸리는 대로 그저 짓밟고 지날 뿐이다.

기원전 209년 9월

사막이 숫잠을 덜 깨고 초원이 어슴푸레 눈을 비빌 때, 사막과 초원이 만나는 곳에 뿌리박은 것들의 가장 큰 적들이 모여들었다. 키는 크지 않지만 체격이 다부진 사내들이었다. 새벽의 찬 기운을 막기 위해 여우 털 모자를 쓰고 오소리 가죽 옷으로 몸을 감쌌다. 등에 멘 원통형 화살통의 밑부분을 단단히 동여맨 허리춤에 중도와 단도, 두 자루의 칼을 찔러 찼다. 무기가 아니더라도 넓적한 얼굴에 튀어나온 광대뼈 위로 흐르는 찢어진 안광이 오랜 시간 사지를 넘나든 전사들임을 여실히 드러냈다. 언뜻 봐도 쉰 명 정도는 됐는데 누구도 정적을 깨뜨리지 않았다. 가죽신발로 뿌리박은 것들을 짓밟고 선 채, 멀리 시린 어스름 속에서 윤곽을 드러내기 시작한 사구만을 주시할 뿐이었다.

전사들의 시선이 모인 곳에서 세 개의 형체가 모습을 드러내더니 서서히 커졌다. 말을 탄 세 사람이었다. 그들 역시 전사였다. 양쪽 두 사람은 그들을 기다리던 사람들과 똑같은 차림이었다. 가운데 사람도 크게 다를 게 없었다. 옥으로 만든 원판 주위를 금으로 둘러싼 커다란 목걸이를 목에 걸었고, 화살통이 원통형이 아니라 납작하고 편평한 시복矢箙이라는 것만 차이가 있었다. 시복 역시 금으로 장식돼 있었다. 시복을 멘 자가 땅에 선 사람들을 둘러본 뒤 숱 없는 수염을 쓸며 말했다.

"들어라. 오늘, 너희들은 내가 쏘는 것을 쏴야 한다."

아무도 미동하지 않았다. 늘 듣던 말이었다. 시복을 멘 자는 시복에서 화살을 하나 꺼내 높이 쳐들었다. 그러고는 다시 사람들을 둘러보며 말했다.

"내가 이걸로 쏘는 것을 너희들은 쏴야 한다. 따르지 않는 자는 목을 베리라."

화살은 뾰족한 쇠촉 대신 뭉툭한 나무 공 모양의 것을 달고 있었다. 그것은 명적鳴鏑이었다. '우는 화살'이라는 뜻이다. 나무 공에는 세 개의 구멍이 뚫려있었다. 화살을 쏘면 구멍으로 바람이 통과하며 날카로운 휘파람 소리를 냈다. 전사들은 소리가 좇는 표적을 향해 화살을 쏘도록 훈련받았던 것이다.

내가 쏘는 것을 쏘라. 오래전부터 들어온 말이었다. 정확하게는 스무하루 날 전부터 듣던 말이었다. 스무하루 날 전 사냥을 나가면서 시복을 멘 자가 말했다.

"내가 쏘는 것을 쏘라. 명령을 어기는 자는 참하리라."

처음에 시복을 멘 자는 명적으로 토끼를 쏘았다. 우는 화살 소리에 놀란 토끼는 수십 발의 화살을 맞고 고슴도치가 되어버렸다. 시복을 멘 자는 표정 하나 바꾸지 않고 자리를 떴다. 며칠 후 시복을 멘 자는 명적으로 자신의 애마를 쏘았다. 상당수의 전사들이 주저하고 쏘지 못했다. 그러자 시복을 멘 자는 가차 없이 그들의 목을 베었다. 역시 표정이 조금도 바뀌지 않았다. 다시 며칠 후 시복을 멘 자는 알지閼氏(왕비)를 향해 명적을 날렸다. 몇몇 전사들이 기겁을 하고 활시위에서 화살을 거두었다. 이번에도 용서가 없었다. 그 자리에서 목이 떨어졌다. 시복을 멘 자의 표정은 조금도 바뀌지 않았다. 죽은 전사들의 목에서 피가 솟구쳤고, 살아있는 전사들의 눈에는 독기가 찼다.

시복을 멘 자의 이름은 묵돌이었다. 그들의 말로 '용감한 자'라는 뜻이었다. 성은 연제攣鞮로, 일만 명의 기병대를 지휘하는 좌현왕이었다. 같은 성을 가진 아버지 투멘 역시 일만 명의 기병대를 지휘하는 만인대장이었다. 투멘이 곧 '만인대장'이라는 뜻이다. 투멘은 중국을 통일한 진나라 시황제의 북방 토벌에 밀려 흩어진 유목민 무리를 규합해 스스로 선우單于라 칭했다.

진시황은 이들을 흉노匈奴라 불렀다. 황제는 장군 몽염을 시켜 흉노를 몽골 고원 쪽으로 몰아내고 만리장성을 쌓았다. 그게 오 년 전이었다. 하지만 진시황이 죽고 간신 조고의 모략에 말려, 북방을 지키던 몽염은 제거되고 만다. 이후 진나라의 세력이 약화되자 투멘은 빼앗겼던 땅을 회복하고 고향으로 돌아왔다. 하투河套, 훗날 오르도

스라 불리게 될 지역이었다.

이날은 흉노 최대의 축제인 사냥 대회의 날이었다. 좌현왕, 우현왕 그리고 그 아래 좌곡려왕, 우곡려왕을 비롯한 모든 부족 중신들이 참여하는 부족연합회의에 곁들여 열리는 것이었다. 흉노는 매년 정월과 5월, 9월에 부족연합회의를 열었다. 그중에서도 9월 회의는 가장 중요한 의미를 가졌다. 긴 겨울을 나려면 많은 식량이 필요하고, 그것은 장성을 넘어 남쪽의 비옥한 평야를 약탈해야 한다는 뜻이었다. 그런 때 열리는 사냥 대회는 단순히 사냥 실력을 겨루는 행사가 아니었다. 대규모 원정을 앞두고 전열을 정비하고 투지를 최고조로 끌어올리기 위한 정신 무장 대회였던 것이다. 바로 그 사냥 대회가 열리는 날 새벽, 좌현왕 묵돌이 그동안 정예로 훈련시켰던 친위대를 소집한 것이다. 친위대는 서른 명 정도로 줄어있었다.

"잊지 마라. 오늘, 너희들은 내가 쏘는 것을 쏴야 한다."

"스라소니다!"

뿔피리 소리와 함께 백 기가 넘는 말들이 초원을 내달렸다. 말 위에는 두 발로만 고정하고 선 채 활시위를 힘껏 당긴 전사들이 타고 있었다. 말을 달리며 화살을 자유자재로 쏘는 재주가 흉노의 치명적 장기였다. 그들의 뒤를 따라 세 줄의 흙먼지가 뽀얗게 일었다. 각 줄의 맨 뒤에는 적색, 녹색, 황색의 깃발을 든 기수가 따라 달렸다. 오로지 흑색의 깃발만이 제자리에 서있었다. 묵돌의 부대였다.

"좌현왕은 사냥에 나서지 않는가?"

투멘 선우가 물었다.

"제 사냥감은 따로 있습니다."

"그것이 무엇인가?"

묵돌은 대답 대신 명적을 꺼내 들었다. 그가 명적을 활시위에 걸자, 서른 명의 친위대가 하나같이 전통에서 화살을 꺼내 활줄에 따라 걸었다. 묵돌은 아직도 사라지지 않은 흙먼지를 향해 서서히 활시위를 당겼다. 활대가 더 이상 휘어질 수 없을 때까지 당겨졌을 때 묵돌은 돌연 방향을 돌려 투멘의 가슴을 겨눴다. 서른 개의 화살이 모두 같은 방향으로 따라 움직였다.

"쌔액!"

호위 무사들이 손을 쓸 틈도 없이 명적이 울었다. 그 뒤를 서른 개의 화살이 따라 날았다. 투멘의 가슴과 배에 서른 대의 화살이 박혔다. 투멘은 놀라 벌어진 입을 끝까지 다물지 못한 채 말에서 굴러떨어졌다. 묵돌의 친위대가 두 번째 화살을 활줄에 걸었다. 투멘의 호위 무사들은 전의를 상실하고 몸을 떨었다. 묵돌은 친위대를 향해 미소를 지으며 숱 없는 수염을 쓸었다.

"이제야 믿고 일을 맡기겠구나."

묵돌은 군신들을 향해 외쳤다. 감격으로 말끝이 미세하게 갈라졌지만 아무도 눈치채지 못했다.

"내가 선우다!"

2021년 3월

"선우가 된 묵돌은 곧 선왕의 후궁과 이복동생, 또 그들을 추종하는 세력들을 일거에 제거하고 강력한 왕권을 다집니다. 이를 바탕으로 월지를 공격해 천산산맥 바깥쪽으로 쫓아내지요. 여세를 몰아 그때까지 자기들이 조공을 바치던 강대국 동호까지 멸망시킵니다. 만리장성의 서쪽 끝에서 동쪽 끝까지를 세력권으로 하는, 명실상부한 북방 최대, 최초의 유목 제국이 탄생한 거지요."

종이 울렸다. 계단형 강의실이 소란해졌다. 강의 내내 산만하던 학생들은 교수가 강의 끝을 선언하기 전에 이미 자리를 박찼다. 교수 역시 강의를 더 하고 싶은 생각이 없었다. 백 명이 넘게 듣는 교양과목이다. 전공도 아닌 '동양고대사'가 학생들에게 옛날이야기 이상의 무슨 의미가 더 있겠나. 어차피 교수는 강의를 하는 척하고, 학생들은 듣는 척할 뿐이다.

일 분도 되지 않아 강의실은 텅 비었다. 언제나처럼 교수만 남았다. 아니, 적어도 이날은 아니었다. 교탁에 설치된 컴퓨터에서 유에스비를 빼내면서 무심코 던진 시선에 맨 뒷줄 좌석에 남아있던 학생이 들어왔다. 아니, 학생이 아니다. 쉰은 족히 넘어 보이는 중년의 사내였다.

'청강생이 계셨군. 그렇지, 저 정도 나이는 돼야 역사에 관심이 생기는 법이지.'

교수는 나이 든 학생에게 가볍게 목례를 했다. 자기 강의에 관심을 가져준 데 대한 감사의 표시였다. 나이 든 학생은 반응이 없었다. 교수가 가방을 챙겨 일어나 문고리를 막 잡으려는데 나이 든 학생이 입을 열었다.

"김준기 교수님."

나이 든 학생은 계단을 천천히 걸어 내려왔다. 요즘 유행하는 스타일은 아니었지만 맵시 있는 검정색 모직 코트 차림이었다. 코트 안에도 흰색 와이셔츠에 짙은 녹색 넥타이를 정갈히 맸다.

"제게 무슨 볼일이라도……."

"괜찮으시다면 잠시 얘기를 나눴으면 합니다."

"잠깐이라면 가능합니다만."

"귀한 시간 내주셨으니 커피를 대접하겠습니다."

애매한 시간이어선지 구내 카페에는 손님이 거의 없었다. 두 사람은 그중에서도 조용한 구석 자리를 찾아 앉았다. 향긋한 커피 내음에도 불구하고 머그를 사이에 두고 어색함이 흘렀다. 침묵을 깬 것은 중년 사내였다.

"선우가 되기 전, 묵돌은 월지의 인질로 잡혀있었지요."

"네?"

준기는 놀라는 표정을 지었다. 상대의 지식에 대접하기 위한 것이기도 했지만, 실제로 놀랍기도 했다. 월지의 인질이었다는 사실은커녕 묵돌의 존재조차 아는 사람이 많지 않을 터였다.

"어떻게 묵돌이 월지의 손아귀에서 그처럼 쉽게 빠져나올 수 있었을까요?"

"……."

몇 년째 같은 강의를 하고 있지만 이런 질문을 받은 것은 처음이었다. 그러고 보니 자신도 깊이 생각해 본 적이 없는 문제였다. 하지만 사실史實에 대한 궁금증보다 사내에 대한 호기심이 먼저 피어올랐다.

"흉노 역사에 관심이 많으신 것 같군요. 그렇다면 잘 아시겠지만 흉노에 대한 기록이 많지 않아서요."

"《한서》나 《사기》를 봐도 '묵돌이 명마를 훔쳐 달아났다'는 내용이 전부지요."

"무기 없이는 영화로운 과거를 갖기 어렵지만 문자 없이는 보잘것 없는 과거조차 간직하기 어려운 법 아니겠습니까? 만약 흉노가 문자를 가졌더라면 지금까지 망하지 않고 존재했을지도 모르지요."

"훈족, 아니 흉노란 이름이 더 익숙하실 테니 그냥 흉노라 하지요. 흉노는 여전히 존재합니다."

"흉노가 궁금하시다면 잘못 찾아오신 것 같습니다만……. 저는 흉노를 전공한 사람이 아닙니다."

사내는 시선을 내리깐 채 커피만 주시했다.

"물론……."

"묵돌에게는 조력자가 있었습니다."

사내가 준기의 말을 끊었다. 새로운 사실을 얘기하고 있지만 여전히 사내에 대한 호기심이 더 컸다. 사내가 말을 이었다.

"가장 친한 벗이자 가장 충성스러운 신하, 가장 유능한 참모가 있었지요."

"처음 듣는 얘깁니다."

"물론 그러시겠죠."

기원전 209년 5월

투멘의 게르(유목민족의 천막)에 묵돌이 들어섰다. 다른 게르에 비해 중간 기둥에서 반지름이 두어 걸음 정도 넓을 뿐, 특별할 게 없는 게르였다. 호화롭지도 화려하지도 않았다. 투멘의 의자가 털이 두툼한 여우 가죽 여러 장으로 덮여있다는 것이 호화로움이라면 호화로움이요, 화려함이라면 화려함이었다. 묵돌이 투멘의 서너 걸음 앞에 섰다.

"부르셨습니까, 선우 폐하?"

팔찌를 만지작거리고 있던 투멘은 고개를 들지 않았다. 눈만 치켜떠 묵돌의 인사를 받았다. 동물들의 송곳니를 모아 구멍을 뚫은 뒤 가죽줄로 엮은 팔찌였다. 모두 자신이 사냥한 짐승들의 송곳니였다. 금으로 보다 화려하게 장식된 송곳니 팔찌도 있었지만, 투멘은 자신이 직접 만든 이 팔찌를 가장 좋아했으며 늘 착용했다. 그의 힘의 상징이었고, 그것은 결코 몸을 떠나서는 안 되었다.

투멘은 대답 대신 옆에 있던 시종에게 고갯짓을 했다. 시종은 탁자 위에 있던 비단 보자기를 투멘에게 가져왔다. 이번엔 고갯짓 대신 눈짓을 했다. 시종은 묵돌에게 다가가 보자기를 내밀었다. 묵돌은 보자기 대신 투멘을 바라봤다. 투멘이 말했다.

"월지에 다녀와야겠다."

"……"

"요즘 월지 왕이 독기가 오른 것은 너도 알 것이다. 한나라에 구걸한 비단이나 팔아먹는 놈들이 저희 이권을 빼앗길까 봐 좌불안석인 게지. 우린 비단 장사에 관심 없으니 안심하라고 다독여 줘야 할 것 같다."

"……"

“중요한 일이라 너를 시키는 것이다. 다른 놈들이 가서 혀를 놀린들 월지의 의심이 풀어질 것 같지 않구나.”

묵돌은 보자기를 받아 들었다. 그러고는 가볍게 고개를 숙였다.

“받들겠습니다. 바로 떠나겠습니다.”

묵돌은 돌아서 게르를 나왔다. 투멘은 여전히 고개를 들지 않았다. 한 손으로 팔찌의 송곳니 하나를 쥐고 날카로운 부분으로 다른 손바닥을 꾹꾹 찌를 뿐이었다. 가장 큰 송곳니였다. 하랄의 것이었다. 하랄은 늑대 무리의 우두머리였다. 덩치가 그야말로 어지간한 소만큼 컸다. 사냥을 할 때마다 노렸지만 하랄은 투멘을 비웃듯 유유히 빠져나갔다. 하랄을 여덟 번째 만났을 때 투멘의 화살이 놈의 심장에 박혔다. 하랄이 마지막 숨을 내쉬는 순간까지 투멘은 놈과 눈을 마주했다. 이 땅의 주인은 하나면 족한 거야. 하랄의 털가죽은 투멘의 피부가 됐고, 송곳니는 그의 팔찌의 일부가 되었다. 그렇게 하랄과 투멘은 하나가 됐다.

묵돌은 투멘의 맏아들이었다. 2대 선우로서 조금도 하자가 없는 후계자였다. 용맹함이나 카리스마는 아버지를 능가했다. 모든 백성들이 그렇게 믿었다. 그것이 불화의 시작이었다. 부자지간에도 시기와 질투는 존재하는 법이다. 권력을 사이에 두면 특히 그렇다. 이인자가 자신의 눈높이로 고개를 쳐들고 올라오는 모습을 일인자는 결코 봐줄 수 없는 것이다. 심지어 눈높이 이상으로 치켜들 때야…….

투멘의 심기가 나날이 불편해졌다. 반면 후궁 연씨에게서 얻은 늦둥이 아들은 나날이 귀여움을 더했다. 뭉툭한 코나 길게 찢어진 두 눈이 영락없는 자신이었다. 무심코 쳐다보다 마치 자신이 어린 시절로 돌아간 듯한 착각에 빠졌다가 나오면서 흠칫 놀랄 정도였다. 이 아이가 말을 달릴 때가 되면 내 힘도 많이 남아있지 않겠지. 하지만 아직 나는 힘이 넘쳐. 이 아이가 제 아이를 낳을 때가 되면 나도 쉴 수가 있겠군. 그때까지는 이 아이를 지켜줘야 해.

투멘은 생각을 한다. 묵돌이 선우가 되면 이 아이는 살아 숨 쉬기조차 힘들 것이다. 투멘은 묵돌이 아니라 그의 배 다른 동생을 후계자로 삼으리라 마음먹는다. 그런데 어떻게? 같은 베개를 벤 후궁이 계책을 낸다.

"묵돌을 월지에 보내세요."

월지月氏는 천산산맥 아래 타림 분지에 자리 잡고 있던 투르크계 민족이다. 만주 서부 지역에 똬리를 틀고 있는 동호東胡와 함께 흉노를 압박하는 강력한 부족이었다. 월지는 흉노가 선우를 칭하며 세력을 확장하는 모습을 불편하게 바라보고 있었다. 일촉즉발의 기운이 평화로운 초원을 감쌌다. 하지만 그 초원에서 움직이는 것들이나 땅에 뿌리박은 것들은 그것을 느끼지 못했다. 그들에게는 평화와 전쟁이 따로 없었다. 하루하루가 평화였고 매일매일이 전쟁이었다. 그게 그들의 삶이었다.

2021년 4월

준기는 지하철에서 내려 계단을 천천히 걸어 올랐다.

'내가 지금 여길 왜 온 거지…….'

지하철을 탈 때부터 머릿속을 떠나지 않는 생각이었다. 뭐 하러 거기를 가겠다는 거야. 제정신이 아닌 사람 같던데. 묵돌의 조력자가 누군지 알려주겠다니. 준기는 주머니에서 명함을 꺼내 들었다.

'김태호 신경정신과……. 그런 사람이 정신과 의사라니. 누가 누구를 치료한다는 거야. 하지만…… 하지만 정신 나간 사람이 내 강의를 일부러 들으러 찾아오지는 않았을 텐데. 내가 티브이에 얼굴을 자주 내미는 유명 강사도 아니고…….'

준기는 고개를 세게 흔들어 잡생각을 쫓으며 다시 명함을 살폈다. 지하철 2호선 신림역 5번 출구 앞……. 병원은 지하철역에서 50미터도 떨어지지 않은 큰길가에 있어 찾기 어렵지 않았다. 지은 지는 제법 됐어도 고급 자재를 써서 여전히 근사해 보이는 오 층 건물의 이층이었다.

'정상이 아닌 사람을 내 발로 찾아가다니…… 나도 정상이 아닌지도 몰라.'

준기는 쓴웃음을 지으며 계단을 올라갔다. 병원 역시 입구부터 근사했다. 지나치게 화려하지도 않으면서 결코 수수하다고는 할 수 없는 세련된 실내 장식이었다.

"처음이세요?"

건조한 웃음을 머금은 목소리로 묻는 간호사에게 용건을 말한 뒤, 간호사의 대답을 듣지도 않은 채 준기는 대기실 의자에 엉덩이를 걸쳤다. 뻔한 대답일 터였다.

"뒤쪽 의자에 앉아서 잠깐만 기다리세요."

기다리는 환자는 없었다. 하지만 김준기가 호명될 때까지는 상당

한 시간이 걸렸다. 삼십 대 여성 환자가 진료실에서 나온 뒤에도 한참이 지나도록 간호사는 준기를 부르지 않았다.

"언제 한번 제 병원을 방문해 주시지요. 제가 묵돌의 조력자를 보여드리겠습니다. 이천이백 년 전에 무슨 일이 있었는지 알려드리지요. 후회하지 않으실 겁니다."

중년의 사내, 즉 김태호 원장은 준기에게 명함을 쥐여준 뒤 자리에서 일어섰다. 준기도 얼떨결에 따라 일어섰고 두 사람은 어색한 인사를 나누고 헤어졌다. 이후 준기는 일상으로 돌아왔고 듣는 척하는 학생들 앞에서 하는 척하는 강의를 계속했다. 하지만 '묵돌의 조력자'라는 말이 늘 머릿속을 맴돌았다. 조력자라니. 사료에도 존재하지 않는 인물을 무슨 수로 보여준다는 말인가. 설령 있다 한들 그런 미미한 존재에 관심을 갖는 이유가 뭘까. 그런 인물을 밝혀낸다고 역사가 달리 쓰일 것도 아닌데……. 하지만 확신이 가득한 태호의 목소리가 준기의 마음을 계속 붙들었다.

'묵돌의 조력자…….'

"김준기 님! 진료실로 들어가세요."

진료실은 생각보다 넓었다. 병원이라기보다는 기업의 임원실에 가까운 분위기였다. 벽 쪽으로 태호의 책상이 있고 그 앞에 길게 놓인 삼인용 소파, 앉은 사람이 태호와 마주 보게 될 일인용 암체어가 나란히 있었다. 크고 편안해 보이는 일인용 암체어 앞에는 다리가 긴 사각형 스툴이 하나 놓여있었다. 암체어는 환자용, 스툴은 의사용인 듯했다. 암체어의 뒤편으로 단순한 장식의 벽에는 깊이 파인 벽감 속에 금동으로 된 인물의 흉상이 놓여있었다. 추운 나라에서 사용하는 털모자를 쓰고 가는 수염을 기른 모습이었는데 서양인인지 동양인인지 구별이 잘 되지 않는, 그리 인상적이지 않은 얼굴이었다. 털모자 위에 새 한 마리가 앉아있는 게 특이하다면 특이했다.

"오셨군요."

"아, 네."

태호는 반가운 얼굴과 서두르지 않는 몸짓으로 자리에서 일어나 준기를 맞았다. 악수를 나눈 뒤 태호는 스툴에 앉았고 준기는 소파에 앉았다. 난 환자가 아닌걸. 태호의 얼굴에 살짝 미소가 스쳤지만 이내 거두어졌다.

"기다렸습니다. 오실 줄도 알았고요."

"묵돌의 조력자가 누군지 궁금해서요."

"하하, 역시 바로 들어오시는군요. 알겠습니다. 약속대로 보여드리지요."

태호는 자리에서 일어나 벽으로 걸어가며 물었다.

"혹시 의식 이격 요법이라고 들어보셨습니까?"

"……."

"옆의 편안한 의자에 앉아주십시오."

태호는 준기가 머뭇거리며 암체어에 앉는 것을 지켜본 뒤 진료실의 조도를 낮췄다. 사람들의 움직임을 식별할 수 있을 정도의 편안한 어둠이 준기를 감쌌다. 태호가 다시 벽에 설치된 버튼을 조작하자 준기의 의자 등받이가 천천히 뒤로 젖혀졌고 발걸이도 따라 올라와 발을 받쳤다. 준기는 한 번도 타본 적 없는 비행기 일등석 좌석이 이렇지 않겠나 생각했다. 편안했다.

"일종의 최면술 같은 건데요, 인간의 의식을 잊혔던 과거의 기억 속으로 데려갑니다."

"전 과거에도 묵돌을 본 적이 없는데요."

준기는 이런 상황에서도 농담을 할 수 있는 자신의 유머 감각에 스스로 놀랐다. 최면술이라니…… 헛웃음이 나왔다. 하지만 태호는 웃지 않았다. 그저 가벼운 미소만 머금은 채 물었다. 의사다운 노련함이었다.

"천장에 뭐가 보이십니까?"

엘피판보다 조금 커 보이는 원형 볼록 거울 같은 것이 누운 준기의 시선이 닿는 천장에 매달려 있었다.

"거울인가요?"

거울에 천천히 불빛이 들어오면서 어떤 형태가 드러나기 시작했다. 그것은 그의 등 뒤 벽감 속의 인물이었다. 빛과 거울의 반사를 이용해 비치게 만든 장치 같았다.

"이제 눈을 감고 마음을 편안하게 가지십시오. 온몸에 힘을 빼고 아무 생각 없이 편안하게……."

기원전 209년 5월

사막 너머 산은 늘 달리고 있었다. 나무 하나 없는 돌무더기 산이 저 혼자 달렸다. 동에서 뻗어 서로 달렸다. 그리고 갈수록 험해졌다. 늘 달리는 산은 볼 때마다 달랐다. 어두운 잿빛이었다가 황토색으로 물들었으며, 불처럼 타오르다가 붉은색 사이로 황홀한 에메랄드빛이 층층이 섞여 들기도 했다. 그러다가 어느 순간 물이 다 빠져 흰색이 되기까지 했다. 그 어떤 때건 강렬하게 푸른 하늘과 맞닿아 찬란한 대비를 이뤘다. 어떤 색이건 시리도록 눈이 부셨다.

사막에선 눈을 크게 뜨기 어렵다. 모래바람 탓도 있지만 그런 변화무쌍한 눈부심이 있기 때문이다. 그래서 반만 뜬 눈에 멀리서 이는 뽀얀 흙먼지가 들어왔다. 말을 타고 달려오는 사람들이었다. 먼지의 크기를 보니, 열 명 남짓한 묵돌 일행의 배는 되어 보이는 수였다. 선두에 선 묵돌이 손을 들었다. 지친 말들이 한숨을 토해내며 멈춰 섰다. 말에 탄 사람들은 말없이 섰다. 사막에서 정지는 상대에게 전의戰意가 없음을 내보이는 신호다.

달려온 사내들이 순식간에 일행을 에워쌌다. 가까이 선 절반은 칼을 꺼내 들었고 멀리 선 절반은 활을 겨눴다. 에워싼 자들이나 에워싸인 자들의 옷차림은 크게 다를 게 없었지만, 이목구비는 차이가 났다. 둘러싼 자들은 싸인 자들에 비해 눈이 더 크고 둥글며 코도 더 크고 뾰족했다. 푸른 눈을 가진 사람도 있었고 금발에 가까운 자도 있었다. 턱수염과 구레나룻도 훨씬 풍성하고 길었다. 에운 사람들 중 우두머리인 듯한 자가 나서며 말했다. 묵돌이 쓰는 말과는 다른 말이었다. 묵돌의 일행이 알타이어 계통의 언어를 사용했다면 이들의 언어는 인도유럽어 계통이었다.

"흉노 놈들이 월지의 영토에는 웬일인가?"

묵돌의 바로 뒤에서 수행하던 인물이 말 대신 칼을 빼 들고 월지 말로 외쳤다.

"예를 갖춰라! 훈의 왕자님이시다."

묵돌의 종족은 스스로 훈이라 일컬었다. 여러 부족의 연합체였지만 지배 부족을 그렇게 불렀다. 이들이 눈엣가시 같았던 한족은 '훈'을 흉악하다는 의미의 흉匈으로 바꾸고, 그것도 모자라 노예라는 뜻의 노奴 자까지 덧붙여 불렀다. 그런 한족의 멸칭蔑稱을 빌려 월지인의 우두머리가 묵돌을 모욕하고 있는 것이다.

"흉노의 왕자라? 지체 높으신 분이 어인 일로 이처럼 누추한 곳까지 왕림하셨을까?"

월지인의 거드럭거리는 태도를 참지 못한 일행들의 눈에 불꽃이 튀었다. 당장이라도 우두머리에게 달려들 기세였다. 묵돌이 다시 손을 들어 만류했다. 월지인들을 가볍게 쏘아보며 묵돌이 말했다.

"선우의 친전을 가지고 왔다. 왕께 안내하라."

"오호라. 요즘 흉노의 간이 커져 대왕을 참칭한다더니 정말이구나. 크크크."

우두머리의 거들먹대는 말투는 여전했지만 태도는 사뭇 누그러졌다. 묵돌의 눈빛에서 범상치 않은 왕자의 기품이 느껴진 까닭이다. 그는 부하들에게 무기를 거두라고 명령했다. 말 머리를 돌려 앞서 나가며 말했다.

"따라오시오."

월지 왕의 게르는 오아시스에서 백 걸음쯤 떨어져 홀로 있었다. 무리의 번잡함으로부터 벗어나기 위함이었다. 오아시스 주변은 늘 음식을 준비하는 무리와 말과 낙타들에게 물을 먹이는 무리들로 소란스러웠다. 왕의 게르는 다른 것들에 비해 크고 화려했다. 한족의 비단으로 게르 주위를 감싸고, 입구에는 더욱 호화로운 비단으로 장막을 쳤다. 위엄을 과시하기 위해 게르를 둘러싸고 꽂아둔 장창에도 비단으로 만든 깃발들이 형형색색 나부꼈다. 서역과 교역을 시작한 실크로드의 개척자들다운 풍모였다.

월지는 한족의 비단을 구해 서역에 내다 팔았다. 서역에선 옥을 사 와 한족에 팔았다. 서역에선 비단을 보면 환장을 했고 한족은 옥 앞에서 사족을 못 썼다. 그만큼 부르는 게 값이었고 노다지를 캐는 장사였다. 그런데 흉노의 세력이 확장되면서 월지가 한족에 접근하기가 불편해졌다. 어렵게 구한 비단을 흉노에 약탈당하기도 했다. 비단을 손에 넣지 못하면 옥도 구할 수 없었다. 흉노가 좀 더 세력을 팽창한다면 월지의 중계무역은 불가능해질 수밖에 없는 상황이었다. 흉노를 바라보는 월지의 눈빛이 고울 리가 없었다.

"그대의 부친이 선우라 칭한다지? 선우가 무슨 뜻인가?"

양털 깔개에 화려한 비단으로 등받이를 장식한 왕좌에 앉은 월지 왕 토가라가 물었다. 그 앞에 선 묵돌이 대답했다.

"선우의 정식 명칭은 탱리고도선우撐犁孤塗單于라 하오. 탱리는 우리말로 하늘을 뜻하고 고도는 아들을 말하지요. 선우는 광대함을 의미합니다. 따라서 탱리고도선우란 '하늘의 아들인 큰 인물'을 일컫습니다. 우리 훈족의 대왕을 이르는 말이지요."

"하늘의 아들이라. 한족 황제도 스스로 천자天子라 이르거늘, 상제上帝가 배 다른 두 아들을 두셨구나. 크흐흐흐."

월지 왕 토가라는 쇳소리를 내며 웃었다. 웃음소리에 맞춰 묵직한 배가 출렁거렸고 왕좌는 함께 삐걱거렸다. 묵돌은 웃지도 않았고, 대답도 하지 않았다.

"하늘 아래 두 천자가 있을 수 없으니 머지않아 용호상쟁을 피할 수 없겠구나."

"못할 것도 없겠지요."

이번엔 묵돌도 대답을 했다.

"월지가 기꺼이 어부가 되겠노라. 크하하하."

한족과 흉노의 싸움에서 월지가 어부지리를 얻겠다는 뜻이었다. 왕의 배는 더 크게 출렁였고 왕좌는 더욱더 삐걱거렸다.

"서신을 가져오라."

묵돌은 품 안에서 비단 보자기로 싼 물건을 꺼냈다. 월지의 대신이 넘겨받아 보자기의 봉인을 풀었다. 가죽끈으로 감은 양피지 두루마리가 들어있었다. 왕은 가죽끈을 풀어 양피지를 펼쳤다. 서신을 읽는 데는 많은 시간이 필요하지 않았다. 양피지에 닿자마자 휘둥그레졌던 눈이 이내 음흉함을 되찾았다.

"사신을 숙소로 모셔라."

게르에 들어서자마자 묵돌보다 먼저 누르하가 침대에 몸을 던졌다. 그래도 묵돌은 눈을 찡그리지 않았다. 옆 침대에 묵돌이 걸터앉자 누르하가 몸을 돌려 모은 양손 위에 얼굴을 올려놓고 시선은 허공을 향한 채 말했다.

"이상하군요."

"뭐가?"

묵돌은 짐짓 심드렁한 체 물었다. 고개도 돌리지 않았다.

"이상해. 정말 이상해……."

누르하는 묵돌의 시종이자 호위 무사이며, 통역이자 참모였다. 힘으로는 누를 수 있어도 머리로는 결코 이길 수 없는 재사였다. 이번에도 누르하가 이겼다. 누르하는 묵돌이 관심을 표현할 때까지 뭐가 이상한지 털어놓지 않았다. 묵돌은 고개를 안 돌릴 수 없었다. 자신이 받은 느낌을 누르하도 느낀 것인지 궁금했다. 무엇보다 눈만 봐도 무슨 생각을 하는지 아는 오랜 친구였다.

월지 왕 앞에서 묵돌은 뭔가 심상치 않은 기운을 느낄 수 있었다. 월지 왕의 얼굴에서 뭔가 예상치 못한 일이 일어나고 있음을 읽을 수 있었다. 사막에서는 표정이 다양하지 않다. 좋거나 싫거나, 기쁘거나 슬프거나, 이것 아니면 저것이었다. 여러 가지 복잡한 감정이 섞인 얼굴은 사막의 표정이 아니었다. 그런데 월지 왕의 표정이 그랬다.

"뭐가 이상하다고?"

웃음 많은 누르하가 평소와 달리 웃지도 않으며 말했다.

"월지 왕이 선우 폐하의 서신을 어찌 그렇게 빨리 읽을 수 있었을까요? 우리가 여기 온 목적은 우리 훈이 결코 월지의 영토를 넘보지 않을 것이니 한족과 소란을 피우더라도 안심하라고 달래는 것이었습니다. 친전 내용도 그렇다고 들었고요. 그런데 침범하지 않을 테니 안심하라고만 하면 믿겠어요? 적어도 우리가 월지 땅에 발을 들여놓지 않을 근거를 세 가지 정도는 들어 설명해야 했을 텐데 월지 왕이 그걸 읽고 있는 표정이 아니었거든요."

"그래, 나도 그게 의아했어."

"사실 왕자님을 여기 보내는 것부터 도무지 이해할 수가 없었지요. 우린 당장 월지와 일전불사를 해야 할 상황 아니었습니까? 그런데 갑자기 회유로 입장이 바뀐 게 기이하고, 자칫 월지가 칼을 휘두를지 모르는 사지에 왕자님을 파견하는 게 쉬이 설명이 되지 않습니다."

"그거야 그만큼 중차대한 일이니 그런 게 아니겠어."

시침을 떼고 말했지만 사실 그랬다. 묵돌이 아무리 생각하고 또 생각해도 정상적인 절차는 아니었다. 누르하가 말을 이었다.

"백 번 양보해서 그렇다 해도 선우 폐하의 친전을 월지 왕이 한눈에 읽고 던져버렸다는 건 우리의 제안을 월지가 받아들일 의지가 없다는 거 아니겠습니까? 그렇다면……."

그렇다면 분명한 게 하나 있었다. 생명이 위태롭다는 것이었다. 월지가 전쟁을 불사한다면 적국의 사신을, 더구나 적국의 왕자를 살려둘 리 없었다. 그렇다고 적지의 한가운데에서 어떻게 해볼 도리도 없었다. 그저 죽은 목숨일 뿐이었다. 죽이지 않고 인질로 잡아둔다 해도 얼마나 생명을 연장할 수 있을지 모를 일이었다.

"안 되겠어요. 제가 좀 살펴보고 오겠습니다."

"어딜 간다고 그래?"

"왕자님은 눈 좀 붙이고 계십시오."

누르하는 종종걸음으로 게르를 빠져나갔다. 어떠한 사태가 벌어져도 늘 현명하게 대처하고 문제를 해결해 온 그였다. 하지만 눈앞에 닥친 문제는 지금까지와는 달랐다. 월지 왕이 죽이겠다고 마음만 먹으면 그 순간에 머리통이 바닥을 구를 터였다. 곧 땅에 떨어져 흙에 처박힐 눈으로 무엇을 살피겠으며, 살핀다 한들 무엇을 어찌해 볼 수 있겠는가. 그래도 모른다. 전혀 가능하지 않다고 손사래 쳤던 일들을 누르하가 현실로 만든 게 몇 번이던가. 어쩌면 누르하는 이번에도 그와 누르하 자신을 막다른 골목에서 끄집어내 줄지 모른다. 아니야, 신도 아니고 이런 난국을 어찌 빠져나가겠나. 묵돌은 상념의 골짜기로 빠져들었다. 출구가 보이지 않는 골짜기였다. 뜨거운 차 한 잔을 마실 시간이 지났을까. 여러 생각들이 살바 싸움을 하고 있는 사이, 누르하가 허겁지겁 들어왔다.

"사달이 났습니다!"

2021년 4월

"으앗!"

"진정하십시오. 겁내지 마시고 천천히…… 천천히 숨을 깊게 들이마시고 편히 내쉬세요."

"군사들…… 우리 군사들이……."

"자, 이제 우리는 현실로 돌아왔습니다. 안심해도 됩니다."

꿈을 꾼 것 같았다. 너무도 생생한 꿈이었다. 태호가 의자 등받이를 다시 세우며 물었다.

"뭘 보셨지요?"

"우리…… 우리 천막을 수십 명의 전사들이 에워싸고 있었어요. 시퍼렇게 날이 선 창을 든 험상궂게 생긴 전사들이……."

"무슨 천막이지요?"

"사신으로 갔다가 인질로 잡혔어요. 적국의 왕이 우리 두 사람만 천막에 가두고 나머지 군사들은 모두 돌려보냈습니다."

"어느 나라에 사신으로 갔나요?"

"월지? 월지라고 했습니다."

"당신은 어느 나라 사람이었습니까?"

"음…… 훈, 훈족이었습니다."

"당신의 이름은 무엇이었지요?"

"음…… 그게…… 누르하였던 것 같기도 하고 묵돌이었던 것 같기도 하고……."

태호의 얼굴에서 서서히 미소가 피어올랐다.

"아주 잘하셨습니다. 당연한 겁니다. 처음엔 약간 정체성에 혼란이 오기도 하지요. 상상력이 보태지지 않을 수 없거든요. 역사적 지식이 많을수록 더욱 그렇습니다. 하지만 잘 생각해 보면 좀 더 이끌리는 인물이 있을 겁니다."

준기는 마치 전지적 작가 시점의 소설을 읽은 것 같았다. 꿈속에서 등장한 사람들의 마음을 다 읽을 수 있는 것 같았다. 그중에서도 누르하나 묵돌은 그들의 마음속에 들어갔다 나온 것처럼 훤하게 읽혔다. 오랜 친구였다고 했어. 표정만 봐도 무슨 생각을 하는지 알 수 있다고. 그래도…… 정말 좀 더 내 마음 같은 사람이 있었다.

"누, 누르하! 묵돌의 조력자?"

기원전 209년 5월

"왜 그래?"

누르하는 얼굴이 벌겋게 상기되어 있었다. 그가 목소리를 낮춰 속삭였다.

“우리 군사들이 하나도 남아있지 않아요. 월지 왕이 나머지 우리 일행들을 모두 쫓아버렸답니다.”

“그게 무슨 소리야?”

“그리고 지금 이 게르를 월지 군사들이 단단히 포위하고 있습니다. 아무래도 우린 인질이 된 거 같아요.”

묵돌이 틈으로 밖을 살펴보니 말 그대로 무장한 군사들이 게르를 겹겹이 에워싸고 있었다. 좋지 않은 예감은 틀리는 법이 없다. 의문은 풀리지 않고 위험은 목을 죄어왔다. 그런데도 무력할 수밖에 없었다. 묵돌은 무장 해제를 당한 채 적들 가운데 누워있는 자신을 견디기 어려웠다. 단검 한 자루, 화살 하나 없이 이처럼 삼엄한 경비를 뚫고 탈출하기란 불가능한 일이었다. 설령 운 좋게 적진을 빠져나간다 해도 말이나 낙타 없이 할 수 있는 일은 아무것도 없었다. 초원과 사막을 헤매다 지쳐 쓰러져 들짐승들의 저녁거리가 될 뿐이었다.

2021년 4월

“대체…… 뭐죠?”

준기는 여전히 잠에서 덜 깬 얼굴이다. 반면 태호는 지극히 만족스러운 표정이다. 그가 자신의 의자에 앉으며 말했다.

“제가 약속을 지킨 셈이 됐나요?”

“…….”

“묵돌의 조력자를 보여드린다고 했죠.”

"어떻게 그게 가능한 겁니까?"

준기가 의자에서 튕겨 나오듯 일어서며 물었다.

"겁내실 것 없습니다. 그것도 제가 말씀드렸지요. 인간의 의식을 잊힌 과거로 이끈다고."

준기는 자리에 앉지도 못한 채 고개를 흔들며 서성였다.

'잊힌 과거라니. 내가 왜……. 내가 흉노하고 무슨 관련이 있다고. 내가 흉노의 후손이란 거야? 아니면 전생의 내가 흉노였다는 건가.'

"그렇습니다. 두 가지 사실 다 맞습니다."

태호는 마치 준기의 마음을 읽고 있기라도 하다는 듯 말했다.

"아, 오해 마십시오. 의식 여행을 마친 김 교수님이 지금 가지실 의문이 두 가지 정도라 넘겨짚어 본 겁니다. 김 교수님께서는 지금 교수님의 선조나 교수님의 전생, 뭐 이런 걸 떠올리지 않으셨나요?"

준기는 마치 발가벗은 몸을 들킨 듯 몸을 움츠렸다.

'이 사람 뭐지. 날 갖고 노는 건가.'

준기의 마음속에 불쾌한 기분이 솟구쳤다.

"신경정신과에서 이런 타임머신 놀이까지 하는 줄은 몰랐습니다만."

"하하. 타임머신이라…… 의식의 타임머신이라고 하면 틀린 말도 아니겠습니다. 저희 과에서 필요에 따라 비슷한 최면 요법을 사용하기는 합니다만, 이것은 그것과 좀 다르고 아무 경우나 이렇게 하지도 않습니다. 누구나 그런 의식 여행을 할 수 있는 것도 아니고요."

"그렇다면 정말 제가 흉노의 후손이란 말입니까? 아니면 전생에 제가 흉노 전사였나요?"

“아까도 말씀드렸지만 둘 다입니다. 저도 조금 전까지만 해도 긴가민가했지만 이번 의식 여행으로 분명해졌습니다. 김 교수님처럼 제가 의도한 시점과 지점에 정확하게 도착한 사람은 지금까지 아무도 없었습니다.”

준기의 눈꼬리가 올라갔다.

‘이건 또 무슨 소리? 내가 처음이 아니라고? 이자의 정체가 도대체 뭐야?’

준기의 입에서는 다른 말이 나왔다.

“흉노의 후손이 이 나라에 제법 많은 모양입니다.”

태호는 대답 대신 벽의 단추를 조정해 방의 조도를 원래대로 올렸다. 그러고는 벽감의 흉상을 손가락으로 가리켰다.

“저 인물이 누군지 아십니까?”

준기는 고개를 돌려 흉상을 바라보았다. 여전히 동양인인지 서양인인지 구분이 안 가는 인물이 모호하지만 강렬한 시선을 허공을 향해 쏘아대고 있었다.

“글쎄요.”

태호가 흉상 쪽으로 다가가며 말했다.

“소호금천입니다.”

준기의 입에서 헛웃음이 나왔다. 이제야 맥이 짚였다. 소호금천小昊金天이라 하면 중국 고대의 전설적 제왕들인 삼황오제 중 한 사람인 황제黃帝의 아들 소호를 말함이 아닌가. 전하는 바에 따르면 소호는 금덕金德으로 나라를 다스린 까닭에 소호금천씨라 불렸다. 문헌에 따라서는 소호를 오제에 포함시키기도 한다. 우리 민족하고도 연관이 있다. 우리 역사에는 김부식의 《삼국사기》에 소호라는 이름이 등장한다. 김부식은 〈김유신 열전〉에 이렇게 썼다.

> 신라인들은 스스로 소호금천씨의 후예라 성을 김씨로 한다 하는데, 김유신의 비문에도 역시 '헌원의 후예요 소호의 자손'이라 했으니 남가야의 시조 수로와 신라의 왕실은 성씨가 같은 셈이다.

헌원은 황제의 이름이다. 그의 성은 공손씨로 어릴 적 살던 동네의 언덕 이름이 헌원이어서 그리 불리었다고 전한다. 경주 김씨들이 중국 전설 속 인물 황제의 후손이라는 얘기다. 김부식은 또 《삼국사기》〈백제본기〉에 붙이는 사관의 논평에서 이렇게 말하고 있다.

> 신라 고사에 '하늘이 금궤를 내려 보냈기에 성을 김씨로 삼았다'고 하는데, 그 말이 괴이하여 믿을 수 없다. 내가 역사를 편찬함에 있어서 이 말이 전해 내려온 지 오래되니 이를 없애지 못하였다. 그런데 또한 들으니 '신라 사람들은 소호금천씨의 후손이라 하여 김씨로 성을 삼았다'고 한다. 이는 신라 국자박사 설인선이 지은 김유신 비와 박거물이 글을 만들고 요극일이 글씨를 쓴 삼랑사 비문에도 보인다.

경주 김씨의 시조인 김알지가 오늘날의 경주 계림에 탄현誕現할 때 하늘에서 내린 금궤 안에 들어있었다는 신화를 말한다. 같은 경주 김씨인 김부식조차 믿지 못하고 있지만 말이다. 사가史家로서 역사와 전설을 구분하지 않을 순 없었던 것일 터였다. 준기는 이 얘기를 하려다가 입을 다물었다. 대신 옷걸이에 걸어둔 외투를 집어 들었다.

"가시겠습니까?"

"조상을 찾아 안개 속을 헤매는 것이 제가 나설 일은 아닌 것 같군요."

태호가 뜻 모를 미소를 지으며 말했다.

"김 교수님도 본관이 경주 아니십니까."

"경주 김씨라고 모두 역사와 전설을 혼동하는 건 아닙니다."

"그럼 조금 전 김 교수님이 어째서 월지의 인질이 되신 걸까요?"

"그건…… 내가 아니라 누르……."

태호가 여전히 미소를 띤 얼굴로 진료실 문을 열며 말했다.

"오늘은 피곤하실 테니 여기까지 하는 걸로 하죠. 시간 나실 때 다시 찾아주십시오. 누르하가 어떻게 월지를 탈출하는지는 김 교수님이 더 궁금하실 테니까요."

기원전 209년 5월

서서히 다가오는 죽음을 기다리며 게르 안에 누워서 열흘이 지났다. 그동안 월지도, 흉노도 아무런 움직임이 없었다. 월지 왕은 묵돌과 누르하를 게르에 가둔 후 한 번도 얼굴을 보이지 않았다. 그저 매일 세 끼 끼니를 넣어줄 뿐이었다. 음식도 그럭저럭 나쁘지 않았다. 저녁 식사로는 삶은 양고기와 말 젖으로 담근 마유주까지 빠지지 않았다. 묵돌과 누르하는 왕성한 식욕으로 매끼 음식을 남김없이 먹었다. 식성으로만 봐서는 결코 바람 앞의 등불 같은 목숨이 아니었다. 그것이 사막과 초원에서 살아가는 법이었다. 내일 새벽 죽을지라도 오늘 저녁은 배불리 먹어야 한다. 물론 먹을 음식이 있을 때나 그렇다. 먹을 게 없을 때는 굶어야 한다. 그렇다고 굶어 죽은 인생이 불쌍한 것도, 초라한 것도 아니다. 그냥 그렇게 생긴 인생인 것이다. 연민은 사막에서 사치일 뿐이다. 사막에 사치는 존재하지 않는다. D. H. 로렌스가 노래한 것처럼 얼어 죽어서 나뭇가지에서 떨어지는 새조차도 자신을 동정하지 않는다. 사막에서는 인간도 야생동물과 다를 게 없는 것이다.

나머지 일행이 무사히 돌아갔다면 지금쯤 왕자가 인질로 잡혔다는 것을 훈에서도 알게 됐을 터다. 그렇다면 선우는 어떻게 반응할 것인가. 당장 군사를 모아 월지를 칠 것인가, 아니면 후계자인 맏아들이 월지와 화평의 희생양이 됐다는 데 안도할 것인가.

"군사를 일으키겠지요."

살코기가 남아있지 않은 양 뼈를 한 번 더 핥은 뒤 내던지며 누르하가 말했다. 그렇다면 더 위험해지는 것이다. 선우가 군사를 일으키면 묵돌의 목숨은 더 이상 값어치가 없는 셈이었다. 화평의 대가란 화평할 때나 필요한 것이니까.

"그렇다면……."

"우리가 살날이 며칠 안 남았다는 얘기죠."

누르하는 마유주를 들이켠 뒤 길게 트림을 했다. 워낙 막역한 사이인지라 가능한 일이었다. 누르하는 그동안 몇 차례 게르 밖 외출을 했다. 어떻게 구슬렸는지 게르를 지키는 병사들의 우두머리와 친해진 모양이었다. 저녁 식사 후 한가한 시간이 되면 우두머리의 천막에 놀러 가기도 하는 모양새였다. 그러면서 처음의 긴장은 사라졌고 흥겨운 표정으로 말하곤 했다.

"그냥 여기서 살아도 되겠어요. 말은 달라도 사는 건 다 똑같네요."

"네 가죽이 이 게르의 바람막이가 될 때까지 갇혀서 오래오래 살아라!"

묵돌은 농담인 줄 알면서도 누르하가 그런 말을 할 때마다 공연한 심통이 나서 한마디 가시를 넣었다. 누르하는 뾰로통한 묵돌의 표정이 재미있어 죽겠다는 듯 배를 잡고 바닥을 굴렀다. 그러면 묵돌도 이내 풀어져 멋쩍은 웃음을 날리는 것이었다.

"뭐가 그리 우스워?"

"그런데 말입니다. 왕자님."

누르하는 다시 자세를 고쳐 앉으며 말했다.

"어제 깡투가 말을 보여줬는데 진짜 보기 드문 명마였어요."

"깡투?"

"아, 말씀 안 드렸나요? 백인대장인데 우리 천막을 지키는 병사들의 대장이거든요. 그 친구가 그 말을 보살피는 모양입니다. 원래 말들을 가두는 우리는 따로 있는데 그 말은 월지 왕이 아끼는 천리마라서 별도로 관리하더라고요. 뱃속에 똥만 찬 수놈들이 너도나도 좆을 세우고 달려들까 그런다네요. 한족 비단 백 필에 금괴 열 개를 얹어 바꿔 온 서역 피마(암말)랍니다."

"그래? 얼마나 좋은 말이길래……."

부러 심드렁한 표정을 지었지만 묵돌은 호기심을 숨길 수 없었다. 전사에게 말은 자기 목숨과도 같은 것이었다. 전사는 말 위에서 모든 것을 한다. 전사가 말안장에서 내릴 때는 잠잘 때와 죽었을 때뿐이다. 따라서 말이 없는 전사는 죽은 목숨과 다르지 않은 것이다. 그런데 나는……. 생각이 여기까지 미치자 비참함이 묵돌의 마음을 짓눌렀다.

"제가 말 전문가는 아니지만 한눈에 천리마라는 걸 알아볼 수 있겠더라고요. 달빛을 받아 은은하게 빛나는 갈기하며 매끈하게 빠진 배, 길고 날렵한 다리, 무엇보다 먼 곳을 응시하는 눈망울이 지금이라도 당장 우리를 박차고 뛰어나가 제 태어난 곳으로 돌아가지 못해 아쉬워하는 모습이었어요."

"천리마라……."

묵돌이 갑자기 자리를 박차고 튀어 올랐다. 누르하는 그런 묵돌을 가만히 바라보았다. 얼굴에는 함박 미소가 번졌다.

"내 생각과 같으냐?"

"그럼요. 왕자님."

2021년 5월

준기와 태호 두 사람은 태호의 병원 진료실에서 다시 얼굴을 맞댔다. 지난번 준기가 태호의 병원을 찾은 지 열흘 정도 지난 날이었다. 이번에는 서로 의사석과 환자석에 앉지 않았다. 태호는 자신의 책상 앞에 앉아 작은 카드를 읽고 있었고, 준기는 그런 그를 마주 보고 섰다. 태호가 카드를 책상에 내려놓으며 말했다.

"이게 교수님 댁으로 배달됐나요?"

준기는 태호의 얼굴이 일순 찡그려졌다가 다시 펴지는 것을 보았다.

"아니요, 연구실 책상에 놓여있었습니다."

"조교가 전해준 건가요, 그럼?"

"아닙니다. 조교에게 물어보니 자기가 갖다놓은 게 아니라더군요."

"그렇다면 누군가가 김 교수님 연구실에 무단 침입했다는 말인가요?"

"그렇게 되겠죠. 언제든 잠긴 문을 열고 들어올 수 있는 사람이 말이죠."

태호가 자리에서 일어나며 말했다.

"그렇다면 우리가 의식 여행을 해야 할 필요가 더욱 커졌다는 말이 됩니다. 시간이 많지 않습니다."

준기는 설명을 요구하려다 자신의 반응엔 아랑곳하지 않고 그 너머 벽감 안의 흉상만 쳐다보고 있는 태호를 보고 입을 다물었다. 우편엽서만 한 카드에는 이렇게 적혀있었다.

더 이상 무모하고 위험한 짓을 삼가십시오.

잉크로 또박또박 쓴 글씨였다. 그 밑에는 서명 대신 푸른 인장이 찍혀있었다. 인장 속에는 사나운 호랑이가 포효하고 있었다.

기원전 209년 5월

누르하는 아침 식사를 마친 뒤 게르를 나섰다. 묵돌은 여전히 게르 밖으로 한 발짝도 나서지 않고 있었다. 왕자로서의 자존심이기도 했지만, 그러는 것이 누르하의 움직임을 더 자유롭게 해준다는 걸 아는 까닭이었다. 묵돌이 함께 나가면 경비병들이 긴장을 하지 않을 수 없지 않은가. 왕자만 게르에 얌전히 있다면 시종쯤이야 최악의 경우 탈주를 한다 해도 큰 문제가 될 게 없었다. 어차피 인질은 왕자였다.

게르 문을 지키는 병사는 여전히 낯익은 병사였다. 게르에 갇힌 첫날 은자 한 닢을 줬더니 창을 쥔 손에서 힘이 빠졌다. 근무 교대를 하면서 누르하를 자기 우두머리에게 데려가 인사를 시키기까지 했다. 그러고는 누르하에게 눈짓을 했다. 무슨 소린지 알아차린 누르하가 은자 두 닢을 우두머리에게 건네자 두 사람 모두 행복해했다. 일종의 상납 시스템이었던 것이다. 그 우두머리가 깡투였다.

누르하도 행복했다. 은자 몇 닢 덕에 적진을 손님처럼 활보할 수 있었으니 말이다. 사실 뇌물 덕분만은 아니었다. 누르하의 유창한 월지어 실력과 명석한 두뇌도 한몫했다. 어느 날 점심을 먹고 나와 보니 한쪽에서 여러 사람들이 둥그렇게 모여 웅성거리고 있었다. 누르하는 게르를 지키는 병사에게 눈인사를 하고는 무리에 다가갔다. 깡투가 다른 백인대장과 바닥을 가리키며 말씨름을 벌이고 있었다. 주위를 둘러싼 다른 사람들도 두 패로 나뉘어 깡투와 백인대장을 지지했다. 땅바닥에는 구불구불한 선들이 그어져 있는 커다란 양피가 놓여있었다.

"이게 다 뭐랍니까?"

불쑥 끼어든 누르하를 보며 그가 낯선 백인대장은 일순 긴장했으나, 깡투는 마치 잘 만났다는 듯 누르하를 반겼다.

"아, 잘 왔소. 흉노 친구. 판정을 좀 내려주시오. 흉노 친구는 제삼자이니 공정한 판정을 내릴 수 있겠지. 이 친구가 부득부득 우겨서 내 답답해 죽을 지경이라오."

"아니, 이 사람이 우기긴 누가 우겼다고 그래. 공연히 억지를 부리는 게 누군데."

"이것 보시오, 흉노 친구. 이렇다니까."

누르하가 웃으며 두 사람을 말렸다.

"하하, 다투지들 마시고 자초지종을 말씀해 보세요. 여러분들을 보니 나도 마치 내 일처럼 답답해지는군요."

양피에 그려진 것은 지도였다. 현재 머물고 있는 지역과 얼마 후 이동할 다음 지역의 지형을 제법 상세하게 그려놓았다. 가로 한 걸음 반, 세로 한 걸음 정도 크기의 지도였다. 설명을 듣자니 위아래로 길게 뻗은 두 산맥 사이의 계곡 지대인데, 두 지역을 나누는 경계는 작은 간헐천이었다. 그림을 놓고 깡투는 다음 지역이, 다른 백인대장은 지금 지역이 더 넓다고 서로 주장하고 있는 것이었다. 깡투가 제 편을 들어달라는 표정으로 말했다.

"그래, 흉노 친구는 어느 지역이 더 넓은 것 같소? 한눈에 봐도 다음 지역이 넓지 않소?"

다른 백인대장은 의심의 눈초리를 거두지 않은 채 목소리를 높였다.

"당치 않은 소리! 지금 지역이 훨씬 넓지."

그림은 산맥이 구불구불 달리고, 계곡도 크게 휘어있어 누르하가 봐도 한눈에 알기 어려웠다. 누르하가 물었다.

"이 그림은 제대로 그려진 게 맞습니까?"

깡투가 짐짓 젠체하며 말했다.

"그럼, 이 물건이 어떤 건데. 눈썰미가 우리 백성 중 으뜸이었다는 우리 부친이 만든 것이라오."

"인정하세요?"

누르하의 질문에 백인대장도 고개를 끄덕였다.

"그거야 그렇지. 이치에 맞게 그려진 것 같소."

"흠, 그렇다면 한번 볼까요."

누르하는 잠시 지도를 살펴보더니 대뜸 나뭇가지로 그 위에 선을 긋기 시작했다. 주위의 눈들이 휘둥그레 커졌다.

"아, 아니!"

누르하는 아랑곳하지 않았다. 지도의 맨 왼쪽부터 시작해 손가락 중 가장 긴 중지의 길이 간격으로 위에서 아래로 그어 내렸다. 마찬가지로 왼쪽에서 오른쪽으로도 선을 그었다. 세로 여덟 줄, 가로 다섯 줄이었다. 지도는 마치 바둑판 위에 그려진 그림 같은 모양이 됐다. 바둑판 위의 격자가 만들어 낸 정사각형은 모두 스물여덟 개였고, 그중에서 문제의 지역들에 걸친 정사각형은 스물세 개였다. 어떤 사각형은 그 안에 그어진 선이 하나도 없이 온전했고, 어떤 것들은 옆으로 위로, 또는 비스듬히 선이 지나갔다.

"자, 이제 계산해 봅시다."

"……."

웅성거림이 멈췄다. 숨소리조차 새 나오지 않았다. 모든 시선이 누르하가 든 나뭇가지 끝에 모아졌다.

"온전한 방형을 세어볼까요? 지금 지역이 하나, 둘, 셋, 네 개. 다음 지역은 하나, 둘, 셋, 여기도 네 개군요. 그렇죠?"

"맞소, 맞소."

누르하가 웃으며 다시 말했다.

"그럼 반쪽짜리 방형을 봅시다. 지금 지역이…… 하나, 둘, 세 개. 다음 지역이…… 역시 여기도 세 개군요."

"그렇지, 그렇지."

누르하를 따라 세던 사람들이 모두 동의했다.

"그럼 큰 세모는 어떤가. 지금 지역은 여기, 여기 두 개, 다음 지역은 여기, 여기, 역시 다음 지역도 두 갭니다."

"저런, 저런."

도형을 거의 다 세어가는데도 우열이 가려지지 않자 탄식이 절로 흘러나왔다.

"이제 마지막으로 작은 세모를 보겠습니다. 지금 지역이 하나, 둘, 두 개. 잘 세어보세요. 더 없지요? 다음 지역은 하나, 둘, 셋, 세 개네요. 다음 지역이 조금 더 넓군요."

"어허, 어허."

모든 입들 속에서 말없는 탄성만 흘러나왔다. 하지만 결과를 의심하는 사람은 없었다. 모두 말없이 고개만 끄덕거렸다. 이런 계산법도 있구나 하고, 모두들 새로 눈을 뜨는 느낌을 감출 수 없었다. 백인대장도 다르지 않았다. 승리자인 깡투 역시 말을 잇지 못하고 고개만 주억거렸다.

월지인들이 처음 보는 이런 면적 계산법은 물론 누르하의 발명품이 아니었다. 그것이 사용된 시기는 기록에 나타난 것만 해도 전국시대까지 거슬러 오른다. 《맹자》에도 나온다. "지금의 등滕나라는 긴 곳을 잘라 내어 짧은 곳에 보태면絕長補短 사방 오십 리가 될 것이다"라는 내용이 있다.

사람들이 혀를 차며 떠나가고 난 뒤에도 깡투는 고맙다는 인사를 하지 않았다. 대신 물었다.

"어찌 그런 계산법을 알고 있소? 참으로 영리하구려."

"영리하긴요. 이 정도는 우리 훈족이라면 코흘리개 아이들도 다 따질 줄 아는 방법이랍니다."

"어허 참."

깡투는 존경스럽기도 하고 자존심이 상하기도 하다는 표정이었다. 자신들은 생각지도 못했던 방법인데 따지고 보면 아주 간단한 이치였던 것이다.

"어쨌거나 그놈의 콧대를 납작하게 해줘 속이 후련하구만. 푸하핫, 흉노 친구의 판정에 한마디도 못 하고 입만 벌리고 있던 꼴이라니…… 사사건건 억지를 부리며 내게 시비를 거는 놈이라오."

미소를 짓는 누르하의 손을 깡투가 잡아끌었다.

"이리 오시오. 보여줄 게 있소."

해가 져서 사위가 어둑해지고 있었다. 깡투는 게르가 무리 지어 있는 곳에서 벗어나 산 쪽으로 누르하를 이끌었다. 백여 걸음 앞으로 완만한 경사의 둔덕이 보였다. 거의 힘을 잃은 노을이 가까스로 하늘과 둔덕을 구분하고 있었다. 그리 높지 않았지만 깡투는 둔덕을 오르지 않고 끼고 돌았다. 누르하가 따라가 보니 둔덕 뒤편으로 놀라운 풍경이 펼쳐졌다. 둔덕이 반원형으로 파여 지름이 이백여 걸음 남짓해 보이는 원형 공간이 있었다. 둔덕 안쪽은 계단형으로 깎여 마치 자연이 만든 원형 경기장 같은 모습이었다. 트인 앞쪽으로는 통나무로 만든 단단한 울타리가 설치돼 있었다.

"멈춰요. 너무 다가가지 말고. 저기, 보여요?"

"보이냐고요? 뭐…… 아, 말!"

원형 경기장의 정가운데 말 한 마리가 있었다. 경기장 한가운데에는 사람 키 높이의 돌무더기가 있었는데, 그 옆에 한 마리 말이 우뚝 선 채 갈기털을 흩날리며 바람이 불어오는 방향으로 시선을 고정시키고 있었다. 얼룩 하나 없는 기름진 털과 날렵한 몸매, 긴 다리가, 누구라도 한눈에 명마임을 알아볼 수 있을 자태였다.

"아, 정말 아름다운 말이군요."

"아름답기만 한 게 아니라 천하제일의 명마지요. 우리 왕이 가장 총애하는 말이라오. 흉노 땅에는 저런 명마는 없을 거외다."

깡투는 면적 계산법으로 잃은 자존심을 회복하는 모습이었다.

"그런데 가운데 돌무더기는 원래 있는 것인가요? 말을 위해서라도 치워주는 게 좋을 텐데. 달리다가 부딪혀서 다치기라도 하면……."

깡투는 예상했던 질문이라는 듯, 거만한 미소를 머금었다.

"흐흐. 저 돌무더기에 비밀이 있지요."

"비밀이라뇨? 돌무더기에 보물이라도 묻혔나요?"

"흐흐흐, 그럴 리가."

"어휴, 그러지 말고 가르쳐 주세요. 궁금해서 미칠 지경이요."

"흐흐."

누르하는 주머니에서 은자 한 닢을 꺼내 깡투의 손에 쥐여줬다. 조금도 사양치 않고 주머니에 은자를 갈무리하며 깡투가 말했다.

"그처럼 궁금해하니 비밀을 알려주리다. 저 돌무더기가 없으면 저 말을 가둬둘 수가 없어요. 저기 가장 안쪽에서 달리기 시작하면 저 말은 이 나무 울타리를 단숨에 뛰어넘을 수가 있지요. 그래서 어느 쪽으로도 뛰어넘을 수 없도록 가운데 돌무더기를 쌓아둔 것이라오."

"울타리를 높이면 되지 않나요? 지키는 사람을 둬도 될 테고……."

"흐흐."

깡투가 다시 엉큼한 미소를 지었다. 누르하가 웃으며 다시 은자 한 닢을 건넸다.

"흐흐, 울타리를 높이면 저 말이 살 수가 없어요. 하루에 천 리를 달리는 말이 갇혀 있는 것만으로도 답답해 죽을 지경인데 시야까지 가리면……. 예전에 울타리를 높였다가 저 말을 잡을 뻔했지요. 시름시름 앓기 시작하는데…… 결국 울타리를 다시 낮췄더니 말이 다시 생기를 되찾더라고요. 울타리를 높인 놈은 목이 달아났지만요, 흐흐흐."

"사람이 지키게 하면 되지 않나요?"

다행히 이 물음은 깡투가 공짜로 대답해 줬다.

"사람이 눈에 띄어도 말이 신경질을 부립니다. 안절부절 잠시도 가만있지를 못하지요."

"그럼, 어떻게 사람이 탑니까? 관상용으로 기르는 것도 아니고……."

"흐흐."

깡투의 눈이 다시 음흉해졌다. 침까지 삼키며 누르하의 안주머니를 향해 눈알을 굴렸다. 별수 없이 누르하가 은자 한 닢을 꺼냈다. 가지고 나온 마지막 은자였다. 하지만 깡투의 표정이 밝아지지 않았다. 한 닢으로는 부족하다는 뜻이었다. 누르하가 슬며시 건네자 깡투는 고개를 저었다.

"아니오. 나도 염치가 있지. 그냥 넣어두시오."

좀 더 내란 얘기였다. 누르하는 작전을 바꿨다. 더 줄 은자도 없었다.

"하긴, 내가 알 바 아니지. 내가 탈 말도 아니고. 자, 이제 그만 돌아갑시다."

누르하는 더 이상 관심 없다는 듯 뒤돌아 성큼성큼 발을 내딛었다. 당황한 깡투는 누르하의 팔을 잡았다.

"참, 성미도 급하시오."

깡투의 손이 누르하의 팔을 쓸어내려 손에 이른 다음 슬며시 은자를 잡아챘다.

"들어보시오. 저 말에 다가갈 때는 저놈이 쳐다보고 있는 곳을 함께 바라보며 접근해야 한다오. 자기가 보는 것에 시선을 두면 옆걸음이든 뒷걸음이든 상관하지 않는단 말이오. 자기와 동질감이 있다고 느껴선지 어떤지는 몰라도 시선만 같이 두고 있으면 누가 다가와도 얌전히 있지요. 아마 호랑이가 다가와도 그럴 거요."

"오호, 놀랍군요."

장단을 맞춰주자 깡투는 신이 나서 말을 계속했다.

"가까이 다가가면 저놈이 먼저 고개를 돌려 쳐다본다오. 그때 눈을 돌려 저놈과 눈을 맞춰야 하지요. 절대 먼저 말을 쳐다봐서는 안 됩니다. 눈을 마주친 뒤에는 말이 판단을 합니다. 자기 등에 태워도 될 인물인지 아닌지 말이오."

"그래요? 말이 탈 자격이 없다고 판단하면 어떡하나요?"

깡투가 웃으며 걷기 시작했다.

"껄껄, 한번 해보시구려."

2021년 5월

"묵돌과 누르하가 어떻게 월지를 탈출했는지 알 것 같습니다."

준기가 환자용 암체어에서 꿈을 꾸듯 말했다. 눈을 뜨긴 했지만 몸을 움직이지는 않았다.

"역사 속의 명마를 보셨습니까?"

준기는 자신이 본, 아니 겪은 내용을 차분히 설명했다. 마치 재미있는 꿈을 잊지 않고 기억 속에 붙들어 두기 위해 복기를 하는 것 같았다.

"아주 좋습니다. 예상보다 속도가 빠르네요."

태호의 말에 준기는 자신이 실험실의 모르모트가 된 것 같아 살짝 불쾌해졌다. 미로를 빠져나온 뒤 포상으로 치즈 한 조각을 얻어먹는 기분이었다.

"기록에도 등장하지 않는 별 볼 일 없는 흉노 전사가 이천이백 년 만에 대학 교수가 됐으니 대단한 진화를 이뤘군요."

준기는 기분이 언짢아서 쏘아붙인 말이었지만, 말하고 나니 조금 부끄러운 생각이 들었다. 얼마나 많은 사람들이 역사에 남지 않고 사라지는가. 자신이 대학 교수라 한들 과연 역사에 남을 만한 업적을 남겼나. 후세가 보면 흉노 전사와 자신이 뭔 차이가 있을까. 그저 아무도 기억하지 못하는 존재가 되어 역사의 한편으로 사라지는 것 아닌가. 태호는 그러나 준기의 말을 달리 받아들이는 것 같았다.

"이제 제 말을 믿으시는 겁니까?"

준기는 태호를 여전히 믿지 못하고 있었지만 차라리 그렇게 이해해 주는 태호가 고마웠다. 그의 말에 덜 부끄러울 수 있었지만 그래도 인정할 수는 없었다.

"저처럼 이렇게 허약한 사람이 강인한 흉노 전사였다는 건 쉽게 받아들여지지 않는군요. 더욱이 소호금천하고는 아무 상관도 없는 것 같고요."

"하하. 너무 서두르지 마십시오. 곧 다가가게 될 겁니다."

준기는 놀랄 만한 경험을 하면서도 사실 태호의 말을 어느 정도 귓등으로 흘려듣고 있었다. 그래도 자신은 고대사를 연구한 학자가 아닌가. 신경정신과 의사는 아마추어답게 역사와 전설의 경계선이 지극히 모호해 보였다. 이참에 그 경계를 단단히 해두어야 하겠다는 생각이 들었다. 어설프게 알고 있는 지식으로 교수와 논쟁하려는 학생을 훈육하는 선생의 자세였다.

"사실 소호금천은 역사 속 인물이라기보다는 신화 속 인물이지요. 《회남자》에는 세상을 다스리는 다섯 명의 신 중에서 서방을 지키는 신으로 소호를 가리키고 있습니다."

고대 중국에서는 세상을 동, 서, 남, 북, 중 다섯으로 나누었다. 다섯 명의 신이 이 다섯 방향, 즉 오방五方을 나누어 다스렸다. 오방은 단순한 공간적 구분만 뜻하지 않는다. 거기에는 만물의 다섯 가지 구성 요소이자 작용 원리인 흙, 쇠, 물, 나무, 불, 즉 오행五行의 의미가 담겨있다. 고대 중국인들은 우주를 형성하는 다섯 가지의 큰 기운을 신격화해서 숭배한 것이다. 한나라 때 회남왕 유안이 지은《회남자》는 이렇게 설명하고 있다.

> 동방은 나무의 기운이 왕성한 곳이다. 그곳을 지배하는 큰 신은 태호인데 보좌하는 신인 구망이 그림쇠를 들고 봄을 다스렸다. 남방은 불의 기운이 왕성한 곳이다. 그곳을 지배하는 큰 신은 염제인데 보좌하는 신인 축융이 저울을 들고 여름을 다스렸다. 중앙은 흙의 기운이 왕성한 곳이다. 그곳을 지배하는 큰 신은 황제인데 보좌하는 신인 후토가 노끈을 쥐고 사방을 다스렸다. 서방은 쇠의 기운이 왕성한 곳이다. 그곳을 지배하는 큰 신은 소호인데 보좌하는 신인 욕수가 곱자를 들고 가을을 다스렸다. 북방은 물의 기운이 왕성한 곳이다. 그곳을 지배하는 큰 신은 전욱인데 보좌하는 신인 현명이 저울추를 들고 겨울을 다스렸다.

준기는 겸연쩍긴 했지만 내친김에 말을 이었다.

"그래도 다섯 신들 중에서 소호의 탄생 신화가 가장 아름다운 건 사실이지요. 문학적이기까지 합니다."

소호는 보통 황제의 맏아들로 일컬어지지만 4세기에 왕가라는 이름의 도인이 지은 소설집《습유기》에는 다르게 묘사된다. 내용은 이렇다.

동쪽 어느 나라의 궁궐에 황아라는 아름다운 왕녀가 살았다. 그녀는 밤에는 길쌈을 하고 낮에는 강에서 배를 띄우고 놀곤 했다. 어느 날 황아가 잠시 딴생각을 하는 사이 배가 서쪽 바다까지 나아갔다. 그런데 그곳에는 높이가 천 길이나 되는 거대한 뽕나무 한 그루가 있지 않은가. 궁상이라 불리던 그 신비로운 뽕나무는 붉은 이파리에 보랏빛 열매를 맺었다. 그 열매는 일만 년에 한 번 열리는데 그것을 먹으면 하늘과 땅보다도 더 오래 살 수 있었다.

황아는 이후 늘 서쪽 바다까지 배를 타고 와서 궁상 그늘 아래서 놀았다. 그러던 어느 날 황아 앞에 아주 잘생긴 젊은이가 나타난다. 그는 스스로 백제의 아들이라고 말했는데, 사실은 새벽녘 동쪽 하늘에서 빛나는 금성의 신이었다. 바닷가에서 노는 황아를 보고 한눈에 반해 지상으로 내려온 것이었다. 두 사람은 곧 가까워져 집에 돌아가는 것도 잊은 채 놀았다.

그들은 배 위에 계수나무 돛대를 꽂고 향기로운 띠풀을 엮어 돛으로 삼았다. 그리고 옥으로 만든 비둘기를 돛대 끝에 달아 풍향을 가리키게 했다. 두 사람은 이렇게 아름답게 꾸민 배 위에서 다정히 기대앉아 거문고를 타고 노래를 부르며 놀았다. 이렇게 사랑을 나누다 황아는 소호를 낳게 되었다.

"금성과 황아의 아들인 소호가 선생님의 시조라도 됩니까?"

"그렇습니다."

태호는 일말의 망설임도 없이 대답했다. 확신에 찬 태도였다. 빈정거림이 섞인 질문에 다소 미안한 마음이 없지 않았던 준기가 오히려 당황스러울 정도였다. 하긴 그 정도 믿음도 없이 자신의 강의실까지 찾아올 수 있었겠나. 따지고 보면 한반도 백성들이 단군의 자손이라고 굳게 믿는 것과 다를 게 없었다. 세월이 흐를수록 역사는 신화의 빛으로 물들 수밖에 없는 것이다. 역사와 신화의 경계도 따라 모호해진다. 한눈으로 역사와 신화를 동시에 바라보는 그런 시야를 한반도에서 좀 더 멀리, 더 넓게 대륙으로 옮긴 것에 불과한 것일 수 있었다. 태호는 다시 한번 준기가 누워있는 암체어 너머 소호금천의 흉상으로 시선을 던지며 말했다.

"쇠의 기운이 왕성한 곳에 소호가 있다고 하지 않았습니까? 쇠金의 기운이 왕성한 곳 말입니다. 게다가 금성金星의 아들이고요. 더 이상 김씨의 시조로 어울리는 인물이 없지요. 그를 형상화한 것이 바로 금인金人이고요."

준수가 암체어에서 몸을 일으키며 말했다.

"하지만 소호는 서방의 신 아닙니까? 한반도를 기준으로 한다면 몰라도 중국에서 볼 때 흉노의 신이라면 동방 또는 북방의 신이어야 하지 않겠습니까?"

태호가 다시 미소를 지었다. 소호의 탄생 신화까지 자세히 설명하던 사람이 어찌 그 이유를 모르냐는 표정이었다. 준기는 아차 싶었다. 소호는 원래 동방의 신이었던 것이다. 그의 마음을 읽었는지 태호는 미소를 숨기지 않은 얼굴로 말했다.

"그렇습니다. 소호는 원래 동방의 큰 신이었지요."

《산해경》은 동해의 바깥 먼 곳에 소호의 나라가 있었다고 전한다. 동방의 신이었던 소호는 언젠가부터 동방을 떠나 아들인 가을의 신

욕수와 함께 서방을 다스리게 된다. 서쪽으로 지는 해의 운행 상태를 주로 살폈다고 한다. 《산해경》에 따르면 서방의 장류산이라는 곳에 소호의 궁궐이 있었다.

태호는 뭔가 말을 계속하려다 입을 다물었다. 대신 자신의 책상으로 돌아가 서랍을 열었다.

기원전 209년 5월

"뭐야, 흉노 놈들이 우리를 공격했다고?"

월지 왕은 주먹을 불끈 쥐었지만 탁자를 내리치진 않았다. 예견된 일이었고 예상되던 때였다. 다만 도발 규모만이 흉노의 진의를 말해줄 것이었다.

"그들이 무슨 짓을 했지?"

"새벽녘에 국경 근처의 오아시스를 습격해 말 열네 마리와 양 백여 마리를 약탈해 갔다고 합니다."

"사람들은?"

"두 명이 죽고 여섯 명이 다쳤습니다."

"그게 다인가?"

"그렇습니다……."

만인대장이자 호부장(오늘날의 재무장관)인 바하다리는 멈칫했다. 그게 다인가? 평소의 토가라 같으면 분해서 길길이 날뛰었을 것이다. 술잔과 접시가 이리저리 날았을 것이다. 그런데 그게 다냐니…… 게다가 얼굴에 은근한 미소까지 짓고 있지 않은가. 이건 무엇을 의미하는 것인가.

그것은 토가라의 예상이 틀리지 않았다는 것을 의미했다. 죽은 사람과 다친 사람이 열 명도 못 됐다. 그것도 무기에 의한 살상이 아니고 말에 밟히거나 떼밀려 죽거나 다친 것이었다. 양과 말을 빼앗아 가면서 사람들은 전혀 끌고 가지 않았다. 말과 양보다 큰돈이 되는 노예를 내버려 뒀다. 그것은 침략이나 약탈이 목적이 아니라는 걸 의미했다. 일종의 경고, 아니면 전달하고자 하는 바가 있다는 것이었다.

"인질을 끌고 오라."

토가라는 탁자 위에 놓아두었던 선우의 서신을 다시 집어 들었다.

'선우여, 뭐가 그리 급했더냐? 무엇이 아들의 목숨을 그리 재촉하더냐? 아니지, 내가 그리 할 수는 없지. 네가 노는 장단에 내가 춤을 출 수는 없는 일이지. 아암, 그렇고말고. 나는 내 장단에 맞춰 춤을 출 것이다. 네가 생각하는 것보다 훨씬 더 큰 춤을 출 것이다. 크하하.'

그때 묵돌과 누르하를 데리러 갔던 백인대장이 하얗게 질린 얼굴로 월지 왕의 게르로 달려 들어왔다.

"이, 인질이 달아났습니다."

"무엇이? 이 끝없는 초원에서 어디로 달아난다는 말이냐?"

"전하의 말을 훔쳐서……."

"어떤 말이냐?"

"그게, 그……."

토가라의 발판이 요란한 소리를 내고 굴러 백인대장의 꿇은 무릎을 강타했다. 백인대장은 그러나 조금도 자세를 흐트러뜨리지 않았다. 얼굴조차 찡그리지 않았다. 무릎뼈 정도 부서지는 건 아무것도 아니었다. 왕이 아끼는 명마를 잃은 책임은 곧 죽음이었다.

"그 원숭이 같은 놈이 내 애마를 훔쳐 타고 달아났다는 거지?"

"예, 동쪽 흉노를 향해 달리고 있다고 합니다. 날쌘 군사들을 풀어 뒤쫓게 했습니다."

"어찌 그 말을 탈 수가 있었단 말이냐?"

"그, 그건 소인이 알 수가……."

"인질을 놓치고 왕의 말을 잃었다?"

"주, 죽여주시옵소서."

"인질을 놓치고 왕의 말을 잃은 죄, 죽어 마땅하다. 당연히 책임을 져야지."

말은 그렇게 하면서도 월지 왕의 얼굴에는 미소가 번졌다.

"잃은 말의 관리 책임을 맡은 놈의 목을 잘라 효시하고, 인질의 게르를 경비하던 군사들은 채찍 백 대씩 때리고 열흘을 굶겨라. 내게 나쁜 소식을 가져온 저놈은 채찍 오십 대를 때려라."

백인대장은 귀를 의심했다. 왕이 이토록 인자해지다니…… 예전 같으면 그 자리에서 죽음을 면치 못했을 터였다. 이마를 바닥에 대고 왕의 자비로움에 경의를 표시하면서 백인대장은 더욱더 놀라운 목소리를 들어야 했다.

"그리고…… 너무 멀리 쫓지 말라."

토가라는 그때까지 손에 쥐고 있던 선우의 편지를 다시 펼쳤다. 이번에도 오래 읽지 않았다. 힐끗 눈길을 주었다가는 이내 거두었다. 그러고는 편지를 바닥에 팽개쳤다.

"가소로운 놈."

바닥에 펼쳐진 편지에는 한자로 단 두 글자만이 씌어있었다.

殺他(그를 죽이시오)!

“이랴!”

여명의 푸른빛이 드러내는 대지의 희미한 윤곽에 의지해 묵돌은 말을 몰았다. 과연 명마였다. 채찍조차 필요 없었다. 목을 부드럽게 어루만지며 귀에 낮게 속삭이자 마치 알아들었다는 듯 긴 숨을 한번 토해내고는 이내 땅을 박차고 달렸다. 사막의 모래도, 초원의 억센 풀도 아무런 장애가 되지 않는 것 같았다. 바닥이 굳건 무르건 나는 듯 달렸다. 두 사람을 태우고도 숨소리가 흐트러짐이 없었다.

누르하는 앞에 앉은 묵돌의 허리를 힘껏 안았다. 묵돌은 말을 잘 다루었지만 누르하는 그렇지 못했다. 안장 없이는 말을 몰기는커녕 말 등에 앉아있기도 쉽지 않았다.

“살살 좀 잡아. 숨을 못 쉬겠잖아.”

“느슨히 잡았다가는 언제 튕겨 날아갈지 모르겠는걸요. 이놈이 하도 빨라서.”

묵돌과 누르하는 새벽녘이 되길 기다렸다가 경비병을 제압하고 게르를 빠져나왔다. 갇힌 지 열흘 정도가 지난 뒤부터 월지의 경비는 사뭇 느슨해졌다. 묵돌이 게르 안에서 꿈쩍도 않고 죽은 듯 지낸 까닭이었다. 게르를 에워쌌던 병사들의 수가 차차 줄더니 나중에는 주야간 한 명씩 교대로 입구만을 지킬 뿐이었다. 그날의 경비병은 평소 누르하가 매수해 두었던 늙은 병사였다. 늘 입가에 음흉함을 흘리고 다녔지만 은자 몇 닢에 자신의 임무를 잊었다. 그가 경비를

서는 밤이면 누르하는 문을 두드렸고 그는 슬며시 빗장을 끌렀다. 누르하가 밖에 나갔다가도 한두 시간 후면 바로 복귀를 했으므로 나중에는 아예 문을 잠그지도 않았다.

그날도 문은 열려있었고 늙은 경비병은 달콤한 새벽잠에 곯아떨어져 있었다. 전날 저녁 누르하가 내민 마유주를 두 사발이나 마셔 더욱 달콤한 잠을 잤다. 슬며시 게르를 빠져나온 묵돌이 천막에 기댄 경비병의 어깨를 툭 치자 그는 잠결에 떨군 고개를 들었고 묵돌의 커다란 주먹이 그의 관자놀이를 강타했다. 더욱 깊은 잠에 빠지게 된 늙은 경비병을 끌어 게르 안으로 옮긴 뒤 이불 홑청을 찢어 두 손을 등 뒤로 단단히 묶었다.

"그렇게까지 할 필요가 있었을까요?"

"뭘?"

"경비병 말이에요. 이미 취해 곯아떨어졌던데, 늙은이를 그렇게 두들겨 팰 필요까지야……."

"매사에 확실히 해두는 게 중요한 거야. 그놈이 언제 깨어날지 모르잖아."

"그래도……."

"너는 그렇게 흐리멍덩한 게 문제야. 언젠가 그것 때문에 후회할 날이……."

"쌔액!"

묵돌이 말을 채 마치기도 전에 화살이 그의 귓가를 스쳐 지나갔다. 누르하도 등 뒤로 날아온 화살 소리를 들었다.

"아니, 벌써?"

"거 봐라, 인마."

누르하가 뒤를 돌아보니 멀리서 대여섯 필의 말이 뒤를 따르고 있었다. 아무리 천리마라 하더라도 건장한 체구의 청년 두 명을 태우고는 빨리 달릴 수 없었다. 쫓는 자와 쫓기는 자 사이의 거리는 점점 줄어들었고 쫓는 자가 날리는 화살은 그만큼 더 힘이 실렸다.

"안 되겠다. 네가 말을 몰아."

"……."

"단단히 잡아!"

묵돌은 대답을 기다리지도 않고 누르하의 허리끈을 잡고 몸을 왼쪽으로 날렸다. 그러고는 누르하를 축으로 삼아 크게 회전해 누르하의 등 뒤로 내려앉았다. 이제 묵돌과 누르하는 위치가 바뀌어 등을 맞댄 자세가 됐다. 전광석화와 같은 동작이었다. 묵돌은 늙은 경비병한테서 빼앗은 활을 꺼내 화살을 먹였다. 추격자들이 아직 너무 멀리 있었다. 달리는 말에서 뒤를 향해 쏠 때는 좀 더 거리가 가까워야 한다. 조금만…… 조금만…….

추격자들은 두 명씩 세 개 조가 되어 교대로 화살을 쏜 뒤 추격을 계속하는 형태를 취하고 있었다. 화살을 쏘는 조와 나머지 두 개 조가 앞서거니 뒤서거니 하며 달렸다. 잘 훈련된 추격법이었다. 그들이 쏜 화살이 또다시 옆을 날았다. 조금만…….

막 화살을 쏜 조가 박차를 가해 앞으로 치고 나왔다. 말 두 마리 정도의 간격으로 벌어졌을 때 묵돌의 화살이 날았다. 곧바로 두 번째 화살이 같은 궤적을 따랐다.

"쌔액, 쌕!"

멀리 두 마리의 말에서 사람 그림자 두 개가 떨어져 땅에 굴렀다. 묵돌은 다시 활시위를 당겼지만 쏠 필요는 없었다. 쫓는 자들이 추격을 멈춘 것이다. 추격자들과의 거리는 점차 벌어졌고 끝내 시야에서 사라졌다.

말 머리가 향한 방향에서 동이 터 올랐다. 초원에서 솟는 태양은 찬란하고 경외롭다. 그 찬란함과 경외가 걸린 고지대에 오르자 말은 지쳐 거품을 입에 물었다. 묵돌은 뒤를 돌아보았다. 이제 초원은 본연의 윤곽을 모두 드러내고 있었다. 추격자는 없었다.

"잠시 멈춰."

누르하는 감싸 안고 있던 말의 목에서 힘을 빼고 부드럽게 쓰다듬었다. 영리한 말은 이내 말 없는 말을 알아듣고 달리던 걸음을 천천히 멈추었다. 차가운 바람에 씻기듯 식던 열기가 솟아오르면서 말의 몸은 이내 땀으로 촉촉하게 젖었다. 조금 거칠어지기는 했지만 말의 숨소리는 여전히 조용했고 규칙적이었다. 말에서 뛰어내린 누르하는 말의 양 볼을 매만지며 경의를 표했다.

"고맙다."

만난 지 채 하루도 되지 않았지만 오래 동고동락한 친구 같은 말이었다. 누르하가 이 말의 비밀에 대해 알아낸 덕분이었다. 두 사람은 게르의 경비를 맡았던 늙은 월지 병사를 때려눕힌 뒤 말이 있는 원형 경기장, 아니 천연 마구간으로 달렸다. 완만한 둔덕이 눈에 들어오자 앞장서서 달리던 누르하가 멈춰 섰다.

"여기서부터는 천천히 가야 해요. 아까 말씀드린 거 잊지 않으셨죠?"

"그럼, 잊을 리가 있겠어?"

두 사람은 천천히 둔덕을 돌았다. 희미한 달빛이 돌무더기를 비추고 있었고 말은 여전히 그 돌무더기 옆에 서서 하늘을 바라보고 있었다.

"어딜 보고 있는 거지?"

묵돌이 속삭였다. 누르하의 눈이 말의 시선을 따라 하늘로 날았다.

"금성을 보고 있는 거 같아요. 저기."

누르하가 손가락으로 가리킨 하늘에는 금성이 밝게 빛나고 있었다. 두 사람 역시 고개를 들어 금성을 바라보며 옆걸음으로 말에게 접근했다. 울타리 밑을 통과하면서도 별에서 시선을 떼지 않았다. 누르하가 엉거주춤 걷다가 중심을 잃어 비틀거렸지만 다행히 묵돌이 잡아 넘어지지 않았다.

두 사람은 천천히 말에게 다가갔다. 과연 말은 꿈쩍도 하지 않고 금성에 시선을 고정하고 있었다. 묵돌이 말 머리 옆에 섰고 누르하가 묵돌의 등 뒤에 섰다. 잠시 후, 말이 서서히 고개를 돌려 묵돌을 바라봤다. 곁눈질로 말을 바라보던 묵돌도 천천히 고개를 돌려 말을 보았다. 두 눈이 잠시 마주쳤지만 기 싸움은 길지 않았다. 말이 고개를 숙여 호의를 표시했고, 묵돌도 말의 목을 끌어안고 털을 쓰다듬으며 인사를 나눴다. 둘은 그렇게 친구가 됐다.

묵돌이 말에 올랐다. 이어 누르하가 오르려 하자 말이 뒷걸음질을 치며 거부감을 표시했다. 묵돌은 다시 말의 목을 감싸 안으며 속삭였다.

"저 사람도 친구야. 우리가 죽을 때까지 함께할 친구."

말은 이제 누르하도 받아들였다. 셋은 그렇게 친구가 됐다. 울타리 문을 열고 묵돌이 외쳤다.

"자, 달리자. 저 별을 향해 동쪽으로!"

"히히힝!"

말이 땅을 박차고 튀어나갔다.

2021년 5월

태호와 헤어지고 집으로 가는 지하철 안에서도 준기는 복잡한 머릿속이 좀처럼 맑아지질 않았다. 태호는 책상 서랍에서 낡은 흑백 사진 두 장을 꺼내 준기에게 건넸다. 손바닥 안에 쏙 들어갈 만한 크기로 봐서 아주 오래된 사진이었다. 낡은 상태에 비해 이미지는 제법 선명했다. 두 사진 모두 오래되어 보이는 나무 상자를 찍은 것이었는데, 하나는 상자가 닫힌 모습이었고, 하나는 열어놓은 것이었다. 사진 속 상자는 모서리 부분이 금속편으로 장식된 것이었다. 비교할 만한 물건이 없어 크기는 가늠할 수 없는 직육면체였다. 상자는 위 뚜껑과 아래 받침이 같은 높이로 가운데 경첩을 달아 위로 열게끔 되어 있었는데, 그 안은 홈을 판 나무로 채워져 있었다. 그 홈은 사람 모양으로 파여있었고 금속으로 만든 조그만 인간의 좌상이 들어있었다. 좌상은 별다른 장식을 새겨 넣지 않은 단순한 사람의 모습이었다. 열린 상자를 찍은 사진에는 그 좌상이 받침 위에 앉아있었다.

한눈으로 보기에도 아주 오래된 물건이었다. 좌상 중 가장 흔한 것은 불상인데, 불상이 아닌 것으로 미루어 삼국시대 이전의 조상彫像

일 가능성이 있었다. 그런 물건이 사진으로 찍혔다는 것은 지금도 존재하거나 비교적 근래까지 존재하고 있었다는 이야기가 된다. 태호는 사진 속의 물건이 존재하고 있다고 분명히 말했지만, 그것이 어디에 존재하는지에 대해서는 말을 아꼈다. 사진의 입수 경위에 대해서도 밝히지 않았다. 대신 그 두 장 말고도 좌상을 찍은 사진이 몇 장 더 있다고 말했다. 좌상의 정체에 대해 좀 더 자세하게 알 수 있는 사진이라고 했다. 언젠가 또 보게 될 것이라고도 했다.

준기는 마음 깊숙한 곳에서 호기심이 솟아오르는 것을 느꼈다. 흉노 이야기를 하다 보여준 사진이라면 그 좌상이 흉노와 관련된 게 틀림없었다. 그렇다면 그것은…… 스스로도 말했지만 흉노의 역사는 준기의 전공이 아니었다. 하지만 이처럼 구체적인 증거물이 있는 경우는 다르다. 사료가 거의 없는 고대사 연구에서 이 정도 증거물의 존재는 결정적일 수 있다. 잘만 하면 역사책을 새로 써야 하는 경우도 생기는 것이다. 그런 상황에서 전공이라는 것은 의미가 없다. 늘 사료에 목마른 준기 같은 연구자로서는 군침이 돌지 않을 수 없는 이야기다. 게다가 태호의 마지막 말은 가히 충격적이었다.

"이 좌상은 우리 가문의 유물입니다."

준기는 자신이 좀 더 살펴보겠다며 사진을 빌려주기를 청했고 태호는 이를 기꺼이 수락했다. 준기는 지하철에서도 사진을 꺼내 살폈지만 특별한 단서를 발견할 수는 없었다. 그렇다고 흥미가 줄어들지는 않았다. 오히려 더욱 커지기만 했다. 준기는 가방 안에 든 책 속에 사진을 잘 갈무리하고는 지하철에서 내렸다.

준기가 밖으로 나왔을 때는 이미 해가 저물어 어둑해져 있었다. 그런데도 아파트 단지 안으로 들어가는 골목길에는 아직 가로등이 켜 있지 않았다. 또 누군가의 게으름 탓에 다수가 불편을 겪는 것이다. 쯧쯧. 준기는 혀를 차며 골목길로 들어섰다. 왜 자기 할 일을 하지 않는 걸까. 일이 힘에 겨운 걸까. 일이 성에 차지 않는 걸까. 일에 자부심을 갖지 못하는 걸까. 자신은 이따위 일을 할 사람이 아니라고 생각하는 걸까. 그럼 그 일을 그만두고 새로운 일을 찾아야 하는 것 아닐까. 다른 일을 찾지 못해서라면, 그래도 할 수 있는 그 일이 고마운 것 아닐까. 고마운 일이라면 대충대충 해서는 안 되는 것 아닐까. 자기만족을 위해서라도 열심히 해야 하지 않을까. 준기의 짧은 사색은 몇 걸음 앞 전신주 그늘에서 튀어나온 검은 그림자에 의해 방해받았다. 그림자는 준기에게 용건이 있는 것 같았다.

"김준기 교수님?"

"……."

그림자는 제법 더운 날씨였음에도 검은색 트렌치코트를 입고 목에는 실크 머플러까지 두르고 있었다. 머리에는 검은색 페도라를, 얼굴에는 역시 검은 마스크를 썼다. 강도들처럼, 코로나 바이러스가 도움이 되는 사람도 있구나 하는 생각이 순간적으로 떠올랐다. 미처 알지 못했던 자신의 유머 감각에 놀랐다. 그림자는 앞으로 몇 걸음 걸어 나왔다. 손을 집어넣은 코트 오른쪽 주머니가 뾰족하게 튀어나와 있었다.

"제가 이 물건을 사용하지 않게 되기를 바랍니다."

"무슨 일이죠?"

겁이 나긴 했지만 강도의 점잖은 말투에 준기는 조금 더 용기를 낼 수 있었다. 강도가 바라는 건 내 목숨이 아니다. 혹시…….

"분명히 경고했을 텐데요. 무모한 짓을 하지 말라고."

"아!"

준기는 과장된 감탄사를 터뜨렸다. 마치 그제야 생각난 것처럼……. 역시 그랬다. 이들은 그동안 줄곧 그를 미행했던 것이다. 이런 바보, 그런 경고장을 받았다면 생각을 했어야지. 하지만 기껏해야 고대사나 강의하는 사람한테 뭐 얻을 게 있다고 미행을 한다는 말인가. 이리저리 교차하던 준기의 생각이 다른 곳에 미쳤다. 뒤를 따르던 사람이 앞선 길목을 지킬 수는 없고…… 그렇다면 또 다른 사람이? 역시 그랬다. 뒤를 돌아보니 역시 또 한 사람이 골목 입구를 지키고 있었다.

"김태호 원장한테서 받은 것을 주십시오."

지하철 안에서 사진을 꺼내는 걸 보았군. 그러고는 동료한테 알린 거야.

"그냥 얘기만 나눴을 뿐인데요."

그림자의 코트 오른쪽 주머니가 다시 꿈틀거렸다.

"이 물건을 사용하고 싶은 생각이 점점 커지는군요."

그림자가 고갯짓을 하자 두 번째 그림자가 다가와 준기의 가방을 낚아챘다. 그는 결코 점잖게 행동할 생각이 없는 듯했다. 준기는 저항하지 않았다. 두 번째 그림자는 오래 걸리지 않아 사진 두 장을 꺼내 주머니에 넣은 뒤 준기에게 가방을 돌려줬다. 그림자가 말했다.

"다시 말하지만 무모한 행동을 하지 마십시오. 김 교수님한테 하나도 이로울 게 없으니까요."

"이런 짓을 하는 이유가 뭡니까?"

준기가 다시 용기를 내 물었지만 그림자는 대답 대신 말했다.

"우리가 다시 보게 되면 오늘처럼 젠틀하지는 않을 것입니다."

그림자는 준기를 스쳐 지나 골목 밖으로 사라졌다. 두 번째 그림자도 그를 따랐다.

기원전 209년 5월

묵돌은 이제껏 자신들이 숨차게 달려온 땅을 내려다보았다. 초원과 사막이 반복되는 뒤로 끝없는 지평선이 펼쳐져 있었다.

"내가 밟았던 모든 땅을 내 것으로 만들리라."

"사람이 살지도 못하는 불모지를 가져서 뭐 하게요?"

"사람이 살지 못하면 어떻게 우리가 살아서 여기까지 올 수 있었겠어?"

"그거야 죽자 사자 달려왔으니까 그렇죠."

"그러니까 내가 다시 한번 죽자 사자 달려서 월지 놈들이 내게 준 모욕을 갚아줄 테다. 그리고 그 땅을 차지할 거야."

"그럼 제 몫으로도 좀 떼어주시렵니까?"

"하하. 당연하지. 네 덕에 내 목이 아직 몸에 붙어 있는데. 네 몫은 내가 따로 생각해 둔 게 있다."

"와! 정말요?"

"하하하."

묵돌은 초원을 향해 거침없이 웃음을 터뜨렸다. 웃음소리가 닿는 끝까지 자신의 영토로 선포하려는 듯 목이 터져라 웃었다. 뒤에서 누르하가 가만히 미소 지었다.

"왕자님!"

누르하가 손을 뻗으며 묵돌을 불렀다. 멀리서 가느다란 흙먼지가 피어오르는 것이 보였다. 조금 전 두 사람이 달려온 발자국을 따라서였다. 두 사람은 언덕배기에 말과 몸을 숨기고 지켜봤다. 흙먼지는 빠른 속도로 두 사람이 있는 곳을 향했다. 누군가 말을 타고 달려오고 있었다. 그 말 역시 명마인 듯 바람처럼 초원을 갈랐다.

"어쩌죠?"

"한 놈뿐이니 여기서 매복했다가 처치하자."

묵돌은 활시위에 화살을 먹여 들었고 누르하는 칼을 빼 단단히 쥐었다. 그들은 자세를 낮추고 말을 탄 자를 기다렸다. 좀 더 가까워지니 월지 전사의 복장이 드러났다. 월지 전사는 고지대에 오르자 말의 숨을 고르기 위해 속도를 늦췄다.

"서라!"

두 사람이 언덕배기에서 뛰어나와 월지 전사의 길을 막았다. 묵돌은 말을 탄 자를 향해 화살을 겨눴다. 누르하는 칼을 머리 위로 높이 쳐들었다.

"쏘지 마시오."

"웬 놈이냐?"

"월지의 사신이오. 흉의 왕자에게 전하는 서신을 가지고 있소."

"무엇이라? 나에게 전하는 서신? 조금 전까지 우리를 쫓더니 서신은 또 뭐란 말이냐?"

"그것은 나는 모르오. 나는 단지 왕의 명을 따를 뿐이오. 왕자를 빠르게 쫓아 서신을 전하고, 만일 따라잡지 못하면 흉의 땅까지 쫓아가서라도 왕자께 전하라 하시었소."

"서신을 내놓아 보아라."

월지의 사신은 품에서 비단 보자기를 꺼냈다. 누르하가 그것을 받아서 묵돌에게 주었다. 묵돌이 보자기를 펼쳤다.

"아니, 이것은…… 내가 가져왔던 선우의 친전 아니냐? 이것을 왜 도로 가져왔느냐?"

"그것도 나는 모르오. 왕께서 그리하라 하시었소."

묵돌은 양피지를 풀었다. 월지 왕이 편지를 읽는 데 오랜 시간이 걸리지 않은 이유가 설명되는 순간이었다. 아니, 이런! 묵돌은 양피지를 움켜쥐었다. 그의 얼굴이 벌겋게 달아올랐다. 분노로 이글거리는 눈으로 월지 사신을 쏘아보았다. 묵돌은 다시 화살을 겨눴다. 월지 사신의 이마에서 식은땀이 흘렀다. 당장이라도 화살이 날아와 이마에 박힐 것 같았다.

"말에서 내려라."

"나, 나는 시킨 대로 했을 뿐이오."

"그렇지. 너는 잘못이 없지. 그러니 시킨 대로만 하거라."

사신은 몸을 떨며 말에서 내렸다. 여전히 묵돌의 화살이 자신의 눈을 향하고 있었다.

"여기서는 내가 시키겠다. 멀리 오지 않았으니 걸어서도 돌아갈 수 있을 것이다. 돌아가라. 가서 왕에게 전하라. 명마 두 마리를 선물로 잘 받았다고."

"아니……."

"어서 가라!"

묵돌이 활시위를 힘껏 당기자 사신은 줄행랑을 쳐 언덕배기를 뛰어 내려갔다. 그의 등 뒤로 화살 대신 묵돌의 외침이 날아가 박혔다.

"답례는 빠르게 그리고 푸짐하게 하겠다고 왕에게 꼭 전해라. 하하하."

투멘은 초조했다. 뭔가 이상했다. 일이 예상대로 전개되지 않았다. 기다렸던 보복은 없었다. 행동을 하도록 구실을 만들어 주고 부추겼는데도 월지는 꿈쩍도 하지 않았다. 계략이라고 생각하고 조심하는 것 같지도 않았다. 그저 아무 일도 없었다는 듯 일상의 모습 그대로였다. 뭔가 꿍꿍이가 있다는 뜻이었다. 월지여, 무엇을 꾸미고 있는가? 투멘은 술잔을 거칠게 탁자에 내려놨다. 도발을 당하고도 모른 척하고 넘어갈 월지가 아니었다. 그렇잖아도 동쪽의 부족들이 연합하는 것을 껄끄럽게 바라보던 월지였다. 그들로서는 월지와 진 사이에 또 다른 강한 세력이 형성되는 것이 좋을 까닭이 없었다. 문자 그대로 황금 알을 낳는 비단 무역의 독점이 깨지는 것은 월지가 상상할 수 있는 최악의 상황이었다. 그런 와중에 흉이 도발한 것은 울고 싶은 아이에게 뺨을 때려준 것이었다. 그런데도 울기는커녕 새근새근 잘도 자고 있는 것이다. 도대체 왜?

후궁 연씨가 빈 술잔에 아르히를 가득 채웠다. 아르히는 양젖으로 만든 요구르트를 증류해 만든 귀한 술로, 알코올 농도가 삼십 퍼센트가 넘는 소주다. 초원에서 증류주를 만들기란 쉬운 일이 아니다.

장작으로 쓸 목재를 구하기 어려운 까닭이다. 주로 가축의 배설물을 땔감으로 사용하는데 배설물을 태우려면 온갖 데서 끌어모아다가 며칠을 말려야 한다. 그러다 보니 귀한 땔감을 음식도 아닌 술을 만드는 데 쓴다는 게 사치가 아닐 수 없는 것이다. 게다가 젖을 끓여 나오는 수증기를 모아 액화시키는 작업이 여간 번거로운 게 아니었다. 정주민이라면 몰라도 가축 먹일 풀을 찾아 이동하는 유목민들 아닌가. 따라서 일반 백성들은 귀한 아르히 대신 말 젖을 가죽부대에 담은 뒤 이삼 일 저어 발효시킨 마유주를 마셨다. 마유주는 알코올 농도가 육에서 칠 퍼센트 정도로 막걸리와 비슷한 수준이다.

"목아는 언제 제수하실 건가요?"

투멘은 아무 말 없이 술잔을 들어 입에 털어 넣었다.

"좌현왕을 언제까지 빈자리로 놔두실 거냐고요."

"목아는 이제 겨우 열 살이야. 만인대장이 되긴 아직 이르지."

흉노는 선우 아래 좌현왕과 우현왕을 두었다. 좌현왕이나 우현왕 모두 일만 인의 기병대를 지휘하는 만인대장을 겸했지만 좌현왕이 선임이었다. 따라서 선우의 후계자인 태자가 자연적으로 좌현왕에 올랐다.

"말들이 많습니다. 선우가 늦둥이를 편애해 맏아들을 사지로 보냈다고요. 그것도 모자라 확실히 처리하기 위해서 월지와 전쟁을 일으킬 거라고요."

"내 백성들이 사리분간 못 하는 얼간이들은 아니구만. 크하하."

"그렇게 웃으실 때가 아닙니다, 폐하. 더 이상 사람들의 입에 묵돌이 오르내리기 전에 하루빨리 좌현왕을 제수해야 합니다. 그래야 사람들이 묵돌을 잊고 민심이 가라앉습니다."

"흠……."

아녀자의 말이지만 일리가 있었다. 월지의 속셈이 무엇인지 모르는 상황에서 민심이 출렁이는 것은 위험천만한 일이었다. 먼저 백성들을 다독여야 했다. 그래, 좌현왕을 제수하리라. 성대한 축하연을 베풀리라. 독한 술과 기름진 고기로 사람들의 머릿속을 씻어내리라.

"와아!"

그때였다. 밖에서 커다란 함성이 울렸다. 여러 사람들이 한 목소리로 내는 감격의 외침이었다.

"무슨 일이냐?"

밖을 살피러 나갔던 호위 무사가 뛰어 들어오며 말했다. 그의 목소리에도 기쁨이 넘쳤다.

"왕자께서 돌아오셨습니다."

누르하는 자신을 둘러싸고 환호하는 무리들 속에서 물미리를 한눈에 찾을 수 있었다. 그녀는 초원의 석양만큼이나 황홀하게 빛나는 붉은 머리카락을 지녔다. '물미리'란 이름도 '붉은 머리카락'이라는 뜻이었다. 양젖처럼 뽀얀 피부에 뺨에는 묏황기 꽃처럼 분홍빛이 물들어 있었다. 무엇보다도 그녀는 사랑스럽게 솟아오른 둥근 배를 가지고 있었다. 지난해부터 누르하와 쌓아온 사랑의 결실이었다.

누르하는 사람들을 헤치고 나가 물미리에게 다가갔다. 그의 얼굴을 확인하고 나서야 비로소 물미리의 얼굴에 그늘이 사라지고 안도의 기쁨이 나타났다. 누르하가 자신의 입에 검지손가락을 갖다 대

터져 나오려던 물미리의 외침을 연기시켰다. 두 사람은 손을 꼭 잡고 무리를 빠져나갔다. 자기들의 게르 안에 들어서서야 그들은 서로를 힘껏 끌어안았다.

"오, 누르하. 당신이 죽은 줄 알았어요."

"절대로 그럴 수 없지. 이렇게 예쁜 당신을 두고 어떻게 죽어? 누구 좋으라고?"

"아이참."

그녀는 허리를 비틀며 작은 주먹으로 누르하의 가슴을 때렸다. 누르하는 그런 그녀를 더욱 힘껏 끌어안았다. 그러고는 무릎을 굽혀 자세를 낮춘 뒤 뺨을 그녀의 배에 갖다 댔다.

"내가 어떻게 죽을 수 있겠어? 내 아들을 유복자로 만들 수는 없지."

"호호. 아들인지 어찌 알아요?"

"아들이라니까. 난 알 수 있어. 신이 우리에게 이 아이를 주던 날, 신이 내게 말했어. 아들을 잘 키우라고. 그 아들이 또 아들을 낳고, 그 아들이 또 아들을 낳아서 우리 후손들이 더 좋은 땅에서 더욱 귀하게 번창할 거라고 말했어."

누르하는 물미리의 둥근 배에 뺨을 붙인 채 부드럽게 쓰다듬었다. 아버지의 말을 알아들었다는 듯 배 속의 아이가 배를 발로 찼다.

묵돌은 그를 연호하는 사람들을 뒤로하고 선우의 게르 앞에 섰다. 그를 뒤따르는 사람들도 멈춰 섰지만 연호를 멈추지 않았다.

"태자마마 만세! 묵돌마마 만세!"

아직 묵돌이 정식으로 태자를 제수 받은 상황이 아니었으나 군중은 태자를 연호했다. 묵돌도 말리지 않았다. 묵돌은 서두르지 않고 함성이 수그러들 때를 천천히 기다렸다가 외쳤다.

"아바마마, 소자 돌아왔나이다."

게르 안에서 반응은 없었다. 평소 같으면 묵돌은 망설임 없이 게르 안으로 들어갔을 터였다. 하지만 묵돌은 들어가지 않았다. 자신을 지지하는 백성들의 목소리를 투멘이 직접 듣도록 할 생각이었다. 그는 다시 외쳤다.

"선우 폐하. 좌곡려왕 묵돌, 임무를 마치고 복귀했습니다."

"와."

또다시 함성이 터져 나왔다. 게르 문이 열리고 투멘이 모습을 드러냈다. 천지가 진동하는 함성을 무시할 수 없었던 것이다. 선우가 나오자 함성은 더욱 커졌다. 사람들은 이제 발까지 굴러가며 두 사람을 연호했다.

"선우 폐하 만세! 태자마마 만세!"

묵돌은 한쪽 무릎을 꿇어 선우에게 경의를 표했다. 선우 투멘은 손을 들어 사람들을 진정시킨 뒤 말했다.

"수고했다."

비록 늦게 본 왕자를 편애해 사지로 보냈던 장남이었지만 묵돌 역시 자신의 피가 흐르고 있는 아들이었다. 게다가 적지 한복판에서 혈혈단신으로 살아 돌아와 이토록 의연하게 서있는 왕자였다. 자신의 후계자로서 조금도 모자람이 없는 훌륭한 적자였다. 투멘은 그런 아들을 적의 손을 빌려 제거하려던 자신의 비열함에 부끄러움을 느꼈다.

"장하다. 아들아."

투멘은 묵돌에게 다가가 그의 어깨에 손을 올린 뒤 군중을 향해 외쳤다.

"월지의 간계를 이겨내고 이렇게 살아 돌아온 내 아들 묵돌이 자랑스럽도다. 그는 스스로 자신의 능력을 입증했다. 이 자리에서 묵돌을 좌현왕에 제수하노라."

"와! 태자마마 만세. 좌현왕 전하 만세!"

사람들은 기뻐하며 목이 터져라 만세를 불렀다.

"성은망극입니다. 탱리고도선우 폐하."

묵돌은 양 무릎을 꿇고 머리를 땅에 조아려 감사를 표했다. 하지만 조금도 기뻐하지 않았다. 투멘이 주지 않더라도 그 자리는 스스로 차지할 생각이었다. 투멘의 마음을 읽었으니 어떠한 수단을 써서라도 얻어낼 생각이었다. 그리고 그 자리가 최종 목표도 아니었다. 그 자리는 최종 목표에 도착하기 위해 거쳐야 하는 역참에 불과했다.

모든 사람이 기뻐했지만 분노하는 한 사람이 있었다. 후궁 연씨는 게르 안에서 투멘의 말을 듣고 이를 갈았다.

'목아를 좌현왕에 제수하겠다고 약속한 지 얼마나 됐다고 저렇게 말을 뒤집을 수 있단 말인가. 게르 밖으로 나가면서 마음이 바뀌었으니 게르 안으로 들어오면서 다시 마음이 바뀔 수 있을까. 그렇게는 되지 않을 것이다. 내게 한 약속은 베갯머리송사지만 묵돌을 좌현왕에 제수한 건 백성들 앞에서 공표한 게 아닌가. 그렇다면 목아는 어떻게 되는가? 그리고 또 나는?'

연씨는 사정없이 몸을 떨었다. 늦둥이 왕자만 무람없이 즐거웠다.

2021년 7월

준기와 태호는 다시 얼굴을 맞댔다. 이번에는 준기의 연구실이었다. 준기가 자신의 책상 의자에 앉았고 태호는 책상 앞 소파에 기댔다. 괴한이 사진을 빼앗아 간 사건 이후 한 달 하고 보름이 지난 때였다. 준기가 겁을 내 소극적으로 움직인 탓도 있었지만, 태호가 잠시 어디를 다녀오겠다며 만남을 늦춘 게 더 큰 이유였다. 시간이 좀 걸릴 것 같다, 돌아와서 연락하겠다고 태호는 차분하게 말했고, 한 달 열흘 만에 또한 차분하게 연락해 왔으며, 기말고사 때문에 바쁘다는 준기의 말을 듣고 자신이 연구실로 찾아가겠노라고 했다.

"오랜만입니다."

"네. 덕분에……."

아무 생각 없이 한 인사말이었지만 말하고 나서야 준기는 상대가 비아냥거림으로 들을 수 있겠다고 생각했다. 덕분에 괴한한테 위협도 받고 했으니 말이다. 준기는 서둘러 화제를 돌렸다.

"어디 다녀오신다더니 일은 잘 마치셨습니까?"

"네. 덕분에……."

다시 원위치로 돌아왔다. 태호는 장난스러운 미소를 흘리며 어색한 침묵을 깼다.

"그사이 그 친구들이 다시 나타나지는 않았지요?"

에두르지 말고 바로 들어가자는 제의였다. 어차피 두 사람 사이에 다른 화젯거리는 없었다.

“네. 그런데 그들은 누굽니까?”

준기도 에두르지 않고 곧바로 물었다.

“예상하셨겠지만 제 출장도 그들 때문이었습니다. 확인해 보니 제 추측이 맞았습니다.”

“…….”

“그들 역시 소호금천의 후계들입니다.”

“네?”

“정확하게 말하면 궁기의 자손들이지요.”

소호의 아들과 후손 중에는 재주 많고 유능한 인물들이 많다. 활과 화살을 발명했다는 반이 소호의 아들이다. 명신으로 요 임금을 보좌했던 고요와 우 임금의 치수 사업을 돕고 《산해경》을 지었다는 백익도 소호의 후예다. 그렇다고 위인만 있는 게 아니다. 괴물이나 악한도 많다. 북방에 사는 외눈박이 일목국一目國 사람들도 소호의 자손이다. 날개가 달린 호랑이 모습을 한 궁기라는 아들도 있다.

궁기는 중국 고대 전설 속에 나오는 네 악수惡獸인 ‘사흉四凶’의 하나인데 괴팍한 성격으로 유명하다. 《산해경》 〈해내북경〉에는 “날개가 달린 호랑이 형상으로 사람을 머리부터 잡아먹는다”고 나온다. 자기가 싸우는 것보다 남들이 싸우는 것을 관전하길 즐겼는데, 사람들이 싸우는 것을 보고 있다가 옳아 보이는 쪽을 잡아먹었다고 한다. 평소에도 행여 누가 충직하고 성실하다는 평을 듣게 되면 곧장 달려가 그의 머리나 코를 베어 먹었다. 또 누군가 악하게 굴고 나쁜 일만 일삼는다는 소리를 들으면 곧바로 들짐승을 잡아 선물로 바쳤다는 괴짜였다.

"요제가 변방으로 내쫓았다는 사흉 중의 궁기 말씀입니까?"

"그렇습니다. 하지만 우리는 궁기를 흉수로 보지 않습니다. 괴팍한 행동을 한 것은 사실이지만 그것은 위선을 극도로 혐오한 까닭입니다. 말만 정의를 앞세우고 속으론 불의를 밥 먹듯 저지르는 인간들을 미워한 거지요. 하지만 모난 돌은 정을 맞는 게 세상사입니다. 그래서 변방으로 쫓겨나게 됐고, 그의 악명만이 과장되게 전해진 거지요."

"그렇다면 궁기의 후손들과 반목하는 이유가 뭡니까?"

"반목이라……."

태호가 고개를 살짝 흔들었다.

"우리는 그들과 반목하지 않습니다. 사실 궁기의 후손임을 주장하는 사람들이 있다는 걸 안 것도 최근이고요."

"……."

"어렴풋이 존재를 느끼고는 있었지만 그들의 실재를 확인한 건 김 교수님이 받으신 카드를 본 이후입니다. 카드에 찍힌 인장을 보고 말입니다."

준기는 서랍을 열어 카드를 꺼냈다. 인장을 자세히 보니, 그저 배경이라고 여겼던 것이 호랑이의 날개 그림이었다.

"이것이…… 궁기군요."

"그렇습니다. 그 인장을 보고 직감할 수 있었습니다. 그래서 가문 회의를 소집해 흩어진 정보를 모으니 그들의 존재가 드러나게 된 것입니다."

준기의 질문에 태호가 대답했다.

'이건 또 무슨 소리인가. 소호금천을 시조로 하는 두 가문이 서로 다툰다는 얘기 아닌가. 반목하지 않는다고 하지만 나를 대하는 태도로 봐서는 결코 좋은 사이랄 수 없는데…… 나는 또 왜 그 사이에 끼어서 이러고 있나.'

생각 끝에 준기가 물었다.

"그런데 왜 저를 위협합니까? 그 사람들이……."

"우리와 같은 것을 찾고 있기 때문입니다."

태호는 고대사 지도가 붙어있는 연구실 벽에 희미한 시선을 던지며 혼잣말처럼 말했다.

"금인. 제천금인祭天金人."

기원전 209년 12월

"탱리고도선우 폐하, 감축 드립니다."

"에이, 낯간지럽게. 그냥 전처럼 편하게 대해라."

"불가합니다. 드높고 존귀하신 폐하 앞에서 이 미천한 몸이 어찌 감히……."

"어허 그냥 하래도. 자꾸 그렇게 방정을 떨면 네 얼굴을 다시는 안 볼 테다."

"아니 됩니다. 어떻게 감……."

"정말 그럴래?"

"아, 알았다고요. 나 원 참."

묵돌이 눈을 부릅뜨자 누르하는 장난을 멈추었다. 두 사람은 몸이 울리도록 크게 웃었다. 신분의 차이는 있었지만 두 사람은 동갑내기에다 어려서부터 함께 대나무로 만든 말이 아닌 진짜 말을 타며 놀던 친구였다. 묵돌이 무예와 힘에서 뛰어나다면 누르하는 꾀로써 그것에 맞섰다. 하지만 두 사람이 다투는 일은 많지 않았다. 그들은 서로 상대를 자기 몸처럼 아끼고 사랑했다. 친구이자 형제이며 무엇보다도 가장 신뢰할 수 있는 군주와 신하였다. 서로를 위해 기꺼이 목숨도 내놓을 수 있는 문경지교刎頸之交의 관계였다. 묵돌이 선우의 왕좌에 기대서서 말했다.

"내 말 기억하니?"

"무슨 말을요?"

"우리가 탈출하던 날 월지 땅을 바라보며 했던 말."

"폐하가 밟았던 모든 땅을 폐하 땅으로 만들겠다고 하셨지요."

"그랬지. 그다음 말도 생각나?"

"글쎄요. 뭐였더라?"

누르하는 머리를 굴려봤지만 별다른 생각이 나지 않았다. 자기가 밟았던 모든 땅을 자기 땅으로 만들겠다고 말했다. 그리고, 그리고…… 고개를 갸우뚱하는 누르하를 바라보며 묵돌은 미소를 지었다.

"절실함이 없었구나. 기억하지 못하는 걸 보면."

"죄송합니다. 제가 머리가 나빠서."

"죄송할 게 뭐 있어. 제 밥상도 제가 못 찾아 먹는데. 내가 차지한 땅에서 네 몫을 떼어주겠다고 했는데 기억도 못 하고 있으니 없던 일로 하겠다."

"예에?"

누르하가 말꼬리를 길게 빼 올렸다. 그제야 비로소 자기가 했던 말이 떠올랐다. 그저 농담처럼 던진 말이었으니 기억을 못 하는 것도 놀랄 일이 아니었다. 간신히 자기 몸 하나 추슬러 달아난 사람이 흰소리를 하길래 맞장구를 치느라 한 말이었다. 그럼 제 몫도 좀 떼어주시렵니까? 그때 그는 말했다. 너를 위해 생각해 둔 것이 있노라고. 그 말 역시 그저 허풍으로 듣고 귓등으로 넘겼다. 그런데 묵돌은 그 말을 기억하고 있는 것이다.

"하하하. 이제 생각나나 보지?"

"그럼, 정말로 제게 땅을 주실 생각입니까?"

묵돌은 웃음을 멈추고 정색을 했다. 그의 얼굴에는 벌써부터 선우의 위엄이 서려있었다. 누르하는 그 위엄에 놀라 머리를 조아렸다. 선우가 된 지 불과 며칠이 지났다고 저런 권위가 생겨난다는 말인가. 하긴 친부를 향해 활을 쏜 사람이었다. 그 일을 하기 위해 자신의 애첩마저 고슴도치로 만든 사람이었다. 바로 그 일을 하기 위해 오랫동안 친위대를 조련시켜 온 사람이었다. 누르하는 다리가 후들거렸다.

"어허, 그러지 말래도."

묵돌은 누르하를 일으켜 세웠다.

"우린 친구야. 진짜 친구. 진짜 친구는 형제만큼 겉모습이 닮지는 않았지만 몸속에는 더욱 닮은 피가 흐르지. 나는 내 진짜 친구를 번왕으로 삼을 거다. 진秦이 쌓은 장성과 맞닿은 땅을 줄 거야. 장성을 따라 동쪽으로 달리는 평원을 네게 줄 거다. 언젠가 네가 그 장성을 넘어 진의 땅을 차지할 수 있겠지."

"세상에……."

묵돌이 말한 '동쪽으로 달리는 평원'은 하서주랑, 오늘날 허시주랑이라 일컫는 지역이다. 황하의 서쪽이라 해서 하서河西이며, 치롄산맥과 고비사막 사이로 평원이 복도처럼 이어진다고 해서 주랑이라 부른다. 중국 간쑤성의 성도인 란주에서부터 우웨이, 장예, 주취안 그리고 만리장성의 서쪽 끝인 자위관을 지나 둔황에 이르는 길이 800킬로미터의 회랑이다. 톈산로를 지나 중국으로 갈 때 꼭 거쳐야 하는 비단길의 일부로 동서 교역의 요지였다.

"어떤 이름이 좋을까. 그래, 휴도休屠가 좋겠다. 현명하게 때를 기다려 싸운다는 뜻이니까. 탱리고도선우 묵돌이 내 영원한 친구 누르하를 동쪽 땅을 다스리는 휴도왕에 봉하노라. 하하."

묵돌은 화살을 들어 누르하의 머리에 댔다. 번왕에 임명하는 일종의 대관식이었다.

"세상에……."

누르하는 놀란 입을 다물 수 없었다.

'휴도왕! 내가 왕이라니…… 농담처럼 던진 얘기가 이렇게 현실이 되어 돌아오다니.'

장난처럼 번왕에 봉해졌지만 약속을 무를 묵돌이 아니었다.

"곧 정식으로 제수를 할 것이야. 너도 알겠지만 난 헛말을 하는 사람이 아니야. 하지만 당분간은 나를 좀 더 도와줘야겠어. 내가 한 첫 번째 약속도 지켜야 할 테니 말이지."

첫 번째 약속은 누르하도 기억하고 있었다. 그가 밟은 땅을 모두 그의 것으로 만드는 것이었다. 곧 월지를 치겠다는 얘기였다. 꼭 칠 것이다. 그래서 땅을 빼앗을 것이었다. 그는 헛말을 하는 사람이 아니었다.

"얼마 걸리지 않을 테니 조금만 참아다오. 대신 내 약속의 증표로 이것을 주겠어."

그는 탁자 위에 있던 노란색 비단 보자기를 들어 누르하에게 내밀었다.

"이게 뭐죠?"

"풀어봐."

누르하는 탁자 위에 올려놓고 보자기를 끌렀다. 두 손바닥을 모은 크기만 한 금 상자가 나왔다. 모서리마다 황금 편을 잘라 붙여 장식한 것이었다. 위로 열게끔 되어있었으며 앞쪽에 황금 경첩을 달아 자물쇠로 잠가놓았다. 새끼손가락만 한 열쇠도 함께 있었다. 누르하가 망설이자 묵돌이 말했다.

"열어봐."

열쇠를 구멍에 넣고 밀자 자물쇠는 소리 없이 열렸다. 누르하는 금 상자의 뚜껑을 위로 들어 올렸다. 황금으로 만든 조상이 나타났다. 가부좌를 틀고 앉아 다리 위에 편안하게 팔을 내려놓은 사람의 모습이었다.

"이것은?"

"금인金人이야. 우리의 하늘이 내려준 천부금인天符金人."

2021년 7월

"천부금인……."

"네? 뭐라고 하셨지요?"

"봤어요. 천부금인. 금으로 만든 좌상. 묵돌이 내게, 아니 누르하에게 주었습니다. 하늘이 내려준 것이라면서……."

"오!"

태호는 소파에 누워있는 준기의 손을 두 손으로 꽉 쥐었다. 의식여행을 위한 보조 기구가 없는 준기의 사무실인지라 크게 기대하지 않았는데 오히려 목표점을 더 정확하게 찾아간 것이었다. 태호는 만족의 웃음을 감출 수 없었다. 평소의 그답지 않은 웃음이 흘러나왔다. 여행자 역시 반신반의하며 소파에 누웠는데 기대 이상의 소득을 얻은 것은 그만큼 여행자가 자신을 믿게 됐다는 의미였다. 그렇다면 앞으로는 좀 더 속도를 낼 수 있을 터였다.

"본 것을 설명할 수 있겠습니까? 사진에서 본 것과 같던가요?"

"글쎄요……. 비슷한 거 같아요. 상자는 생각보다 좀 더 큰…… 금인상은 생각보다 좀 작고 아주 선명한 표정이 있지는 않은 얼굴……."

준기는 자신이 본 것을 좀 더 온전하게 기억에 담아두려는 듯 눈을 감고 있었다.

"그렇겠지요. 그 후로 시간이 많이 흘렀지만 그 이전으로도 많은 시간을 거슬러 올라가야 하니까요."

준기는 눈을 떴다. 그리고는 몸을 일으켜 앉았다.

"하지만 소호금천에 대해서는 전혀 언급이 없었습니다. 그저 나를…… 아니, 누르하를 번왕에 봉하겠다며 약속의 증표로 줬어요."

태호의 얼굴에 다시 미소가 피어올랐다.

"곧 보시게 될 겁니다. 흉노에게 금인은 통치 도구였습니다. 《사기》 주석서인 《사기색은》을 보면 '금으로 사람을 만들어 하늘에 제사를 지냈다作金人以爲祭天主'고 나옵니다. 금인에게 빌어 하늘의 뜻을 얻은 뒤 그것으로 백성을 다스린 거지요. 소호가 금의 덕을 빌려 나라를 다스린 뜻을 이어받은 겁니다. 곧 금인이 하늘이자 소호인 것입니다."

기원전 208년

묵돌이 즉위할 당시 흉노의 동쪽 지역에는 동호가 흉노보다 더 큰 위세를 떨치고 있었다. 동호는 몽골 고원에서 요서 지방에 걸쳐 생활하던 유목민족으로 오환烏桓, 선비鮮卑, 거란契丹이 동호의 후예들이다. 그중 일부는 나중에 고조선과 고구려에 합류하기도 한다.

묵돌이 선우가 됐다는 소식은 즉각 동호에 전해졌다. 동호의 왕은 사자를 묵돌에게 보내, 투멘 선우의 죽음으로 그가 타던 말이 주인을 잃었을 터이니 자신에게 양도하라고 요구했다. 아버지를 죽이고 왕위를 찬탈한 사실을 간접적으로 비난하면서 새로 즉위한 선우가 어떤 인물인지 시험하고자 하는 속셈이었다.

투멘의 말은 서역에서 나는 명마였다. 돌을 밟아도 자국이 날 정도로 다리 힘이 강해 하루에 천 리를 달렸다. 달릴 때 앞 어깨 부분에서 피 같은 땀을 흘린다고 해서 한혈마汗血馬라고 불리었다. 중국에는 한무제 때 장건이 서방 원정을 하면서 그 존재가 알려졌다. 이후 오늘날 우즈베키스탄의 수도인 타슈켄트 지역에 도읍했던 대완국에 그 명마가 있다는 사실이 중국에 전해졌다. 무제는 대완국에 사신을 보내 말을 보내달라고 요청했으나 대완국은 이를 거부했다. 이에 무제는 기원전 104년, 이사장군 이광리를 시켜 대완국 원정을 벌인다. 이광리는 원정을 승리로 이끌고 타슈켄트에서 한혈마 삼천여 마리를 구해 개선했다. 무제가 크게 기뻐하며 '서극천마'라는 노래를 지어 칭송했다는 얘기가 《한서》에 전한다.

"선왕의 천리마를 내놓으라?"

"절대 불가합니다. 천마는 우리의 자존심입니다."

"의당 거부하고 본때를 보여줘야 합니다. 그 같은 요구는 우리를 얕잡아 보는 짓입니다."

흉노의 이십사 왕장 모두 동호의 요구를 거부해야 한다고 입을 모았다. 흉노는 선우 아래 좌현왕과 우현왕, 그 아래 좌곡려왕과 우곡려왕 등 스물네 명의 직제가 있었다. 묵돌은 뒤를 돌아보며 누르하의 의견을 물었다.

"아직 때가 아닙니다."

묵돌은 고개를 끄덕이며 말했다.

"기껏 말 한 마리 아껴서 이웃나라와의 관계를 깨뜨릴 수 없다. 선왕의 말을 동호로 보내라."

신하들은 부글부글 끓었지만 선우의 명령을 받들지 않을 수 없었다. 말을 받자 동호 왕은 묵돌을 용기 없는 겁쟁이라고 여겼다. 얼마 후 그는 다시 사자를 흉노에 보내 이번에는 선우의 후비后妃 중 한 명을 보내라고 요구했다.

"우리 왕께서 듣자 하니 선우께는 아름다운 후비가 여럿이라 하더이다. 그래서 그중 한 명을 양보하는 호의를 베푸시길 기대하고 계십니다."

동호 사신의 말에 흉노의 신하들은 모두 격분해 치를 떨었다.

"이런 건방진…… 감히 선우 폐하의 왕후들을 넘보다니."

"이 같은 무례한 요구를 들어주는 것은 천하에 다시없는 굴욕입니다. 명령만 내리소서. 신이 한걸음에 달려가 동호 왕을 사로잡아 오겠나이다."

하지만 묵돌은 담담했다. 이번에도 누르하의 생각을 물었다.

"아직 이릅니다."

묵돌은 신하들에게 말했다.

"기껏 여자 하나를 아껴서 이웃나라와의 우호관계를 해치는 건 현명한 선우가 할 일이 아니다."

묵돌은 신하들의 반대를 물리치고 총애하던 후비 중 한 명을 동호에 보냈다. 신하들은 또다시 들끓었지만 선우의 명령을 거역할 수 없었다. 동호 왕은 이에 교만해졌다. 묵돌이 자신을 두려워하고 있다고 믿었다. 대놓고 흉노 땅을 넘보기 시작했다. 흉노와 동호 사이에는 천여 리에 달하는 불모지가 비무장지대처럼 남아있었다. 동호 왕은 다시 사신을 묵돌에게 보냈다.

"귀국이 우리 동호와 경계로 삼고 있는 황무지는 귀국에게 아무런 쓸모가 없는 땅이다. 이 황무지를 우리가 영유하려고 하니 허락하시라."

묵돌은 다시 흉노의 이십사 왕장들과 상의를 했다. 그중 몇 명이 말했다.

"동호가 요구하는 땅은 아무런 쓸모가 없는 황무지가 맞습니다. 그들에게 던져주어도 하등 아쉬울 게 없습니다."

"뭐이라고?"

묵돌은 격분했다. 이번에는 누르하와 상의하지 않았다. 누르하는 빙긋이 미소를 짓고 있을 뿐이었다.

"땅은 나라의 근본이요, 백성의 삶의 터전이다. 땅이 없다면 나라도 없고 백성도 없을 터인데 어찌 적에게 거저 내준단 말이냐? 발꿈치를 들고 서야 할 만큼의 땅도 양보할 수 없다."

그러면서 땅을 넘기라고 말한 신하들을 모두 목 베었다. 그러고는 스스로 말에 올라타 외쳤다.

"동호를 토벌하러 간다. 늦게 따라오는 자는 참할 것이다."

묵돌의 군대는 바람같이 동쪽으로 달려 동호를 기습 공격했다. 묵돌의 결단력을 잘 아는 흉노의 병사들은 경쟁하듯 앞서 달렸다. 묵돌을 겁쟁이로 생각한 동호는 흉노가 쳐들어오리라고는 꿈에도 생각하지 못하고 있었다. 황무지를 거저 얻은 뒤 흉노의 땅까지 집어삼킬 요량이었다. 침공의 대비에 소홀했던 것은 당연한 일이었다.

흉노는 순식간에 동호를 격파하고 왕을 참했다. 주민을 노예로 잡고 가축을 빼앗았다. 초원의 강대국이던 동호가 역사 속에서 사라지는 순간이었다. 잔존 세력의 일부는 다싱안링 일대 선비산과 오환산(홍산)으로 달아났다. 선비산으로 달아난 세력들은 선비족의 조상이 되었으며, 오환산 일대에 정착한 세력은 오환족의 조상이 되었다. 나관중의 《삼국지연의》에 조조가 관도대전 이후 북방 정벌에 나서 오환족을 토벌하고 오환의 대장 답돈을 참수하는 이야기가 나온다.

이들은 수많은 종족으로 이합집산을 거듭하며 유목 생활을 하다 고구려의 전성기인 장수왕 때 일부가 고구려에 복속되었다. 당나라 때는 위구르로 편입되기도 했다. 이들은 당나라 말기의 혼란을 틈타 세력을 키우다 10세기 초 야율아보기가 초원의 여러 부족들을 통일해 거란국을 건국하게 된다. 그때가 916년이다. 이후 점점 더 힘이 커져 요로 국호를 바꾼다. 요는 925년 2월에 동쪽의 발해를 침공해 이듬해 2월에 멸망시킨다.

"수고들 했다. 오늘의 승리가 우리의 힘과 의지를 증명했노라. 목숨을 건 군사들에게 노획한 말과 양 들을 모두 나눠주겠다. 빼앗은 것은 빼앗은 자의 몫이다. 사로잡은 동호인들은 모두 노예로 삼을 것이다. 다만 내게 충성을 맹세한다면 나의 용맹한 병사이자 선량한 백성이 될 기회를 주겠다. 전리품이 적은 군사들은 적다고 낙담하지 말라. 기회는 또 있다. 용감한 자가 커다란 몫을 차지하리라."

선우 묵돌은 내친 김에 말머리를 월지로 돌렸다. 그는 자신과의 약속대로 자신이 밟았던 땅을 그대로 좇아 월지를 쳤다. 기세에 놀란 월지 왕은 대항할 생각도 하지 못했다. 묵돌에게 투멘의 편지를 보여줌으로써 흉노가 내분에 휩싸이길 기대했지만 묵돌은 말려들지 않았다. 묵돌의 결단력과 추진력이 월지 왕의 생각 이상으로 강했던 것이다. 월지 왕은 변변한 싸움조차 한 번 해보지도 못하고 동족들을 이끌고 서쪽으로 달아났다. 미처 달아나지 못한 월지인들은 흉노에 복종을 맹세하고 살아남을 수 있었다. 역사가들은 남은 자들을 소월지라 하고 달아난 자들을 대월지라 불렀다.

묵돌의 치세가 흉노의 전성기였다. 동쪽으로 동호를 멸하고 서쪽으로 월지를 패주시킨 묵돌은 남쪽으로 소국 누번과 백양을 병탄했으며, 진나라 때 몽염의 원정으로 빼앗겼던 흉노의 땅을 모두 되찾았다. 이어 북쪽으로도 혼유, 굴역, 정령, 격곤, 신려국 등 다섯 소국까지 정복했다. 반고는《한서》에 이렇게 기록하고 있다.

> 한나라와 하남 요새에서 관문을 맞대고 마침내 연나라와 대나라를 침범했다. 이때는 한나라가 바야흐로 항우와 서로 맞서고 있을 때라 중국은 전란으로 지쳐있었기 때문에 묵돌이 스스로 강성해질 수 있어 활을 당겨 쏘는 궁사가 삽십만 명에 이르렀다. (……) 묵돌대에 이르러 흉노가 가장 강대해져 북쪽 오랑캐들을 모두 복종시키고 남쪽으로는 중국의 여러 나라와 필적할 수 있는 나라가 되었다. 이에 흉노의 귀인, 대신 들이 모두 탄복하며 묵돌을 현명하다 여겼다.

2021년 8월

더운 것은 식고 언 것은 녹기 마련이다. 차면 기울고 기울면 또 차는 게 자연의 섭리다. 계절의 바뀜은 바뀌는 법이 없다. 그러한 변화를 해마다 겪고 순순히 받아들이면서도, 인간들은 그런 순리를 자신에게 대입하는 데는 지극히 인색하다. 자신은 늘 봄날의 꽃길만 걸을 줄 알고 자만하다 추락하고, 자신은 결코 얼어붙은 그늘에서 기어 나올 수 없다는 좌절감에 얼어 죽고 마는 것이다.

결코 꺾일 것 같지 않던 한여름의 열기도 벌써 그 기운이 달랐다. 아침저녁 불어오는 바람에는 제법 선선한 기운이 섞였다. 이런 간단한 진리에도 인간들이 배우지 못하는 것은 그들의 자만심과 좌절감이 그만큼 크다는 얘기일까. 준기는 이런 생각을 하면서 캠퍼스를 걸어 내려왔다. 해도 많이 짧아졌다. 아직 저녁 7시도 안 됐는데 벌써 어스름이 아스팔트 바닥에 깔리고 있었다.

준기가 교문을 지나 도로에 들어섰을 때 검은색 세단 하나가 소리 없이 미끄러져 내려와 준기 옆에 섰다. 짙은 선팅을 한 뒷좌석 창문이 내려오면서 선글라스를 낀 젊은 여인이 준기를 올려다봤다. 준기는 걸음을 멈추고 여인을 바라보았다. 아무리 높게 잡아도 삼십 대 중반 정도로밖에 보이지 않는 여성이 미소를 지으며 말했다.

"교수님이 차에 타시겠어요? 아니면 제가 내릴까요?"

"……."

준기가 영문을 몰라 하는 사이 조수석 창문이 내려졌다. 준기한테서 사진을 빼앗아 간 그림자 괴한이었다. 그는 아무 말도 하지 않았지만 눈짓으로 차에 탈 것을 강요했다. 뒷자리의 여인이 말을 이었다.

"바쁘실 텐데 카페에 가는 것보다는 교수님이 차에 타시는 게 좋겠어요. 교수님이 원하는 목적지까지 태워드리죠."

기원전 200년 10월

초원에는 굵은 눈발이 흩날렸다. 누르하는 말 위에 올라 멀리 하얗게 물들어 가는 진양 남쪽의 땅을 바라보았다. 이곳은 사막도, 초원도 아니었다. 숲이 있었고 구릉이 있었고 널따란 평원도 있었다. 모래바람만 있는 평지도 아니었다. 지금은 추수가 끝났지만 얼마 전까지만 해도 곡식이 누렇게 영글던 곡창이었다.

누르하는 가슴 한구석에서 주먹만 한 불안감이 솟아오르는 것을 느꼈다. 여기까지는 기세 좋게 내려왔지만 앞으로는 그렇게 쉽지만은 않은 시간이 기다리고 있을 터였다. 바야흐로 저 아래 남쪽에서 강한 기운이 끊임없이 힘을 끌어모으고 있었다. 농사꾼의 아들로 태어나서 농사는 안 짓고 건달패거리와 어울리던 유방이라는 자가 서초 패왕을 자처하던 항우를 물리치고 중국을 통일한 게 오 년 전이었다. 훈이 매해 가을 이 지역 일대의 한 해 농사를 약탈해 겨울을 넘기기 위한 곳간을 채울 때에도 강 건너 불처럼 바라보고만 있었던 중국이었다. 하지만 이제 한漢이라는 통일된 힘은 그것을 용납하지 않을 터였다.

이미 유방은 지난해 한왕韓王 신을 대나라로 보내 마읍을 도읍으로 정하고 북방을 경계하도록 했다. 마읍은 오늘날 중국 산시성 삭주로, 거기서부터 황토 고지대가 시작된다는 곳이다. 그러나 묵돌이 대군을 이끌고 내려와 마읍을 포위하자 한신은 묵돌에게 화의를 청하고 북벌 의사가 없음을 확인했다. 소식을 들은 유방은 불같이 화를 내고 한신을 소환했다. 몽골 귀족 출신의 한신은 처형을 겁내 묵돌에게 땅을 바치고 투항했다. 묵돌은 대나라 땅으로 만족하지 않았다. 내쳐 밀고 내려가 진양에까지 이르렀다. 진양은 오늘날 산시성의 성도인 타이위안의 옛 이름이다. 이에 유방도 몸소 군사를 이끌고 나왔다. 양립할 수 없는 두 힘이 진양에서 맞붙게 된 것이다.

누르하의 불안감은 한고조의 대군에서 비롯된 것만은 아니었다. 보다 원초적인 불안이었다. 깊이를 알 수 없는 물을 건너야 하는 불측지연不測之淵의 두려움이었다. 자신이 밟고 있는 이곳은 농사꾼의 땅이지 유목민의 땅이 아니었다. 그런 땅을 영원히 소유할 수는 없었다. 그 땅에 뿌리를 내리기 전에는 불가한 일이었다.

'피해를 최소화하는 게 상책이다.'

영원히 소유할 수 없는 땅을 차지하기 위해 피해를 보는 건 어리석은 일이었다. 그렇다고 거저 내어줄 수는 없었다. 누르하에게는 계략이 있었다. 그에게는 좋은 무기가 있었던 것이다. 하늘이 그들의 편이었다. 살을 에는 겨울 삭풍이 그들의 무기였다. 가만히 내버려 두어도 추위에 익숙하지 못한 적들은 스스로 무너질 터였다.

2021년 8월

"김태호 원장한테서 우리 얘기를 좀 들으셨나요?"

차가 큰 길로 빠져나가면서 속도를 내자 선글라스 여인이 물었다. 시선은 여전히 정면으로 고정한 채였다.

"우리? 나는 당신들이 누군지 모릅니다."

"흐흐흐."

여인은 가냘픈 외모와는 다르게 의외의 허스키한 목소리로 웃었다. 하지만 이내 웃음을 거두고 정색한 표정으로 돌아갔다.

"연기가 서투르시네요, 교수님. 사진을 우리에게 주신 뒤 김 원장한테 설명을 들으셨을 텐데요."

"주다니요? 강탈했다는 게 맞는 표현일 것 같군요."

"호호호."

이번엔 높은 톤의 웃음이 여인의 입에서 흘러나왔다.

"죄송해요. 우리 김 집사가 좀 무뚝뚝해서 말이죠. 좋게 말씀드리고 받아 오라고 했는데 말을 길게 안 한 것 같군요. 제가 사과드릴게요. 이해해 주세요."

"……."

"어쨌든 설명을 들으셨다는 거군요."

"당신들이 궁기의 후손이라는……."

"후손이라…… 김 원장이 그렇게 설명을 합니까?"

"……."

여인은 준기를 힐끗 쳐다보고는 다시 고개를 돌리며 말했다.

"후손이라기보다는 그의 세계관을 따르는 사람이라 할까요. 우리 민족이 단군의 후손이라고는 하지만 정말 단군이 자기의 먼 할아버지라고 믿는 사람은 거의 없잖아요."

세계관? 사흉이라 일컬어지는 괴물의 세계관을 따른다고? 준기는 어이가 없었지만 마음 한구석에서 흥미가 피어오르는 것을 느낄 수 있었다.

"싸움이나 부추기고, 싸움이 벌어지면 불구경하듯 있다가 옳은 주장을 하는 사람을 응징하는 세계관을 따른다고요?"

"하하하."

이번에는 허스키하지만 밝은 웃음소리가 터져 나왔다.

"풉."

조수석의 사내도 터져 나오는 웃음을 참느라 애쓰는 모양이었다.

"제가 궁기에 대해 잘못 알고 있었나요?"

"아, 아닙니다."

여인은 웃음을 그치며 말했다. 처음보다는 훨씬 부드러운 표정이었다.

"웃어서 죄송합니다. 교수님 말씀을 비웃는 건 아니고요. 오히려 말씀이 다 옳다 보니 우리가 그런 괴물을 조상으로 추종하고 있구나 하는 데 생각이 미쳐 웃었습니다."

"……."

"그렇게 생각하시는 게 무리는 아니지요. 역사란 승리자의 기록이니까요. 위대한 승리자의 그늘 밑에서 패배자는 죄인이 될 수밖에 없지요. 시간이 흘러 역사가 전설이 되면 그 죄인은 흉악한 괴물이 되어있겠죠. '햇빛에 바래면 역사가 되고, 달빛에 물들면 신화가 된다'고 했던가요?"

"궁기가 괴물이 아니란 말입니까?"

선글라스 여인이 고개를 돌려 준기를 바라보며 말했다.

"괴물이란 과연 뭐지요? 디즈니 영화 〈미녀와 야수〉 보셨나요? 성 안에서 홀로 외롭게 살아가는 야수가 괴물인가요? 아니면 사람들을 거짓으로 선동해 야수를 죽이는 가스통이 괴물인가요? 인간과 다르게 생겼다고 모두 괴물은 아닙니다. 세상에는 인간의 탈을 쓴 진짜 괴물들이 더 많지요. 어쩌면 인간들이 모두 괴물일지도 모릅니다."

"하지만 궁기는 옳은 말을 하는 사람들만 골라서 해쳤잖습니까?"

아까보다는 덜 확신에 찬 목소리로 준기가 따졌다. 아까보다 더 자신감 있는 목소리로 여인이 대답했다.

"옳고 그름은 또 뭐지요? 세상에 절대적 진리가 있나요? 선과 악은 상대적인 판단일 뿐이에요. 패배자에게 옳은 것이 승리자에게는 그른 것이 되겠지요. 그렇다면 궁기가 해친 건 자기 기준으로 그른 소리를 하는 사람들이었겠지요?"

"그게……."

준기는 말문이 막혔다. 사실 맞는 말이기도 했다. 궁기를 비롯한 사흉이 그야말로 괴수가 된 것은 것은 선진先秦 시대의 기서인 《산해경》 같은 신화집에서부터였다. 《서경》이나 《춘추좌씨전》에 나오는 사흉은 다르다. 《서경》에 나오는 사흉은 공공과 환도, 삼묘, 곤이다. 내용은 이렇다.

> 공공을 유주로 유배 보내고, 환도를 숭산에 귀양살이시켰다. 삼묘를 삼위산으로 내쫓고, 곤을 우산에서 참했다. 이처럼 네 가지 형벌을 가하자 천하 만민이 따르게 됐다.

《춘추좌씨전》에서는 사흉의 하나로 궁기가 등장하나 설명은 다르다.

> 순 임금이 요 임금의 신하였을 때 사대문에서 제후들을 영접한 뒤 네 명의 악한 자들을 유배시켰는데 혼돈과 궁기, 도올, 도철을 사방의 먼 끝 산중에 살게 하며 사람을 해치는 괴물인 이매를 막게 했다.

이들 문서에 따르면 사흉은 요 임금의 정적인 셈이다. 자신의 권위에 대항하는 정적을 제거함으로써 권력의 기반을 다졌다고 볼 수 있다. 게다가 곤은 순 임금의 아버지로 황하의 치수에 실패한 죄를 물어 처형한 것이다. 사마천은 이들이 각각 공공은 북적, 환도는 남만, 삼묘는 서융, 곤은 동이 등 사방의 오랑캐족의 시조가 됐다고 《사기》의 〈본기〉에서 전하고 있다.

오랑캐가 됐든 괴물이 됐든 전설에 불과한 것이다. 따지고 보면 소호 역시 전설일 따름이다. 소호와 궁기, 둘 사이의 옳고 그름, 선악 구분은 무의미하다는 얘기다. 중요한 것은…… 준기의 머리에 한 가지 의문이 스치고 지나갔다. 왜 이들이 금인상, 제천금인상을 쫓는 걸까. 그들의 행동은 그저 과거의 유물을 발굴하려는 태도가 아니었다. 김태호 원장도, 그리고 이 미지의 여인도 마찬가지였다. 그것은 영화 〈인디아나 존스〉에서 성궤를 찾는 나치들의 행태에 더 가까웠다. 성궤의 강력한 힘을 무기로 사용해 전쟁에서 승리하려는 망상을 가진 자들처럼 말이다. 제천금인상에 그런 신비의 힘이 있기라도 하다는 말인가. 아니면 경주 김씨의 두 가문이 동시에 망상에 빠져있다는 말인가.

기원전 200년 11월

"그런 지푸라기 같은 놈들이 두려워 한신이 항복을 했다는 말이냐?"

유방은 수하들에게 호통을 쳤다. 자신이 대적한 흉노는 변변히 싸워보지도 못하고 달아날 생각만 하는 오합지졸들이었다. 몇 날 며칠을 싸웠어도 흉노는 번번이 패해 뒤로 물러났던 것이다. 유방은 척후병을 보내 적진의 동태를 살폈다.

"그래, 어떻더냐?"

"흉노의 병사들은 모두 늙고 약하며 말들조차 뼈가 앙상하게 드러날 정도로 야위어서 달리기는커녕 걷기도 힘들어 보였습니다. 이제 치기만 하면 모두 도륙할 수 있을 것입니다."

"흠. 늙은 병사와 야윈 말로 이곳까지 치고 내려올 수 있었다는 게 이상하지 않느냐? 건신후 그대가 직접 흉노 군영을 살피고 오시오."

건신후 유경은 정탐을 하고 돌아와 말했다.

"제가 본 것은 과연 늙고 약한 병사들과 뼈대만 남은 말들뿐이었습니다. 하지만 소신은 이것이 흉노의 속임수라고 생각합니다. 흉노는 굳세고 빠른 정예병을 숨겨놓고 우리를 기다리고 있을 게 분명합니다. 그들의 계교에 넘어가면 필시 커다란 낭패를 겪게 될 것입니다. 유념하소서."

유방은 화를 벌컥 냈다.

"무슨 소린가? 그대는 그대 눈으로 본 것조차 믿지 못한단 말인가? 그렇다면 여기서 언제까지 이렇게 얼어붙고 있어야 한다는 말인가?"

유방은 마음이 급했다. 그도 그럴 것이 잇따라 승리를 거두고 있지만 달아나기만 하는 흉노 앞에서 전과라고는 아무것도 없었다. 게다가 혹한에 익숙하지 못한 병사들이 동상에 걸려 전투력이 급격히 떨어지고 있었다. 당시 군사 열 명 중 두셋이 동상으로 손가락이 떨어져 나가는 상황이었다고 역사는 전한다. 그만큼 다른 생각을 할 여유가 없었던 것이다.

유방은 유경을 옥에 가두고, 삼십이만 군사를 총출동시켜 흉노를 향해 돌격했다. 그런데 아니나 다를까 선두에 선 유방이 평성(오늘날 산시성 다퉁)에 이르렀을 때 사방에서 매복해 있던 흉노 기병들이 한나라군을 포위하고 화살을 날렸다. 하나같이 젊고 건장한 병사들이었고 모두 튼튼하고 날쌘 말을 타고 있었다. 한나라 군사는 막대한 피해를 입었고 유방은 호위대의 엄호를 받으며 필사적으로 혈로를 뚫고 나와 평성 동북쪽에 있는 백등산으로 퇴각했다.

"저 농사꾼의 아들을 놓치지 마라."

묵돌은 군사를 진두지휘해 백등산을 겹겹이 에워쌌다.

"좌대도위가 서쪽, 우대도위가 동쪽, 좌대당호가 북쪽, 그리고 우대당호가 남쪽을 책임진다. 쥐새끼 한 마리도 빠져나가지 못하게 막아라."

흉노의 기병은 소속에 따라 깃발과 말 색깔이 모두 달랐다. 서쪽은 흰색, 동쪽은 푸른색, 북쪽은 검은색, 남쪽은 모두 붉은색 깃발에 말을 탄 흉노 군사들이 황제를 포위했다. 그 기세가 워낙 강력해서 뒤따라온 한나라의 주력군은 황제를 구할 엄두조차 내지 못하고 발만 굴렀다. 포위는 일주일 동안 계속됐다. 산속에 갇힌 유방의 군대는 군량을 보급받지 못해 배식을 하루 한 끼로 줄여야 했다.

모사 진평이 비책을 냈다. 그는 화공에게 미녀를 그리게 한 뒤 사람을 시켜 금은보화와 함께 그림을 연지(선우의 부인)에게 보냈다. 그러고는 이렇게 이르게 했다.

“황제가 선우에게 이 미녀를 바쳐 곤란한 처지에서 벗어나려고 합니다.”

연지가 보기에 선녀와 다름이 없는 우아하고 청초한 미모였다. 그녀에 비하면 자신은 궁벽한 촌구석의 농부 아내와 다를 게 없었다. 이런 미녀가 온다면 단숨에 묵돌을 사로잡을 게 분명했다. 연지는 그날 밤 묵돌에게 속삭였다.

“한나라 땅을 차지한다 해도 여기서 오래 살 수는 없지 않나요? 또한 한나라가 두고 볼 리만은 없어요. 황제를 구하려고 대군을 보낼 거예요. 차라리 회군해서 우리 땅으로 돌아가는 것만 못합니다.”

그날 낮에 누르하도 포위가 장기화되면 이로울 게 없다는 의견을 말했다. 묵돌은 일리가 있다고 생각했다. 게다가 한나라 장수 왕황과 조리가 투항하겠다고 전해왔으나 약속한 날짜가 지나도 움직임이 없었다. 무엇인가 다른 술책을 꾸미고 있을지 몰랐다. 이튿날 아침 묵돌은 우대당호를 불러 명했다.

“그대는 포위를 풀고 선두에서 회군 준비를 하라.”

포위망의 한쪽이 풀렸지만 의심 많은 유방은 섣불리 움직이지 않았다. 흉노 전사들이 떠난 지 한참 후에야 활시위를 채워 좌우로 겨눈 병사들에게 겹겹이 쌓인 채 조심스럽게 빠져나갔다. 겨우 흉노의 손아귀에서 빠져나와 본진과 합류한 유방은 신하들에게 함구령을 내렸다.

“이 일을 발설하는 자가 있으면 끝까지 찾아내 목을 치리라.”

《한서》가 전하는 바는 이렇다.

고조가 빠져나온 뒤 그 계책을 비밀로 숨기니 세간에서 이를 들어서 알 수 없었다. (……) 이 무렵 한나라 장수들이 여러 차례 군사들을 이끌고 와서 흉노에 항복하니 이 때문에 묵돌은 늘 대代 땅을 넘나들며 침도했다. 고조가 이를 근심하여 유경을 시켜 종실의 딸인 옹주를 바쳐 선우의 연지로 삼게 하고, 매년 흉노에게 일정한 양의 면화와 비단, 술과 음식을 바치며 형제가 되어 화친할 것을 약속하니 묵돌이 다소 침범하기를 멈추었다.

2021년 9월

"리한나를 만나셨군요."

"네?"

태호가 뜻 모를 미소를 지으며 말했다.

"교수님을 차에 태운 여자가 리한나입니다."

"리한나?"

"네. 본명은 김윤영인데 미국에서 돌아와서는 리한나라는 이름을 사용하더군요. 굳이 따지자면 저와 육촌쯤 됩니다."

김윤영? 친지간이었다고? 준기가 고개를 들며 물었다.

"그런데 왜……?"

"촌수는 멀지만 가까이 살고 부모들끼리 왕래가 잦아 저하고는 친하게 지냈습니다. 저를 잘 따르던 귀여운 아이였지요."

그런데 왜…… 태호는 준기의 표정에서 자기 말이 대답이 되지 않았다는 뜻을 읽은 듯 미소를 띠며 말했다.

"그 애는 고등학교를 졸업하고 미국으로 유학을 떠났습니다. 조상 얘기 따위는 눈곱만큼도 관심 없는 아이였지요. 그런데 미국에서 무슨 일이 있었는지…… 한국에 돌아와서는 사사건건 제가 하는 일에 간섭을 하고 나섰어요. 심지어 다른 사람을 시켜 훼방까지 놓고……. 저하고 사이가 틀어질 만한 일도 전혀 없었는데 말이죠. 그러다 결국 이 지경까지 오고 말았습니다."

"이 지경이라뇨?"

"아, 별건 아니고요. 저와 만난다고 해서 교수님께 무례한 행동을 하는 상황까지 이르렀다는 말입니다."

태호는 말을 얼버무렸지만 조금 당황한 것 같았다. 학기 초라 조금 바쁘다고 했더니 연구실로 찾아온 태호였다. 할 말이 있는 듯했는데, 선글라스 여인을 만났다는 말을 듣고는 다소 놀라는 눈치였다. 무슨 일이 있었는지 궁금해하면서 이것저것 캐물었다.

준기는 남의 집안싸움에 공연히 말려드는 느낌을 떨칠 수가 없었다. 생각 같아서는 나와는 관계없는 일이라 선언하고 빠져나오고 싶었다. 하지만 태호가 보여준 신비한 경험이 그를 붙들었다. 흉노 선우와 그의 가장 가까운 측근의 의식 속에 들어갔다 나오지 않았나. 여전히 믿기지 않는 일이었지만, 그렇다고 부인하기에는 너무도 선명한 기억이었다. 과연 무엇을 더 볼 수 있을까 궁금하기도 했다. 어쩌면 흉노의 역사를 다시 쓸 수 있는 사실史實을 얻게 될지도 모를 일이었다. 결코 거역할 수 없는 학문적 호기심이었다.

선글라스의 여인, 리한나는 태호가 순수하지 못한 의도로 위험한 도박을 하고 있다고 말했다. 그것은 가문을 넘어 세상을 위태롭게 할 수도 있는 대단히 위험한 도박이라고 했다. 그래서 자신이 가만히 있을 수 없었고, 준기에게도 실례를 무릅쓰게 된 것이라고 해명했다.

"도박이라고요?"

"네, 아주 위험한 도박!"

"무엇을 말하는 거죠? 도박이란 게……."

"이를테면, 매를 호랑이로 만들려는 거라고나 할까요."

"매를 호랑이로?"

"아시다시피 궁기는 날개가 달린 호랑이 형상을 하고 있죠. 그럼 궁기는 매일까요, 호랑이일까요?"

"그게 의미가 있나요? 어차피 전설인데……."

"어떤 것하고 함께하면 의미가 생길 수 있지요."

"어떤 것이라면?"

"아직, 구체적으로 말씀드릴 수는 없지만 고대사가 전공이시니까 생각해 보시면……."

그때 그녀의 스마트폰이 진동했다. 그녀는 전화를 켜고 대꾸도 없이 듣고만 있더니 말했다.

"죄송하게 됐네요, 교수님. 급한 볼일이 생겨서요."

자동차가 길옆에 정차했고, 준기를 내려놓고는 서둘러 떠났다. 이 얘기를 태호에게 전하자, 태호도 양해를 구한 뒤 누군가에게 전화를 걸었다. 상대가 전화를 받았는지 태호는 눈짓으로 다시 양해를 구한 뒤 밖으로 나갔다 5분쯤 지나 다시 들어왔다.

"무슨 일이라도……?"

"아, 아닙니다."

"일이 있으면 가보셔도 됩니다. 저는 상관없으니까요."

"하하, 아닙니다. 우린 또 할 일이 있지 않습니까."

기원전 174년

묵돌의 치세가 삼십오 년이 흘렀다. 그동안 묵돌의 정복 사업은 끊임없이 계속되었다. 그의 발길이 닿는 땅은 곧 그의 땅이 되었다. 묵돌의 시대에 흉노 제국의 경계는 동쪽으로 만주, 서쪽으로 아랄해, 북쪽으로 바이칼호와 이르티시강, 남쪽으로는 중국의 위수 지방과 티베트고원에 이르렀다. 스물여섯 부족과 나라가 그의 발밑에 있었다. 묵돌이 이 같은 팽창 정책을 성공적으로 완수할 수 있었던 것은 백등산 전투에서 한고조 유방의 기선을 제압한 것이 크게 주효했다. 주눅이 든 유방은 이후 흉노의 침입을 막기 위해 불평등 화친 조약을 맺어야만 했다. 기원전 198년에 유경의 제안으로 이루어진 조약의 내용은 이랬다.

> 첫째 한은 흉노의 선우에게 공주를 출가시킨다. 둘째 비단과 곡물 등 매년 조공을 바친다. 셋째 흉노와 한은 동등한 외교관계를 유지한다. 넷째 만리장성을 경계로 상호 침입을 중지한다.

한인 말고는 모두 오랑캐라 여겼던 중국이 오랑캐와는 결코 맺을 수 없는 굴욕적인 조약이었다. 그런 북방 초원의 패자 묵돌도 세월의 흐름을 이겨낼 수는 없었다. 늙은 묵돌은 오랜 친구가 보고 싶었다. 그 친구도 늙었다. 늙은 묵돌은 늙은 누르하를 자기 게르로 불렀다. 누르하는 말을 타고 사흘이 걸리는 거리를 쉬지 않고 달려왔다. 머리가 하얗게 센 두 친구는 오랫동안 깊게 포옹을 나눴다.

"누르하, 내 영원한 친구!"

"선우 폐하!"

"오랜 시간 내 곁을 지켜줘서 고마웠네."

"앞으로도 줄곧 폐하 곁에 있을 겁니다."

묵돌의 주름진 뺨에 미소가 번졌지만 주름진 두 눈에는 물이 맺혔다.

"그럴 시간은 많지 않을 거야. 내가 이제 흙으로 돌아갈 때가 된 것 같거든."

"폐하!"

누르하가 무너졌다. 처음 듣는 약한 소리 때문이었다. 누르하는 묵돌의 다리를 붙잡고 흐느꼈다. 그 역시 오랜 친구와 함께 있을 시간이 많지 않음을 알았다. 자신에게 남아있는 시간도 그렇지만 묵돌의 시간은 이미 끝에 다다른 것 같았다. 포옹을 하면서 힘 빠진 그의 팔이, 가까스로 서있는 그의 다리가 그것을 말해주었다.

"내가 죽으면 나무 단을 쌓고 그 위에 날 얹어 화장해 주게. 유골을 수습할 것도 없이 그대로 바람에 날리게나. 살아서 내가 얻은 땅에 먼지로 내려앉을 수 있게 말일세. 다른 물건은 태우지 말고, 오직 내 활과 화살만 함께 불살라 주게. 그것이 없으면 난 힘을 쓸 수 없거든."

"그건 저한테 부탁하지 마시오. 폐하께서 이 천한 몸의 뒷수습을 해주셔야 할 게 아니오. 지금까지 늘 그러시지 않았소? 폐하께서 먼저 떠나시면 초원에 홀로 남겨진 이 몸은 어찌하란 말이오, 묵돌 선우 폐하."

누르하는 통곡했다. 굵은 눈물방울이 바닥에 떨어져 융단에 스며들었다. 묵돌의 눈에도 눈물이 맺혔지만 그는 억지로 미소를 지었다.

"그러지 말고 나를 의자에 앉혀줘. 이젠 이만큼 서있기도 힘들군."

누르하가 일어나서 묵돌을 부축했다. 왕좌에 앉힌 뒤 다시 그의 다리를 감싸 안으며 무릎을 꿇었다.

"어허, 일어나시게. 나를 불편하게 하지 말고."

누르하는 억지로 일어나 옆자리에 앉았다. 그의 하얀 수염은 눈물과 콧물에 뒤엉켜 있었다.

"하하하, 휴도왕의 몰골이 말이 아니구나. 여봐라, 씻을 물을 가져오라. 그리고 좌현왕을 들라 이르라."

신하들이 물이 담긴 대야를 가져오자 묵돌은 손수 누르하의 얼굴을 씻어주었다. 누르하가 극구 사양했지만 묵돌의 고집을 꺾을 수 없었다. 묵돌은 누르하의 수염까지 깨끗하게 씻은 뒤 수건으로 꼼꼼히 말려주었다. 하지만 누르하의 눈에서 떨어지는 눈물방울이 계속 얼굴을 적셨다.

"못 본 사이에 울보가 됐군. 알았어. 내가 휴도왕은 끝까지 챙겨줄 테니 어서 울음을 그치게. 하하."

그제야 누르하의 얼굴에 미소가 돌았다. 하지만 미소가 만든 굴곡을 타고 흐르는 눈물은 멈추지 않았다. 그때 계육이 들어왔다. 묵돌의 장남이었다. 머리부터 발끝까지 묵돌을 빼어 닮은 청년이었다. 과단성과 추진력, 용맹함이 젊은 시절의 묵돌과 판박이였다. 다만 잔인함은 아버지를 능가했다. 평소에는 그렇지 않다가도 한 번 화가 치밀어 오르면 그것의 끝을 몰라 주위에서 그를 두려워했다.

"소자, 부르심을 받듭니다. 폐하."

계육은 조금도 고개를 좌우로 돌리지 않고 똑바로 걸어와 묵돌 앞에 무릎을 꿇었다.

"누르하 아저씨에게 인사 올려라."

묵돌의 말에 계육은 물론 누르하도 당황했다. 조카뻘이고 어렸을 때부터 잘 따르긴 했었으나 어쨌든 지금은 좌현왕 계육 수하의 휴도왕이었다. 망설이는 계육을 향해 묵돌은 단호한 표정으로 다시 말했다.

"휴도왕이 아니라 네가 태어나기도 전부터 이 아비의 친구인 누르하 아저씨에게 예를 표하라는 것이다. 이렇게 우리 셋이 한자리에 있을 날이 앞으로 없을 것 같아서 하는 말이다."

"누르하 아저씨께 인사드립니다."

계육이 무릎을 꿇자 누르하도 어쩔 줄 몰라 하며 무릎을 굽혀 맞절을 했다. 두 사람이 일어나기를 기다려 묵돌이 다시 말을 이었다.

"《시경》에 이르길, '나를 아는 사람은 내 마음이 우울하다 말하고 나를 모르는 사람은 나더러 무엇을 찾느냐고 묻는다知我者謂我心憂不知我者謂我何求'고 했다. 누르하 아저씨는 그처럼 내 마음을 읽는 사람이었다. 그래서 우리는 말이 필요 없었다. 내가 없더라도 계육은 누르하 아저씨를 나처럼 받들라. 그가 있었기에 오늘이 있었다. 내가 밟은 모든 땅을 그도 함께 밟았다. 제국 건설의 절반은 그의 공이니라. 따라서 제국의 절반은 그의 몫이어야 마땅하나 휴도왕으로 나를 받들고 있는 것이니 그 희생과 충성을 잊지 말라. 휴도왕의 아들과도 형제처럼 지내라. 그 역시 너를 도와 제국을 키우고 지키리라. 네 아들에게도 일러 그의 아들과도 형제처럼 지내라 하라. 네 아들의 아들과 휴도왕의 아들의 아들도 형제로 살게 하라. 그 형제 관계를 영원히 이어가게 하라."

"받들어 명심하겠습니다."

"폐하!"

누르하의 눈이 다시 젖었다. 묵돌은 누르하를 돌아보며 말했다.

"내가 떠나도 그대는 내 아들을 잘 보살펴 주구려. 아직 영글지 않았으나 잘 가르치면 우리가 얻은 땅을 많이 잃지는 않을 것이야."

"제 마지막 남은 힘을 다해 조력하겠나이다."

묵돌은 다시 계육에게 말했다.

"한에 대한 경계를 늦추지 마라. 지금은 조공을 바치며 왕녀를 보내고 있으나 힘을 모으면 반드시 가만있지 않을 것이다. 너무 풀어주지도 말고 너무 틀어쥐지도 말아라. 손 안의 계란을 생각하라. 남에게 빼앗기지 않을 정도로 잡으면 될 터이다. 그리고……."

잠시 숨을 고른 뒤 묵돌이 입을 열었다.

"내가 한 가지 못다 한 게 있다. 월지를 서쪽으로 쫓긴 했으나, 나를 모욕했던 월지 왕을 응징하겠다는 맹세를 지키지 못했다. 그 쥐새끼 같은 놈이 싸우지는 않고 달아나기만 했기 때문이다. 그 뚱뚱한 쥐가 아직 목숨이 붙어 있으니 네가 사로잡아 빚을 갚도록 하라. 그전에 그가 죽거든 그의 아들에게 꼭 갚아주거라. 빚을 안 갚는 건 우리 훈이 행할 태도가 아니다."

사흘 후 묵돌은 죽었다. 장례식은 그의 유지에 따라 치러졌다. 화장은 훈족의 장례 풍습이 아니었다. 일반적인 그들의 무덤은 사각형 덧널을 만들고 그 안에 목관을 넣는 목곽묘였다. 봉분을 쌓지 않고, 순장(殉葬)을 했다. 묵돌은 전통을 따르지 않았다. 그럴 수가 없었다. 그가 밟았던 땅 어느 한 곳에만 묻힐 수는 없었기 때문이다. 천 개의 장작으로 제단이 쌓이고 그 위에 묵돌의 시신이 누웠다. 시신 위에는 그가 쓰던 활과 화살이 가지런히 놓이고 그 위에 묵돌의 두 손이 포개졌다. 장작과 시신, 활과 화살이 함께 불타올랐다. 사막에서 쉬이 만들어지는 회오리바람이 재들을 하늘 높이 끌어 올렸다. 그 재들은 고공에서 사방으로 흩어질 터였다. 하지만 바람이 아무리 거세다 한들 그 재들이 묵돌의 영토 밖까지 날아갈 수는 없을 게 분명했다. 그만큼 묵돌이 밟은 땅은 크고 넓었다.

이듬해 누르하도 죽었다. 죽기 전 누르하는 아들 타힐을 불렀다. 휴도왕의 지위를 물려받을 장남이었다. 수줍음을 많이 탔던 엄마를 닮아 소심한 점이 있긴 하지만 속 깊고 생각이 바른 현명한 아이였다. 아비의 눈에는 아이였지만 이미 스무 살이 된 청년이었다. 누르하는 타힐 앞에 노란색 비단 보자기로 싼 물건을 꺼내놓았다.

"귀한 것이다. 소중히 간직해라."

비단 보자기 역시 세월의 힘을 거스르지 못하고 여기저기 해져 있었다. 해진 구멍 사이로 모습을 드러내고 있는 금 상자 역시 세월의 더께가 달라붙어 있었다. 하지만 그럴수록 더욱 값지고 귀해 보이는 물건이었다.

상자 안의 금인은 달랐다. 미세한 상처 하나 없이 완벽한 형태로

빛을 발하고 있었다. 누르하는 금인의 의미를 아들에게 설명했다. 타힐은 금 상자를 조심스럽게 받아 들었다.

2021년 9월

"금인이 누르하에게서 아들한테로 넘어갔군요."

태호는 진도가 느려서 답답하다는 듯 얼굴을 찡그리며 말했다.

"네, 그의 이름은 타힐이라고 했습니다."

준기는 의식 여행에서 완전히 깨어나기도 전에 2대 휴도왕의 이름이 타힐이라는 사실을 알고 흥분했지만, 태호는 타힐에는 관심도 없다는 표정이었다.

"아직도 많은 시간이 필요하겠네요."

"뭐가 말입니까?"

"아직 중시조도 등장을 안 했으니……."

"중시조라면…… 김일제를 말씀하시는 겁니까?"

태호가 자리에서 일어나며 대답했다.

"왜 아니겠습니까? 오늘은 여기까지 하겠습니다만, 좀 더 속도를 내야 할 것 같습니다."

태호는 말을 마치기도 전에 부리나케 문을 열고 나갔다. 태호가 나간 문을 향해 준기의 혼잣말이 터져 나왔다.

"김일제라……."

2. 빛나는 검은 돌

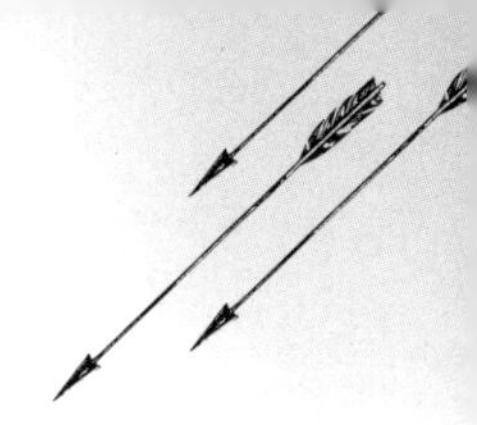

기원전 170년

묵돌이 죽자 계육이 노상 선우로 등극했다. 노상은 아버지로부터 물려받은 땅을 아버지한테 배운 방법으로 잘 관리했다. 스물여섯 부족과 복속국에 대한 군사적 우위를 확실히 유지함으로써 동서로 만주에서 아랄해에 이르고, 남북으로 바이칼호에서 중국의 위수 지방에 이르는 넓은 땅이 계속 흉노 제국으로 남을 수 있었다. 하지만 가진 것을 계속 갖고 있는 것만으로는 만족할 수 없었다. 그것은 영웅의 길이 아니었다. 지구 반대편에서 그보다 백오십 년 정도 앞서 태어난 알렉산드로스는 부왕인 필리포스 2세의 정복 사업이 이어지자 탄식했다.

"아버지가 다 정복하면 난 무엇을 정복하란 말인가?"

노상도 그랬다. 그에게도 정복할 땅이 필요했다. 가장 그의 관심을 끄는 곳은 남쪽이었다. 혹독한 초원의 겨울을 날 수 있는 곡식이 풍성하고, 몸을 따뜻하게 보호해 주는 무명 솜이 널렸으며, 무엇보다 서역에 비싼 값에 팔 수 있고 귀한 옥과 바꿀 수 있는 비단이 쌓여있는 땅이었다. 하지만 그 땅은 흉노족이 살 수 있는 땅이 아니었다. 그곳은 정주의 땅이지 유목의 땅이 아니었다. 그물에 걸리지 않는 바람처럼 초원을 옮겨 다니는 자유를 누리는 훈족이 밭을 갈고 씨를 뿌리며 땅에 뿌리를 내리며 살 수는 없었다. 타힐은 그것을 알고 있었다. 그래서 자꾸 남쪽을 쳐다보는 노상이 불안했다.

한 문제는 노상 선우가 즉위하자 다시 황족의 옹주를 보내 선우의 연지로 삼게 했다. 그러고는 연나라 출신의 환관 중항렬한테 옹주를 시종해 보살피게 했다. 중항렬은 어떻게든 흉노 땅으로 가지 않으려고 애썼지만 허사였다. 황제의 명을 거역할 수는 없었다. 그는 한나라 땅을 떠나며 이를 갈았다.

"내가 반드시 한나라의 근심거리가 되리라."

한나라에서 흉노의 선우가 있는 하투로 가려면 휴도왕의 땅을 밟아야 한다. 옹주의 일행이 하서주랑을 지날 때 휴도왕 타힐이 동행했다. 중항렬은 흉노 땅에 도착하자마자 선우에게 충성을 맹세해 부인을 기다리는 선우를 즐겁게 했다. 학식이 풍부한 그는 훌륭한 참모 역할을 할 수 있을 터였다. 타힐이 중항렬에게 말했다.

"앞으로 거친 땅에서 지내시기가 힘드시겠소."

"팔자라고 생각해야지 어쩌겠습니까? 내가 황량한 초원에서 양젖이나 짜고 말똥이나 태우려고 물건을 떼어낸 게 아닌데 말이오.

하하."

"그래도 선우 폐하의 기대가 크십니다. 선우 폐하께 당신의 깊은 지혜를 나눠주시오."

교활한 중항렬은 타힐이 뭔가 할 말을 입에 물고 있음을 알아챘다. 의뭉스럽게 딴소리를 하며 눈치를 살폈다.

"사내구실도 못하는 몸이 무슨 지혜를 담고 있겠소."

몸이 단 타힐이 속내를 먼저 꺼내놓았다.

"선우께서는 한나라의 비단과 한나라 솜, 한나라 음식을 좋아하시오. 그래서 더 많은 한나라 땅을 바라고 계시오."

"그럼 한나라로 쳐들어가 빼앗으면 될 게 아니오. 뭐가 문제요?"

중항렬은 여전히 남 얘기 하듯 말을 뱉었다. 오히려 흉노가 한나라로 쳐들어가 주기를 바라는 마음이었다. 이 삭막한 땅에 자신을 팽개쳐 버린 한 황실에 대한 복수 때문이었다.

"쳐들어가면 한나라가 가만있겠소? 지금도 늙은 본처 젊은 시앗 보듯 하고 있는데…… 똥이 어디 무서워서 피하는 거요? 더러워서 피하는 거지. 지금이야 이처럼 선물 보따리를 한아름 안겨주는 게 더 쉬우니 그런 거지 한나라가 마음만 먹으면 우리 따위야 손바닥 뒤집듯 쓸어버릴 것이오."

"그럼 나는 더러운 똥한테 던져지는 선물 보따리인 게구려. 하하."

"그렇게 지청구만 늘어놓지 마시고 선우를 잘 이끌어 주시오. 지금 이상으로 한나라 땅을 차지해서 무슨 이득이 있겠소. 자리를 깔고 앉아 권농가를 부를 것도 아니고……."

'학문을 깊이 하지는 않았어도 앞을 내다볼 줄 아는 충신이로고.

게다가 이제 겨우 콧수염이 나기 시작하는 젊은이가 저런 걱정을 다 하다니. 말 달리며 활쏘기만 즐기는 줄만 알았던 오랑캐 흉노의 힘이 여기서 나오는구나.'

중항렬은 타힐에게서 깊은 인상을 받았다. 하지만 그의 뜻대로 해줄 수는 없었다.

'나는 이미 한나라의 우환이 되기로 작정한 사람이야. 흉노가 제 분수를 알고 야욕을 포기하면 한의 걱정거리가 사라질 게 아닌가. 그렇다면 내가 이 거친 불모지의 찬바람에 손이 트고 뺨이 갈라질 동안 한 황실은 입에 산해진미를 가득 물고 불룩 솟은 배를 두드릴 게 아닌가. 그렇게 되도록 내버려 둘 수는 없지.'

2021년 10월

내몽골 자치구 오르도스시 외곽의 끝없는 초원에 한 점 봉긋하게 솟은 야산의 임도를 검은색 승합차 한 대가 굉음을 내며 올랐다. 해발 100미터도 되지 않는 낮은 언덕이지만 나무가 울창해 승합차는 금세 나무 사이로 사라졌다. 왼쪽으로 굽은 길을 따라 돌자 말발굽 모양으로 움푹 들어간 곳에 제법 너른 공간이 펼쳐졌다. 평평한 바닥엔 임도와 맞닿는 곳까지 잡초가 무성했다. 그 위로 사방이 막힌 대형 행사용 천막이 설치돼 있었다. 잡초 위에 아무렇게나 천막을 친 걸로 봐서 무언가 급박한 이유로 서둘러 설치한 모양이었다. 하얀색 천막이 때가 타지 않고 깨끗한 것은 천막을 설치한 시기가 최근이라는 의미였다.

승합차가 천막 앞에 급정거를 했고, 다섯 명의 사내들이 차에서 쏟아져 나왔다. 그중에서 우두머리로 보이는 자가 서둘러 천막 안으로 들어가자 두 명의 사내가 따라 들어갔다. 나머지 두 명은 천막 외부를 둘러본 뒤 입구 앞에 섰다.

천막 안에는 어른 예닐곱 명이 들어가 설 수 있는 넓이의 사각형 구덩이가 어른 허리 정도의 깊이로 파였고 구덩이 주위로 흙더미가 어지러이 쌓여있었다. 구덩이 안에는 흙을 밖으로 퍼낼 때 쓰였던 듯한 양철 대야 두 개와 삽 세 자루가 아무렇게나 널브러져 있었다. 누가 봐도 도굴의 흔적이었다. 부장품이라고 볼 만한 것은 깨진 항아리 조각 몇 개 말고는 남아있지 않았다.

우두머리를 따라 천막 안으로 들어간 사내 두 명이 구덩이 안으로 뛰어들어 갔다. 그들은 삽을 주워 들고는 구덩이 주변을 조금씩 파보더니 위에 있는 우두머리를 향해 고개를 저었다. 우두머리는 인상을 쓰며 말했다.

"나와라. 돌아간다."

우두머리가 천막에서 나오자, 밖에 있던 사내 한 명이 조그만 포스트잇 한 장을 그에게 내밀었다.

"이런 게 천막에 붙어있지 말입니다."

포스트잇을 받아 읽던 우두머리의 얼굴이 더 구겨졌다.

"끙……."

포스트잇에는 이런 글씨가 씌어있었다.

늦었네? 너무 서운해하지 마. 별로 값나갈 건 없었으니까. 먼저 다녀간 놈이 있더라고.

기원전 170년

타힐은 비단 보자기를 풀었다. 금 상자를 꺼내 제단 위에 올려놓았다. 그러고는 상자를 열고 조심스럽게 금인을 꺼내 상자 위에 세웠다. 타힐은 그 앞에 무릎을 꿇었다. 손을 모으고 세 번 절한 뒤 외쳤다.

"동쪽 세상을 다스리는 천부금인이시여, 우리 훈족을 보살피소서. 그대가 낳은 존귀하신 후손인 하늘의 위대한 아들 선우 폐하를 감축하소서. 이 땅에 그의 후손과 후손의 후손 들이 영원무궁 번영하게 하소서. 그들이 이 땅을 잃지도 말며 이 땅을 벗어나지도 않게 하소서. 이 땅 이상의 땅, 결코 뿌리 내릴 수 없는 땅을 탐하지 않게 하소서."

타힐의 기도를 들었다는 듯, 금인이 은은한 광채를 발하는 것 같았다. 옅은 미소도 드리우는 듯했다. 타힐의 눈이 휘둥그레 커졌다. 타힐은 고개를 흔들었다. 눈을 비비고 다시 금인을 쳐다보았다. 금인은 그저 무심하니 앉아있을 뿐이었다.

2021년 11월

사무실 밖에서 한바탕 소동이 벌어지는 듯하더니, 문을 박차고 사내 셋이 들이닥쳤다. 다른 사내 둘이 따라 들어와 이들을 만류하려 했지만 역부족이었다. 사내들의 덩치에서부터 큰 차이가 났다. 중량급 유도 선수들 같은 침입자들에 비하면 방어자들의 체구는 왜소하기 이를 데 없었다. 사무실 안에 있던 여인이 손을 저었다. 왜소한 사내 둘이 멋쩍은 표정을 지으며 밖으로 나갔다.

"미리 기별을 했으면 이런 소란은 없었을 텐데……."

사무실 한가운데 놓인 책상 뒤에서 창밖을 응시하고 있다 불청객을 맞은 여인은 다시 시선을 창밖으로 던지며 말했다.

침입자 셋 중 가장 작은 사내가 앞으로 나섰다.

"네가 여기 있는 것도 조금 전에 알았는걸."

"내 위치를 오빠한테 보고해야 하는 건 아니니까……."

"너야말로 미국에서 돌아왔다고 연락을 했으면 환영 파티라도 열어줬을 거 아냐."

"깔깔깔."

여인은 허리를 뒤로 젖히며 자지러지게 웃었다. 그러다 일순간 웃음을 멈추고 날카로운 표정으로 사내를 쏘아봤다.

"과연…… 과연 그랬을까? 내가 연락을 했다면 오빠가 나를 반갑게 맞아줬을까? 어쩐지 리얼리티가 떨어지는데…… 호호호."

그녀는 웃으며 책상 앞에 놓인 소파로 걸어 나왔다.

"어쨌든 앉아요. 지금이라도 상봉 인사를 하면 되지 뭐……."

사내가 소파에 앉자 여인은 맞은편 자리에 따라 앉았다.

"그래, 뭘 도와드릴까요, 태호 오빠?"

"윤영아……, 아니 리한나! 내가 하는 일을 자꾸 가로막고 서는 이유가 뭔지 알고 싶구나. 너하고는 아무 상관도 없는 일인데 말이야."

리한나 목소리의 톤이 조금 올라갔다.

"상관없다고?"

태호는 아이를 달래는 듯한 말투로 말했다.

"그래. 오히려 너에게도 좋은 일이겠지. 우리 가문의 뿌리를 찾는 일이니까. 우리 가문에 더할 수 없는 영광을 안겨주는 것이기도 하고……."

"그것이 오빠 것이라고 생각해요?"

"그것은 누구의 것도 아니야. 우리의 것이지. 우리 가문의 것……."

"그런데 왜 오빠가 가지려 하지?"

태호가 고개를 흔들었다.

"내가 가지려는 게 아니야. 찾으려는 것뿐이지. 우리 가문의 보물을 누구 하나 나서서 찾으려 하지 않으니까 내가 나선 것뿐이야."

리한나는 검지손가락을 흔들었다.

"목적이 그것만은 아닌 걸로 알고 있는데……."

"……."

"어쨌든 그것이 오빠 손에 넘어가도록 내버려 두지 않겠어. 내가 먼저 찾아내고 말 테야."

태호의 눈가에 절망의 그림자가 스쳐 지나갔다. 분노가 절반 섞인 절망이었다.

기원전 163~162년

타힐의 기도에 부응한 것일까, 노상 선우는 점차 새로운 땅을 정복하는 데 흥미를 잃어갔다. 대신 한나라의 화려한 비단과, 기름진 음식에 탐닉했다. 갖옷을 버리고 솜을 넣어 누빈 비단옷을 즐겨 입었다. 어쩌면 이리 부드러운가. 몸에 착착 감기지 않는가. 간소하던 선우의 음식상은 산해진미로 채워졌다. 양고기와 마유주 대신 그의 땅에선 구경하기도 어려운 해삼과 전복을 비롯한 갖가지 해산물이 넘쳐났고 향 짙은 백주가 찰랑거렸다. 씹을 필요도 없이 입안에서 절로 녹지 않는가. 코끝을 맴도는 주향이 마치 꽃밭에 앉은 느낌이구나.

타힐은 그런 선우를 근심하면서도 한편으로는 안도하는 눈빛으로 지켜봤다. 잠자는 호랑이인 한나라에 싸움을 걸어 화를 자초하는 것보다는 어느 정도의 나태와 타락이 안전할 수 있었다. 남쪽은 잊고 더 많은 땅이 필요하면 기껏해야 승냥이뿐인 서쪽이나 동쪽으로 나아가면 그만이었다. 그것이 필요할 때는 언제든 선우에게 간언을 할 것이었다. 타힐의 마음을 불편하게 하는 건 중항렬이었다. 그는 자신을 오랑캐의 불모지에 내던진 한 황실을 결코 용서하지 않았고, 늘 복수만을 꿈꿨다. 그는 노상 선우가 주연을 벌일 때마다 발을 동동 굴렀다. 비단에 파묻히고 술독에 빠진 선우는 결코 중항렬이 바라는 모습이 아니었다. 흉노의 선우는 늘 호랑이의 꼬리를 당기기 위해 눈을 부라리고 있어야 했다.

중항렬은 선우의 기분이 좋은 어느 날을 기다렸다가 선우 앞에 나섰다. 선우는 그날 역시 한나라의 음식과 술이 가득한 주안상을 받고 있었다. 노상은 중항렬을 기꺼이 맞았다.

"잘 오셨소. 이리 와서 목 좀 축이시구려."

중항렬은 선우의 맞은편 자리에 앉으며 말했다.

"한나라의 술과 음식이 마음에 드십니까?"

"어찌 마음에 들지 않겠소? 그대야 늘 이런 것만 먹고 마셨을 테니 모르겠지만, 모래가 씹히는 음식과 풀 냄새 나는 술만 먹고 마셔 온 나는 어찌 그런 걸 삼키며 여태껏 살아있을 수 있는지 의아할 지경이오. 하하하."

"그런 것들만 드셨기에 여태껏 살아계신 겁니다."

노상 선우가 반쯤 감겼던 눈을 치켜떴다. 모욕감에 짙은 눈썹이 파르르 떨렸다.

"뭣이라?"

중항렬은 눈썹 하나 까딱하지 않고 도발을 계속했다.

"지금 입고 계신 한나라 옷은 또 마음에 드십니까?"

선우는 조금 부드러워진 눈을 내리깔며 몸에 걸친 화려한 비단옷을 손으로 쓸었다.

"내가 제일 마음에 드는 것이 이것이오. 마치 여인의 살갗 같지 않소? 이처럼 부드러운 옷감은 천의무봉 선녀 옷이나 신선들의 옷가지에나 어울릴 텐데 어찌 사람들이 걸칠 수 있나 싶다오."

"신선도 아니면서 그런 옷만 탐하다가 명을 다하지 못한 사람들이 많지요."

"뭐라고!"

노상 선우는 술잔으로 탁자를 내리쳤다. 접시가 떨어져 깨졌고 술병이 바닥에 굴렀다. 문가에 있던 호위 무사들이 검의 손잡이를 쥐고 다가섰다. 중항렬은 그러나 조금도 두려움이 없는 태도였다. 그는 천천히 자리에서 일어선 뒤 선우 앞에 엎드렸다. 이어 고개를 들어 선우를 똑바로 쳐다보며 말했다.

"소신은 장성을 넘었을 때 이미 죽은 목숨인지라 죽음이 두렵지 않습니다. 하지만 그래도 하나밖에 없는 소중한 목숨이거늘 어찌 아무도 거들떠보지 않는 개죽음을 바라겠습니까? 제가 선우 폐하 앞에서 불경한 말을 늘어놓은 것은 제 죽음을 재촉하기 위해서가 아니라, 이 땅의 백성과 그들이 의지하는 선우 폐하의 목숨이 경각에 있기 때문입니다."

노상은 손을 저어 호위 무사들을 뒤로 물렸다.

"그게 무슨 소린가?"

잠시 숨을 고른 뒤 중항렬이 입을 열었다.

"훈의 인구는 한나라의 군郡 하나도 당해내지 못합니다. 그럼에도 훈이 강한 이유는 입고 먹는 것이 달라 한나라에 의존하지 않기 때문입니다. 그런데 선우께서 풍속을 바꿔 한나라의 물자를 선호하신다면 한나라에서 조공한 물자 열 중 두셋을 채 쓰기도 전에 훈은 한나라에 귀속될 것입니다. 선우께서 한나라의 솜과 비단으로 지은 옷을 입고 즐거워하시지만 그 옷을 입고 풀숲과 가시덤불 사이로 말을 달리면 윗옷과 바지가 모두 찢어져 살이 베이고 찢길 것입니다. 선우께서 한나라의 해산물과 백주를 드시며 흥을 주체하지 못하시지만 그 음식을 데우기 위해 걸음을 멈추면 가축들이 신선한 풀을 뜯지 못해 열흘을 못 넘겨 굶어 죽을 것입니다. 이제 한나라의 비단옷을 버려 갖옷의 튼튼한 장점만 못하다는 것을 보이십시오. 번거로운 한나라 음식을 버려 양고기와 마유주의 간편한 장점만 못하다는 것을 보이십시오. 선우 폐하, 부디 훈의 기상과 혼을 잃지 마소서."

중항렬은 말을 마치고 감정에 북받쳐 머리를 땅에 대고 흐느꼈다. 선우는 얼른 자리에서 일어나 손수 중항렬을 일으켜 세웠다. 그를 자리에 앉히며 말했다.

"그대는 비록 한나라 땅에서 태어났으나 이 땅의 충성스러운 신하이자 용감한 백성이오. 내가 그대 같은 신하를 갖게 된 것은 하늘이 나를 보호하심이오."

이어 선우는 비단옷을 벗어 던지며 소리쳤다.

"한나라 술상을 물리고 우리 흉의 술상으로 다시 차려오너라. 항렬과 함께 술을 한잔하지 않을 수 없구나. 내 오늘 항렬 덕에 다시 깨달았노라. 흉의 용사를 살찌우는 것은 한나라 음식과 술이 아니라 이 땅에서 자란 양의 갈비와 말의 젖임을. 흉의 용사를 보호하는 것은 한나라의 고운 비단과 부드러운 솜이 아니라 이 땅에서 얻은 거친 짐승의 털옷임을."

소식을 전해 들은 타힐은 복잡한 감정을 숨길 수 없었다. 선우가 다시 가죽옷을 입고 말을 타기 시작했다는 것은 분명 좋은 소식이었다. 한나라의 주지육림에서 벗어난 것도 다행한 일이었다. 하지만 선우가 움직일수록 한나라에 대한 적의가 깨어난다는 사실은 위험한 조짐이었다. 그것도 아주 위험한 조짐이었다. 그 배후엔 역시 중항렬이 있었다.

한나라는 선우에게 서신을 보낼 때 일척일촌 크기의 독牘(목간)에 글을 썼다. 그 글은 '황제가 삼가 묻노니, 흉노 대선우는 무양하십니까'라는 인사말로 시작했다. 중항렬은 선우에게 일척이촌 크기의 독을 쓰게 했다. 그리고 인장과 봉함도 모두 한나라 것보다 크고 넓게 했다. 인사말 역시 황제보다 거만한 말투를 쓰도록 했다. '천지가 낳고 일월이 세워주신 흉의 대선우가 삼가 묻노니 한나라 황제는 무양

하십니까?'

불요불용한 자존심이었다. 그렇게까지 한나라에 콧대를 세워서 얻는 게 무엇이란 말인가. 공연한 화를 자초하는 짓이었다. 중항렬의 복수심을 만족시키기 위해 훈의 명운을 거는 건 어리석은 짓이 아닐 수 없었다. 게다가 중항렬은 한나라에서 온 사신들을 공공연하게 모욕했다. 어느 날 한나라의 사자 한 명이 말했다.

"흉노의 풍속은 좋은 옷과 맛있는 음식을 젊은이들이 먼저 입고 먼저 먹으며 노인들은 남은 것을 취할 뿐이라면서요?"

중항렬은 발끈하며 되물었다.

"당신네 한나라 풍속으로는 둔수 군역을 위해 출발하는 자의 부모가 아들에게 스스로 자신의 따뜻하고 두꺼운 옷을 벗어주고 기름진 음식을 주어 보내지 않는단 말이오?"

"그거야 당연히 그렇게 하지요."

"우리 훈은 늘 전투태세를 갖추고 있고 노약자는 싸울 수 없으니 기름진 음식을 장건한 자에 주어 스스로 지키는 것이오. 그렇게 해 부자가 서로 보전할 수 있으니 어찌 우리 훈이 노인을 경시한다 하겠소?"

한나라 사자가 지지 않고 말했다.

"흉노의 풍속으로는 부친이 죽으면 아들이 모친을 아내로 삼고, 형제가 죽으면 남은 형제가 그 처를 아내로 삼습니다. 궁정에서의 예의도 없습니다."

중항렬이 코웃음을 치며 되받았다.

"우리 흉노, 아니 훈의 약속은 간편해 지키기 쉽고 군신 관계는 간소해 오래도록 유지되니, 나라의 정치가 마치 한 몸과 같소. 부형이 죽으면 그 처를 아내로 삼는 것은 종족과 성씨가 끊길까 두려워하기 때문이오. 그것이 비록 어지럽게 보일 수 있으나 그로 인해 본래의 종족을 후계자로 세울 수 있는 것이오. 지금 한나라가 겉으로는 부자의 예를 지킨다고 하나 친속들이 서로 살육하고 역성(왕조 교체)을 하는 지경에 이르렀으니 이는 모두 우리 훈과 같지 않은 데서 비롯된 일이오."

"멈추시오. 무슨 말을 그리 망령되게 하시오? 우리가 어찌……."

중항렬은 손사래를 치며 호통을 쳤다.

"한나라 사자는 여러 말 마시오. 한나라가 훈에 보내는 비단과 솜, 쌀, 누룩의 수량이 맞고 좋은 품질이 유지되도록 유의하면 되지 다른 무슨 말이 필요하겠소? 한나라가 보낸 물품이 제대로 갖추어졌으면 그만이지만, 만약 제대로 갖추어지지 못하고 조악하면 곡식이 익는 가을을 기다려 기병으로 달려가 당신네 농작물들을 모조리 짓밟아 버리겠소. 아시겠소?"

2021년 12월

"아……."

가벼운 신음을 토하며 리한나가 눈을 떴다. 그녀는 편안해 보이는 암체어에 반쯤 누운 채 발을 발받침 의자에 뻗고 있었다.

"중항……. 맞아, 중항렬! 중항렬이라는 이름이었어요."

그녀의 머리 뒤에 서있던 사내가 앞으로 걸어 나오며 말했다.

"길을 잘 찾으신 것 같네요. 중항렬은 한나라가 흉노, 아니 훈의 선우에게 궁녀를 바칠 때 수행한 환관입니다. 이후 조국을 배신하고 선우에게 충성을 다하지요."

"하지만…… 소호금천이나 궁기와는 하등의 관계가 없는데……."

리한나가 의아한 듯 물었다. 사내는 얼굴에 아무런 표정의 변화 없이 대답했다.

"그쪽이 정문으로 들어가는 길이라면, 우리는 뒷문으로 들어가는 겁니다. 정문 쪽은 이미 저쪽에서 선점하고 있으니까 돌아가야 하는 거지요."

"우리가 정문을 차지할 수는 없나요?"

리한나의 말에 사내가 미소를 지었다.

"뭘 그리 서두르십니까? 막힌 길을 억지로 뚫다가는 자칫 길이 사라져 버릴 수도 있지요. 저쪽이 들어가지 못하게 할 수는 있지만, 우리도 갈 수 없는 겁니다. 뒷문으로 돌아간다 해도 아주 멀리 돌아가지는 않을 겁니다. 뒷문을 제대로 찾았거든요. 중항렬은 한인이지만 우리의 목적지에 가장 가까이 있는 인물이지요. 우리와 뜻도 함께할 수 있고요."

"아무튼 대단하세요, 김 박사님. 우리와 피 한 방울 안 섞인 인물의 의식 속에 들어갈 수 있다니……."

김 박사라 불린 사내가 좀 더 짙은 미소를 띠며 말했다.

"사실 쉽지 않았습니다. 굳게 닫힌 빗장을 여느라 애를 좀 먹었죠. 하지만 정문이든 뒷문이든 잠금의 원리는 크게 다를 게 없으니까요. 하하."

김 박사는 리한나의 머리 뒤에 놓인 흉상에 만족스러운 눈길을 던졌다. 김태호 원장의 병원에 있던 금동상과 비슷한 정도의 크기였다. 하지만 생김새는 사뭇 달랐다. 머리를 곱게 빗어 뒤로 넘겨 상투를 튼 뒤 10센티미터 정도 길이의 장관長冠으로 장식한, 전통적인 한나라 관리의 모습이었다. 금동상의 시선은 천장을 바라보고 있었고, 천장에는 엘피판 크기 정도의 원형 볼록 거울이 매달려 있었다. 태호의 병원에 있는 것과 거의 같은 모습이었다.

리한나는 만족스러운 표정을 지으며 암체어에서 천천히 몸을 일으켰다. 지난 첫 번째 의식 여행은 만족스럽지 않았었다. 처음 하는 의식 여행이라 긴장했던 탓도 있지만, 잘못된 정거장에 내려 초원을 한참 동안이나 헤매야 했다. 그렇다고 모든 것이 헛수고만은 아니었다. 여행을 끝낼 무렵 흉노 선우의 스승이라는 인물에 대해 알게 된 것이다. 그 또는 그의 후손의 무덤이 오르도스 어디에 있다는 이야기도 들었다. 몇 주에 걸친 수소문 끝에 정확한 위치를 알아낸 무덤은 이미 도굴꾼들에 의해 털린 뒤였다. 하지만 그곳에서 양피지에 그려진 한 인물의 초상화를 찾아낼 수 있었다. 그것은 예상과 달리 흉노의 복식이 아닌 한족의 모습을 한 인물의 초상화였다.

김 박사는 그 초상화를 살펴본 뒤 첫 번째 의식 여행의 목적지가 잘못된 이유를 알아냈다. 흉노 모습을 한 금동상으로는 정문 쪽으로 갈 수밖에 없었고 길이 막혀있는 바람에 중간 어디에 불시착해야 했던 것이다. 이에 초상화 모습 그대로 금동상을 다시 제작해 우회로를 찾아 두 번째 의식 여행을 시도한 것이다.

초상화는 중항렬의 것이 분명해 보였다. 두 번째 여행에서 리한나가 중항렬의 의식 속에 들어가 자신들의 조상인 타힐을 만난 것이다. 그때 처음 이름을 안 조상이 장차 자신을 올바른 목적지로 인도할 것이었다. 리한나는 선우를 좀 더 몰아붙여 목적지에 도착하는 시간을 앞당기기로 마음먹었다. 조상에게는 조금 미안한 일이지만 자신이 한나라의 재앙이 되리라는 중항렬의 다짐이 마음에 쏙 들었다.

한 가지가 마음에 걸렸다. 무덤의 도굴이 최근에 이루어진 것이라는 점이었다. 오래전의 일이었다면 차라리 신경 쓰일 것이 없었다. 그러나 무덤의 흙이 부드러웠다. 그녀가 도착하기 얼마 전 파헤쳤다가 서둘러 덮은 것이 분명했다. 지금까지 누구의 주의도 끌지 못하던 무덤이었다. 무덤이라는 사실조차 알려지지 않았다. 리한나도 도착할 때까지 반신반의했다. 태호는 자신보다 한발 늦게 도착했다. 그렇다면 그 무덤에 관심을 갖는 세 번째의 인물이 또 있다는 얘기였다. 도대체 누가…….

기원전 162년~142년

타힐은 애가 탔다. 이대로 놔둬서는 안 된다. 중항렬이 더 이상 잠자는 호랑이의 꼬리를 잡아당기게 해서는 안 된다. 그의 부추김에 선우가 호랑이의 콧수염을 향해 손을 뻗도록 더 이상 내버려 둬서는 안 된다.

"말을 대령하라. 선우께 가겠다."

타힐은 말을 달렸다. 두 사람의 호위 무사가 따라 말을 달렸다. 타힐이 워낙 서둘렀던지라 무사들은 겨우 활과 전통만을 챙길 수 있었다. 그들은 말의 옆구리에서 피가 흐르도록 박차를 가했지만 타힐의 한혈마를 따를 수 없었다. 선왕인 묵돌 선우가 죽기 직전 자신의 선친인 누르하에게 선물한 말이었다. 누르하는 그 말을 한 번도 탄 적이 없이 보살피기만 하다가 타힐에게 물려주었다. 말은 이제 여덟 살이 됐지만 여전히 힘이 넘쳤다. 누르하는 타힐에게 말고삐를 넘겨주며 일렀다.

"절대로 발로 차지 말거라. 명마는 결코 힘으로 움직이는 게 아니야. 무엇보다 교감이 있어야 한다. 말과 사람의 마음이 통하면 말과 사람이 하나가 되고, 마음만 먹어도 말이 주인의 의사를 알아차리게 되는 것이야."

타힐의 말은 그가 안장에 앉자마자 주인의 마음을 알아차렸다. 뜨거운 콧김을 세차게 뿜고서는 오백 리 길을 한달음에 내쳐 달렸다. 피 같은 땀은 비 오듯 흘렸지만 숨소리는 조금도 가빠지지 않았다. 오히려 행여 말이 알아차릴까 봐 타힐이 턱까지 차오르는 숨을 억눌러야 할 정도였다.

말에서 내리자마자 타힐은 노상 선우의 게르로 달려 들어갔다. 하지만 선우는 없었다. 게르를 지키던 호위 무사 두 명이 뛰어들어 왔다. 타힐이 묻기 전에 호위 무사가 먼저 알렸다

"여우 사냥을 가셨습니다."

"누가 수행했는가?"

"재상께서 따르셨습니다."

역시 중항렬과 함께였다. 사내구실도 못하는 놈이 선우의 자존심을 건드려 한나라에 대한 적의를 한없이 끌어올릴 터. 그것이 훈을

위해서가 아니라 자신의 복수를 위해서라는 것은 음흉한 마음 깊숙이 묻어두고 결코 내보이지 않을 것이었다.

"선우께 안내하라."

타힐은 다시 말에 올랐다. 선우의 호위 무사 한 명이 앞장을 섰다. 그제야 타힐의 무사들이 게르에 도착했다. 그들은 입에 거품을 물고 있는 말에서 내리지도 못한 채 타힐의 뒤를 따라야 했다. 다행히 선우의 사냥터는 멀지 않았다. 선우는 매바위라 불리는 언덕 위에서 사막을 응시하고 있었다. 한 걸음 뒤에 중항렬이 역시 선우의 시선을 따르고 있었다. 타힐은 언덕 앞에서 말을 내렸다. 자신을 안내한 선우의 호위 무사와 자신을 따라온 호위 무사들을 놔두고 타힐 혼자서 소리 없이 언덕을 올랐다. 소란을 피우면 선우의 매 사냥을 방해할 터였다. 선우는 왼손에 버렁이(매장갑)를 끼었는데 그 위에 머리씌우개로 눈을 가린 송골매 한 마리가 앉아있었다. 꼬리 날개에 선우의 소유임을 표시하는 빨간색 깃털로 된 시치미가 선명했다. 선우는 정신을 집중해 사냥감을 찾느라 타힐이 다가오는 것도 인식하지 못했다. 중항렬이 알아보고 가벼운 눈인사로 그를 맞았다. 그때 선우가 조용히 말했다.

"왔다."

선우의 오른손이 초원을 향해 뻗었다. 지지초 덤불 사이로 여우 한 마리가 고개를 삐죽 내밀었다. 지지초는 가는 잎이 억세고 날카로워 양조차 먹지 않는 풀이다. 그래서 야생동물의 은신처로 주로 이용되며 모래바람이 불 경우 가축들이 몸을 피하기도 한다. 여우는 조심스럽게 주위를 살핀 뒤 위험을 느끼지 못하자 앞다리를 쭉 뻗어 마음껏 기지개를 켰다. 그러고는 종종걸음으로 걸어 나왔다. 하지만 보이지 않는다고 항상 멀리 있는 것은 아니다. 보이지 않는 위험이 가까운 곳에 있었다. 여우가 지지초 덤불에서 어느 정도 멀어지자 선우가 매의 머리 씌우개를 벗겼다. 매는 고개를 흔들어 그동안의 갑갑함을 털어낸 뒤 이내 먹이를 발견했다. 선우가 왼손을 뻗자 이내 창공으로 날아올랐다가는 목표물을 향해 수직으로 내리꽂혔다. 그제야 여우도 자신의 목숨을 노리는 위험을 감지했다. 건너편 덤불을 향해 죽을 걸음으로 내달렸다. 하지만 뛰는 속도가 나는 속도를 이길 순 없었다. 땅을 향해 내리꽂히던 송골매는 거의 직각으로 꺾어 땅을 스치듯 곡예비행을 하며 여우에게 빠른 속도로 다가갔다. 송골매의 억센 발이 여우의 허리를 움켜쥐었다. 날카로운 발톱이 살을 파고들었다.

"캥."

이승에서의 마지막 외침이었다. 노상의 송골매는 노획물을 두 발로 움켜쥔 채 힘차게 날갯짓을 해 하늘로 솟구쳤다. 그러고는 주인에게 보란 듯 크게 한 바퀴 선회하더니 서서히 활강해 내려왔다. 노상은 왼손을 뻗었고 그의 송골매는 전리품을 노상의 발치에 떨어뜨린 뒤 그의 팔에 사뿐히 내려앉았다. 노상은 주머니에서 큼직한 고깃덩이를 꺼내 자신의 충직한 전사에게 상으로 주었다. 매는 고깃덩이를 한입에 삼킨 뒤 고개를 들어 주인을 바라봤다. 아직 허기가 채워지지 않은 매의 눈을 씌우개가 덮어 가렸다.

선우는 생각했다.

'아니지, 사냥꾼은 항상 배가 고파야 해. 배가 부른 사냥꾼은 일이

하기 싫어지거든. 배를 채우고 하는 싸움은 사냥이 아니야. 그건 전쟁이지. 사냥보다 훨씬 위험한 일이지.'

눈이 가려진 송골매는 차츰 흥분을 가라앉혔다. 달리 방법이 없었다. 이건 전쟁이 아니니까.

노상은 그제야 고개를 돌려 타힐을 보았다. 가벼운 미소를 과장된 몸짓이 감쌌다.

"오, 휴도왕께서 오셨구려. 무슨 급한 볼일이 있어 손수 힘든 걸음을 하시었소?"

과장된 몸짓만큼 반가운 목소리는 아니었다. 보나마나 잔소리나 해댈 게 뻔했다. 한나라의 변방을 쳐 가축을 약탈하는 데 휴도왕만 비협조적이었다. 한나라가 화친을 원하니 침략보다 교역을 하자는 게 그의 주장이었다. 겨울을 나는 데 필요한 물품은 이미 충분히 얻고 있는 데다가 서역에 팔 물품의 요구를 조금씩 확대해도 한나라가 거절을 하지 못할 것이라는 설명이었다.

'하지만 우리 군대는 어쩌란 말인가. 군사들을 모두 평화로운 목동으로 만들 수는 없지 않은가 말이다.'

사냥만으로 양치기를 전사로 만들 수는 없는 일이었다.

"서쪽으로 방향을 돌리면 됩니다."

"서쪽? 그게 무슨 소리요?"

타힐이 한쪽 무릎을 꿇으며 말했다.

"폐하는 선대 선우 폐하의 유지를 잊으셨습니까?"

"어허, 그건 또 무슨 소리요? 내가 무엇을 잊었단 말입니까?"

"선대 묵돌 선우 폐하께서는 눈을 감으시는 순간까지 월지 왕한테서 받은 굴욕을 잊지 않으셨습니다. 그리해서 선우 폐하께 월지 왕을 응징하라는 유지를 남기셨습니다. 월지 왕이 그 전에 죽으면 그의 아들에게 모욕의 빚을 갚으라고 이르셨습니다. 그 월지 왕은 죽었으나 그의 아들이 지금 월지 땅에서 기름진 음식을 먹고 향기로운 술을 마시며 숨 쉬고 있습니다. 그런데 어찌 폐하께서는 그런 사실을 모른 척하고 계십니까?"

노상은 큰 망치로 머리를 한 대 얻어맞은 듯한 충격을 받았다. 잊고 있었던 것이다. "어찌 내 유언을 그리 쉽게 팽개칠 수 있단 말이냐." 그 생각을 떠올리자 아버지 묵돌의 호령이 귀에 들리는 듯했다. 노상은 뛰어 말에 올랐다.

"돌아가겠다."

바람같이 말을 몰아 게르로 돌아가는 노상의 뒷모습을 바라보며 중항렬의 움켜쥔 두 손이 떨렸다.

"이, 이런……."

중항렬은 분노로 뺨까지 벌겋게 달아올랐다. 그 모습을 보고도 못 본 척 돌아서는 타힐의 얼굴에 미소가 번졌다.

그해 노상 선우는 군사를 모아 월지를 쳤다. 훈의 기습에 월지는 속수무책으로 당할 수밖에 없었다. 달아나던 월지 왕은 등에 화살을 세 발이나 맞고 말에서 떨어졌다. 이미 죽은 왕의 시신이 노상 선우 앞에 끌려갔다. 월지 왕의 개기름 낀 얼굴이 흙먼지 범벅이 돼있었다. 노상은 그 얼굴에 침을 뱉은 뒤 말했다.

"이자의 두개골을 꺼내 술잔을 만들라. 내가 그 잔에 마유주를 가득 채워 축배를 들리라."

월지는 서쪽으로 패주를 계속해 아무르강 주변의 소그디아나에 이르렀다. 월지는 그곳에 거주하던 박트리아(대하)를 정복하고 대월지국이라 칭했다. 원래의 땅에 남은 소수의 월지족들은 소월지라 불렸다. 대월지는 이후 박트리아 땅에 안주하며 서역과의 중계무역으로 나름대로 번성한다. 훈에 보복하고 실지를 회복할 생각은 꿈도 꾸지 않았다. 기원전 130년 무렵, 전한의 장건이 대월지를 찾아가 반흉노 동맹을 맺고 양쪽에서 협공할 것을 제안하지만 월지는 단호히 거부한다. 지금 자리한 땅도 편안한데 무엇 하러 훈과 대적하는 위험을 감수한단 말인가. 공연히 호랑이를 건드려서 이로울 게 없었다.

이태 후 노상 선우가 죽고 그의 아들 군신 선우가 즉위했다. 그는 자신의 스승이었던 중항렬을 다시 중용했다. 중항렬은 군신을 부추겨 한나라를 공격하게 만들었다. 즉위 일 년여 만에 군신은 다시 화친을 끊고 육만 명의 기병으로 한나라 국경을 공격했다. 많은 사람을 죽이고 가축과 식량을 빼앗았다. 한나라의 편두통이 다시 도진 것이다. 수도인 장안에서 명령이 떨어져 훈과 마주한 국경에 병력을 파견하는 데에만 몇 달이 걸렸다. 한나라 병력이 변경에 도착하면 훈은 멀리 달아났고 그러면 한나라 군대도 다시 철수했다. 이 같은 술래잡기가 계속되면서 몇 해가 지났다. 기원전 154년, 한나라의 번왕들이 다스리는 번국인 오나라와 초나라가 반란을 일으켰다. 이에 동조한 조나라 등 다섯 나라도 한에 반기를 들었다. 이른바 오초칠국吳楚七國의 난이다. 조나라의 왕 유수는 은밀히 훈에 사신을 보내 힘을 합쳐 한에 대항하자고 제의했다. 군신에게는 더 좋은 기회가 없을 터였다.

'혼자라도 할 일에 힘을 합치자니…….'

군신은 조의 제안을 쾌히 승낙하고 조와 합세해 한나라의 국경을 치려고 병력을 모았다. 그런데 병력을 일으키기도 전에 조나라가 한의 진압군에 포위되더니 칼 한 번 빼보지 못하고 항복하고 말았다.

'이런 머저리 같은 놈들. 칼은 개 잡는 데나 쓰고 언제 한번 늑대와도 싸워본 적이 없는 놈들이 오죽하겠나.'

군신의 침략 의지도 꺾일 수밖에 없었다. 한 경제景帝는 훈을 달래기 위해 국경에 시장을 열어 교역을 할 수 있게 했다. 그와 함께 선우에게 많은 선물과 옹주를 보내 결혼케 했다. 경제 대가 끝날 무렵까지 이 같은 화친이 계속되었고, 소소한 변경 침입과 약탈은 피할 수 없었지만 훈의 대규모 침략은 발생하지 않고 평화가 유지될 수 있었다.

한나라의 입장으로는 굴욕적인 평화였다. 오랑캐에게 왕녀를 보내고 수많은 조공을 바치며 얻어낸 값비싼 평화였다. 하지만 훈도 많이 약해져 있었다. 한나라는 훈의 여러 부족들에게 따로 선물 보따리를 안기면서 이간질을 꾀했다. 게다가 군신 선우의 동생인 좌곡려왕 이치사가 자신에게 주어진 권력 이상을 추구하며 야심을 키우고 있었다. 그는 비밀리 훈의 여러 부족을 규합해 자기 세력을 키우고 훈 제국의 균열도 따라 키웠다. 휴도왕 가밀바는 이 같은 이치사의 움직임을 근심스럽게 바라보고 있었다. 그에게도 이치사가 손을 뻗었지만 못들은 척하고 있는 터였다.

가밀바는 타힐의 둘째 아들이었다. 그의 형은 돌을 넘기지 못하고 죽었다. 타힐은 두 해 지나 다시 얻은 아들을 귀하게 길렀다. 가밀바도 아버지를 실망시키지 않고 훌륭하게 자랐다. 그의 나이 스물아홉이 됐을 때 타힐은 아들에게 왕위를 넘겨주고 흡족한 마음으로 눈을 감았다. 그리고 십오 년이 흘렀다. 그 사이 휴도왕이 다스리는 하서주랑 지역은 훈 제국 중 가장 강력하고 부유한 번국이 됐다.

2022년 1월

"휴, 가밀바……. 타힐의 뒤를 이어 휴도왕이 된 이가 가밀바입니다."

준기가 눈을 감은 채 말했다. 불그스레 상기된 얼굴에서 뭔가 안도하는 듯한 표정이 스쳤다. 태호가 준기의 얼굴에 닿을 듯 가까이 다가서서 속사포처럼 쏟아냈다.

"그가 타힐의 아들입니까? 금인상은 물려받았나요? 한나라 황제는 누구인가요?"

"네, 둘째 아들입니다. 금인상도 물려받았고요. 위기는 있었지만 통치를 잘해서 오랫동안 번성하고 있습니다. 그런데 흉노 제국 전체로는 분열의 조짐이……."

"한나라 황제는 누구입니까?"

태호가 말을 가로채고 물었다. 흉노 제국에는 관심이 없다는 태도였다. 준기를 처음 만났을 때 흉노가 지금도 존재한다고 강조하던 사람 같지 않았다.

"경제인 거 같아요. 오나라 왕 유비가 다른 제후국들과 함께 일으킨 반란을 평정했으니……. 그것이 바로 오초칠국의 난이지요."

준기는 말하면서 더욱 흥분하는 듯했다. 책으로만 읽었던 역사를 이렇게 가까이서 지켜볼 수 있다니……. 역사학자로서는 흥분하지 않을 수 없는 일일 터였다.

"흉노도 가담하려 했지만 반란이 3개월 만에 평정되는 바람에……. 반란이 성공했더라면 흉노로서는 세력을 확장할 수 있는 좋은 기회가 됐을 텐데……."

태호가 다시 준기의 말을 끊었다.

"그럼 곧 무제가 제위에 오르겠군요."

"그렇지요. 곧 흉노에게 위기가 닥친다는 뜻이지요. 그런데도 중항렬이 계속 선우를 부추겨 한나라에 도발을 합니다. 그나마 휴도왕이 개입해 나락으로 떨어지는 걸 막고 있기는 한데……."

태호가 준기에게서 떨어지며 말했다.

"흉노의 흥망은 교수님이 더 잘 알고 계시지 않습니까. 때가 되면 일어날 일들이, 아니 일어났던 일들이겠군요. 일어났던 일들이 일어날 뿐이지, 교수님이 걱정할 게 아닙니다."

준기는 암체어에서 일어나 앉았다.

"그런데…… 제가 어느 정도 휴도왕의 심리에 영향을 미칠 수 있는 거 같아요."

"뭐라고요?"

태호가 놀라 다시 준기의 얼굴에 닿을 정도로 얼굴을 들이밀었다. 부담을 느낀 준기는 몸을 비틀어 태호를 피한 뒤 의자에서 일어나 테이블로 걸어갔다. 준기는 진료실 구석에 있는 소형 냉장고에서 생수를 하나 꺼내 들었다. 그러자 태호가 따라오며 말했다.

"아니, 아니…… 이건 물이 아니라 술을 한잔하면서 들어야 할 얘기 같은데요. 위스키를 하시겠습니까? 와인도 있습니다."

태호가 냉장고 위의 벽을 누르니, 작은 문이 스르르 열리고 술과 술잔이 들어있는 홈 바가 나타났다. 준기가 피식 웃었다.

"영화에서 비밀 금고는 봤어도 비밀 술 창고는 처음 봅니다."

태호는 준기의 대답을 듣지도 않고 온더록스 잔에 싱글몰트 위스키를 따르며 말했다.

"위스키 한 잔이 환자들의 복잡한 생각을 정리하는 데 도움이 되지만, 환자들은 술 마시는 의사를 신뢰하지 않거든요. 우리의 복잡한 생각을 정리하는 데는 위스키가 더 낫습니다."

준기는 태호가 건넨 잔을 들어 향기를 맡은 뒤 입술을 대고 위스키를 음미했다. 하지만 태호는 단숨에 들이켠 뒤 다시 잔을 채웠다.

"이천 년 전에 죽은 사람의 마음을 움직일 수 있다고요?"

"마음을 움직인다기보다는…… 의식 여행을 하다 보면 그 주체가 절반은 나고 절반은 대상인 것 같아요. 영화로 비유하자면 절반은 주연 배우고 절반은 감독인 것 같다, 이 말입니다. 주연 배우가 대본에 따라 행동하고 말할 때, 즉 역사대로 흘러갈 때 절반의 감독인 내가 주연 배우한테 뭔가를 주문할 수 있는 것 같다는 얘기죠."

태호는 위스키를 다시 입에 털어 넣고 물었다.

"이미 주문해 본 적이 있나요?"

"그게…… 주문이라기보다는 뭐랄까…… 우연의 일치일 수도 있지만…… 타힐이 망설이고 있을 때 제가 속마음으로 '빨리 행동해야지 뭐 하고 있느냐'고 답답해하자 타힐이 바로 결단을 하더라고요."

"흠……."

태호는 술을 마시는 것도 잊은 듯 빈 잔을 뱅뱅 돌리며 생각에 잠겼다가 혼잣말처럼 뇌까렸다.

"좀 더 쉽게 목표에 도달할 수도 있을 것 같은데요."

준기가 입에서 굴리고 있던 위스키를 목구멍으로 넘기며 말했다.

"하지만 그것이 역사에 개입하는 행동이라…… 나중에 어떤 결과가 나올지 두려워서……."

태호가 고개를 흔들었다.

"아니요. 역사에 개입하는 게 아닙니다. 단지 역사에 묻혀버린 사실을 알아낼 뿐이지요."

"아, 그리고……."

준기의 말에 태호는 귀를 쫑긋 세웠다.

"네. 또 뭐가 있죠?"

"금인상이 빛을 발하는 걸 본 듯합니다. 은은하기는 했지만 분명 전과 다른 광채였어요. 엷은 미소를 띠는 것 같기도 했고요. 마치 타힐의 기도에 대답이라도 하는 듯 말이죠. 타힐도 그것을 보고 놀라는 듯했습니다. 저 혼자, 그러니까 절반의 주연 배우만 그렇게 느낀 것일 수 도 있지만……."

같은 시간 리한나 역시 암체어에 누워있었다. 하지만 그녀는 막 누운 참이었다. 그녀는 천장의 볼록 거울에 비친 흉상을 바라보며 말했다.

"중항렬로는 역부족이었던 것 같아요. 그의 궁극적인 관심은 우리가 바라는 게 아니니까. 게다가 그는 금인상의 존재에 대해 알지도 못해요. 역시 정문을 뚫고 들어가야 하나……."

그녀의 뒤에서 김 박사가 흉상에 리넨 수건을 둘렀다. 같은 한인의 모습이었지만 리넨 수건을 외투처럼 두르자 다른 인물의 분위기가 났다.

"정문 돌파는 너무 위험합니다. 자칫하면 회장님도 위태로워질 수도 있어요. 저쪽과 충돌이라도 일어나면 의식의 세계에서 빠져나오지 못할 수도 있습니다."

"그런 일이 일어나면 어떻게 되는 거죠?"

"코마와 비슷한 상태에 빠지게 됩니다. 신체는 이상이 없는데 의식이 길을 잃고 돌아오지 못하는 거죠."

리한나는 오싹한 한기를 느꼈다. 아직 그렇게 큰 위험을 무릅쓸 단계는 아니었다. 김 박사의 생각도 그랬다.

"저쪽도 별 진척이 없는 듯하니 서두르지 맙시다. 뒷문이 하나만은 아니니까."

김 박사가 조명의 조도를 낮췄고 리한나는 서서히 의식의 세계로 걸어 들어갔다.

기원전 141~133년

기원전 141년, 유철이 열일곱의 나이로 한나라 황제로 즉위했다. 나중에 한무제라 일컬어질 인물이었다. 처음에 그는 훈을 달래는 입장을 취했다. 관시關市를 열어 교역을 허락하고 물자를 넉넉하게 대주었다. 하지만 훈은 그것으로 만족하지 못했다. 화친 약속을 어기고 틈만 나면 변경지역을 침입해 포로와 가축을 약탈했다. 시간이 지나고 명실상부한 황제의 권력을 손아귀에 거머쥔 무제의 눈에 훈의 끊임없는 도발이 거슬렸다. 게다가 야심 찬 청년 황제한테 북쪽 오랑캐에 조공을 하고 왕녀를 바치는 것은 자존심이 허락하는 일이 아니었다. 기원전 133년, 스물다섯이 된 황제는 어사대부 한안국을 호국장군으로 삼고 삼십만 명의 군사를 동원해 훈을 치게 했다. 훈 역시 가만히 있지는 않았다. 십만 기를 동원해 국경 지역으로 달려갔다.

초원에 모래바람이 일었다. 군신 선우는 언덕에 올라 남쪽을 굽어보았다. 멀리 한나라 국경 마을 마읍이 보였다. 인구는 일천 호 정도에 불과하지만 넓은 평야를 끼고 있는 데다 질 좋은 철광석이 산출되는 광산을 품고 있어 곡식이 풍성하고 재물이 풍부한 곳이었다. 마읍 쪽에서 일군의 사람들이 소가 끄는 수레에 물건을 가득 싣고 다가왔다. 수레에 실린 것은 비단과 쌀, 백주였다. 여남은 사람이었는데 그 중에서 가장 나이 든 인물이 군신에게 다가와 무릎을 꿇고 예를 표했다.

"마읍 촌장 섭일이 군신 선우를 배알합니다."

"그대가 섭 노인인가?"

군신은 섭일에 대해 보고를 받고 있었다. 지난 몇 개월 동안 훈과의 무역을 금지한 한나라 조정의 명령을 거부하고 훈에게 물자를 공급하고 있다는 얘기였다.

'교활한 늙은이로고. 하긴 법보다는 주먹이 가깝지.'

군신은 재차 물었다.

"그래 무슨 용건으로 날 보길 청했는가?"

섭일이 바닥에 엎어지며 곡을 했다. 다소 과장된 몸짓이었으나 울먹이는 목소리가 애절함으로 떨렸다.

"우리 마읍 고을을 선우 폐하께 바치고자 하옵니다."

그런 의사를 미리 전해 듣기는 했으나 짐짓 모른 체하며 군신 선우가 물었다.

"오호, 어째서 그리 기특한 생각을 했는고?"

"아직 입에서 젖비린내도 가시지 않은 어린 황제가 우리가 감당하기 어려운 무거운 세금을 부과하려고 합니다. 무역과 운송을 할 수 있는 권한을 우리에게서 빼앗으려고 합니다. 군인들을 보내 둔전을 일구도록 해 우리 할아버지의 할아버지로부터 물려받은 우리의 땅을 빼앗으려 합니다. 부디 우리 고을을 거둬주시어 우리를 승냥이 같은 한나라 무리들로부터 지켜주소서."

"그대들은 한나라 백성으로서 어찌 마음속에 배신을 품으려 하는가?"

섭일은 더욱 납작하게 엎드려 이마를 바닥에 찧으며 말했다.

"우리 마을은 조상 대대로 중원과 무관하게 살아왔습니다. 그들이 우리에게서 빼앗은 것은 있을지언정 베푼 것이라고는 아무것도 없습니다. 모든 것을 다 우리 힘으로 일구고 기른 것입지요."

군신 선우는 고개를 돌려 뒤에 있던 좌현왕과 우현왕을 바라보며 웃었다.

"이런 백성들도 있구려."

좌현왕과 우현왕이 한입으로 말했다.

"모든 것이 선우 폐하의 성덕이 지고한 까닭입니다. 감축드립니다."

"하하하, 기쁘도다. 안내하거라. 새롭게 내 땅이 된 곳을 밟아보리라."

훈의 기병들이 모래바람을 일으키며 달렸다. 그들은 망설임 없이 한나라의 국경을 넘었다. 초원은 드넓었지만 거칠 것이 없었다. 마읍을 이십 리쯤 남겨두었을 때 휴도왕 가밀바는 뭔가 심상치 않음을 느꼈다. 가슴에 품고 있던 제천금인상에서 갈수록 더해가는 열기가 느껴지는 것이었다. 가밀바는 말의 속도를 늦추고 손을 품에 넣어 금인상을 꺼냈다. 그런데 이게 웬일인가. 마치 열기에 타기라도 한 듯 금인상의 금빛이 황동빛에 가깝게 변해 있었다. 그래서 그런지 얼굴도 근심이 가득 서린 듯한 어두운 표정이었다. 가밀바는 금인상을 다시 품에 넣고 말을 급하게 몰아 앞으로 나선 뒤 일행을 가로막아 세웠다.

"멈춰라."

선두의 갑작스러운 제동에 말고삐를 잡아당긴 군신 선우가 불쾌한 표정으로 물었다.

"무슨 일이오?"

가밀바가 선우에게 다가가 말했다.

"아무래도 수상합니다. 들판에 가축들이 어지러이 흩어져 있는데 돌보는 사람들이 하나도 없습니다. 무언가 음계가 있는 게 분명합니다."

군신 선우는 그제야 주위를 둘러봤다. 아닌 게 아니라 양과 소들만 한가로이 풀을 뜯고 있을 뿐 사람들의 모습은 사방 십여 리에 걸쳐 눈을 씻고 찾아봐도 볼 수 없었다. 감시하는 사람이 없는 만큼 가축들은 제각각 사방팔방으로 흩어져 때 아닌 자유를 만끽하고 있었다. 이런 건 순차적으로 지역을 이동해 가며 가축을 먹이는 유목의 기본을 벗어난 양태였다.

"그러고 보니 실로 의심스럽구나."

"정찰대를 보내 살피는 게 좋을 듯합니다."

"그게 좋겠소."

가밀바는 자신의 만인대 중에서 날랜 군사 서른 명을 뽑아 정찰대로 보냈다. 반나절쯤 지났을 때 정찰대가 한나라 군사 하나를 포박해 끌고 왔다. 당시 한나라는 변경 지역에 요새를 만들고 백 리마다 군사 몇 명씩 주둔케 해 요새를 순찰하도록 했다. 그중 하나를 붙잡아 온 것이었다. 정찰대가 군신 선우 앞에 나서서 고했다.

"이자가 선우께 드릴 말씀이 있다고 합니다."

"그래? 그 찢어진 주둥아리로 무슨 말을 하는가 들어보자."

한나라 군사는 겁에 질린 표정으로 더듬거렸다.

"마읍 인근 골짜기에 삼십만 명의 정예병이 매복해 있습니다. 총대장 휘하에 네 명의 장수가 지휘하고 있습지요."

"오호라. 내 진작에 그리 의심했노라. 교활한 한족 놈들 같으니…… 어서 돌아가자."

겁에 질린 군신 선우의 목소리가 떨렸다. 군신 선우는 서둘러 군사를 돌려 한나라의 요새를 빠져나갔다. 국경을 한참 벗어난 뒤 선우는 말을 멈추고 가쁜 숨을 몰아쉬며 말했다.

"내가 미리 한나라 병사를 얻어 화를 면한 것이 하늘의 뜻이다. 그 한나라 병사는 나의 은인이다. 그를 번왕으로 삼아 천왕天王에 제수하리라."

훈의 장수들 사이에서 웅성거림이 일었다. 그깟 천한 한나라 졸개 하나를 왕으로 삼다니……. 공을 따지자면 위험을 사전에 간파한 휴도왕의 공이 가장 크지 않은가. 그런데도 휴도왕에게는 한 마디 치사도 없이, 그저 목숨을 부지하기 위해 나라를 배신하고 군사 비밀을 누설한 자에게 공을 돌리는 건 있을 수 없는 일이었다. 그러나 선우의 뜻이 그러하다면 어쩔 수 없었다. 누구도 이의를 제기하지 않았다. 그저 입술을 굳게 깨물고 걸음을 재촉할 뿐이었다. 가밀바 역시 쓴웃음을 지으며 군신의 뒤를 따랐다.

무제는 대로했다. 계획이 탄로나 선우의 군대가 말을 돌렸다면 곧바로 진격해 뒤를 쫓았어야 했다. 퇴각하는 훈의 수송부대를 공격하는 임무를 맡았던 왕회는 선우가 주력 부대를 회군해 온다는 말을 듣고 두려워 출격하지 못했다. 왕회는 무제 앞에 결박돼 무릎을 꿇리었다.

"왕회, 너는 짐이 흉노를 치자고 했을 때 가장 앞장서서 그래야 한다고 입방정을 떨지 않았더냐. 그리고 가장 앞에 나서서 매복 작전을 계획하지 않았더냐. 그런 자가 달아나는 오랑캐가 두려워 공격을 못하고 떨고만 있었다니 부끄럽지도 않느냐? 여봐라. 당장 저놈을 끌어내 주살하라."

2022년 1월

바람이 매서웠다. 준기는 코트 깃을 올리고 다시 한번 목도리를 고쳐 맸다. 그제야 옷 사이로 파고들던 겨울바람의 예기가 꺾였다. 나란히 걷는 태호는 준기보다 추위를 타지 않는 듯했다. 옷도 더 얇게 입고서도 추운 내색을 하지 않았다. 모직 코트의 앞섶도 잠그지 않고 새파란 목을 드러낸 채 장갑을 끼지 않은 맨손만 주머니에 찔러 넣고 있었다. 두 사람은 태호의 병원에서 의식 여행을 마친 뒤 저녁 식사 겸 술을 한잔하러 나선 참이었다. 태호는 요즘 들어 부쩍 술을 마시는 것 같았다. 뭔가 초조해하는 것일 수도 있고, 두 사람이 좀 더 가까워졌다는 방증일 수도 있었다.

"금인상이 위험을 경고했다니 정말 놀라운 일입니다."

태호는 병원을 나서면서부터 계속 '놀랍다'는 말을 입에 달고 있었다. 준기도 놀랍기는 했지만 태호는 대단히 고무된 눈치였다.

"아주 확실한 것은 아닙니다. 제가 잘못 보았을 수도 있고……."

태호는 고개를 저었다.

"아니요, 맞습니다. 군신과 훈 병사들이 전멸할 수 있는 위험에서 건져내지 않았습니까? 왜 가말바, 가말바 맞나요? 아, 그렇죠 가밀바! 가밀바가 왜 말을 달리다 말고 금인상을 꺼내 들었겠어요?"

"그건 그렇지만……."

"제 예상이 맞았어요. 분명 금인상이 신비한 힘을 갖고 있는 겁니다. 상상할 수도 없는 큰 힘을……."

"예상하셨다고요?"

"그건 술을 마시면서 얘기하도록 하지요."

두 사람은 길을 건너 태호의 단골이라는 중국 음식점으로 들어갔다. 오늘같이 놀라운 날에는 고량주가 적격이라는 태호의 주장에 따라서였다. 실내 장식이 제법 깔끔한 프랜차이즈 식당이었다. 태호는 음식과 함께 마오타이를 한 병 시켰다. 놀라서 눈을 크게 뜨는 준기 앞에서 그는 손가락을 흔들며 말했다.

"오늘처럼 놀라운 사실을 알게 된 날 어찌 싸구려 술을 마실 수가 있나요? 최고로 놀라운 일 앞에서 최고의 술로 건배를 해야지요."

"하하, 덕분에 입이 호강을 하게 생겼습니다."

"술 걱정은 마시고 다시 한번 그 장면을 설명해 주십시오. 들어도 들어도 질리지가 않는 놀라운 일입니다."

술과 음식이 나오고 잔을 채워 건배를 한 뒤 준기가 다시 자신이 본, 또는 경험한 일을 세세히 말해주었다. 준기는 말하면서도 자신의 이야기가 자기가 눈으로 본 건지, 아니면 그러려니 넘겨짚는 건지 모르겠다는 생각이 들어 쓴웃음이 나왔다. 하지만 태호는 이야기 도중에도 몇 번이고 감탄사를 연발했다.

"오! 그렇군요. 가밀바가 금인상을 품에 넣고 있었다는 말이지요?"

"네, 그렇습니다."

"그것도 놀라운 일이군요."

"……."

"금인상은 대대로 물려받은 소중한 가보 아닙니까? 그런데 그런 보물을 싸움터에 가지고 나간다고요? 혹시나 어떻게 될지도 모르는 야전에? 그것은 한 가지로밖에는 설명이 되지 않는 것이지요. 분명 금인상에 신통한 힘이 있다는 겁니다. 뭐랄까…… 위험에서 소유자를 보호해 주는 일종의 수호신 같은 것일 수도 있겠지요. 실제로 한나라 군의 매복을 알려줌으로써 가밀바의 목숨을 구해냈고요."

준기가 듣고 보니 그럴 법도 했다. 게다가 가밀바가 품에서 금인상을 꺼낼 때는 금인상이 상자에 들어있지 않았다. 비단 주머니로 싸여 있을 뿐이었다. 그렇다면 금인상을 일부러 상자에서 꺼내서 품에 넣고 말을 탔다는 것이고 그럴 필요가 있었다는 얘기였다.

"정말 금인상이 자신을 지켜주는 수호신이어서?"

"맞아요. 수호신이었어요. 한나라 군사가 숲속에 숨어있었는데 귀신처럼 알아채더라니까요. 갑옷이 나무에 걸려 소음을 낸 병사의 목을 쳐서 본보기로 삼고, 말에게도 모두 재갈을 물려 바늘 떨어지는 소리 하나 없었는데 말이지요. 국경 요새를 지키는 한나라 병사들이 자기 뒤에 정말 매복한 군사들이 있기나 한 건지 의심할 정도였어요."

리한나는 고개를 흔들며 암체어에서 일어났다. 김 박사가 방 안의 조도를 높이며 말했다.

"금인상이 매복을 알렸다고요?"

"천왕의 눈으로 직접 보지는 못했지만 그랬다는 거예요. 휴도왕이 금인을 살핀 뒤 선우의 말을 멈추게 하는 것을 본 천부장들이 있어요."

"놀랍군요."

"물론 초원에 사람들의 그림자도 안 보였던 게 의심을 살 만했어요. 하지만 그것만으로 병사들의 매복을 알아차린다는 건 놀라운 직관이죠. 그게 무엇이었든 금인상이 휴도왕에게 경고의 메시지를 보낸 게 분명해요."

"……."

"금인상이 또 다른 힘을 가지고 있는지도 모르겠어요. 위험 경고만이 아닌 미래에 대한 예지력이 있을 수도 있겠죠. 훈족이 제천금인상에 제사를 지내는 풍습이 있었다면 간절한 소망을 이뤄주는 힘도 가졌을지 모르죠."

"네, 두고 보면 알겠죠."

김 박사는 믿어지지 않는다는 투로 말했다. 하지만 리한나는 확신에 찬 얼굴이었다. 여태까지와는 달리 조그만 의심도 없는 것 같았다.

"더욱 바짝 조여야겠어요. 정문으로 누가, 무엇이 들어가는지 눈을 부릅뜨고 감시해야 해요."

기원전 132년

"천왕이 행차하셨습니다."

휴도왕 가밀바의 게르에 천왕 일행이 들어섰다. 천왕은 본래 한나라 변방을 지키던 병사로, 군신 선우에게 한나라 군사의 매복 사실을 실토한 뒤 졸지에 번왕에 봉해진 인물이었다. 휴도왕 군사들에게 사로잡혀 와서 목숨을 부지하기 위한 배신이었지만, 군신 선우가 너무 놀란 나머지 자신이 목숨을 구한 게 천우신조라고 믿었기 때문이었다. 이후에도 군신 선우의 사랑은 계속됐고, 이에 기댄 천왕의 호가호위는 갈수록 도를 더해 원성이 자자했다.

"천왕께서 어쩐 일로 이리 누추한 곳까지 행차하시었소?"

가밀바는 자리에서 일어나 천왕을 맞았다. 가밀바는 예의를 갖춰 천왕을 자리로 안내했지만, 천왕은 도도한 표정을 조금도 바꾸지 않고 자리에 털썩 앉았다.

"그동안 평안하셨지요?"

가밀바의 물음에 천왕이 턱수염을 손가락으로 꼬며 말했다.

"선우 폐하의 심기를 평안케 하느라 노심초사하고 있지요. 그런 이 몸이 어찌 하룬들 편안하겠습니까. 내가 아니었으면 큰 봉변을 당하실 뻔하신지라 이 몸에게 의지를 많이 하시는구려."

가밀바의 얼굴에 웃음이 흘렀다. 가소롭기 짝이 없는 소리였지만 내색은 하지 않았다.

"아무렴요. 여부가 있겠습니까. 그런데 어찌하여 이리 먼 걸음을 하시었나요? 이 몸에게 전하실 좋은 소식이라도 귀띔해 주시려는 건가요? 허허허."

가밀바는 일부러 아첨하듯 말을 흘렸다. 분에 넘치는 지위를 갖고 있는 이들을 대하는 가장 좋은 방법이었다. 천왕은 거만함을 잔뜩 품은 목소리로 말했다.

"선우 폐하에 대한 휴도왕의 충성심은 내가 익히 알고 있으니 폐하께 잘 말씀드리리다. 내가 왕림한 것은 다른 게 아니고……"

"네, 말씀해 보시지요."

잠시 뜸을 들인 뒤 천왕이 입을 열었다.

"휴도왕이 신통한 물건을 갖고 있다는 소문을 들어 한번 구경이나 할까 해서 왔습니다."

금인상을 말하는 것이 분명했지만 가밀바는 짐짓 모르는 체하며 다시 물었다.

"신통한 물건이라니요?"

"금으로 된 사람의 형상이 있어 늘 품에 넣고 다니신다는 얘기를 한나라 국경을 넘어온 그날부터 듣고 있습니다."

"아, 금인상을 말씀하시는 거군요. 하하하. 나는 또 내가 가치를 모르는 귀한 물건을 갖고 있나 했습니다."

"어허, 딴청 피우지 말고……. 그 금인이 한나라 군사의 매복을 사전에 알렸다면서요? 그게 사실입니까?"

가밀바는 일부러 크게 웃으며 말했다.

"하하하. 누가 그런 허무맹랑한 소리를 한답디까? 인간의 손으로 만든 물건이 어찌 그런 재주를 가질 수 있겠습니까. 하하하."

천왕이 짜증이 잔뜩 묻어나는 목소리로 다그쳤다.

"거참, 쓸데없이 긴말하지 마시고 그저 보여주시기만 하면 됩니다."

"물론이지요. 보여드려야지요. 여봐라. 금인상을 어디 두었느냐. 이리 가져오너라."

이런 상황이 올 줄 예상한 가밀바는 귀중한 것이 아닌 양 미리 금인상을 수하들에게 맡겨두고 있었다. 수하 중 하나가 금인상이 든 상자를 가져와 가밀바에게 건넸다. 가밀바는 그것을 천왕 앞 탁자에 내려놓았다.

"자, 이것입니다. 직접 열어보시지요."

천왕은 거침없이 자물쇠에 열쇠를 집어넣어 상자를 열었다. 그러고는 금인상을 덥석 집어 들고는 요리조리 살폈다. 손가락을 문질러

보기도 하고 손톱으로 슬쩍 긁어보기도 했으며 심지어 손가락에 침을 묻혀 닦아보기도 했다. 가밀바는 눈살이 찌푸려졌지만 그가 하는 대로 내버려 뒀다.

"어디, 이 금인상이 그런 신통력을 갖고 있는 것 같습니까?"

천왕이 아무리 들여다봐도 금인상은 그저 평범한 조형물이었다. 천왕은 금인상을 상자에 아무렇게나 내려놓으면서 물었다.

"정말 이 금인상이 한나라 군사의 매복을 알린 게 사실이 아닙니까?"

"하하하. 천왕께서는 참으로 농담도 잘하십니다. 어찌 그런 일이 있을 수 있겠습니까."

"그렇다면 이 물건을 내게 선물로 주실 수 있겠습니까?"

천왕은 뭔가 꿍꿍이가 있는 듯한 음흉한 눈빛으로 말했다. 가밀바는 그저 순진무구한 표정으로 고개를 저었다.

"이 금인상이 비록 천왕께서 기대하시는 신통력은 없어도 선대 묵돌 선우께서 저희 조부께 선물하신 것입니다. 대대로 잘 간직하라는 유지를 받들고 있습니다. 천왕께 선물하고 싶은 마음은 굴뚝같으나 만약 그리하면 조상들의 유지를 어기게 되는 것은 물론 고귀하신 선우 폐하까지 욕되게 하는 불충이 될 것입니다. 부디 헤아려 주소서. 괘념치 않으신다면 솜씨 좋은 장인을 불러 더욱 아름다운 금인상을 하나 만들어 선물하겠습니다."

"일없소! 가자!"

천왕은 일행들을 챙겨 들어올 때처럼 성큼성큼 게르를 걸어 나갔다.

2022년1월

베이징의 골동품 거리 류리창과 이어지는 좁은 골목길 가운데 낡은 나무 현판이 매달려 있다. 검은색 바탕에 금색 글자로 혼천량이 새겨져 있었다. 오토바이가 겨우 지날 수 있을 정도로 좁은 데다 밖에서는 현판만 보일 뿐 무슨 가게인지 알 수도 없어 뜨내기 관광객들의 관심을 끌 만한 곳이 아니었다. 단층의 매장에는 오래된 도자기와 불상, 고서화 들이 보살핌을 받는 흔적 없이 아무렇게나 놓여있다. 문을 하나 더 열고 들어가야 하는 내실에는 그나마 먼지가 조금 덜 쌓인 골동품들이 벽면을 장식하고 있었다. 내실 가운데 있는 소파에 두 사람이 탁자 하나를 사이에 놓고 앉아 있다. 주인인 듯한 사람이 탁자에 놓인 금동상을 꼼꼼히 살폈고 손님인 듯한 사람은 팔짱을 끼고 주인의 판단을 기다리는 것처럼 보였다.

“아니야. 아니야.”

“정말 아닌가요?”

“아니야. 이건 청나라 때 물건이오.”

“틀림없겠지요?”

다짐을 받으려는 손님의 물음에 주인은 소파 앞의 낡은 나무 책상 서랍을 열고 잠시 뒤지더니 사진 두 장을 꺼냈다. 금동 좌상을 클로즈업한 것 하나, 금속으로 장식한 상자와 금동상을 함께 찍은 작고 낡은 흑백사진 한 장이었다.

“봐요. 바로 이것이잖소.”

손님이 봐도 탁자 위의 금동상은 사진 속 금동상과 같은 것이었다.

"오래된 것을 찍은 사진일 수도 있지 않나요?"

"그 사진을 찍은 사람이 나요. 내 조부의 친구였던 장인의 작품이고……."

"……."

"그때 처음 본 사진기가 얼마나 신기하던지…… 여러 장을 찍었는데 다 어디 갔는지 두 장만 남아있네."

손님이 일어서며 하얀 바지를 가볍게 털었다.

"그래도 제법 귀중한 거요. 불상이 아닌 좌상은 흔치 않거든. 좋은 값을 쳐드릴 테니 내게 넘기시오."

"생각해 보지요. 챙겨라."

문 앞에 서있던 사내가 급히 금동상을 집으려다 들고 있던 가방으로 치는 바람에 선반에 있던 도자기 하나가 흔들렸다.

"조심해. 저렇게 먼지를 쓰고 있지만 자네 연봉을 털어도 못 사는 거야."

사내는 놀라는 표정으로 가슴을 쓸어내렸고 소파에 앉은 주인은 맞는 말이라는 듯 흐뭇한 미소를 지었다.

기원전 126~122년

마읍에서 죽을 고비를 넘긴 뒤 군신 선우는 칠 년을 더 살았다. 그동안 훈의 변경 약탈은 훨씬 잦아졌다. 하지만 군신 선우가 크게 놀란 탓인지 침략의 규모는 크게 작아졌다. 그것 역시 군신 선우보다는 좌곡려왕 이치사가 주도한 침탈이 대부분이었다. 기원전 126년,

군신 선우가 죽었다. 기다렸다는 듯 이치사는 스스로 즉위해 자신이 5대 선우임을 선언했다. 군신 선우의 태자인 좌현왕 어단이 자기 권리를 주장했지만 역부족이었다. 이치사는 군사를 모아 어단을 공격했다. 어단은 달아나 한나라로 투항했다. 한무제는 어단을 받아들여 척안후陟安侯에 봉했으나, 어단은 몇 달 뒤 죽고 말았다.

휴도왕 가밀바는 한숨을 길게 쉬었다.

"아, 이를 어찌할꼬. 우리 훈의 운이 다해가는도다."

옆에서 바라보고 있던 세자 검돌이 아버지에게 물었다.

"어찌하여 그리 근심하십니까, 아바마마?"

"선우가 세상의 이치를 거스르고 있구나. 물이 낮은 곳에서 높은 곳으로 거슬러 흐를 수 없듯이 세상의 이치도 자연스럽게 흘러야 하는 것이거늘. 쯧쯧."

"소자는 아버님 말씀을 잘 이해하지 못하겠나이다. 선우 폐하께서 무엇을 거스르고 계시다는 말씀인지요."

가밀바는 검돌의 똘망똘망한 눈을 바라보다 미소를 지으며 말했다.

"세자가 올해 몇이냐?"

"아홉 살이옵니다."

"아홉이라……."

가밀바는 아들의 어깨에 손을 올렸다.

"잘 듣거라. 우리 훈의 가장 위대하신 성군이었던 묵돌 선우 이래 우리 집안은 대대로 선우 폐하의 가장 충성스러운 종복이었다. 너의 할아버지와 나 역시 노상 선우와 군신 선우를 몸과 마음을 다해 섬겼다. 그리고 그들의 아들과 손자에게도 목숨을 바쳐 섬길 것을 맹세했다. 그런데 그 맹세가 언제 깨지게 될지 몰라 두렵구나."

"……."

"맹세를 깨야 할지 말아야 할지, 그런 선택을 해야 할 때가 세자한테 닥칠지도 모르겠구나. 그런 때가 오면 너의 가슴이 시키는 대로 따르거라. 그때까지 가슴은 항상 뜨겁게 유지하거라. 식은 가슴은 올바른 길을 알아보지 못한다."

"명심하겠습니다, 아버님."

검돌은 아버지의 말이 무슨 뜻인지 잘 알지 못했다. 아버지가 걱정하는 이유도 이해하지 못했다. 하지만 약속할 수 있었다. 뜨거운 가슴을 유지하고 그것이 시키는 대로 따를 자신이 있었다.

2022년 2월

호텔 로비의 커피숍은 손님들로 가득 차 빈자리가 거의 없었다. 하지만 준기는 이내 자신의 자리를 찾을 수 있었다. 창가 가장 끝자리에 리한나가 선글라스를 벗지 않은 채 앉아있었다. 그녀는 준기를 알아보고도 손을 들어 자신의 위치를 알리지 않았다. 손목시계를 보니 약속 시간 2분 전이었다.

"안녕하세요. 일찍 나오셨네요."

"저도 조금 전에 왔어요. 저는 제가 기다리는 것도 싫지만 남을 기다리게 하는 것은 더 싫거든요."

면치레 인사말을 하려다 말고 준기는 단도직입적으로 물었다.

"무슨 일로 저를 보자고 하셨는지……."

"군더더기를 싫어하시는 게 저와 통하는 점이 있네요. 좋아요, 저도 본론으로 바로 들어갈게요. 금인상이 위험을 경고하는 것 말고 또 어떤 힘을 갖고 있나요?"

"네?"

이건 예상치 못했던 속공이었다. 그야말로 단도직입이었다. '혼자서 한 자루의 칼을 휘두르며 적진으로 곧장 쳐들어간다'는 사전적 의미에 딱 들어맞는 초식이었다.

"금인상? 위험 경고?"

무슨 말인지 모르겠다는 준기의 표정에 리한나는 비웃는 듯한 미소를 지으며 말했다.

"왜 이러실까. 딴청 피우지 마시고……."

"그걸 어떻게 아시죠?"

준기는 어디서 이미 보고 들었던 듯한 데자뷔를 느꼈지만, 그게 언제 어디서였는지 떠오르지 않았다. 준기의 순진무구한 표정에 리한나는 조용히 웃음을 터뜨렸다.

"흉노의 천왕 얘기를 해야 쓸데없이 긴 소리를 안 하시려나……."

"아니, 이런!"

"놀라셨나요? 우리가 이천백 년 전에 만난 적이 있다는 사실에……. 호호호!"

기원전 121년

응징을 단단히 벼르던 무제는 기원전 121년 봄, 곽거병을 표기장군에 봉해 훈을 공격하게 한다. 곽거병은 전략을 새롭게 짰다. 훈은 대부분 소규모 병력으로 변경지역을 침탈한 뒤 곡식과 가축, 포로를 끌고 달아난다. 기동력을 이용한 일종의 게릴라 전술이 그들의 장기였다. 이에 반해 한나라 군대의 방식은 대규모 병력을 집결시킨 뒤 치르는 정규전이었다. 전투 준비를 갖추려면 많은 시간이 소요될 수밖에 없다. 최소 몇 달, 심지어 일 년 이상 걸리기도 했다. 그때가 되면 이미 훈은 목적을 달성하고 후퇴해 그림자도 보이지 않았다. 이에 대군을 이끌고 훈을 추격하다가 낭패를 겪는 수도 많았다. 보급선이 길다 보니 훈의 기병이 본진을 우회해 후방 보급 부대를 차단하면 주력 부대가 보급 없이 포위되기 때문이었다. 이에 많은 한나라 장수들이 제대로 싸우지도 않고 훈에 투항하기도 했다. 살아 돌아가 봐야 패전의 책임으로 참수될 게 뻔한 까닭이었다. 운이 좋아 목숨을 부지한다 해도 수만 냥의 속죄금을 물고 서인이 돼야 했다.

곽거병은 정예 기병 일만 명을 선발한 뒤 일천 명씩 열 개의 부대로 나눠 각각 다른 길을 통해 훈과의 접경지대에 이르도록 명령했다. 병력 이동이 훈의 정보망에 걸리지 않게 하기 위한 것이었다. 병력이 목적지에 집결하자 다시 이를 둘로 나눠 하서주랑 남쪽 치롄산 일대를 동서 양쪽에서 기습 공격했다. 치롄산 동쪽은 훈의 휴도왕이, 서쪽은 혼야왕이 관할하는 지역이었다. 이른 새벽 한나라 병사들이 당긴 불화살이 초원의 어둠을 대낮같이 밝혔다. 게르에 불이 붙었고, 혼비백산해 게르에서 빠져나오던 사람들이 한나라군이 휘두른 창과 칼에 두 동강이 났다. 말발굽에 밟혀 머리가 깨지고 복부가 터져 죽은 사람도 부지기수였다. 반격은 상상할 수도 없었다. 피붙이도 팽개친 채 제 한 몸 구제하기도 어려웠다. 양쪽에서 협공을 당했기에 이웃 번왕의 지원을 기대할 수도 없었다. 훈의 피해는 어마어마했다. 삼만 명 넘게 목숨을 잃었으며 삼천 명 가까운 사람이 포로로 끌려갔다.

2022년 2월

"그쪽도 여행을 하시는군요."

리한나가 역사책에 한 줄 나오는 천왕을 아는 걸 보니 준기는 그렇게밖에 생각할 수 없었다.

'그런데 우리가 만났다고? 이천백 년 전에? 그때 나는 가밀바의 의식을 따라갔는데 누굴 만났다면…… 그날 만난 사람은……그것을 만났다고 해도 된다면 천왕밖에 없는데…… 그럼?'

준기가 무슨 생각을 하는지 알겠다는 듯 리한나가 웃으며 말했다.

"호호호, 여행! 낭만적이네요. 맞아요. 여행."

"김태호 원장이 그렇게 부르더군요. 의식 여행이라고."

'이런, 내가 왜 김 원장 핑계를 대고 있지?'

준기는 말하면서도 한편으로 자존심이 상하는 걸 느꼈다. 좀 더 당당해질 필요가 있었다.

"좋네요. 의식 여행! 낭만적인 데다 적확한 표현인 거 같아요. 나도 그렇게 불러야겠구나. 의, 식, 여, 행!"

"그렇다면 그쪽은 천왕의 의식을 따라갔다는 말인가요?"

"리한나라고 부르세요. 이쪽저쪽 하니까 좀 그렇네요."

"리, 한, 나 씨는 천왕이라 불리던 사람의 의식을 따라갔다는 거군요?"

"호호호. 까칠하신 면도 있으시네요. 그저 공부만 하는 샌님인 줄 알았더니…… 호호호."

"군더더기가 많으시네요. 싫어하신다더니……."

리한나는 웃음을 그치고 선글라스를 벗었다. 의외로 크고 예쁜 눈이 모습을 드러냈다.

"너무 그렇게 경계하실 필요 없어요. 어차피 우린 목표가 같으니까 서로 협력을 할 수도 있지 않겠어요? 아참, 제가 대답을 하지 않고 있군요. 맞아요. 뒷문으로 들어가다 보니 천왕이라는 얼간이를 만나게 됐죠."

"뒷문?"

리한나는 자신이 했던 의식 여행에 대해 설명했다. 작은 사실 하나도 숨기지 않고 거침없이 털어놨다. 하긴 숨길 필요도 없었다. 뭘 숨기겠는가. 어차피 서로 한계가 있을 수밖에 없는 의식 여행인데…….

"백도어로 드나들어 보니 좋은 점도 있더라고요. 여러 사람의 의식을 따라 움직일 수 있다는 거죠. 뭐랄까, 정문은 주로 주인이 드나드니까 주인의 의식이 주로 잡힌다면, 뒷문은 심부름꾼부터 동네 강아지까지 다 드나들 수 있다는…… 그런 원리라고나 할까요."

'뒷문이라…….'

준기는 그제야 뭔가 짚이는 게 있었다.

"그렇다면 중항렬도?"

"아, 그렇구나. 그때도 이미 우리가 초면은 아니었네요. 호호호."

"협력이라고요?"

태호가 놀란 표정으로 다시 물었다. 리한나는 준기에게 서로 목표가 같으니 협력하자고 제안했다. 앞쪽 길과 뒤쪽 길 양쪽에서 추적하면 목표에 도달하는 게 훨씬 빠르지 않겠냐는 얘기였다. 어차피 물건을 찾는 게 목표라면 일단 물건을 찾고 봐야 하니까 우선 찾고 나서 나중에 타협하면 되지 않느냐는 것이었다. 그렇지 않고 각기 찾아 나서다 보니 오히려 서로를 방해하고 있다는 것이 리한나의 주장이었다. 태호에게 그것은 일고의 가치도 없는 것이었다.

'목적지가 눈앞에 있는데 협력이라고? 아무것도 하지 않고 있다가 목적지 바로 앞에서 끼어든 주제에 이제 와서? 노 웨이!'

그보다는 뒷문이라는 게 태호의 마음에 걸렸다. 뒷문의 존재는 태호도 전혀 생각하지 못한 것이었다.

'게다가 여러 사람의 의식 속으로 들어갈 수 있다고?'

그것은 신경이 쓰이지 않을 수 없었다. 그렇다면 앞으로도 계속 리한나가 태호의—아니, 준기의—여행을 따를 터였다.

태호는 머리를 쥐어뜯었다.

'문단속을 확실히 했어야 했는데…… 그런데, 의식 여행을 어떻게 알아냈지? 내가 얼마나 오랜 시간을 투자해서 찾아낸 방법인데. 그런데 그렇게 쉽게 따라 할 수 있었다니…… 게다가 뒷문까지 찾아내

서……. 뭔가 조치가 필요해.'

기원전 121년

"아아, 이럴 수가…… 모두 내 탓이로다."

휴도왕 가밀바는 탁자를 두드리며 긴 탄식을 토했다. 북방을 공략하고자 하는 한무제의 야심에 대해 선우를 일깨우기 위해 다녀오는 길이었다. 무제는 선대 황제들과는 달랐다. 열한 번째 아들로서 열일곱의 어린 나이에 황제가 된 뒤 20년간 자리를 지킨 강골이었다. 이제 서른일곱이 된 그는 중앙집권의 기틀을 완성하고 시야를 노골적으로 북쪽으로 던지고 있었다. 접경 지역에서 찔끔찔끔 싸움을 거는 것은 그런 황제에게 거병의 구실을 주는 어리석은 짓일 뿐이었다. 그보다는 관시를 통해 한나라와 교역을 하는 것이 훈에게도 이득이었다. 얌전하게만 있는다면 푸짐한 선물을 줄 준비가 돼있는 한나라였다. 아무리 권력을 한 손에 틀어쥐었다지만 모처럼 평화가 유지되는 북방을 공격하기 위해 병력을 파견하는 것이 황제에게는 부담이 아닐 수 없을 터였다. 게다가 훈의 세력도 과거에 비해 크게 약화되어 있었다. 한나라의 이간책에 의한 것이기도 했지만 선우의 자리를 찬탈한 이치사를 바라보는 번왕들에게 예전과 같은 충성도와 결속력을 찾기 어려웠다.

가밀바의 간곡한 설득을 이치사 선우는 귓등으로 들었다. "알아들었으니 그대 자리나 잘 지키고 있다 부름을 받으면 오라"는 게 선우의 대답이었다. 싸늘한 시선을 뒤로하고 힘없이 돌아오는 길에 기습 소식을 들었던 것이다. 말에 채찍을 가해 달려와서 본 참상은 눈을 뜨고 볼 수 없는 것이었다. 그나마 가족들이 모두 무사해서 다행이었지만, 그것이 가밀바를 더욱 수치스럽게 만들었다.

그때 호위 무사가 들어와 알렸다.

"혼야왕께서 오셨습니다."

'혼야라고? 아니, 그가 무슨 정신이 있다고 여길 행차한단 말인가?'

혼야의 지역 역시 한의 공격에 엄청난 피해를 입었다. 수습을 할 여력도 없을 텐데 자리를 비우고 위로 방문을 했단 말인가.

"모시어라."

호위 무사가 나가기도 전에 혼야왕이 잰걸음으로 들어왔다. 반쯤 정신이 나간 표정이었다.

"그대의 땅도 피해가 크다는 얘기를 들……."

"됐소. 피차 반죽음된 처지에 위로의 말은 생략합시다. 상의해야 할 더욱 중요한 문제가 있으니……."

주위를 둘러보며 혼야왕이 속삭였다.

"먼저 주위를 물려주시오. 우리 귀 밖으로 한 치만 벗어나도 저세상 곁으로 열 척 이상 다가가는 얘기요."

가밀바는 마음을 진정시킬 틈도 없이 손을 휘저어 주위를 물리쳤다. 두 사람만 남는 것을 확인한 혼야왕은 의자를 가밀바에게 가까이 끌어다 앉으며 말했다.

"들으셨소? 이번 일로 선우가 대로했다는 얘기를?"

들을 틈도 없었지만 응당 그럴 것이었다. 제국의 한쪽 귀퉁이가 속절없이 무너졌는데 어찌 편한 마음을 가질 수 있겠는가. 생각이 거기에 미치니 휴도왕의 가슴이 더욱 찢어졌다.

"노한 것뿐만이 아니오. 우리 두 사람한테 책임을 물을 것이라고 하오."

그 또한 어찌 그렇지 않겠는가. 번국을 지킬 책임을 가진 번왕이 책임을 다하지 못했는데 누구에게 대신 책임을 묻겠는가. 수만 명의 백성이 억울하게 목숨을 잃었는데 번왕의 목숨 하나 내놓는다고 속죄가 되겠는가.

"곧 선우의 전령이 들이닥칠 것이오. 우리를 불러들이겠지. 선우한테 간다면 목은 여기다 두고 가는 게 좋을 거요. 운이 좋아 돌아올 수 있다면 도로 붙일 수 있을 테니 말이오."

"허허……."

가밀바는 이런 판국에 농담을 풀어내는 혼야왕의 입심이 경탄스러웠다. 혼야왕의 목소리가 더욱 낮아졌다.

"이제 우린 죽은 목숨이란 말이오. 용단을 내려야 하오."

"용단이라니? 무슨……."

"어허, 부러 딴청을 피우시는 게요? 왜 이리 못 알아듣는 척하시오? 내가 한나라에 사람을 보내놓았소. 투항 의사를……."

"뭣이라? 투항이라니? 혼야왕이 지금 제정신이오? 어찌 그런 패악한 말을 입에 담을 수 있단 말이오?"

가밀바는 자리를 박차고 일어섰다. 치밀어 오르는 분노를 참느라 움켜쥔 주먹이 떨렸다. 혼야왕이 그를 달래 다시 자리에 앉혔다. 그러고는 주위를 다시 살폈다.

"목소리를 낮추시오, 휴도. 소리 지른다고 해결될 일 같으면 우레 같은 내 목소리가 왜 모기 소리가 됐겠소? 진정하시고 내 말을 끝까지 들어보시오."

붉게 달아오른 가밀바의 뺨이 제 색을 찾을 때까지 기다리지도 못하고 혼야왕이 말을 이었다.

"내가 휴도왕과 더불어 한나라에 투항할 의사가 있음을 비쳤더니 한 황제가 쌍수를 들고 환영하더랍니다. 표기장군더러 직접 영접하라고 명했다는 거예요. 허허, 끝까지 들어보시라니까요. 투항을 안 하면 어쩌실 겁니까. 목이 떨어지고 나면 남은 몸으로 시궁창을 막는 것밖에 뭘 더 할 수 있겠습니까? 백성을 이끌고 투항하면 접경 지역 인근에 제후로 봉할 겁니다. 거기서 힘을 비축하고 때를 기다리는 거지요. 선우의 군대가 한나라를 공격하면 그때 협공을 해 선우를 도울 수도 있고요."

가밀바는 기가 찼다. 이런 성긴 논리로 나를 팔 생각이었다는 말인가.

"이것 보시오, 혼야. 정신 차리시오. 진정 한나라 황제가 그리 호락호락하리라 믿는단 말이오? 불쌍한 백성들을 이끌고 투항한다고요? 유목민인 우리를 접경 지역에서 편안하게 양을 치며 살게 해줄 거라 생각합니까? 혼야와 그대의 피붙이들은 허울뿐인 제후 감투 아래서 호의호식할 수 있겠지요. 부드러운 한나라 비단을 걸치고 기름진 쌀밥에 향기로운 백주를 마시면서 먼지투성이 양털 냄새는 금세 잊을 거요. 하지만 백성들은 그렇지 못해요. 그들은 한나라 요새를 넘는 순간부터 노예로 전락하고 마는 겁니다. 희멀건 죽과 거친 채소를 씹으며 온갖 공사에 동원돼 돌과 흙을 나르다 등뼈가 부러질 겁니다. 등뼈가 부러지는 날은 곧 자신이 등에 짊어졌던 흙 속에 묻히는 날이 되겠지요. 그들은 숨이 끊어지는 순간까지 자기를 이렇게 만든 당신 혼야에 대한 저주를 퍼부을 겁니다. 당신은 그 수천수만의 한 맺힌 절규 때문에 잠을 이루지 못할 거요. 혼야!"

혼야왕이 한마디 대꾸를 못하고 붉으락푸르락한 얼굴이 돼 돌아가고 난 뒤 휴도왕 가밀바는 아들 검돌을 불렀다.

"소자, 대령했나이다."

"앉거라."

가밀바는 술잔에 마유주를 가득 따라 아들에게 내밀었다.

"마셔라."

그는 두 손으로 술잔을 받들어 한 방울도 흘리지 않기 위해 조심스럽게 마시는 아들을 보며 물었다.

"올해 몇이냐?"

"열넷이옵니다."

"열넷이라……."

검돌은 술잔을 내려놓으며 말했다.

"다섯 해 전에도 똑같은 질문을 하셨습니다."

"내가 네 나이를 물었다고?"

"그렇사옵니다."

"그때 내가 무슨 말을 했더냐?"

"소자에게 맹세를 깨야 할지 말아야 할지 선택을 해야 할 순간이

닥칠지 모르겠다고 하셨습니다."

"무슨 맹세를 말함이었더냐?"

"목숨 바쳐 선우를 섬긴다는 맹세였습니다."

"그래서?"

"만약 그런 때가 온다면 제 가슴이 시키는 대로 하라고 말씀하셨습니다."

"허어……."

가밀바의 탄식이 길게 이어졌다.

"그랬지. 내가 그랬지."

아버지는 아들에게 다시 술을 가득 따라주었다. 그리고 자신의 술잔도 아들 앞에 내밀었다.

"너도 따라보거라."

가득 찬 술잔을 마주 든 부자는 한동안 말이 없었다. 술잔에서 술이 사라진 뒤 아버지가 먼저 입을 열었다.

"잘 듣거라."

"……."

"제천금인이 우리 훈족을 보살피는 하늘 신이라는 것은 잘 알 것이다. 대대로 우리는 제단에 제천금인상을 세워놓고 하늘에 제사를 지내왔다. 그것은 원래 우리 훈 제국의 서쪽 감천산에 모셔져 있었다. 그러나 진나라 황제 정에게 그 땅을 빼앗긴 뒤 지금 우리 땅으로 옮겨왔던 것이다. 제천금인은 우리 훈족의 과거이자 현재요 곧 미래다. 그것은 곧 우리 훈족의 운명인 것이다. 묵돌 선우께서 우리 가문에 제천금인을 맡기신 것도 그만큼 우리 가문을 신뢰했기 때문이며,

이후로 역대의 탱리고도선우께서 그 자리를 바꾸지 않은 것도 우리 가문을 믿었기 때문이다. 이번 치욕에도 불구하고 내가 아직 숨을 쉴 수 있는 것도 다행히 제천금인상을 잃지 않은 까닭이다. 그것은 우리 백성들의 목숨과 바꾼 것이다. 우리 군사들과 백성들이 죽어 가면서도 제천금인상의 위치가 한나라 군사들에게 알려질까 봐 그 쪽으로는 달아나지 않았다고 하지 않더냐. 한나라 장수가 그 의미를 알았다면 전리품으로 탈취해 가지 않았을 리 없다. 그런데……."

"……."

"그런데, 더 이상 제천금인을 지킬 자신이 없구나."

"무슨 말씀이옵니까, 아버님?"

"사막 너머의 적들이 무서워서가 아니다. 우리 내부의 적들이 오히려 두렵구나. 멈춰야 할 때 달려나가고 합쳐야 할 때 나누어지고 뭉쳐야 할 때 모래알처럼 흩어지는 내부의 적들이 몸서리치게 두렵다. 그들이 제천금인을 두려워하지 않고 나대는 것이 더욱더 두렵다."

"아바마마."

검돌이 가밀바의 잔에 다시 술을 채웠다. 술잔에 퍼지는 파문을 무심히 바라보며 가밀바가 말했다.

"이것을 받아라."

가밀바는 노란 비단 보자기에 싸인 상자를 아들에게 내밀었다.

"네가 가지고 있는 게 낫겠다. 언젠가는 물려줄 것이니……."

검돌은 비단 보자기를 두 손으로 받아 들었다.

"가슴을 뜨겁게 유지하는 데 도움이 될 것이다. 마음이 흔들릴 때 제천금인께 의지해라. 그가 올바른 길을 안내할 것이다."

"명심하겠습니다, 아버님."

"우리 땅의 제천금인이 쓰러지는 날이 오더라도 이 금인은 제대로 보존해야 한다. 네 아들의 아들, 또 그 아들의 아들에까지 온전히 전해져야 한다. 그것만이 우리 가문, 아니 우리 훈족이 무궁히 유지되면서 계승되는 길이니라. 명심하거라."

"어찌 그런 말씀을 하십니까? 우리 땅의 제천금인이 왜 쓰러진단 말입니까, 아버님?"

검돌의 물음에 가밀바는 대답하지 않았다. 그저 묵묵히 술잔을 비울 따름이었다.

검돌은 비단 보자기를 품 안에 조심스럽게 넣었다. 가슴이 후끈 달아오르는 느낌에 검돌은 깜짝 놀랐다. 하지만 차츰 마음이 차분해지면서 용기가 솟구쳤다. 무엇도 두려울 게 없을 것 같았다.

혼야왕이 쫓겨나듯 돌아간 지 달포쯤 지나 열 명의 정예 군사가 휴도왕의 게르를 기습 공격했다. 혼야왕이 보낸 군사들이었다. 현대전의 의미로 보자면 특수 부대의 요인 암살 작전이었다. 혼야왕의 사내들은 이른 새벽에 말에 재갈을 물리고 말굽을 천으로 감싼 뒤 은밀히 접근해 휴도왕의 경호 무사들을 순식간에 제압했다. 이어 여섯 명의 무사가 게르에 잠입해 잠자고 있던 휴도왕의 몸에 칼을 꽂았다. 휴도왕 가밀바는 가슴과 복부에 여섯 개의 칼날이 꽂혔어도 미동조차 하지 않았다. 마치 자신의 죽음을 예상하고 운명을 거스르지 않고 받아들이려는 듯했다. 무사들이 자신들의 눈을 의심할 정도였다. 그중 하나는 혹시나 인형인가 싶어 죽은 가밀바의 수염을 당겨보기까지 했다.

휴도왕의 죽음을 확인한 무사들 중 두 명이 말을 달려 십 리 밖에서 진을 치고 있던 혼야왕에 알렸다. 이윽고 혼야왕은 일만 기의 병사들을 이끌고 휴도왕의 영토에 들이닥쳤다. 혼야왕의 호위 무사가 뿔피리를 불어 사람들의 잠을 깨웠다. 혼야왕이 웅성거리는 사람들의 앞에 나섰다.

"휴도는 죽었다. 한 달 전 한나라의 공격 때 살아남았지만 그대들도 이미 그때 죽은 목숨에 다름 아니다. 선우는 패배를 용서하지 않을 것이다. 나는 휴도와 그대들을 살리기 위해 휴도를 설득했지만 그는 고집을 부렸다. 그래서 어쩔 수 없이 그를 없앴다. 그대들이라도 살려야 하지 않겠는가?"

휴도의 백성 중 그의 말을 믿는 사람은 거의 없었다. 그들을 살리려 했던 사람은 혼야가 아니라 휴도왕이었던 것이다. 휴도왕은 그들을 살리려다 자신이 죽고 만 것이다. 하지만 그 말을 입 밖으로 꺼내는 사람은 없었다. 일이 그렇게 됐다면 그것 역시 그들의 운명이었다. 풀이 자라는 곳으로 옮겨 다니는 유목민들의 살아가는 방법이자 지혜였다. 휴도왕의 백성들은 혼야왕에게 그들의 운명을 맡겼다. 혼야왕이 이끄는 대로 초원을 지나고 사막을 건너 한나라의 요새를 넘었다. 그 수가 혼야왕의 백성들과 합쳐 사만여 명이었다. 그중에는 휴도왕의 알지와 두 아들이 있었다.

혼야왕의 항복을 받아들인 한나라는 혼야와 휴도의 땅에 주천군과 무위군을 설치했다. 그리고 접경의 빈민들을 이주시켜 농지를 개간해 살도록 했다. 한무제의 훈 정벌이 계속되면서 여기에 돈황군과 장액군이 합쳐져 하서 4군이 된다. 그중에서 서역으로 가는 비단길의 중심이며 나중에 중요한 불교 도시가 되는 장액은 "흉노의 팔을 꺾고 중국의 팔을 펼치다斷匈奴之臂, 張中國之掖"는 말에서 따온 지명이다.

2022년 2월

초원에 노을이 붉게 타들어 갔다. 타는 듯하다는 것 이상으로 어울리는 표현은 없었다. 다른 날들 같으면 그랬다. 하지만 이날은 달랐다. 노을에 물들며 오히려 더 푸른빛을 더한 먹구름이 초원과 맞닿아 낮게 깔리기 시작했다. 어딘가 상서롭지 못한 기운이 목을 죄기 위해 서서히 다가오는 느낌이었다.

준기는 게르를 나와 숲을 향해 발걸음을 옮겼다. 아니, 준기가 아니라 휴도왕 가밀바일 터였다. 게르를 지키던 경호 무사들이 따라나섰다.

"아니야. 잠시 산책하고 오겠다. 자리를 지켜라."

잠시 주춤하던 무사들은 이내 부동자세로 돌아갔다. 휴도왕이 홀로 산책하는 건 자주 있는 일이었다. 뭔가 생각할 일이 있는 날은 늘 그랬다. 그런데 무사들은 조금 달랐다. 정확하게 말하자면 달라지고 있었다. 그들의 눈은 정면을 향하고 있었지만 어쩐지 허공에 힘없이 걸친 듯했다. 뭔가 다른 날들과 같지 않았다. 준기가 숲에 다다랐을 때는 이미 어둠이 초원을 장막처럼 덮고 있었다. 숲도 더 이상 숲이 아니었다. 빛이 없으니 아무것도 아니었다. 흑黑이요, 공空이며, 무無였다.

'코스모스가 생기기 전의 카오스가 저런 모습이었을까.'

아무렇지도 않던 생각이 여기에 미치자 준기는 소스라치게 놀랐다.

'카오스? 코스모스? 이거 뭐지? 흉노족 머릿속에 무슨 카오스며 코스모스야?'

그때 쐐액 소리가 준기의 귓가를 스치고 지나갔다. 화살이었다. 숲에서 발사된 것이었다.

"아니, 어떤 놈들이 감히 휴도왕에게 화살을 겨누……."

준기는 호통을 치려다 본능적으로 몸을 숙여 덤불 밑에 엎드렸다. 한나라군일 수도 있었다. 그러나 이내 생각을 고쳐먹었다.

'아닌데…… 한나라군 진영은 반대쪽인데 이렇게 우회했을 리 없어…….'

그때 숲에서 낮은 목소리들이 들렸다.

"소리 내지 마라!"

"인기척이 난 것 같았습니다."

"짐승……."

목소리는 분명 흉노의 말을 하고 있었다. 아니 정확하게는 처음엔 흉노의 말이었지만, 끝부분은 전혀 알아들을 수 없는 언어였다. 전혀 알아들을 수 없는 언어는 간헐적으로, 그리고 여전히 낮게 이어졌다. 잠시 후 숲에서 부스럭 소리와 함께 검은 물체들이 나타났다. 어둠은 더욱 깊어졌지만, 어둠에 익숙해진 눈은 조금씩 가시거리를 넓혔다. 검은 물체들은 사람이었다. 가볍게 무장한 듯한 전사들이었다. 그들은 허리를 굽힌 채 빠르게 이동하면서도 거의 소리를 내지 않았다. 족히 열 명은 돼 보였다.

그들이 눈 밖으로 사라지자 준기는 몸을 일으켜 그들의 뒤를 따랐다. 하지만 자칫 소리를 냈다가는 화살이 날아와 가슴에 박힐 터였다. 조심하며 발걸음을 옮기다 보니 숙달된 전사들과의 거리는 점점 벌어질 수밖에 없었다. 준기가 가까스로 가밀바의 게르가 보이는 곳까지 다다랐을 때, 두 명의 사내가 게르에서 나왔다. 준기는 다시 바닥에 엎드렸다. 그들은 이제 소리를 내지 않으려고 조심하지 않았다. 숲을 향해 내달렸다. 그들이 사라지고 준기가 고개를 들었다. 게르 주변에 아무렇게나 널브러진 병사들의 모습이 보였다. 가밀바의 호위 무사들이 틀림없었다.

그렇다면 저들은…… 암살자들이었다. 휴도왕의 목숨을 노린 게 분명했다.

'허탕을 쳤군. 왜냐하면 내가 여기 있으니까…….'

준기의 얼굴에 안도의 미소가 흘렀다.

'나머지 암살자들은 아직 게르 안에 있는 것인가. 내, 이놈들을 그냥…….'

준기는 어서 병사들을 소집해 이들을 일망타진해야 할 터였다. 하지만 그는 몸을 움직일 수가 없었다. 발끝부터 오금이 저려왔다.

'아니, 이건 아니잖아. 휴도왕이 왜 이래…….'

숲에서 소리가 들려왔다. 암살자 몇 명의 발소리가 아니었다. 기병부대의 행군이었다. 지축을 흔드는 울림이 땅에 엎드린 준기의 뺨을 때렸다.

"으아!"

"정신 차리세요."

태호가 준기를 흔들어 깨웠다. 준기의 눈에 태호의 얼굴이 들어왔다. 평소와는 다르게 벌겋게 달아오르고 땀까지 송송 맺혀있었다.

"정신이 좀 드십니까?"

준기는 몸을 떨었다. 태호가 건넨 물 잔을 마다하고 몸을 일으켜 세웠다.

"어떻게 된 거죠?"

"……."

"너무 놀랐어요. 이번 여행은 너무나 달랐거든요. 나와 휴도왕의 의식을 잇는 끈이 끊어졌달까. 내가 휴도왕의 의식을 좇고 있는 게 아니라, 내 의식이 몽골 초원을 걷고 있더라니까요. 어떻게 이천 년 전 흉노족이 카오스라는 단어를 떠올릴 수 있겠어요?"

"……."

"죽을 뻔했다니까요. 그놈들이 쏜 화살이 내 귀를 스쳤어요. 저쪽에서 휴도왕을 죽이려고 암살자들을 보냈어요. 리한나가 무슨 짓을 벌일지 몰라요."

"……."

태호는 말이 없었다. 준기의 눈길도 피하는 듯했다. 가만히 보니 태호의 상기된 얼굴과 땀도 자신을 깨우기 위한 게 아닌 듯했다. 자신이 의식 여행을 떠난 이후 뭔가 벌어진 게 분명했다. 준기는 주위를 둘러봤다. 모든 것이 차분했고 전과 다를 게 없었다. 단 한 가지만 빼놓고 그랬다. 암체어 뒤 벽감 속에 놓인 금동 흉상이 달랐다. 털모자 위에 앉아있던 새가 없었다.

"무슨 일인지 말해주세요. 흉상에서 사라진 새는 뭘 의미하는 겁니까?"

"휴……."

태호는 길게 한숨을 내쉰 뒤 말했다.

"리한나의 추격 속도가 빨라서 플랜B를 쓸 수밖에 없었습니다."

"플랜B?"

"네. 제가 처음에 의식 이격 여행이라고 말씀드렸죠. 그 이격의 거리를 조금 더 벌리는 거죠. 의식의 대상과 의식의 추적자 사이의 거리를 좀 더 띄운다는 말입니다."

"왜 그렇게 하는 거죠?"

"다른 사람이 들어갈 틈을 만들기 위해서입니다."

"다른 사람이라고요? 다른 사람이 왜 들어가야 하죠?"

"교수님 혼자서 감당하기 어려운 일인 까닭이죠."

준기는 혼란스러웠다. 그렇다면 조금 전의 사건 속에 누군가 다른 의식 여행자가 있었단 말인가. 숲속에서 나와 가밀바의 게르로 잠입한 전사들 말고는 대상이 될 만한 인물이 없었다. 그것을 또 누가 했단 말인가.

"제가 들어갔습니다."

"뭐라고요?"

준기는 놀란 입을 다물 수 없었다. 조금 전에 자신의 의식 여행을 인도한 태호였다. 그런데 언제?

"교수님을 보내고 조금 후에 제가 따라 들어갔습니다. 다른 인물의 의식을 찾아야 하기에 흉상에서 새를 떼어냈죠."

"그것도 가능한 겁니까?"

"네, 이론적으로 가능하지 않을 이유가 없죠. 실행에 옮긴 건 처음이지만 정말로 가능하더군요. 한 가지 문제점이 드러나긴 했지만……."

"문제점이라면…… 제 의식의 끈이 가밀바의 의식에서 끊어진 걸 말하는 건가요?"

태호는 조금 주저하는 말투로 대답했다.

"그렇습니다. 최소한의 틈을 만들려는 것이었는데 거리를 너무 많이 벌렸나 봅니다."

"너무 많이 벌렸다고요? 그래서 제가 죽을 뻔했다니까요!"

준기는 버럭 소리를 질렀다. 어이가 없었다. 팔자에도 없이 이천 년 전에 죽을 뻔했는데, 그저 조금 많이 벌렸다고?

"그런 일은 없었을 겁니다. 교수님이 위험에 처했다면 제가 구했을 테니까요. 저의 의식 이격은 정상적으로 작동했습니다."

준기는 다시 한번 몸을 떨었다. 생각해 보니 잘 이해하던 흉노의 언어가 전혀 들어보지 못한 언어로 바뀔 때 의식의 끈이 끊어진 것이었다. 태호가 흉노 암살자의 의식 속으로 파고들면서 자신과 가밀바를 연결했던 의식의 끈이 끊어진 것이었다.

"그건 그렇다 치고…… 그럼 원장님은 누구의 의식으로 들어간 겁니까?"

"그게……."

"왜 말씀을 못 합니까? 대답해 보세요."

태호는 어쩔 수 없다는 듯한 표정으로 말했다.

"전사의 우두머리입니다."

"뭐라고요?"

준기는 말문이 막힐 지경이었다.

'김태호가 암살자 무리의 우두머리였다고? 나를 가밀바의 의식 속으로 밀어 넣은 뒤 그 가밀바를 죽이러 자기가 왔다고?'

"그렇습니다. 혼야왕이 보낸 전사들이었지요."

"그, 그렇지만 그들이 휴도왕을 죽이지 않았습니까?"

태호는 더 이상 머뭇거리는 말투가 아니었다.

"그랬지요."

"원장님이 휴도왕을 찔렀습니까?"

"네. 그런 셈이죠."

"원장님이 휴도왕을 죽였다고요?"

"제가 휴도왕을 죽인 게 아니라 휴도왕을 죽인 자의 의식을 좇았을 뿐이지요."

"휴도왕이 저라는 걸 알고서도 찔렀습니까?"

"교수님도 휴도왕이 아니라 휴도왕의 의식을 따르고 있었을 뿐이지요. 그리고 이미 의식의 끈이 끊어진 걸 알고 있었습니다. 휴도왕은 죽은 듯 누워있었어요."

준기는 온몸에 소름이 돋았다. 의식 세계 속에서라고는 하지만 사람을 죽여놓고 어떻게 그리 태연하게 말을 할 수가 있다는 말인가.

"어떻게 그럴 수가……."

준기가 믿을 수 없다는 듯 고개를 흔들자 태호는 오히려 역정을 냈다.

"사람을 살인자 취급하지 마세요. 어차피 휴도왕은 혼야왕한테 당하게 돼있었습니다. 역사야 교수님이 저보다 더 빠삭하지 않습니까.

제가 아니라도 그렇게 되었다고요. 저는 다만 그 혼란스러운 자리에서 그 물건이 다른 사람들의 손에 넘어가기 전에 확보하고 싶었을 뿐입니다."

"그렇게 서두르는 이유가 뭡니까?"

"아까 말씀드렸지요. 리한나의 추격이 빨라지고 있기 때문이라고. 그것이 리한나의 수중에 넘어가기라도 한다면……."

역시 금인상 때문이었다. 준기는 지난 의식 여행 때 가밀바가 금인상을 아들 검돌에게 물려줬다는 사실을 태호에게 말하지 않은 사실을 기억해 냈다. 다행이었다. 만약 그 사실을 말했더라면 죽은 사람은 가밀바가 아니라 검돌일 수도 있었을 테니까. 준기는 시치미를 떼고 물었다.

"그래서 찾으셨나요?"

태호는 얼굴을 돌려 준기를 물끄러미 바라보며 대답했다.

"아니요. 없었습니다. 늘 가슴에 품고 다닌다던 금인상이 어디에도 없더군요. 게르 안을 샅샅이 뒤졌는데도 나오지 않았습니다. 혹시…… 혹시 저에게 말씀하시지 않은 게 있나요?"

"그럴 리가요. 제가 의식 여행에서 돌아오면 그렇게 꼬치꼬치 캐묻는 분 앞에서 제가 어떻게 그럴 수가 있겠어요."

"그럼 다행입니다만, 앞으로도 절대 숨기는 게 있으면 안 됩니다."

준기는 은근히 부아가 치밀었다. 자기를 그렇게 감쪽같이 속여 목숨까지 위태롭게 만들어 놓고서 미안하다는 말 한 마디 없이 오히려 다그치고 있지 않은가. 하지만 자신도 이제 그를 속인 게 되었으므로, 그리고 앞으로도 모든 것을 숨김없이 털어놓을 생각은 없었으므로, 더 이상 따지지 않았다.

기원전 121년

휴도왕의 알지와 두 왕자는 무제 앞으로 끌려 나왔다. 알지와 검돌은 강제로 무릎을 꿇리었지만 고개는 꼿꼿하게 세우고 전방을 주시했다. 반항의 몸짓도 아니었지만 비굴한 태도도 아니었다. 오랑캐답지 않은 기품이 무제의 호기심을 끌었다. 무제가 알지에게 물었다.

"그대는 부군이 죽었는데 어찌 부군을 따르지 않았는가?"

"남편이 죽었다고 아내가 따라 죽는 건 우리 훈의 법도가 아니오."

"아, 그대들은 형이 죽으면 동생이 형수를 취하는 법도를 가졌다지?"

황제가 주위를 돌아보자 문무백관들의 웃음이 터져 나왔다. 그중에 하나가 앞에 나서며 아는 체했다.

"계모를 남기고 아비가 죽으면 아들이 어미를 취한다고 하옵니다."

다시 궁중이 웃음바다가 됐다. 알지가 크지 않지만 단호한 목소리로 말했다.

"그대들과 우리는 환경이 다르니 습속이 다를 수밖에 없소. 부형(父兄)이 죽으면 그 처를 아내로 삼는 것은 종족과 가문이 끊길까 두려워하기 때문이오. 우리가 땅은 넓으나 그대들처럼 인구가 많지 않으니 어쩌겠소. 그런 법도가 있기에 본래의 종족을 세워 대를 이을 수 있는 것이오."

무제가 이번에는 검돌에게 물었다.

"너는 아비가 죽을 때 무엇을 했느냐?"

검돌이 대답했다.

"부왕으로부터 더 큰 숙제를 받았기에 따라 죽지 못했소."

"숙제? 그것이 무엇이더냐?"

"한나라 군사들이 탈취해 간 제천금인을 지키는 일이오. 제천금인을 대대로 이어 우리 훈족의 하늘 신을 모시게 하라는 유지를 남기시었소."

검돌의 눈에서 굵은 눈물방울이 뚝뚝 떨어졌다. 지금까지 애써 견뎌왔으나 아버지와의 마지막 밤을 떠올리니 더 이상 참을 수 없었다. 검돌은 이를 악물었다.

무제가 미소를 지으며 다시 물었다.

"이제 금인상을 빼앗기고 말았는데 어찌 지킨단 말이냐? 과연 네가 금인상을 되찾을 자신이 있느냐?"

검돌이 눈물을 훔치며 말했다. 그는 더 이상 울지 않았다.

"내게는 부왕이 물려주신 또 다른 제천금인이 있소."

"오호라. 그것이 어디에 있느냐?"

"내 품 안에 있소."

"보이거라."

검돌은 당당하게 제천금인을 꺼내 들었다. 환관들이 달려와 금인상을 빼앗으려 했다. 검돌은 벌떡 일어서 금인상을 끌어안고 눈을 부라렸다. 무제가 환관을 제지했다.

"내가 그 금인을 빼앗으면 어쩔 것이냐?"

"나는 부왕한테서 금인을 받은 이후 한시도 금인과 떨어진 적이 없소. 금인은 나의 목숨과도 같은 것이오. 황제가 이것을 빼앗으려 한다면 나는 목숨을 걸고 지킬 것이오."

황제는 일부러 놀라는 표정을 과장되게 지었다. 그리고 얼굴 가득 미소를 지으며 말했다.

"하하. 어린것이 제법 결기가 있구나. 네가 가장 잘하는 일이 무엇이냐?"

"말 타기라면 누구에게도 지지 않을 자신이 있소."

"그래? 그렇다면 말을 기르는 것도 잘하겠구나. 너에게 내 말을 관리하는 일을 맡기겠다. 일 년의 시간을 주겠노라. 일 년 후 말들의 상태를 보고 네 금인을 너에게 줄지 내가 가질지 결정하겠노라."

"제천금인은 황제의 것이 아니라 나의 것이오. 그것은 우리 훈족의 것이지 한나라 황제가 주는 게 아니오."

"크하하하. 당돌한 꼬마로다. 어쨌든 두고 보자."

2022년 2월

"금인상이 신통력을 갖고 있는데 어찌 검돌이 한무제에게 순순히 잡히고 말았을까요?"

준기의 설명을 들은 태호가 머리를 긁적이며 물었다. 검돌을 포함한 휴도왕의 가족들이 한무제의 포로가 된 것은 기록으로 남아있는 사실이지만, 구체적인 정황을 들으니 더욱 실망하는 눈초리였다.

"위험을 사전에 인지했다면 부족들을 이끌고 다른 지역으로 피신할 수도 있었을 텐데요."

"그거야 원장님이 휴도왕을 죽였기 때문 아닙니까? 지도자를 잃은 민족의 필연적인 말로지요. 아무리 금인상이 있다 한들 열네 살짜리가 무슨 선택을 할 수 있었겠어요."

"끙……."

태호는 준기가 농담을 하는 줄 알면서도 맞받아치지 못했다. 결과적으로 준기를 찔렀다 해도 할 말이 없게 돼버린 데 대한 일말의 죄책감도 있었지만, 그렇게까지 하면서 얻은 게 하나도 없는 자신의 실패에 실망한 때문이었다. 그날 이후 태호는 눈에 띄게 의기소침해 있었다.

"농담입니다."

태호의 기운 없는 태도에 오히려 무안해진 준기가 태호를 달랬다.

"휴도왕과 혼야왕이 이미 한나라에 패해서 선우로부터 호된 질책이 예상되는 상황에서는 선택의 여지가 없었겠지요. 백성들의 뜻도 그러했을 테고요. 믿고 따랐던 휴도왕이 죽은 상황에서 백성들에게는 혼야왕을 섬기나 한나라 황제를 받드나 차이가 없었을 겁니다."

"금인상은 검돌의 항복을 어떻게 받아들였을까요? 뭔가 움직임은 없었습니까? 어떻게든 반응했을 것 같은데요."

태호의 관심은 여전히 금인상뿐이었다. 금인상을 찾을 수만 있다면 지난번 같은 개입을 언제든 다시 하는 데 주저하지 않을 것 같았다. 이런 생각에 소름이 끼치면서도, 준기 또한 태호의 질문에 같은 궁금증을 느꼈다. 위험을 예지하던 금인상이 한나라의 포로가 되는 상황에서 아무런 반응을 하지 않았을 리 없었다. 하지만 준기가 따랐던 검돌의 의식 속에서는 어떠한 동요도 느낄 수 없었다. 오히려 평상시보다 평온한 것 같았다.

'내가 모르는 사이에 금인상한테서 무슨 언질을 받은 걸까.'

준기는 태호에게 물었다.

"의식 여행에서 빠뜨리는 것도 있을 수 있나요?"

"네?"

"이를테면 내가 검돌의 의식 속에 들어갔다고 해서 검돌이 하는 생각의 흐름 전체를 알 수 있는 것은 아니겠죠?"

태호는 피식하고 웃었다.

"불가능한 일이죠. 의식을 좇는다고 매일 24시간 동안 물 흐르듯 졸졸 따라다닐 수는 없으니까……. 그것을 오늘날까지 추적하려면 이천년도 넘는 세월이 걸릴 테니까요. 우리의 의식 여행은 두꺼운 책의 책장을 빠르게 넘기며 눈에 띄는 부분만 읽는 셈인 거지요. 그래서 놓치는 걸 최소화하려고 내키는 대로 팍팍 건너뛰지도 못하고 꾸준히 따라가고 있는 겁니다. 언젠가는 긴 시간을 훌쩍 건너뛰어야 할 때가 오겠지만……. 그때는 김 교수님이 좀 더 역할을 해주셔야 합니다."

"역할이라뇨?"

"대상의 심리에 영향을 미칠 수 있다고 하시지 않았습니까? 의식 속에서 그에게 물어서라도 알아내야죠. 그래야 할 때가 곧 올 겁니다."

기원전 117년

일 년의 시간을 주겠다던 한무제는 검돌과의 약속을 잊은 듯했다. 사실 약속도 아니었다. 열네 살 소년의 기개가 가상해서 살려둔 것

뿐이었다. 목숨을 부지했다고는 하나 검돌과 그의 모친 알지의 신분은 노비였다. 노비와 약속을 하는 황제는 없다. 검돌도 황제와 약속을 하지 않았다. 검돌이 열심히 말을 돌보았지만 그것은 황제와의 약속 때문이 아니었다. 그것은 그가 말을 사랑한 까닭이었다.

무제의 명에 의해 검돌이 황제의 말을 관리하는 내사복시內司僕寺로 보내진 지 얼마 되지 않을 때였다. 그곳은 그야말로 황제의 마구간이란 말이 이상하지 않을 정도로 명마들이 즐비했다. 멀리 로마와 인도에서 가져온 말을 비롯해 전 세계의 명마들이 빼어난 자태와 넘치는 기량을 뽐냈다. 덩치는 작아도 지칠 줄 모른다는 몽골과 훈족의 말도 있었다. 중국 전역에서 진상한 명마들이 수백 마리에 달했다. 색깔 역시 흑마와 백마는 물론 적토마까지 다양했다. 하지만 그 어느 것도 검돌의 눈에 차지 않았다. 그것은 말들이 명마임에도 한두 가지 부족한 부분이 있기 때문이기도 했지만, 관리와 훈련이 잘못돼 명마들의 잠재력이 발현되지 않은 탓도 있었다.

검돌에게 주어진 일은 말똥을 수거해 궁 밖으로 내보내는 일이었다. 매일 백 마리 이상이 배설하는 똥을 치우는 일은 여간 힘든 작업이 아니었다. 열네 살 꼬마의 힘으로는 말똥을 채운 통을 들기도 어려웠다. 하지만 검돌은 새벽부터 밤늦게까지 단 한 칸도 거르지 않고 말똥을 치웠다. 그렇게 일 년이 지나자 처음엔 오랑캐라고 무시하던 마감馬監도 검돌을 다시 보기 시작했다. 어느 날 마감이 검돌을 불렀다.

"다른 일을 해볼 테냐?"

"지금 하는 일도 나쁘지 않습니다."

검돌의 대답에 마감은 흡족해하며 다시 말했다.

"네가 말을 잘 안다고 들었다. 너희가 원래 말과 떨어지지 않는 종자들이니 당연히 그럴 테지. 너에게 어린 말 몇 마리를 맡길 테니 잘 길러보거라."

검돌의 눈이 휘둥그레 커졌다. 어린 말을 키우고 훈련시키는 일은 고참이 맡는 임무였다. 그것을 어린 꼬마에게 맡긴다는 것은 그만큼 검돌을 신뢰한다는 의미였다.

"감사합니다. 마감 어른. 그런데 한 가지 부탁이 있습니다."

"무엇이냐?

"말똥을 치우는 일도 계속할 터이니, 제가 기를 말들을 고를 수 있게 해주십시오."

"건방지게 명마들을 고르고 싶다는 게냐?"

눈꼬리를 얇게 말아 치켜 올린 마감의 물음에 검돌이 조심스럽게 대답했다.

"그게 아니라, 저기 북쪽 응달의 말들이 발육 상태가 좋지 않고 기를 제대로 펴지 못하는 것 같아 못내 가슴이 아팠습니다. 잘 먹지를 않으니 배설물도 부실하기 짝이 없습니다. 마감께서 허락하신다면 그 말들을 살펴 제대로 길러보고 싶습니다."

검돌의 말을 듣고 마감은 의외라는 듯 크게 웃었다.

"하하하, 그 쭉정이들 말이냐? 내가 특별히 크게 인심을 쓰겠다는데 기껏 그런 말라비틀어져 신발 가죽도 안 될 놈들을 원한다고?"

"잘 보살피면 명마는 아니더라도 보통 이상은 갈 말들입니다."

사실 그 말들은 검돌이 마구간에서 배설물을 치우면서 유심히 봐둔 말들이었다. 마구간의 가장 구석에서 눈길을 받지 못하고 있는 말 다섯 마리였다. 살집이 하나도 없이 가냘프고 거의 움직이지 않았지만 한두 걸음만 걸어도 다리에 힘이 느껴졌다. 어깻죽지 뼈가 드러나 초라해 보였어도 그 골격만큼은 타고난 강견이었다. 구석에 있으면서도 늘 먼 곳을 응시하는 눈빛 또한 예사롭지 않았다. 혈통 보존이 잘된 순종은 아닐지라도 천리마라 불리는 한혈마의 피가 온몸에 흐르고 있는 말들이었다. 다른 사람들은 아무도 몰랐지만 검돌은 한눈에 그런 사실을 알아볼 수 있었다. 명마들이 넘쳐나는 마구간에서도 오직 그 말들만 보일 정도였다.

"좋다. 네가 원하다니 그 말들을 네게 맡기겠다. 그 꼬락서니가 어떤 명마로 변신하는지 보자. 하하하."

"감사합니다. 마감 어른."

2022년 2월

'녀석, 그런 모진 풍파를 겪고도 어린애는 어린애구만. 안 되는 것은 아무리 용을 써도 안 된다는 걸 그 나이에 알 리가 없지. 인생의 쓴맛을 느낄 좋은 경험이 되겠구나.'

마감은 혀를 끌끌 차며 마구간을 떠났다. 어려도 일은 야무지게 하는 녀석이기에 걱정할 필요가 없었다. 황제의 마구간은 철없는 저 녀석이 내일 아침까지 아무런 문제 없이 잘 관리할 터였다. 자신은 이제 퇴궐해 따뜻한 밥에 잘 익은 술 한 사발 마시고 마누라 궁둥이나 두드리면 될 일이었다. 절로 콧노래가 나왔다. 마감은 내사복시 담장을 오른쪽으로 끼고 돌았다. 사라진 그의 모습에 이어 그의 콧노래 소리도 따라 사라져 갔다. 그런데 마감의 콧노래 소리가 완전히 들리지 않게 됐는데도 남아있는 게 있었다. 그의 그림자였다. 주인을 따라가지 않은 그림자는 한동안 멈춰있더니 서서히 움직이기 시작했다. 그리고 조금씩 길어져서는 주인이 사라진 담장을 돌아 나왔다. 그런데…… 마감이 아니었다. 그림자의 새 주인은 여자였다. 게다가 마감의 마누라하고도 전혀 다른 복색을 하고 있었다. 청바지에 스웨터를 받쳐 입고 나이키 러닝화를 신었다. 리한나였다.

그녀는 까치발로 조심조심 마감이 오던 길을 되돌아갔다. 신제품 러닝화의 특수 재질 밑창은 땅과 닿을 때 조그마한 소리도 내지 않았다. 리한나는 마구간이 보이는 자리에 멈춰 선 뒤 인기척을 살폈다. 잠시 후 마구간에서 발소리가 들렸다. 리한나는 벽 뒤로 몸을 숨겼다. 말의 배설물이 담긴 들통을 든 검돌이 마사에서 나와 뒤로 돌아갔다. 배설물을 버리려는 것이 틀림없었다. 리한나는 시계를 들여다봤다. 검돌이 다시 모습을 나타낸 것은 48초 후였다. 검돌은 다시 마사로 들어갔다가 조금 후에 다시 들통을 들고 나왔다. 검돌이 다시 사라졌을 때 리한나는 마사로 전력 질주했다. 마사 안은 말 오줌의 지린내와 건초 썩는 냄새가 진동을 했다. 하지만 악취 따위야 신경 쓸 계제가 아니었다. 리한나는 고개를 돌려 이곳저곳을 살폈다. 한쪽 구석에 두 사람 정도 앉을 수 있는 작은 평상이 있었고, 그 위에 아무렇게나 벗어놓은 옷이 널려있었다. 리한나는 옷을 더듬었다. 딱딱한 것이라고는 아무것도 집히지 않았다.

'젠장…….'

리한나는 부리나케 달려 원래 있던 자리로 되돌아갔다. 시계를 봤다. 44초. 검돌은 5~6초 후에 모습을 드러냈다. 그러고는 다시 마사로 들어갔다 잠시 후 들통을 들고 다시 나왔다. 검돌이 뒤로 돌아가는 순간 리한나는 다시 달렸다. 그러고는 평상 아래와 주변을 뒤졌다. 먼지만 날릴 뿐 아무것도 없었다. 실망한 리한나가 제자리로 돌아가려고 몸을 일으키는 순간, 시커먼 그림자와 맞닥뜨렸다.

"스…… 셰이너?"

검돌이 눈을 둥그렇게 뜨고 물었다.

"어……?"

'누구냐'고 묻는 것 같았지만 당황한 리한나는 말문이 막혔다. 하긴 할 말이 있다 해도 흉노어나 중국어를 모르니 대답할 방법도 없었다. 다행히 검돌은 리한나에게 적의를 느끼는 것 같지 않았다. 오히려 처음 보는 이상한 복장이 신기한 듯 눈을 굴리며 이리저리 리한나를 살폈다.

"뭐야? 어린놈이 그런 야릇한 눈을 뜨고 누나의 몸매를 요모조모 감상하고 있어? 자식이 예쁜 건 알아가지고……."

리한나는 못 알아들을 말이라고 막말을 하면서도 웃음이 나왔다.

'어린놈이라니…… 나보다 이천 살도 더 많은 사람인데. 어쨌거나 이렇게 웃을 때가 아니지. 이 난관을 어떻게 극복…….' 생각이 이렇게 흐르고 있는 사이 불현듯 검돌의 윗옷에 시선이 갔다. 품이 넉넉한 옷이어서 표시가 나지 않았는데 검돌이 몸을 앞으로 조금 숙이자 윗배 부근에 뭔가 묵직한 것이 불룩 튀어나온 것이다. 리한나는 자신도 모르게 침을 꿀꺽 삼켰다.

틀림없었다. 자신이 찾고 있는 것이었다. 검돌은 리한나가 알아듣지 못하는 말을 하자 더 이상하다는 듯 그녀의 옷과 신발을 세심히 뜯어보았다. 그러느라 허리를 더 숙이니 그의 품에 있는 물건이 더욱 표시 나게 튀어나왔다.

"저리 가!"

리한나는 다가서는 검돌을 밀치는 척하면서 튀어나온 부분에 손을 대보았다. 촉감으로도 금속 덩어리가 분명했다. 리한나는 순간적으로 꾀를 냈다.

"아야!"

리한나는 손가락을 감싸 쥐고 비명을 질렀다. 검돌을 밀쳐낼 때 옷속 금속덩이에 부딪쳐 다친 척한 것이다. 여인이 얼굴을 찡그리자 검돌은 자기가 뭘 잘못했는지 모르면서도 연신 고개를 숙였다.

"뚜이부치, 뚜이부치!"

리한나는 손가락으로 검돌의 배를 가리키며 품 안의 물건이 자신을 아프게 했다는 시늉을 했다.

"어 줘커? 뚜이부치, 뚜이부치."

검돌은 리한나의 말을 이해했다는 듯 튀어나온 물건을 품 안에 잘 간수하며 다시 한번 사과했다.

"아니, 넣지 말고 보여달라니까."

리한나는 검돌이 옷매무새를 가다듬자 무의식적으로 손을 뻗어 물건을 만지려 했다. 그러자 검돌은 손으로 물건을 감싸 안으며 경계심을 드러냈다. 리한나는 손가락으로 물건을 가리킨 뒤 다시 자신의 눈을 가리켰다.

"그냥 보기만 할게."

검돌은 리한나의 뜻을 이해하는 듯했다. 미소를 지으며 가슴에 손을 넣어 노란 비단 주머니에 싸인 물건을 꺼내 들었다. 그리고 주머니를 열어 안에 있는 금빛 물체를 꺼내 보이려는 순간, 검돌이 점점 희미해지며 사라지더니 이내 다른 사람의 형체가 검돌을 대신했다.

"아니?"

리한나는 소스라치게 놀랐다. 그 형체는 바로 준기였다. 준기도 리한나를 알아보고는 깜짝 놀라 뒷걸음질 쳤다.

"이게 어찌 된 일이에요?"

"그러게요. 우리가 다시 돌아온 건가요?"

두 사람은 주위를 둘러봤다. 여전히 지린내와 썩은 내로 가득 찬 마구간이었다.

"이런, 우리 두 사람 모두 의식의 끈이 끊어진……."

"웬 놈들이냐!"

준기가 말을 마치기도 전에 밖에서 고함 소리가 들렸다. 벌써 날이 어둑해지기 시작했고 순찰에 나선 궁의 경비병들이 두 사람을 발견한 것이다.

"이크, 달아나야겠어요."

두 사람은 검돌이 말똥을 버리러 갔던 뒤쪽으로 냅다 뛰었다. 배설물을 궁 밖으로 빼내는 출구가 있을 터였다. 과연 뒤쪽에는 마구간에서 나오는 쓰레기들을 모아두는 시설이 있었고, 그것을 밖으로 실어 나를 수레가 다닐 수 있는 출입구가 있었다. 문은 열려있었고 두 사람은 문밖으로 뛰어나갔다. 그러나 그쪽에도 경비병들이 있었다. 두 사람도 놀랐지만 경비병들도 이상한 복장을 한 두 사람을 보고 크게 놀라는 듯했다. 두 사람은 몸을 돌려 다시 문으로 뛰어 들어와 좁은 길로 이어지는 오른쪽으로 달렸다. 뒤에서 호각을 길게 부는 소리가 들렸다. 경비병들을 더 불러 모으는 신호였다.

"아, 이게 무슨 일이야!"

미로 같은 궁궐 길을 이리저리 뛰고 보니 막다른 골목길이었다. 반대쪽 끝에서는 군사들의 바쁜 발소리가 들렸다. 낭패였다. 그때 리한나가 외쳤다.

"저기요!"

자세히 보니 왼편으로 조금 꺾인 길 중간에 담장이 다른 곳보다 현저히 낮은 지점이 있었다. 궁인들이 무거운 물건을 나를 때 지름길로 이용하기 위해 일부러 낮춘 듯했다. 리한나가 담을 넘는 걸 도와주고 준기가 담장에 올랐을 때 뒤에서 쐐액 소리가 들렸다. 이번엔 하나가 아니었다. 여러 발의 화살이 담장을 때렸다. 다행히 준기가 담을 넘은 다음이었다.

"와우! 대단한걸요."

리한나는 정말 대단한 모험을 한 것처럼 상기된 얼굴로 암체어에서 일어섰다.

"어땠습니까?"

김 박사가 물었다.

"하마터면 한나라 군사들이 쏜 화살에 맞아 죽을 뻔했다니까요. 한 무제의 궁궐 안에서요."

"의식 이탈이 어땠나 묻는 겁니다."

"아, 됐어요. 정말 됐어요. 완벽했다고요."

리한나는 여전히 꿈을 꾸는 듯한 표정이었다. 사실 리한나는 지난 번 휴도왕이 살해될 때 암살자들 중 한 명의 의식으로 들어갔었다. 그때 의식이 이탈한 것도 모르고 휴도왕의 의식을 따른다고 생각하며 산책을 하고 있던 준기에게 화살을 쏜 것도 그녀였다. 물론 맞히려고 쏜 것은 아니었다. 일부러 빗나가게 겨냥을 해 경고를 한 것이었다. 당시 리한나는 의식의 끈이 끊어진 건 아니고, 의식을 따르던 흉노 병사의 마음을 조종해 화살을 쏘도록 했을 뿐이다. 그런 상황에서 의식이 이탈할 수 있음을 알게 됐고, 그 얘기를 들은 김 박사가 의식의 끈을 고의로 끊는 실험을 한 것이다.

"정말 대단하세요, 김 박사님. 짧은 시간에 저쪽의 의식 여행 기술을 모두 따라잡으셨어요."

"앞서고 있죠. 뒷문 출입과 고의 이탈은 저쪽에선 생각지도 못하고 있는 기술입니다."

"그렇죠."

리한나는 김 박사의 거만한 태도가 마음에 들지 않았지만 그냥 비위를 맞춰주기로 했다. 그런다고 손해 볼 일도 없으니까.

"그런데…… 저쪽에서 다 된 밥에 재를 뿌렸어요."

"이러다 제가 제 명에 못 죽겠습니다."

준기가 고개를 절레절레 흔들며 말했다. 화살을 맞을 뻔한 게 벌써 두 번째였다. 하지만 태호는 아무렇지도 않다는 듯 말했다.

"제가 교수님이 위험에 빠지도록 내버려 두지 않는다고 말씀드렸죠."

"한나라 군사들이 달아나는 우리한테 마구 화살을 쏴댔다니까요."

태호가 미소를 지었다.

"제가 한나라 군사 두 명의 손을 쳐 화살이 빗나가게 했습니다. 저도 그 병사들 중 하나였거든요."

"하지만 원장님이 매번 성공하신다는 보장은 없지 않습니까."

볼멘소리를 하면서 준기는 갑자기 궁금해졌다.

"그런데 의식 여행 속에서 화살을 맞으면 어떻게 되는 겁니까. 의식도 화살을 맞으면 죽게 되나요?"

"하하하. 이론적으로 보면 죽지 않겠죠. 마치 죽는 꿈을 꾸는 것과 같을까요. 하지만 실제로 어떻게 될지는 아무도 모르지 않겠어요? 어느 누구도 경험한 사람이 없으니까요. 어쨌든 조심하는 게 좋겠지요. 처음부터 위험한 상황을 만들지 말아야지요."

"그런데 리한나 쪽도 의식의 끈을 끊는 법을 알더군요."

"저도 봤습니다. 우습게 볼 상대가 아닙니다. 하마터면 그것이 리한나의 손에 넘어갈 뻔했어요. 제가 마구간 앞에서 소리를 지르지 않았다면 그 여우 같은 것이 검돌한테서 그것을 훔쳤을 겁니다."

그러니까 금인상을 빼앗기지 않기 위해 태호가 소리를 질러 경비병들에게 준기와 리한나의 존재를 알린 것이다. 그렇게 위험에 빠뜨리고는 경비병들의 손을 쳐 화살을 빗나가게 했다는 것이었다. 그것이 태호가 준기를 위험에 빠지도록 내버려 두지 않는 방법이었다.

기원전 115년

한무제가 검돌과 내기를 한 뒤 삼 년의 시간이 흘렀다. 무제는 후원에서 후궁들과 술을 마시며 가을 오후를 즐기고 있었다. 발갛게 물들어 가는 단풍잎 하나가 바람에 날리다 무제의 술잔 위에 떨어졌다. 떨리는 나뭇잎이 만들어 내는 파문을 멀거니 바라보던 취한 무제가 말했다.

"바야흐로 말이 살찌는 계절이렷다. 내 말들을 둘러보고 싶구나. 내사복시로 가자."

내사복시는 황제의 말과 가마 그리고 전국의 목장을 관장하는 사복시의 부속 기관으로 궁궐 내에 설치된 것이다. 환관들이 서둘러 황제의 가마인 연輦을 대령했다. 무제의 가마 뒤로 후궁들의 가마인 교여가 줄을 이었고 환관과 시녀, 군사 들이 뒤를 따랐다.

난데없이 황제가 행차한다는 연락을 받은 내사복시는 난리가 났다. 일렬로 선 마구간 앞에 황금빛 주단을 깔고, 대청 앞에 황제의 어좌를 설치했다. 그 앞마당에는 먼지가 나지 않도록 물을 뿌리고 비로 쓸었다. 부산한 움직임이 계속되고 마구간의 끝자락에 닿는 주단이 채 펼쳐지기도 전에 황제의 행렬이 문을 열고 들이닥쳤다. 중상시가 황제의 도착을 고하자 내사복시에서 일하는 관리와 노비까지 모두 바닥에 엎드려 머리를 조아렸다. 황제가 어좌에 앉고 그 뒤로 후궁들이 줄지어 섰다. 어사복시의 마당에 후궁들의 분 냄새가 진동을 하자 말들의 재채기가 이어졌다. 저마다 황제의 관심을 끌기 위해 경쟁적으로 강한 향을 내는 분을 덕지덕지 바른 때문이었다. 향기로운 분 냄새는 말들만 자극한 게 아니었다. 노비들은 말할 것도 없고 대소 관리들조차 힐끗힐끗 고개를 들어 후궁들의 미모를 감상하느라 여념이 없었다. 경계를 하는 군사들조차 곁눈질로 깔깔거리는 후궁들의 자태를 살폈다.

한쪽 구석에서 오직 한 사람만이 똑바른 자세로 고개조차 돌리지 않고 한곳만을 응시하고 있었다. 검돌이었다. 무제에게서는 제법 거리가 떨어져 있었지만 한눈에 무제의 눈에 들어와 꽂혔다. 무제는 자리에서 일어나 검돌에게서 가장 먼 마구간의 다른 쪽 끝으로 서서히 걸어갔다. 제조와 마감이 허리를 굽히고 뒤를 따랐다. 무제는 주단을 따라 걸으며 자신의 말들을 살폈다. 역시 훌륭한 말들이었다. 살이 통통하게 찌고 윤기가 흘러 한눈에 명마들임을 알아볼 수 있었다. 하지만 무제의 발걸음을 멈추게 할 만큼 끌어당기는 매력은 없었다. 절반 이상의 말을 살피었을 때까지 상황은 달라지지 않았다.

"끄응……."

무제의 꽉 다문 입에서 한숨이 흘러나왔다. 불만의 표시였다. 뒤따르던 제조와 마감의 얼굴이 흑색이 됐다. 신소리들을 해가며 웃고 떠드는 후궁들이 원망스러웠다. 후궁들이 황제의 신경을 거스르더라도 황제의 불호령은 자신들에게 떨어질 게 분명했다. 자칫 목이 달아날지 모를 일이었다. 그때 황제의 발걸음이 빨라졌다. 말들을 쳐다보지도 않고 걸음을 재촉하던 무제는 검돌의 앞에 섰다. 그때까지도 검돌은 조금의 움직임도 없이 부복하고 있었다.

"이 아이는 누구냐?"

황제의 예상치 못한 행동에 제조는 마감에게 눈짓을 해 답변을 재촉했다.

"이 아이는……."

"네가 스스로 대답해 보거라."

황제가 마감의 말을 끊고 말했다. 검돌이 일체의 움직임 없이 대답했다.

"훈족 탱리고도선우의 신하 휴도왕의 아들 검돌이오."

"고개를 들라."

검돌이 고개를 들어 황제의 눈을 바라보았다.

제조가 안절부절못하며 말했다.

"이런 무엄한…… 어느 안전이라고…… 어서 눈을 내리깔지 못하겠느냐?"

"너는 물러나 있거라."

황제의 명에 제조는 바로 몸을 움츠렸다.

황제가 다시 말을 이었다.

"오호라, 너는 그 아이가 아니더냐? 죽은 아비가 남긴 숙제가 있어 따라 죽지 못했다던……."

"그렇습니다."

"세월이 그렇게 많이 흘렀더냐? 젖먹이 같던 것이 제법 의젓한 사내가 됐구나."

"……."

무표정한 검돌을 바라보며 황제가 다시 물었다.

"그래. 나도 숙제를 내주었지. 기억하느냐?"

"제게 일 년을 주셨는데 벌써 삼 년이 흘렀습니다."

"그래? 그렇다면 훨씬 더 큰 성과를 보여줄 수 있겠구나. 보이거라."

"폐하의 뒤에 있는 말들이 제가 보살핀 말들입니다."

무제가 고개를 돌렸다. 한쪽 끝 다섯 칸의 말들이 다른 말과는 달리 고개를 내밀지 않고 있었다. 그늘에 가려 잘 보이지가 않았다. 검돌이 나지막하게 휘파람을 불었다.

"휘익."

그러자 그야말로 마술馬術이라도 보이듯 다섯 마리의 말들이 동시에 고개를 밖으로 내밀었다. 모두 얼룩 하나 없는 짙은 갈색으로 칠흑처럼 검은 갈기에 윤기가 흘렀다. 뾰족한 귀와 넓고 둥근 이마, 검붉은 코와 입술, 암팡진 뺨 그리고 무엇보다 맑고 깊은 눈을 가지고 있었다. 긴 속눈썹 속의 갈색 눈동자는 무념한 듯 먼 곳을 응시하고 있었다.

무제의 눈이 휘둥그레졌다. 그는 마사의 문을 열고 말에게 다가가 가슴을 천천히 쓰다듬었다. 배를 쓸고 엉덩이를 두드렸다. 다섯 마리를 차례차례 돌아가며 세세히 살폈다.

"오, 훌륭하도다. 견갑골과 상완골의 생김새가 참으로 좋구나. 대퇴골도 옹골찬 것이 힘이 좋겠다. 가히 하루에 천 리를 달릴 만하구나. 이런 명마가 하나도 아니고 다섯이라니."

무제는 마감을 향해 고개를 돌렸다.

"내게 이런 말이 있었다니 놀랍기만 하구나. 그런데 어찌하여 내가 사냥을 나갈 때 너는 이 말들을 한 번도 내온 적이 없던 것이냐? 과연 이 말의 주인이 누구더냐?"

마감은 말문이 막힌 채 몸을 사시나무 떨듯 떨었다. 검돌에게 말을 맡긴 뒤 한 번도 살펴본 적이 없는 말들이었다. 그리 볼품없던 말들이 이렇게 변신할 줄 누가 알았겠나 말이다. 그때 검돌이 나섰다.

"원래 병들고 허약했던 이 말들의 진가를 알아본 사람이 마감이었습니다. 마감은 제게 이 말을 맡기면서 황제의 말은 어느 하나 하찮은 말이 없다고 했습니다."

황제는 검돌이 마감을 두남두고 있음을 알아챌 수 있었다.

'기특한 놈이로고.'

다시 한번 검돌의 얼굴을 살피자 검게 타긴 했지만 숨길 수 없는 기품이 서려있었다. 건장한 기골 역시 마구간에서 생을 보낼 인물이 아니었다.

"이름이 뭐라 했더냐?"

"검돌이라 합니다."

"검돌이라. 무슨 뜻이 있느냐?"

"까맣게 빛나는 돌을 의미합니다. 우리 훈족에게 신성함의 상징이지요."

무제는 다시 어좌에 앉으며 말했다.

"말을 잘 관리하면 내가 네게 상을 줄 거라고 말했지?"

"제게 무엇을 주신다고 하신 게 아니라 제가 가진 것을 빼앗지 않겠노라 하셨습니다."

"그게 무엇이었더냐?"

"제천금인상입니다. 황제께서는 저희 훈족이 제사 지내던 제천금인을 가지셨으니, 제가 아버님께 물려받은 제천금인은 제가 가질 수 있도록 해주십시오."

황제는 크게 웃음을 터뜨렸다.

"하하하. 약속을 지키마. 하지만……."

"……."

무제는 수염을 쓸며 말했다.

"하지만 네가 이렇게 훌륭한 말을 다섯 마리나 내게 선물했는데, 그깟 금인 정도론 안 되겠지. 벼슬을 주마. 원하는 게 있느냐?"

검돌은 표정 변화 없이 대답했다.

"저는 그저 금인을 간직할 수 있게 돼 기쁠 따름입니다. 지금 하는 일을 계속하게 해주소서."

"허허. 입에서 나오는 말들이 모두 아름답구나. 원하는 대로 해주겠다. 오늘부터 네가 마감이다. 내 말들을 잘 돌봐다오."

마감의 표정이 잠시 일그러졌으나 바로 원래의 모습으로 돌아왔다. 목이 붙어있는 것만도 다행이었다. 황제가 말을 이었다.

"때가 되면 다시 부를 일이 있으리라. 그리고 모름지기 큰일을 할 사람은 갖출 것을 모두 갖춰야 하느니라. 사내가 성姓도 없이 구실을 하겠느냐? 내가 너에게 성을 내리겠노라. 뭐가 좋을까? 오호라, 네가 금인을 숭상하니 성을 김金으로 하라. 그리고 이름은 본래의 것이 까맣게 빛나는 돌이라 했으니 '일제日磾'라 하라. 태양처럼 빛나는 검은 돌이라, 다시 생각해도 좋구나. 네 이름은 앞으로 김일제이니라. 그리고 네 자손들은 모두 김씨 성을 갖게 되리라."

2022년 2월

“이제부턴 더욱 긴장하셔야 합니다.”

태호는 자신이 먼저 긴장한 얼굴로 진료실의 조도를 올리는 것도 잊은 채 홈 바가 있는 벽으로 다가갔다.

“무엇 때문이죠?”

대답 대신 홈 바를 열고 와인 잔 두 개를 꺼낸 태호는 소믈리에 나이프로 레드 와인 한 병을 따서 인심 좋게 따른 뒤 준기에게 내밀었다.

“자, 한잔하시죠. 우리의 미래를 결정할 중요한 과거의 시간이 우리를 기다리고 있으니까요.”

준기도 잔을 건네받아 태호의 잔과 가볍게 부딪힌 뒤 한 모금 마실 때까지 아무것도 묻지 않았다. 태호가 이처럼 자신의 말에 수식어를 잔뜩 붙일 때는 무엇을 물어도 자신의 말을 끝까지 한 다음 대답한다는 걸 경험을 통해 알고 있었다. 궁금해하는 인상을 주면 줄수록 대답은 늦고 수식어는 늘어났다.

“향이 좋군요.”

준기가 반응을 보이지 않자 태호는 잠시 머쓱해하더니 이내 평소의 표정을 되찾았다. 그러고는 하고 싶었던 말을 털어놨다.

“이제 멀리 건너뛰어야 하는 순간이 다가오기 때문입니다. 우리 중시조 이후는 역사 기록이 많이 남아있지 않습니다. 그 자손들이 어리석어 금인상의 가치를 알아보지 못하고 제대로 지키지 못했기 때문이 아닌가 생각합니다만…… 기록이 너무 없으면 의식 여행을 하는데도 한계가 있을 수밖에 없지요. 이천 년의 긴 세월을 하루하루 뒤

따라갈 수는 없으니까요. 이제 교수님이 그 단서를 찾아주셔야 합니다. 이번 여행의 기착지나 종착지에서 다음번 여행의 출발지를 알아내야 한다는 말입니다. 출발지의 시간과 장소를 모두 알아야 하겠죠. 쉽게 말하면 출발지의 시공간적 좌표를 뜻하겠지요."

준기는 갑자기 술맛이 떨어졌다. 쉽게 말한다고 했지만 하나도 쉽지 않았다. 그 많은 나날들, 그리고 그 넓은 지역에서 실체가 뭔지도 잘 모르는 것을 찾아야 한다는 말 아닌가. 준기는 마치 우주에서 미아가 된 기분이었다.

기원전 101~87년

김일제에 대한 한무제의 애정과 신임은 날로 두터워져만 갔다. 하루가 멀다 하고 비단과 쌀은 물론 금은보화를 하사했다. 벼슬도 부마도위駙馬都尉로 올려주었다. 부마도위란 임금의 수레를 끄는 말을 모는 임무를 가진 벼슬이다. 따지고 보면 마부에 불과하지만 가장 가까운 거리에서 황제를 모시는 일이기에 여간 신임을 얻은 사람이 아니면 맡기지 않았다. 이후 위·진 시대에 가서는 아예 공주나 옹주와 결혼한 인물만 그 자리에 기용했다. 황제나 왕의 사위를 일컫는 '부마'가 거기서 연유했다. 실제로 한무제도 김일제를 공주 중 하나와 혼인시키려고 했으나 김일제는 자신이 한족이 아님을 들어 극구 사양했다.

황제의 사랑이 커져갈수록 김일제에 대한 시기와 질투도 따라 커졌다. 오랑캐 출신을 중용하는 데 대해 중신들 사이에서 불만이 팽배했다. 김일제를 믿어서는 안 된다고 비방하는 상소도 올라왔다. 하지만 황제는 들은 척도 안 했다. 오히려 일제를 광록대부光祿大夫에 제수해 자신의 경호까지 맡겼다.

어느새 일제에게는 세 아들이 있었다. 무제는 그중 큰아들을 유난히 귀여워해 자신의 거처에서 지내게 하고 재롱을 보는 것을 즐겼다. 아이는 갈수록 버릇이 없어져 무제의 관을 벗기고 수염을 잡아당기는 지경에까지 이르렀으나 무제는 웃기만 할 뿐 내버려 두었다. 오히려 더 해보라고 수염을 앞으로 내밀기까지 했다. 그것을 지켜보는 일제의 마음은 결코 편할 수가 없었다. 아들에게 황제 폐하 앞에서 무례하게 굴지 말라고 몇 번이고 일렀지만 헛수고였다.

갈수록 아이의 행동은 눈 뜨고 못 볼 지경에 이르렀다. 하루는 일제가 황제한테 급히 보고할 게 있어 안전에 들어갔더니, 황제가 무릎을 꿇고 바닥을 기고 있고 자신의 장남이 황제의 허리에 올라 앉아 말타기 놀이를 하고 있는 게 아닌가. 기겁을 한 일제가 아들을 끌어내리려 했으나 무제가 만류했다.

그날 저녁 일제는 장남을 집으로 끌고 가 호통을 치며 심하게 매질을 했다. 다시는 황제 앞에서 함부로 행동하지 않겠다는 다짐을 수차례 받고서야 매질을 그쳤다. 다음 날 무제가 아이를 불렀으나 아이는 볼멘 표정으로 뒷걸음질을 치기만 했다. 무제가 아이의 바지를 올려보니 종아리가 회초리 자국으로 온통 부르트고 피멍이 짙게 들어있었다.

'이, 이런……'

무제는 일제를 원망했으나 아무 소리도 할 수 없었다.

이 사건 이후에도 황제의 지나친 귀여움 속에서 자란 일제의 장남은 결코 행실이 나아지지 않았다. 황제 앞에서 버릇없이 구는 건 여전했고 머리가 굵어가면서 황궁의 비빈들에게 음란한 말과 행동으로 치근대기까지 했다. 급기야 어린 시녀 하나를 희롱하다 일제의 눈에 띄고 말았다. 화가 머리끝까지 난 일제는 이성을 잃었다.

"정녕 네놈은 사람 구실을 하기 어렵겠구나."

일제는 그 자리에서 아들의 멱살을 움켜쥐고 궁 밖으로 끌고 나왔다. 그러고는 문밖 계단 밑으로 아들을 집어 던졌다. 부상을 입었음에도 공포에 떨며 신음조차 내지 못하고 있는 아들에게 천천히 다가간 일제는 허리춤에 찬 칼을 뽑아 들었다.

"아, 아버……."

아들은 아버지를 끝까지 불러보지도 못하고 고개를 꺾고 말았다. 놀라서 입을 다물지 못하고 있는 경비병들에게 일제가 말했다.

"이 쓰레기를 치워라."

사실을 알게 된 무제는 격노했다. 그렇게까지 할 게 뭐란 말인가. 하지만 일제는 눈 하나 깜짝하지 않았다.

"사람이기를 포기한 놈은 숨 쉬는 공기도 아깝습니다."

"허허."

무제는 혀를 찰 뿐 어찌할 도리가 없었다. 자신의 아들이라고는 하지만 황제의 농아弄兒를 황제도 모르게 죽이는 것은 참형을 당할 불경죄였다. 평소 김일제를 시기하던 무리들의 참소가 이어졌다. 하지만 무제는 이번 일에 대해 소를 올리는 사람은 죄를 묻겠다고 선언했다. 불만 있는 자들도 입을 닫을 수밖에 없었다.

김일제의 이 같은 행동은 일면 지나치게 보일 수도 있다. 하지만 미래의 화근을 제거한다는 의미에서 현명한 결단이 아닐 수 없다. 권력자의 총애는 그야말로 한여름 밤의 꿈처럼 덧없는 것인 까닭이다. 역사 속에서 우리는 수많은 사례를 본다.《한비자》가 말하는 미자하의 고사가 대표적인 것이다. 미자하는 위나라 임금 영공의 총애를 받던 미소년이었다. 어머니가 아프다는 소식에 임금의 수레를 타고 병문안을 다녀왔다. 임금의 수레를 함부로 타는 행위는 당시 법률로 발뒤꿈치를 잘리는 월형을 받는 중죄였다. 하지만 영공은 처벌 대신 "효성이 지극하다"고 칭찬했다. 또 영공과 함께 과수원에서 산책하다 자신이 한 입 베어 문 복숭아를 맛있다며 임금에게 건넸다. 영공은 불경죄를 묻는 대신 '나를 그만큼 사랑하는 증거'라고 감동했다. 하지만 세월이 흘러 영공의 사랑도 조금씩 식어갔다. 어느 날 미자하가 사소한 죄를 짓자 영공이 호통을 쳤다.

"이런 고얀 놈! 전날 내 수레를 함부로 타고 먹다 남은 복숭아를 내게 주었지."

미자하는 자신의 죄에 과거의 죄까지 합한 것보다 더 큰 중벌을 받았다.

김일제가 죽을 때까지 무제의 총애를 잃지 않고 신임을 받을 수 있었던 것이 미자하하고는 다른 김일제의 현명함 덕분이었다. '선견지명先見之明'의 고사성어가 거기서 나왔다. 삼국시대 양수는 조조의 아들 조식의 측근이었다. 조조가 조식을 장남 조비 대신 후계자로 삼을 생각까지 하며 아꼈지만, 양수가 주제넘게 후계 문제에 끼어드는 것은 참을 수 없었다. 결국 양수는 조조의 미움을 사 죽임을 당했다. 그 후 어느 날 조조가 양수의 아버지 양표를 보고 "어찌 그렇게 수척해지셨소"라고 물었다. 양표는 "김일제 같은 선견지명을 가지지 못한 것이 부끄러우니 다만 어미 소가 송아지를 핥아주는 마음일 뿐"이라고 대답했다.《후한서》〈양진전〉에 나오는 이야기다.

일제에 대한 무제의 신임은 잘못된 판단이 아니었고 그 보답을 받았다. 무제는 스물아홉이 되던 해에 위황후한테서 아들 유거를 얻었다. 무제는 자신의 성마름을 닮지 않고 인자하고 부드러운 성품을 가진 유거를 총애했다. 일찌감치 태자로 책봉하고는 조정의 대소사를 아들에게 맡겨 군주 훈련을 시켜나갔다.

그런데 어느 날 태자의 스승이 급한 일로 황제의 전용 도로인 치도에서 말을 갈아타는 일이 있었다. 그 장면을 수형도위 강충이 목격했다. 수형도위란 본래 한무제가 그동안 각각의 번국에서 제조하던 화폐를 중앙에서 독점하도록 하면서 화폐 주조의 책임을 맡은 자리다. 여기에 황제의 정원인 상림원 관리도 담당하고 있어 치도의 관리도 맡아왔다. 강충은 평소 많은 사람들을 온갖 이유로 탄핵하며 황제의 눈에 들기 위해 애쓰던 인물이었다. 태자는 강충을 하찮게 보고 있었지만, 황제에게 이르지 말라고 부탁할 수밖에 없었다. 그러나 강충은 사실을 황제에게 보고했다. 태자가 황제를 무시하는 행동을 일삼는 것처럼 말을 보태기까지 했다. 무제는 태자의 스승에게는 코를 자르는 형벌을 내렸지만 태자의 잘못은 불문에 부쳤다. 하지만 기분이 좋을 수는 없었다. 태자에 대한 사랑이 줄어든 만큼 강충에 대한 신임이 커졌다. 그러던 차에 어느 날 무제가 낮잠을 자다 수천 개의 나무 인형이 자신을 공격하는 꿈을 꾸었다. 충격을 받은 황제는 앓아눕게 되었다. 사정을 전해 들은 강충은 훈족 출신의 무당 단하를 끌어들여 황제에게 아뢰게 했다.

"궁 안에 무고巫蠱의 기운이 있습니다. 이를 제거하지 않는다면 커다란 변란이 우려되옵니다."

자신의 병이 무고 탓이라고 믿은 무제는 단하의 충고를 받아들여 강충에게 조사하도록 명령했다. 강충은 황궁 근처에 미리 묻어둔 나무 인형을 파내 태자를 모함했다. 노쇠한 황제가 죽고 태자가 즉위하면 자신이 무사할 수 없다는 사실을 잘 알았기 때문이다. 태자도 앉아서 당할 수만은 없었다. 황제의 사자를 사칭해 강충을 유인한 뒤 죽여버렸다. 그러고는 병사들을 모아 난을 일으켰다. 이른바 '무고의 난巫蠱之亂'이다. 하지만 황제의 군대를 당해낼 수 없었고, 태자는 목을 매 목숨을 끊고 말았다. 무제는 태자비와 두 손자, 태자의 며느리까지 일가족을 모두 죽였다. 살아남은 유일한 사람은 태어난 지 몇 달 되지 않은 태자의 손자 유순뿐이었다. 한 시종이 빼돌려 감옥에 있던 여죄수의 젖을 먹고 목숨을 부지한 그는 훗날 우여곡절 끝에 선제로 즉위하게 된다.

김일제는 태자의 변고에 가슴이 아팠다. 자신을 유난히 따르기도 했지만, 무엇보다도 그의 무고함을 잘 알고 있었기 때문이었다. 이미 연로한 황제를 없애기 위해 무당의 힘을 빌려 저주를 할 필요가 없었다. 이르면 몇 달, 길어야 일이 년만 기다리면 자연히 태자의 것이 될 자리였다. 그야말로 떨어지는 낙엽도 피한다는 우스개처럼 행여 황제의 눈 밖에 나는 일이 생길까 조심할 시기였다. 그것은 분명 모함이었다.

일제는 같은 훈족 출신임을 내세워 단하를 집으로 초대했다. 경계심 없이 혼자서 일제의 저택에 들어선 단하는 대문의 문턱을 넘어서자마자 건장한 사내들에 의해 결박당하고 무릎 꿇리었다.

"네 이놈! 네 어찌 그런 요사스러운 짓으로 태자 전하를 모함했더냐? 하늘의 뜻을 묻는다는 놈이 더러운 욕심에 하늘의 뜻을 거스르고도 그 비루한 목숨을 부지하리라 믿었단 말이냐? 우리 훈족에 너 같은 요물이 있다는 게 부끄럽기 짝이 없구나. 내 오늘 너의 사지를 관절마다 토막 내 하늘에 용서를 빌리라!"

일제의 호통에 단하는 새파랗게 질려 사시나무 떨듯 몸을 떨었다. 감히 거짓 변명으로 위기를 넘어갈 생각조차 하지 못했다.

"죽을죄를 졌습니다요, 나리! 목숨만 살려주십시오!"

"누가 시킨 짓이더냐?"

"수형도위 나리의 명령을 감히 거역하지 못했습니다요."

일제는 단하의 집에서 황궁에 묻혀있던 나무 인형과 같은 모양의 인형들을 증거물로 확보한 뒤 무제에게 고했다. 시간이 흐르고 이성을 찾으면서 태자에 대한 분노가 회한으로 바뀌고 있던 무제는 진실을 알고는 대로했다. 강충의 아홉 족을 모두 죽여 씨를 말렸다.

"내가 일찍이 그대의 의견을 물었어야 하는데, 늙은이가 노여움에 눈이 멀어 경거망동을 했구려."

"황공무지하옵니다. 하해와 같은 성덕으로 태자 전하의 무고함을 밝혀내셨으니 지금이라도 태자 전하께서는 편안하게 눈을 감으실 수 있으실 것입니다."

2022년 3월

"그때 생각만 하면 지금도 아까워 죽겠어요."

"그날 말씀이십니까?"

"아, 정말 손에 넣기 직전이었다니까요. 검돌이 직접 꺼내 건네주려고 품에 손까지 넣었는데 갑자기 뿅! 교수님으로 바뀌어 버렸다고요!"

리한나는 정말 안타까운 표정이었다. 잔을 든 팔을 휘두르며 설명하느라 와인을 쏟을 뻔하기까지 했다. 보기만 해도 찬바람이 일던 평소의 모습과는 사뭇 달랐다. 마치 준기의 책임이라도 된다는 양 가볍게 눈을 흘기는 리한나를 보며 준기는 처음으로 귀엽다는 생각을 했다.

황궁의 마구간에서 탈출한 지 이틀 만에 리한나한테서 만나자는 연락이 왔다. 새 학기 준비로 바쁘다는 핑계를 대고 만남을 미뤘지만 세 번째 전화는 거절할 수 없었다. 연구실 복도에서 한 전화였기 때문이다. 출입증이 없으면 통과하기 어려운 검색대를 어떻게…… 하긴 그걸 못 넘을 여자가 아니지……. 준기가 리한나를 만나고 싶어 하지 않았던 건 늘어놓을 게 분명한 그녀의 지청구에 일일이 대꾸하기 싫어서였다. 그런데 의외로 비난의 강도가 높지 않았다. 이 정도면 구차함 없이 받아넘길 수 있는 것이었다. 어쩌면 그녀는 사지를 함께 넘은 전우애 같은 감정을 느끼는 건지도 몰랐다. 상대에게 비난을 퍼붓기 위해 와인이나 한잔하자고 하는 경우는 없지 않겠나 말이다. 그보다는 뭔가 부탁이나 제안을 하려는 꿍꿍이가 있는 게 틀림없었다.

"그래도 제가 있어서 탈출이 가능했다는 생각은 안 드시나요?"

"어머머, 탈출구는 제가 발견했다고요!"

슬쩍 떠보기 위해 던진 준기의 말에 리한나는 정색을 했다가 이내 표정을 바꾸었다.

"하긴 뭐, 제가 담장을 넘을 수 있도록 교수님이 도와주시긴 하셨죠. 설마 지금 생색을 내고 계시는 건 아니죠? 그런 위험 속에서 여자를 팽개치고 저만 달아나는 놈이라면 고추를 떼버려야 하는 거 아닌가요, 교수님? 만약 교수님이 그랬다면 다시는 쳐다보지도 않았을 거예요."

리한나는 또 한 번 준기에게 눈을 흘기고는 웃음을 터뜨렸다.

"그래, 무슨 용건이신지……."

"뭘 그리 서두르세요. 우리가 처음 갖는 술자리잖아요. 극적인 탈출을 축하하기 위한 자리이기도 하고요. 우선 건배나 먼저 하시죠."

준기는 리한나가 내미는 술잔에 자신의 잔을 살짝 부딪쳤다. 크리스털의 맑은 울림이 술맛을 돋웠다. 와인 잔에 코를 갖다 대자 뭐라 딱 꼬집어 설명하기 어려운 복잡한 향이 메아리쳤다. 한 모금을 넘기니 목구멍 언저리에 또한 뭐라 형용하기 어려운 복잡한 맛이 잔상처럼 남았다. 준기가 편의점에서 사서 혼자 홀짝대던 싸구려 와인보다는 훨씬 고급인 것 같았다.

"와우!"

"……."

"정말 짜릿했어요. 마치 인디애나 존스…… 아니 저는 라라 크로프트가 더 낫겠네요. 정말 모험 영화의 주인공이 된 기분이었다니까요."

리한나의 감탄사는 와인에 대한 게 아니었다. 그녀는 고급 와인의 맛과 향기에 대해서는 관심도 없는 것 같았다. 그저 축배의 도구일 뿐이었다. 여전히 그날의 감동에서 벗어나지 못하고 있는 듯했다. 그녀는 잔을 내려놓고 얼굴을 준기에게 좀 더 가까이 들이밀면서 말했다.

"그런데 궁금한 게 있어요. 우리가 그때 화살을 맞았다면 어떻게 될까요?"

준기는 리한나의 말이 재미있다고 생각했다. 문법적으로 틀린 말이었다. 과거와 미래 시제를 혼용하고 있었다. '화살을 맞았다면 어떻게 됐을까요'라고 했어야 했다. 아니면 '화살에 맞는다면 어떻게 될까요'가 되든지. 화살에 맞을 뻔했던 건 이미 지난 시점이니 '화살에 맞았다면 어떻게 됐을까요'가 보다 적확한 표현이었다. 그러나 오히려 시제 불일체가 맞는 것인지도 몰랐다. 의식 속이라고는 하지만 어쨌든 시간 여행을 하고 있으니 과거와 미래가 혼재할 수 있는 것이다. 그녀가 그걸 생각하고 말했는지는 몰라도 자신과 같은 의문을 갖고 있는 것은 분명했다. 의식 여행 중에 화살을, 또는 총탄을 맞으면 어떻게 될까.

"교수님은 궁금하지 않나요?"

"저도 그런 의문을 가졌죠."

리한나가 귀를 쫑긋 세우며 물었다.

"그래서요? 의문이 풀렸나요?"

준기가 웃으며 말했다.

"하하, 다음번엔 한번 맞아봐야겠습니다. 리, 리한나 씨의 호기심을 풀어드리기 위해서라도……."

"맞아요. 아니, 맞다고요. 호호호. 화살에 맞으시라는 얘기가 아니고……."

"뭐가 맞습니까?"

"리한나가 맞다고요. 제 이름을 부르신 건 처음인 거 같네요. 사람들한테 제 이름을 말하면 그냥 한나라고 부르는 사람도 있거든요. 리가 성인 줄 알고……. 뭐, 한나라고 불러도 상관없지만…… 어쨌든 편안하게 이름을 부르세요."

준기는 대답 대신 미소를 지으며 와인을 한 모금 넘겼다. 누가 봐도 오케이 사인이었다.

"저도 준기 씨라 불러야겠어요. 교수님이란 호칭은 너무 고리타분해. 안 그래요, 준기 씨?"

준기는 얼굴이 달아오르는 것을 느꼈다. 와인 탓이라고 하기에는 두어 모금 마신 양이 너무 적었다. 언제 마지막으로 들어봤던 호칭인가. 준기 씨! 준기는 얼굴이 붉어진 걸 들키지 않기 위해 화제를 돌렸다.

"호칭을 바꾸려고 보자고 하신 건 아닐 텐데요."

리한나가 입술을 삐죽 내밀었다.

"좌우간 분위기 깨는 데는 선수라니까. 결정적인 순간에 뿅 하고 나타나시더니……."

'이런 바보 같으니…… 또 실수를 하고 말았군.'

준기는 얼굴이 더 화끈거림을 느꼈다.

"좋아요. 그래서 보자고 한 건 아니니까요. 제안을 하나 하려고요."

역시 그랬다. 준기는 웃음이 나왔지만 마음속에서 그쳤다. 밖으로까지 웃음이 드러나지는 않았다. 다행히 리한나는 화가 난 표정이 아니었다. 미소를 짓는 것은 그녀였다.

"의식 여행을 함께하는 게 어때요? 지난번처럼 서로 도움을 줄 수도 있고……. 의식 이탈을 하는 건 아무래도 위험이 많이 따르는 것 같아요. 현대에서 태어나 과거에서 죽을 순 없잖아요. 정말 화살에 맞을지도 모르는데……."

"그건…… 내 마음대로 결정할 수 있는 문제가 아닌 것 같네요. 김태호 원장과 상의를 해봐야……."

"그러시겠죠. 얘기해 보세요. 태호 오빠도 더 이상 반대만 할 상황은 아닌 것 같은데요? 뭐, 오빠가 끝까지 반대한다면 우리 쪽에 와서 여행을 계속할 수도 있어요. 태호 오빠보다 더 전문가가 있거든요."

기원전 87~86년

일제의 마음이 편안하지 않았다. 태자의 원한을 풀어줬다. 늘 얹힌 듯 명치끝을 찌르던 마음의 응어리가 풀릴 법도 한데 그렇지 못했다. 그것은 가슴속에 품고 있던 금인상이 평소와 달랐기 때문이었다. 열병이라도 걸린 듯 금인상이 뜨거워지기 시작했던 것이다.

'이것은 무슨 변고를 예견하는 것이야.'

선친 가밀바는 늘 금인상의 뜻을 따르라고 당부했다. 제천금인이 올바른 길로 인도할 것이라고 말했다. 금인상이 뜨거워진 것은 제천 금인이 자신을 바른 길로 안내하기 위한 것이었다. 금인상은 이전에도 그런 적이 있었다. 가장 확실히 느꼈던 건 자신이 어릴 적 내사복시에서 말똥을 치울 때의 일이었다. 그때는 반대였다. 마구간 한쪽 구석에 있던 말라빠진 말들 근처만 가면 금인상이 차가워졌다. 깜짝 놀라 정신이 번쩍 들 정도로 차가웠다. 정신을 차리고 똑바로 보라는 뜻 같았다. 그래서 말들을 꼼꼼히 살펴보고 만져봤기에 겉보기와는 다른, 말들의 진가를 알아볼 수 있었던 것이다. 그 이후에도 금인상이 뜨겁거나 차가워지는 경우가 몇 차례 있었지만, 큰 변화를 느낄 수 있던 때는 많지 않았다. 금방 원래 온도로 돌아가고는 했다. 그런데 이번 경우는 처음 느꼈을 때만큼이나 확실한 변화였다. 그것은 뭔가 커다란 위험에 대한 경고였다.

무고의 난 때 군사를 몰고 태자를 포위해 자결하게 만든 자들은 강충의 측근이었던 망하라와 그의 형제 망통, 망안성이었다. 이들 망씨 삼형제 또한 흉노족이었다가 한나라에 투항한 자들이었다. 난을 진압한 공적으로 높은 벼슬을 제수받았던 그들은 강충이 처형된 뒤 자기들도 멸문지화를 당하게 될 날이 머지않았음을 직감했다. 이에 선수를 쳐서 무제를 암살할 계획을 세웠다. 기원전 88년 어느 날, 한무제가 임광궁에 행차했을 때 망씨 형제들이 거사를 일으켰다. 임광궁은 진시황이 함양 인근의 감천산에 지은 감천궁의 일부로, 한무제는 이를 증축해 자주 거했다. 황제가 감천산으로 떠날 때를 기다리던 망씨 형제들은 마침 김일제가 다른 일 때문에 황제를 수행하지 않은 것을 알고 그날을 거사일로 잡은 것이었다.

이들 형제는 새벽녘에 군사를 황궁 밖에 매복시킨 뒤 망하라가 황궁으로 들어갔다. 이를 위해 미리 황제의 인장을 찍은 조서를 위조해 둔 것이었다. 황제가 도착하기 전에 황제의 침실 위치까지 샅샅이 봐두었던 망하라는 마음속으로 수없이 걸었던 동선을 따라 조심스럽게 접근했다. 그가 무제가 잠들어 있는 침실을 서른 걸음쯤 앞두고 있을 때, 갑자기 어둠 속에서 누군가 튀어나와 그 앞을 막아섰다.

"야심한 시각에 황제의 침전엔 무슨 일로 납시었나?"

김일제였다. 금인상의 경고를 잊지 않고 있던 일제는 눈을 부라리며 주위를 경계하고 있었다. 그러다 그는 망씨 형제들의 거동에서 수상함을 발견했다. 갑자기 형제들의 만남이 잦아졌고 그들의 집을 드나드는 사람들이 많아진 것이었다. 이에 일제는 서둘러 일을 마치고 비밀리에 황제 곁으로 돌아와 있었다.

망하라는 대답 대신 품에서 예리한 단검을 꺼내 휘둘렀다. 일제가 칼을 빼어 망하라의 단검을 막았다. 두 사람이 칼로 찌르고 막기를 수차례 거듭했지만 좁은 실내에서는 단검이 공격하는 데 보다 유리했다.

일제가 칼을 휘둘러 공격하려는데 칼끝이 그만 나무 기둥에 박혀 버렸다. 그걸 본 순간 망하라는 일제에게 달려들어 그를 넘어뜨렸다. 일제 역시 죽을힘을 다해 공격을 막았다. 두 사람은 서로 부둥켜안고 바닥을 뒹굴었지만 아무래도 칼을 가진 망하라가 유리했다.

소리를 듣고 달려온 호위병들이 두 사람을 향해 활시위를 당겼다. 하지만 쏠 수가 없었다. 행여 일제가 다칠까 두려워서였다. 망하라가 김일제 위에 올라타 단검을 일제의 목에 쑤셔 박으려 했다. 일제는 망하라의 두 팔을 잡고 가까스로 버텼다. 복도의 양쪽에서 창과 활을 겨누고 있던 호위병들은 어찌할 바를 몰라 발을 동동 굴렀다.

망하라의 단검이 일제의 목에 닿으려는 순간, 일제가 몸을 한쪽으로 비틀며 한 손으로 망하라의 음낭을 움켜쥐었다. 단검은 마룻바닥에 박혔고 망하라는 고통에 비명을 질렀다. 그사이 몸을 일으킨 일제가 발로 망하라의 목을 짓눌렀다. 호위병들의 날카로운 창끝이 절망으로 잿빛이 된 망하라의 얼굴을 겨냥했다. 궁 밖에서 병사들과 대기하고 있던 망통, 망안성도 별다른 저항 없이 모두 체포됐다. 소란에 깨어난 황제가 외쳤다.

"오! 옹숙(김일제의 자), 그대가 또 한 번 나를 살렸구나!"

망씨 일족들은 모두 처형됐다. 망씨 형제들의 황제 암살 미수 사건 이후 무제의 김일제 신뢰와 사랑은 더욱 커졌고 그를 시기하던 목소리들은 잦아들었다.

이듬해 감기에 걸린 황제는 몸을 회복하지 못했다. 다시 일어나기 어렵다는 것을 느낀 무제는 당시 여덟 살에 불과하던 불릉을 태자로 삼고, 곽광과 김일제를 불러 돌봐줄 것을 부탁했다. 무제는 곽광의 손을 잡으며 말했다.

"내가 죽거든 그대가 태자의 주공周公이 되어주게."

곽광은 통곡을 하며 말했다.

"소신은 그만한 능력이 없습니다. 김일제가 소신보다 나을 것입니다."

무제는 김일제에게 다시 후사를 부탁했다. 일제도 눈물을 흘리며 말했다.

"소신은 한미한 변방 출신이온데 어찌 그럴 자격이 있겠습니까? 곽광이 소신보다 낫습니다."

무제의 뺨에 미소가 번졌지만 두 눈에는 눈물이 맺혔다. 무제는 곽광을 대사마대장군, 김일제를 거기장군에 임명하고, 어린 황제를 보필하라는 유조를 남긴 뒤 행복하게 눈을 감았다. 무제가 죽은 이듬해 김일제도 병이 깊어졌다. 대장군 곽광은 황제에게 진언해 일제를 투후秺侯에 봉하게 했다. 투후의 영지는 오늘날 산둥성, 산시성, 화베이성 일대로 대단히 넓은 지역이었다. 게다가 자손 대대로 제후의 관록을 물려줄 수 있는 자리였다. 이미 한무제가 죽기 전에 유지를 남겼으나 일제가 사양한 것이었다.

일제는 아들 건을 불렀다. 그의 손에 죽은 장남보다 진중한 면이 있던 차남이었다. 건이 달려와 아버지의 침상 앞에 무릎을 꿇었다.

"황제가 내게 분에 넘치는 벼슬을 내리셨다. 나는 살날이 얼마 남지 않았으니 네가 그 벼슬의 임자가 되리라."

"아버님!"

고개를 들지 못하고 눈물을 뚝뚝 떨어뜨리고 있는 아들을 일제가 나무랐다.

"훈족 사내는 세상에 태어날 때 한 번 크게 울어야 하고 그게 그의 마지막 울음이어야 한다고 이르지 않았더냐?"

건이 눈물을 훔쳤다.

"듣거라. 내가 황제의 은혜를 입어 한나라 조정에서 벼슬을 했지만 훈족의 자손임을 한시도 잊은 적이 없다. 지금까지 투후로 봉해지는 것을 사양했던 것도 한나라 땅에 내 자손들이 발이 묶이는 것을 겁냈기 때문이다. 공주를 주겠다는 황제의 제안을 거절한 것도 내 자손들이 한족의 피가 섞여 훈족으로서의 정체성을 잃을까 두려워했기 때문이다. 한나라에서의 벼슬은 나의 대에서 끝이고 너희들은 우리 땅으로 돌아갈 수 있기를 나는 바랐다."

"……."

"그러나 상황이 여의치 않구나. 탱리고도선우가 갈수록 천심을 잊고 민심을 잃어 그 곁을 떠나는 백성들이 많으니 너희들이 그곳에 설 자리가 없을 것 같구나. 하지만 너희가 어느 곳에 뿌리를 내리더라도 제천금인의 후예임은 잊지 말아야 한다. 네가 투후로서 영지를 다스리더라도 일거수일투족이 부끄럽지 않게 행동해야 하느니라. 그렇지 못해서 한족들한테 오랑캐 출신이라 별수 없다는 소리를 듣게 되면 너와 너희 자손들은 이곳에서조차 설 땅을 잃게 되리라. 내가 준 제천금인상 앞에서 매일 반성하고 하늘의 뜻을 물어 따라라. 하늘의 뜻을 금인상이 전하리니 경청해라. 무슨 일이 있어도 제천금인을 잃지 말고 후손에 고이 전해 너와 똑같이 행하게 하거라. 내 말을 명심해라. 너는 화살 소리로 천하를 호령하고 말발굽 울림으로 천하를 떨게 한 자랑스러운 훈족의 자손이니라."

김일제는 투후를 인수받은 다음 날 세상을 떠났다. 그가 목숨처럼 아끼던 제천금인은 아들 건에게 물려주었다. 한 소제는 아버지의 뜻을 받들어 일제를 대장군 위청, 곽거병과 함께 무제의 묘인 무릉에 배장했다. 경후라는 시호도 다시 추존되었다. 지금도 시안의 능묘군에 가면 무릉 박물관 바로 옆에 있는 김일제 묘를 볼 수 있다.

한무제는 죽을 때 "다시는 흉노와 전쟁을 벌이지 말라"는 유지를 남겼다고 한다. 그것은 자신이 세력을 크게 약화시켰다고는 하나 여전히 한나라의 골칫거리로 남아있던 흉노가 지긋지긋해서이기도 하지만, 흉노 출신인 김일제를 아끼는 마음에서 비롯된 것일 수도 있다. 그럼에도 이민족 출신의 한계는 분명했고, 그것을 아는 김일제는 후손들이 고향인 훈족의 땅으로 돌아갈 수 있기를 바랐다. 하지만 운명은 일제의 희망과는 전혀 다른 곳으로 그들을 인도한다.

2022년 3월

"할멈, 다시 말해보시오. 그러니까 그게 중국 땅에 있다는 거요? 없다는 거요?"

"물 건너가지 못하고 뭍으로 갔어."

"그러니까 그게 무슨 말이냐고요?"

"물가에서 잃어버렸지."

"무얼 잃어버려요?"

"돌아온 사람들이 그렇게 말했대. 내가 들었어."

"돌아온 사람들? 그게 누군데요?"

"물 건너가지 못하고 뭍으로 갔어."

"이런……."

사내는 자리에서 일어섰다. 세 번째 반복하는 대화였다. 누가 물이 아닌 뭍으로 갔는지, 그래서 어디를 갔다는 건지, 물가에서 무엇을 잃어버렸다는 건지, 뭍으로 갔는데 왜 물가에서 잃어버렸는지, 뭍으로 갔다는 사람들이 다시 돌아왔다는 건지 도무지 갈피를 잡을 수 없었다. 산둥성에서 태어나 오래 살았다는 총씨 노파였다. 자신도 모른다는 나이가 아흔은 족히 넘어 보였다.

산둥에는 총가현이라는 총씨 집성촌이 있는데, 이들은 김일제를 시조로 모신다. 왕망의 난에 이어 벌어진 피바람을 피하기 위해 김씨 성을 총씨로 바꾸었던 사람들이다. 그렇다고 시조까지 바꿀 수는 없었다. 자기들끼리 간직하고 모셔오다 바람이 잔잔해진 뒤 조심스럽게 비밀을 꺼내놓은 것이다. 총가현 사람들 중에 금인의 내력을 알고 있는 사람이 있다는 소식이 전해졌다. 부랴부랴 달려와 보니 치매 걸린 노파였다. 이전에는 금인에 대해 이것저것 아는 것을 말했다고 했다. 이것저것이 무엇인지 캐물어 봤지만 번번이 같은 답이었다.

"가자."

문가에 서있던 다른 두 사내가 보스를 따라 나갔다. 그중 한 명이 문을 나서면서 탁자 위에 위안화 다발을 던졌다. 노파의 보호자를 자칭한 이웃의 차지가 될 돈이었다.

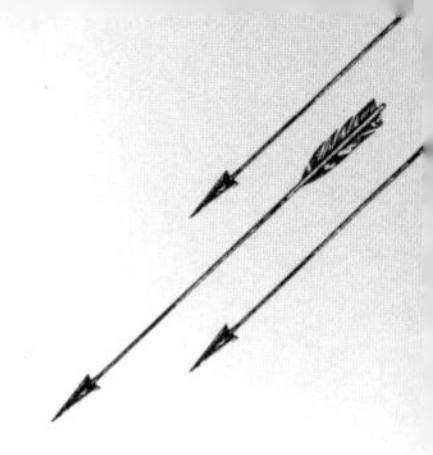

3. 대륙에서 온 사람들

기원후 9년

노란 안개가 중원을 감쌌다. 불길한 기운이었다. 무능하고 유약한 황제들이 이어지며 불안함을 더했다. 한 원제가 죽고 즉위한 성제와 애제, 평제는 외척들의 등쌀에 기를 펴지 못했다. 원제의 네 번째 황후인 효원황후 왕씨가 궁중에서 가장 큰 어른인 황태후가 되면서 왕씨 성의 형제와 인척 들을 대거 등용한 까닭이다.

황태후 왕씨는 여장부에다 지략가였다. 원제 말년 흉노의 호안야 선우가 한나라에 신붓감을 요청하자, 원제는 후궁과 궁녀 들의 초상화를 그려 바치게 했다. 그 많은 황궁 여인들을 모두 면접할 수 없으니 서류 심사로 대체한 것이다. 그때 황궁에는 양귀비와 서시, 초선과 함께 중국의 4대 미녀로 일컬어지는 왕소군이 궁녀로 있었다. 일찌감치 그녀의 미모를 알고 있었던 효원황후는 화공에게 시켜 왕소군의 얼굴을 못나게 그리게 했다. 행여 원제의 눈에 띄어 후궁으로 발탁되면 자신의 입지가 흔들릴 수 있기에, 위험을 사전에 제거하기 위함이었다. 아니나 다를까 오랑캐에게 미인을 양보할 수 없었던 원제는 초상화들을 살펴본 뒤 왕소군을 흉노 선우에게 보내게 했다. 늘 약자에게 더 가혹한 운명 앞에서 왕소군은 눈물을 흘렸고 강자인 황태후는 회심의 미소를 지었다.

왕씨들의 권력이 커져감에 따라 황제의 권력은 줄어들었다. 황제들이 할 수 있는 것이라고는 그저 주색에 빠져 세월을 잊는 것뿐이었다. 성제의 곁에는 조비연과 조합덕이 있었다. 비연은 본명이 의주였는데 몸이 가볍고 춤을 잘 춰 마치 나는 제비 같다고 해서 '비연飛燕'이라는 애칭이 붙었다. 어느 날 성제가 강에 배를 띄우고 연회를 벌일 때 그녀가 황제 곁에서 춤을 추었다. 마침 강풍이 불어 배가 흔들리며 물에 빠질 뻔한 것을 황제가 그녀의 발목을 붙잡아 막았다. 그녀는 무슨 일이 있었냐는 듯 황제의 손바닥 위에서 춤을 계속 추었다. 그래서 비연이었다. 황제가 붙잡을 때 비연의 치맛자락이 찢어졌는데, 이는 여인들에게 유행하는 패션이 됐다. 오늘날까지 전해 내려오는 중국 여성들의 전통적인 앞트임 치마 '유선군留仙裙'이 거기서 나왔다.

성제의 총애를 입은 비연은 궁녀에서 후궁이 됐으며 황후를 모함해 내쫓고 황후 자리에 올랐다. 그녀는 아이를 갖지 못했다. 그래서 성제의 성은을 입은 후궁과 그 소생 들을 갖은 핑계를 대서 모조리 죽여버렸다. 그래도 끝내 원자를 얻는 데 실패하자 그녀는 자신의 동생 합덕을 성제에 바쳐 후궁으로 삼게 했다. 미모로는 비연보다

났다는 평가를 받던 합덕은 특히 발이 예뻤다는데, 성제 앞에서 발을 자주 감춰 성제의 애간장을 녹였다. 그래선지 성제는 합덕의 침소에서 급사하고 말았다.

여인의 질투로 성제가 후사를 남기지 못하는 바람에 성제의 조카인 애제가 황위에 올랐다. 하지만 애제 역시 현실의 벽을 넘기에는 힘이 부쳤다. 동성애가 그를 구했다. 그는 후궁인 소의 동씨보다 그의 남동생인 미소년 동현에 빠졌다. 어느 날 애제가 동현과 낮잠을 자다 깨보니 동현이 자신의 소매를 깔고 자고 있었다. 애제는 조용히 가위를 가져오게 시켜 소매를 자르고 일어났다. 남색을 뜻하는 단어 '단수斷袖'가 여기에서 나왔다.

애제가 이른 나이에 병사하고 평제가 아홉 살짜리 황제가 됐다. 잠시 숨을 죽이고 있던 태황태후 왕씨가 다시 권력의 끈을 휘어잡고 전면에 나섰다. 그가 대리인으로 호출한 인척이 조카인 왕망이다. 하지만 이번에는 잘못 골랐다. 왕망은 고모를 기쁘게 해줄 고양이가 아니라 나라를 뒤집어엎을 호랑이였다. 왕망은 자신의 딸을 평제의 황후로 만든 것으로 모자라 이듬해 평제를 독살한다. 그러고는 두 살짜리 유영을 황제로 옹립한다. 말이 황제지 즉위식도 하지 못해 역사에서 황제로 인정받지도 못한다. 왕망은 반대파들을 황제 암살범으로 몰아 없애버리고 스스로 가황제라는 자리에 올라 섭정을 했다. 그러다 기원후 9년 1월, 끝내 한나라의 국운이 다했음을 선포한다. 국호를 신新으로 바꾸고 스스로 황제로 등극했다. 태황태후 왕씨가 전국옥새를 감추고 버텼지만, 이미 기운 대세는 다시 바로 세울 수 있는 게 아니었다. 그처럼 명백한 역사의 가르침을 비로소 깨달았을 때, 왕망을 꾸짖고 옥새를 집어 던져 옥새의 한쪽 끝이 떨어져 나가게 만든 걸로 조금이나마 화풀이를 할 수 있을 따름이었다.

황제들이 횡사하고 외척들이 발호하는 격변의 시기에 흉노 출신의 김일제 후손들이 입신하기는 쉽지 않았다. 그나마 무제의 총애를 시기하던 세력들이 왕씨들에 의해 제거된 것이 다행이라면 다행이었다. 게다가 김일제 이후 똑똑한 인물이 나오지 않아 어려운 현실을 극복하고 뭔가 돌파구를 만들어 볼 엄두조차 낼 수 없었다. 그저 바짝 엎드려 숨을 죽이고 있는 것만이 숨을 오래 쉴 수 있는 방법이었다. 반세기 넘도록 그런 상황을 감내했던 그들에게 왕망은 기회였다. 폭풍우가 몰아치는 망망대해에서 육지로 이끄는 항로를 알려주는 등대였다. 왕망은 김일제의 증손자 김당의 이모부였던 것이다.

2022년 3월

지금보다는 사람들이 느긋하게 살던 시절, 수도 한성과 동래를 잇는 간선도로가 '동래로'였다. 한성에서 북쪽 의주로 올라가는 '의주로'와 함께 한반도를 종단하는 주요 간선도로였다. 사람들은 오늘날 한남대교가 있는 자리인 한강진에서 배를 타고 강을 건넌 뒤, 광주-충주-상주-대구-밀양을 거쳐 부산의 옛 이름인 동래에 닿았다. 간선도로라 해봐야 대부분의 구간이 등짐을 진 사람들이 마주치면 누구 하나가 옆으로 비켜서야 지날 수 있었던 오솔길에 불과했다. 그리

바쁠 게 없던 시절이었다지만, 그보다 조선시대에 마차나 수레를 사용하지 않았던 까닭이었다. 경제적 이유보다는 정치적, 군사적 이유가 컸다. 외침이 있을 경우 적의 공격 속도를 더디게 할 필요가 있었던 힘없는 국가의 고육지책이었다. 그사이 임금이, 그리고 그를 추종하는 권력자들이 때론 북으로 때론 남으로 달아날 시간을 벌 수 있었다.

그나마 한강을 건너 본격적인 남행을 시작하는 구간은 큰 고을 광주부를 지나는 길이라 좀 더 넓었을 터다. 그 구간이 오늘날 강남대로라 불리는 길이다. 폭이 50미터로 옛사람들은 상상도 못할 넓이인데도, 그것도 좁다는 듯 왕복 십 차로를 자동차들이 가득 메운다. 넓은 차도와 양옆으로 줄지어 선 고층 건물들을 고려할 때 인도는 왜소하기 짝이 없다. 분주한 발걸음을 재촉하는 행인들이 서로 어깨를 부딪치기 일쑤다. 그것이 일상이 된 보행자들은 인상 한 번 쓰지 않는다. 이제 그 이유는 오롯이 경제적인 것이 됐다. 땅 한 뼘 한 뼘이 다 돈인 까닭이다. 아무래도 돈을 덜 쓰는 걷는 자에게 더 내줄 땅이란 없다.

소잡한 큰길을 벗어나 한 블록만 안으로 들어가도 분위기는 확 달라진다. 그리 멀리까진 가진 않아도 좀 더 과거에 가까운 모습들이다. 차와 사람은 여전히 많지만 길은 급격히 좁아지고 건물 높이도 눈에 띄게 낮아진다. 바깥 쪽 고층 건물들보다 훨씬 오래전 그곳에 자리 잡은 터줏대감들이다. 그렇다고 논이나 배추밭을 밀어버리고 지어질 때의 모습을 간직하고 있는 건물들은 거의 없다. 리모델링이라는 이름으로 겉모습을 보다 시크하게 바꾼 까닭이다. 사람들의 시선과 발길을 끌기 위함일진대, 어떤 것들은 꾸며서 더 촌스럽다. 건물의 특징과 주변 경관을 고려하지 않은 채 욕심을 부려서다. 건물이나 사람이나 흔히 외모에 과잉 투자를 한다. 그래서 낭패를 맛본다.

그 속에 외모에는 전혀 관심이 없다는 듯한 건물이 하나 있었다. 지어질 당시에는 나름 멋스럽게 외벽을 장식했을 타일들이 여기저기 떨어져 나간 채 방치되어 있는 오 층 건물이었다. 타일이 떨어져 나간 자리에도, 남아있는 타일 위에도, 타일 사이사이의 접착 시멘트에도 건물의 연륜을 말해주는 낡은 때들이 덕지덕지 달라붙어 있었다. 출입구 위에 '성한 빌-딩'이라는 현판이 붙은 건물 일 층에는 청과물 가게가 상가 두 곳 규모의 넓은 공간을 차지하고 있었다. 세련된 카페와 이국적 레스토랑들로 가득한 주변과는 좀처럼 어울리지 않는 가게였다. 아마도 건물주가 임대료 수입에는 관심이 없는 듯했다. 오르지 않는 임대료 덕에 청과물 가게가 버틸 수 있었고, 버티다 보니 단골이 생겨 장사가 잘되고, 장사가 잘되니 옆 가게로까지 확장한 것 같았다. 그러한 선순환은 청과물 가게에만 해당됐다. 건물의 나머지 공간은 거의 눈에 띄지 않는 사무실 몇 곳 빼고는 모두 비어있는 듯했다.

그중에서도 통째로 비어있는 오 층에 묘한 긴장이 흘렀다. 층 전체가 트인 넓은 공간의 한가운데 암체어 두 개가 서로 마주 보고 놓여 있었다. 벽 쪽에 커다란 테이블이 하나, 그리고 그 앞에 사무용 의자 세 개가 나란히 있었다. 창문은 모두 암막 커튼으로 가려져 가뜩이나 낮은 조도의 불빛이 한 줄기라도 새 나가는 걸 허락하지 않았다. 방 안에는 네 명의 사람이 있었다. 준기와 리한나는 마주 보고 있는 암체어에 누운 듯 앉아있고, 태호와 김 박사 두 사람은 테이블 앞에 서 있다.

"자, 집중하세요. 다시 말하지만 두 사람이 같은 시간, 같은 공간대로 가는 게 중요합니다."

김 박사가 테이블에 놓여있는 빔 프로젝터를 켰다. 잠시 후 프로젝터가 푸른빛을 두 암체어 사이의 천장으로 쏘아 올렸다. 천장에는 예의 둥근 물체가 달려있었다. 하지만 이번에는 볼록 거울이 아니었다. 푸른빛이 천장의 물체에 닿자 그 밑으로 푸른 원이 형성됐다. 원은 아래로 내려갈수록 크기가 점점 커졌다 다시 작아져 곧 구형을 이뤘다. 그러고는 이리저리 들어가고 나오더니 마침내 실물 크기의 사람 얼굴 홀로그램으로 바뀌었다. 홀로그램은 잠시 후 조금씩 움직이다가 다른 얼굴로 바뀌었다. 준기와 리한나가 의식 여행을 할 때 사용하던 두 흉상과 닮은 얼굴이 교대로 나타났다.

"잘될까요?"

태호의 물음에 김 박사는 고개도 돌리지 않은 채 홀로그램만 바라보며 대답했다.

"잘돼야죠."

준기가 리한나의 협력 제안을 전달하자 태호는 의외로 순순히 동의를 했다. 자신의 능력이 한계에 도달했음을 인정하는 눈치였다. 자칫하면 지금까지의 모든 노력이 물거품이 될지도 모르는 상황이었다. 금인상을 리한나에게 양보할 의사는 눈곱만치도 없었지만 우선 그것을 찾는 게 먼저였다. 최소한 상대가 먼저 찾는 최악의 상황은 막을 수 있었다. 어쩌다…… 태호의 인상이 굳어졌다. 그런 태호를 힐끗 돌아보더니 김 박사가 말했다.

"두 사람이 같은 시공간대에 다다르지 않으면 홀로그램의 두 얼굴 색깔이 다르게 나타날 겁니다. 의식의 파장이 색깔로 나타나는 거지요. 두 사람의 시공간적 거리가 멀수록 색깔의 차이가 커질 겁니다. 여기 앉아서 지켜보도록 하지요."

김 박사는 테이블 앞 의자에 앉았다. 태호는 여전히 홀로그램에 시선을 고정한 채 서있었다.

기원후 23년

왕망도 처음에는 신망 받는 정치가이자 유교 철학을 충실히 실천하는 유학자였다. 대사마 같은 고위 관직에 올라서도 늘 검소하고 겸허하게 처신했다. 사람들의 칭송이 따랐다. 법을 철저하게 지키는 솔선수범도 보였다. 노비를 때려죽인 아들에게 자살을 명령할 정도였다. 다만 유능한 지도자는 아니었다. 현실을 등외시한 이상주의 정책으로 물가 폭등 같은 사회적 혼란을 야기했다. 무리한 대외 강경책으로 수많은 전쟁을 일으켜 백성들을 도탄에 빠뜨리기도 했다.

특히 무제의 유지에 따라 흉노와 평화를 유지하던 전례를 깨고 새로운 긴장을 일으켰다. 왕망은 황제의 자리에 오르자마자 흉노에 사신을 보냈다. 흉노가 한나라와의 교류에서 사용하는 옥새인 '선우새'를 '선우장'으로 격을 낮추게 했다. 또 흉노가 동호의 후예인 오환에 부과하던 세금을 거두지 못하게 했다. 오환은 매년 말과 소, 양의 가축을 흉노에게 세금으로 바쳐왔다. 격분한 흉노가 이듬해 한나라를 공격하자, 왕망은 삼십만 대군을 소집해 정벌에 나섰다. 이 전쟁은 사 년간이나 계속됐지만 성과도 없이 국고만 비우는 결과를 초래한다.

이때 왕망은 고구려의 군사를 동원해 보려 했지만, 애당초 될 일이 아니었다. 마지못해 파견되어 온 고구려의 병사들은 열악한 처우를 감당할 의지가 없었다. 한나라 장수의 명령을 거부하고 요새를 빠져나가 약탈을 일삼았다. 화가 난 왕망은 장수 엄우를 시켜 고구려를 치게 했다. 당초 고구려를 달랠 것을 건의했던 엄우는 고구려 장수 비연을 참한 뒤 고구려 왕 추의 머리라 속여 장안으로 보냈다. 왕망은 기뻐하면서 고구려의 국호를 멋대로 하구려下句麗로 바꾸어 부르고, 군주의 격도 왕에서 후로 낮추게 했다. 그렇게 해서 행복한 사람은 오직 한 명, 왕망뿐이었다.

연이은 전쟁에 수해와 가뭄, 전염병까지 겹치면서 백성들이 여기저기서 굶주리고 병들어 죽어나갔다. 난민 행렬이 물산이 풍부한 남쪽으로 길게 이어졌다. 분노를 참지 못한 사람들은 북쪽으로 향했다. 난민들은 보잘것없는 가재도구를 짊어졌고, 화난 사람들은 농기구를 갈아 만든 창을 들었다. 그중에서도 산둥에서 발생한 농민 반란군인 '적미赤眉'의 세력이 가장 컸다. 눈썹을 붉게 물들여 그런 이름이 붙은 이들은 최고조에 이르렀을 때 백만 명을 넘기기도 했다. 적미뿐 아니라 전국에서 반란의 기치가 올랐다. 왕망의 관군은 이들의 봉기를 막는 데 점점 어려움을 겪었다.

"영광스러운 부르심을 받들어 폐하를 알현하옵니다."

김당이 무릎을 꿇고 머리를 땅에 조아리며 고했다. 황제가 어좌에서 달려 내려와 김당을 일으켜 세웠다.

"어허, 이러지 마시게. 우리가 남도 아니고……."

"망극하옵니다."

왕망은 김당을 어대로 인도해 자신의 옆자리에 앉혔다. 김당은 황공해 어쩔 줄을 몰라 했다.

"내가 그동안 정사에 몸이 매여 그대들을 돌보지 못했구려. 이해해 주시게."

"말씀을 거두어 주소서. 황공무지하옵니다."

"아니야, 아니야. 내가 너무 무심했네. 진작 자네들을 챙겼더라면 상황이 이렇게 어려워지지도 않았을 거야."

"……."

왕망은 잠시 뜸을 들이더니, 이윽고 하고 싶었던 말을 꺼냈다.

"자네한테 대대로 내려오는 신기의 보물이 있다고 들었네."

"무슨 말씀이오신지……."

"그렇게 경계할 것 없네. 한고조를 혼내준 것도…… 그래, 자네들을 생각했다면 내가 그들을 토벌하려 나서지도 않았을 게야. 미안하게 됐네. 그리고 또…… 한무제의 목숨을 구한 것도 다 신통력을 가진 보물의 힘이었다고 들었다네. 그렇지 않은가?"

"그, 그건……."

"자네도 알다시피 지금 국운이 바람 앞의 등불 신세가 아닌가. 주나라같이 덕으로 다스리는 세상을 만들려는 내 큰 뜻을 이해하지 못하는 어리석은 무리들이 잠깐의 주림을 못 참고 지금 승냥이처럼 날

뒤고 있지 아니한가 말일세. 결국 그들이 도를 깨닫고 땅에 머리를 짓이기며 참회할 날이 곧 오겠지만, 그저 앉아서 그때를 기다릴 만큼 상황이 여유롭지 않다네."

왕망은 김당의 표정을 다시 한번 살핀 뒤 그에게 가까이 다가서며 말했다.

"내, 잠시 그 물건을 빌리도록 함세. 그것의 힘을 빌려 나라를 안정시키고 바로 돌려주겠네. 흠집 하나 내지 않을 테니 걱정 말게. 물론 그것 하나만 자네 품으로 돌아가지는 않을 거야. 금은보화가 가득한 수레에 실어 보내주겠네. 진귀한 보물들 속에 꼭꼭 숨어있을 테니 잘 찾아야 할 거야. 하하하."

2022년 3월

"뭐라고요, 왕망에게 금인상을 넘겼다고요?"

준기의 설명을 들은 태호가 준기의 두 팔을 붙잡으며 되물었다.

"네, 황제의 부탁을 김당이 거절할 수 없었겠지요. 아, 아픕니다. 이건 놓고 말씀하세요."

태호는 준기의 팔을 놓고 리한나에게 다가갔다.

"그래, 그걸 네가 받았다고?"

"아니요. 내가 갔을 때는 왕망이 김당을 만나기 전이었어요."

리한나는 김 박사를 돌아보며 말을 이었다.

"여행 시간대가 준기 씨와 조금 어긋났나 봐요. 하지만 김당 가문에 신통력을 가진 보물이 전해 내려온다는 소문을 떠올렸던 것 같아요. 물에 빠진 사람이 지푸라기라도 잡는 심정으로 김당을 부르라는 명령을 내리더군요."

"역시 두 번 홀로그램 색깔이 조금 짙더니 시차가 있었군요. 다음……."

김 박사의 말을 가로챈 태호가 허공을 바라보며 말했다.

"바로 그 지점에서 금인상의 좌표가 벗어났군요. 놓친 이유가 있었어요."

"뭐라고요? 이미 여기까지 추적을 했다는 겁니까? 누가요? 김 원장님이요?"

나머지 세 사람의 시선이 태호에게로 모아졌다. 태호는 시선들을 무시한 채 테이블로 달려가며 말했다.

"그건 차차 설명하기로 하고……. 다시 돌아가야 합니다. 금인상의 행방을 놓치지 말아야 해요. 이제 목적지가 분명하니 두 사람이 어긋날 가능성은 적어졌습니다. 자, 서두릅시다."

기원후 23년

반란군들의 기세는 더욱 커졌다. 곳곳에서 관군들이 격파되고 항복했다. 훈련된 호랑이와 코끼리, 물소 떼로 구성된 서역의 맹수부대까지 동원된 왕망의 사십만 병력이 고작 일만 명도 안 되는 반란군에 패배하고 말았다. 이른바 곤양대전이다.

23년 10월, 수도 장안의 동쪽 성벽이 뚫렸다. 반란군에 가세한 장안의 백성들이 황궁에 불을 질렀다. 왕망은 이천 명가량 되는 측근무리들과 미앙궁未央宮으로 옮겨갔다. 정사를 보던 장락궁長樂宮과 동서로 마주 보고 있는 궁전이었다. 한고조가 항우를 물리친 뒤 지은 황궁이다. 승상 소하가 황제의 권위를 과시하기 위해 지었는데, 유방이 아직 천하가 안정되지 않았음에도 궁궐부터 지었다고 화를 냈다는 고사가 전해진다. 유방을 돋보이게 하기 위해 꾸며낸 이야기가 분명하다. 오늘날 자금성보다 거의 일곱 배나 큰 황궁 건설을 군주의 허락도 없이 승상이 제멋대로 결정했다는 것은 말이 안 된다.

장락과 미앙을 합치면 '즐거움이 길고 다함이 없다'는 뜻이다. 그러나 그 무한한 즐거움은 왕망을 위한 것이 아니었다. 왕망은 식음을 끊고 목욕재계를 했다. 황제의 비단 용포를 벗고, 자주색 포의를 입었다. 하늘과 더 가까운 색이었다. 주술의 힘으로 자신의 나라를 지키기 위함이었다. 여기서 멈출 수는 없었다. 뜻을 펼치기에 십오 년 역사는 너무도 짧았다. 측근들이 마지막 화살이 떨어질 때까지 성을 사수하는 동안, 그는 제단 위에서 두 손을 휘두르며 반란군에 절망적인 저주를 퍼부었다. 궁 안에 들이닥친 반란군의 칼이 그의 어깨를 내리찍었을 때, 그의 왼손엔 노란빛으로 번쩍이는 물체가 들려있었다. 제천금인상이었다.

2022년 3월

금인상이 제단 밑으로 굴러 떨어졌다. 금인상이 제단의 마지막 계단을 지나 바닥에 닿을 때, 제단 위에 쓰러진 왕망의 시신 위에서 수증기 같은 형체가 솟아올랐다. 그것은 조금씩 더 뚜렷한 형체를 갖추더니 곧 완전한 사람의 모습이 됐다. 생김새와 복장은 왕망과 전혀 달랐다. 리한나였다.

그녀는 제단 위에서 사방을 둘러봤다. 사방에서 불길이 타오르고 무기를 든 군사들이 이리저리 뛰어다니고 있었다. 그녀의 눈에 금인상이 들어왔다. 금인상을 향해 살며시 계단을 내려갔다. 반란군의 눈에 띄지 않기 위해 천천히 움직였다. 그녀의 손이 금인상에 닿기 직전, 뒤쪽에서 누군가 달려오는 소리가 들렸다. 리한나가 놀라 뒤를 돌아봤다. 반란군 병사 한 명이 긴 창을 꼬나들고 달려오고 있었다. 리한나는 너무 무서워 숨이 막히고 몸이 굳어 꼼짝을 할 수가 없었다. 반란군이 제단 근처에 이르렀을 때 어떤 그림자 하나가 달려들었다. 그림자는 마치 미식축구 선수가 태클을 하듯, 반란군에 달려들어 어깨로 밀어버렸다. 반란군이 나동그라졌다. 그림자는 준기였다.

"괜찮아요?"

"아!"

리한나는 안도의 한숨을 몰아쉬더니 이내 고개를 돌렸다. 고맙다는 인사도 없이 금인상에 달려들었다. 준기도 그제야 금인상을 발견했다. 리한나가 금인상을 집어 들었을 때 그는 리한나의 발목을 잡았다. 그녀가 넘어지면서 금인상이 다시 바닥에 떨어져 굴렀다. 준기는 리한나를 지나 금인상을 집으려 했다. 하지만 금인상이 손에 닿는 순간 그도 넘어지고 말았다. 리한나가 그의 다리를 붙들었기 때문이었다. 두 사람이 그렇게 엎치락뒤치락하는 사이 또 다른 반란군 무리들이 건물 안으로 들이닥쳤다. 그들은 제단 옆에 나뒹굴고 있는 두 사람을 발견하고는 고함을 치며 달려왔다. 그중 한 명이 던진 창이 두 사람의 머리를 스치듯 날아가 기둥에 박혔다.

"이러다 잡히겠어요!"

"우선 달아나고 봅시다."

일어나면서 리한나가 금인상을 집어 드는 걸 준기는 보고만 있었다. 두 사람은 반대쪽 문을 향해 달렸다. 반란군들의 창끝이 두 사람의 뒤통수에 닿으려는 순간, 불붙은 천장이 무너져 내리면서 육중한 대들보와 서까래가 추적자들을 덮쳤다.

"으아!"

"휴우……."

준기와 리한나 두 사람이 동시에 비명을 지르며 깨어났다. 암체어에서 몸을 벌떡 일으켜 마주 보게 된 두 사람은 누가 먼저랄 것도 없이 서로 부둥켜안았다. 사지에서 구사일생으로 살아 나왔다는 생각이 다른 감정은 돌아보지 못하게 했다.

"지붕…… 나무…… 불…… 군사들…… 깻잎……."

리한나는 너무 놀라 말을 제대로 잇지 못하고 단어들만 나열할 뿐이었다. 준기는 그래도 좀 나았지만 넋이 나간 건 마찬가지였다.

"저, 정말 아슬아슬했어요. 간발의 차이였어요. 우리가 해냈어요!"

얼마나 그러고 있었을까, 잠시 후 정신을 차린 리한나가 깜짝 놀라 준기를 밀쳐냈다. 리한나는 불현듯 생각났다는 듯 앙칼지게 쏘아붙였다.

"어쩜 그럴 수가 있어요? 그런 불구덩이 속에 나를 던져버리다니요?"

리한나의 과장에 준기가 어이가 없다는 표정으로 대꾸했다.

"불구덩이 속에 던졌다고요? 내가 언제요?"

"사방이 불천진데 거기서 발목을 잡아 넘어뜨리면 그게 불구덩이에 던지는 거지 뭐예요!"

"입은 비뚤어졌어도 말은 바로 합시다. 반란군이 덮치는 걸 몸을 날려 막아준 게 누군데! 그런 사람의 발을 걸어 넘어뜨린 건 또 누군데?"

"그거야 금인상을 잃어버릴까 봐 그랬죠!"

"나야말로 당신이 놓친 걸 다시 잡으려고 그런 거잖아요!"

"내가 놓친 게 누구 때문인데!"

"그래서 당신이 다시 잡게 놔뒀잖아요. 그때 내가……."

"내가 금인상을 잡지……."

두 사람이 동시에 외쳤다.

"금인상!"

두 사람이 자리에서 동시에 튀어 올랐다. 암체어는 물론 그 주변을 샅샅이 찾았다. 하지만 금인상은 없었다.

"오다가 놓쳤어요?"

"그럴 리가요! 내가 죽을힘을 다해 잡고 있었는데."

리한나는 정말 그때까지 오른손 주먹을 꽉 쥐고 있었다. 그녀가 손을 펴자 피가 통하지 않아 하얘진 손바닥이 드러났다. 아무것도 없는 맨손바닥이었다.

리한나는 다리에 힘이 풀려 바닥에 주저앉고 말았다. 어떻게 손에 넣은 건데…… 다 됐다고 생각했는데…… 멍청하게…… 어디서 떨어뜨린 거지……. 허탈한 마음에 눈물이 솟구쳤다. 무릎에 얼굴을 파묻고 흐느꼈다. 그런 그녀를 준기가 허리를 숙여 말없이 끌어안았다. 리한나 역시 준기를 안고는 울음을 터뜨렸다. 그녀를 안은 준기의 두 팔에 힘이 들어갔다.

"자, 자…… 눈물 없이는 볼 수 없는 애정 행각은 그만 자제해 주시고……."

분위기를 깬 건 태호였다.

"그러니까 금인상을 찾았었다는 거지요?"

두 사람의 설명을 들은 태호는 심각한 표정으로 테이블 앞의 의자에 앉았다. 손가락으로 테이블을 두드리던 소리가 차츰 빨라지더니 순간 멈췄다.

"예상은 했지만 역시 그렇군요."

나머지 세 사람의 시선이 태호에게 모아졌다. 그 시선들을 즐기며 태호가 말했다.

"의식 여행으로 금인상을 가져올 수는 없어요. 의식 여행은 결국 꿈과 비슷한 거니까. 꿈속에서 돈을 주워도 그것이 현실까지 나를 따라오지는 않지요. 꿈과 의식 여행이 다른 점은 꿈이 픽션이라면 의식 여행은 논픽션이라는 거죠."

"그럼 어떻게 해야 합니까?"

준기의 질문에 대한 대답은 김 박사가 했다.

"끝까지 추적하는 수밖에 없겠지요. 그래서 그것이 지금 어디에 있는지 알아내야 합니다. 현실에서는 돈을 주운 사람이 호주머니에 그걸 넣을 수 있으니까."

태호가 말을 이었다.

"그렇습니다. 금인상의 좌표를 놓치지 말아야 합니다. 긴 여행이 되겠군요. 하지만 지금까지보다는 좀 수월할지 모릅니다. 금인상을 잡았을 때 뭔가 느낌이 오지 않았었나요?"

생각해 보니 그랬다. 두 사람의 손이 금인상에 닿았을 때 분명 느낌이 있었다. 금인상이 뜨겁지는 않았는데도 뜨겁다고밖에는 표현할 수 없는 어떤 열감이 가슴을 파고드는 느낌을 받았던 것이다. 특히 금인상을 손에 쥐었던 리한나에게는 그 느낌이 훨씬 크고 직접적이었다. 벅찬 감정과 까닭 모를 자신감이 솟구쳤었다. 그때 두 사람은 그것이 타오르는 불길 때문이었다고 느꼈지만 꼭 그것만이 이유는 아니었다는 것을 알 수 있었다.

"금인상의 파동입니다. 주파수라고 표현해도 되겠지요. 금인상의 주파수를 알았기 때문에 좌표를 추적하기가 좀 더 용이할 겁니다. 때에 따라서는 오히려 금인상이 두 사람을 찾을 수도 있을 테고요."

"금인상이 우리를 찾는다고요?"

두 사람의 입에서 동시에 같은 말이 터져 나왔다. 두 사람은 마주 보며 멋쩍게 웃었다.

"확실하진 않지만 어쩐지 그런 느낌이 옵니다. 금인상도 두 분의 주파수를 알았을 테니까요. 기대해 봅시다. 우선 급한 일은 금인상을 본래의 주인에게 돌려주는 것입니다. 반란군들이 파괴하기 전에요."

"……."

"금인상을 찾아서 김당에게 돌려줘야 합니다. 그 어리석은 자가 그것을 잘 간수할 수 있을지 모르겠지만 말이지요. 그러기 위해서는…… 두 분이 다시 돌아가야 합니다."

이번에도 두 사람의 입에서 동시에 같은 말이 터져 나왔다.
"거길 다시 가라고요?"

기원후 23~25년

왕망이 죽고 한나라 경제의 5대손인 유현이 한나라의 재건을 선포했다. 적미 반란군도 처음에는 그를 황제로 받아들였다. 하지만 그는 면류관의 무게를 감당할 수 있는 인물이 아니었다. 다시 시작한다는 의미로 '경시제更始帝'란 거창한 시호를 스스로 만들어 붙였지만 경륜이 이름만으로 되는 게 아니었다. 그는 무너진 국가 질서와 피폐해진 민생을 부흥할 역량을 갖추지 못했다. 전란과 가뭄으로 식량이 부족해지자 적미 반란군이 다시 무기를 들었고, 그들의 무기는 이제 황제를 향했다. 유현은 홀로 달아났다가 적미군에게 항복했고 얼마 후에 그들에게 죽임을 당했다. 오합지졸이었던 적미군 역시 국가 경영을 감당할 수 없었다. 곤양대전 승리로 왕망군에 치명타를 안긴 공로에도 불구하고 은인자중하고 있던 유수가 권력의 정점에 올랐다. 그가 곧 후한을 연 광무제다.

'아, 큰일이로다. 가문이 멸문지화를 당하게 생겼으니 어쩌면 좋은가?'

김당은 한숨을 길게 쉬었다. 아무리 생각해도 뾰족한 답이 떠오르지 않았다. 이모부인 왕망의 후광을 입어 가문을 다시 일으키려 들떴던 게 고작 몇 년이었다. 하지만 이제 가문을 일으키기는커녕 멸문을 걱정해야 하는 처지가 되어버린 것이다. 아무래도 달아나는 수밖에는 없었다. 대역죄인 왕망의 은총을 입은 자신들을 유씨 성을 가진 황제가 가만히 내버려 둘 리 없었다. 특히 금인상을 왕망에게 넘긴 것을 알게 된다면……. 김당의 몸이 된바람에 문풍지 떨듯 크게 떨렸다. 유수가 금인상을 발견한다면, 그것도 왕망의 시신 옆에서 발견한다면……. 결과는 뻔했다. 끝까지 왕망에 기대어 주술의 힘으로 황제를 해치려 했던 요사 세력으로 찍혀 삼족의 목이 떨어져 나갈 게 분명했다.

'달아나야 한다. 그런데 어디로?'

"아버님!"

그때 문밖에서 아들 김안이 급한 목소리로 김당을 불렀다.

"들어오너라."

김안은 검은 보자기에 쌓인 물건을 두 손으로 싸안고 들어왔다.

"아버님, 이게……."

"아니, 이것은!"

"누가 창문에 돌멩이를 던져 나가보니 대문 안쪽에 떨어져 있었습니다. 누군가 담장 밖에서 던져 넣은 것 같습니다."

김당은 금인상을 두 손으로 받아 조심스레 바닥에 내려놓고 절을 올렸다. 그의 눈에서 두 줄기 눈물이 흘렀다.

"오오! 하늘이 우리를 돕는구나! 이것으로 삼족 중 이족의 목은 보존할 수 있게 됐도다!"

"그게 무슨 말씀이신지……."

"이것이 어디에 있었다고? 대문에서 어느 쪽이더냐?"

"그것이…… 대문에서 왼쪽…… 그러니까 동쪽이었습니다."

"됐다. 동쪽으로 간다. 어서 가서 짐을 챙기거라. 먼 길이 될 터이니 귀한 것만 간소히 챙겨라. 다시 올 길이 아니니 없어서 후회할 것을 빠뜨리지 말아라. 가족들 모두에게 똑같이 일러라."

"네에?"

2022년 3월

"미션 컴플리트!"

"휴! 다시는 하고 싶지 않은 미션입니다."

"왜요? 자꾸 하니까 이것도 재밌는걸요. 은근히 중독성 있네……."

준기는 기가 막히다는 표정으로 리한나를 쳐다봤다. 그녀는 그런 시선을 즐기며 웃었다. 마치 모험 영화의 주인공이라도 된 양 얼굴이 벌겋게 상기되어 있었다.

"아참, 아까 시간이 없어서 물어보지 못했는데 그게 뭐예요?"

"뭐가요?"

"깻잎."

"네?"

왕망의 궁전에서 처음 돌아왔을 때 리한나는 반쯤 넋이 나가 말도 제대로 잇지 못하고 단어들만 나열했었다. 지붕…… 나무…… 불…… 군사들…… 깻잎……. 지붕이 무너지고 반란군 군사들을 피해 간신히 돌아왔다는 말을 하려던 것 같았는데, 마지막 단어 깻잎은 맥락이 이어지지가 않았다.

"아! 깻잎 한 장 차이로 피했다고요. 호호호!"

기원후 25년

바다는 포효하고 있었다. 파도의 높이가 해안을 따라 줄지어 선 곰솔들보다 높았다. 어지간히 작은 짐승들은 날려버릴 것만 같은 강한 바람이었다. 먹물에 담갔다 꺼낸 듯한 하늘은 검은 바다와 구별이 되지 않았다. 비는 간간이 흩뿌릴 뿐이었지만 팔만 휘둘러도 물이 뚝뚝 떨어질 듯 잔뜩 습기를 머금은 대기는 금방이라도 굵은 빗방울을 토해낼 것 같았다.

"아, 아버님. 어찌하면 좋습니까?"

김안이 거의 울먹이는 소리로 말했다. 해안으로 나가 뱃길의 상태를 살펴보고 온 그였다. 그들의 작은 배로는 도저히 항해가 불가능한 바다였다. 게다가 항로를 잘 아는 것도 아니었다. 항로뿐 아니라 한 치 앞의 미래도 알 수 없었다. 어떻게든 다시 돌아오지 않을 길을 가야 하는 것, 그래서 가려는 것뿐이었다. 그들은 급히 수소문한 배에 올라 황하를 따라 내려온 참이었다.

백여 명의 식솔들을 급히 모아 세 척의 배에 나눠 탔다. 출발할 때는 잔잔하던 황하의 흙탕물이 갈수록 출렁였다. 해안 가까이 다다랐을 때는 여러 사람이 멀미로 토할 정도로 거칠어졌다. 황하의 물색도 더욱 탁해졌다. 어쩔 수 없이 배를 댈 만한 곳을 찾아 닻을 내려야 했다. 그들이 머문 곳은 오늘날 빈저우 어디였을 터다. 그때까지만 해도 빈저우는 한적한 바닷가 마을이었다. 오늘날 발해에 닿아있는 둥잉은 당시에는 존재하지 않았다. 반고가 《한서》에서 "물 한 말에 진흙이 여섯 되"라고 묘사했던 황하의 굵은 토사가 쌓이고 쌓여 해안선을 바꾼 것이다.

"사내놈이 어찌 앓는 소리를 하느냐? 네가 눈물을 한 방울 흘리면 다른 가속들은 통곡을 한다는 걸 모르느냐? 네가 근심하는 모습을 보이면 다른 가속들은 모두 절망하고 만다는 사실을 정녕 모르더냐?"

김안은 어찌할 바를 몰라 고개를 숙일 따름이었다. 김당은 노한 표정을 거두고 다시 생각에 잠겼다. 가슴이 뜨거웠다. 분노 때문이 아니었다. 그것은 금인상이 뿜어내는 열기 때문이었다. 금인상의 경고였다. 위험이 잰걸음으로 다가오고 있었다. 유씨 성을 가진 황제는 결코 그들을 용서하지 않을 것이다.

'빨리 떠나야 한다. 그러나 어디로……'

김당은 누런 바다를 건너 동쪽 땅으로 갈 계획이었다. 그곳에는 이미 진시황의 폭정을 피해 건너간 사람들이 있다고 들었다. 동쪽 땅의 사람들은 중원에서 건너간 이방인들에게 텃세를 부리지 않았다고 했다. 그들을 열렬히 환영하지는 않더라도 낯선 이주민들이 자기들 옆에 정착하는 걸 못마땅하게 생각하지도 않았을 것이다. 신경 쓸 겨를도 없었을 것이다. 자기들이 살아가는 것만으로도 힘든 일이었다. 그곳에서 그렇게 살면 된다. 아무리 삶이 힘들어도 죽는 것보다야 낫지 않은가.

"바다가 허락하지 않으면 뭍으로 간다."

김안이 그제야 고개를 들었다. 놀란 눈이 동그랗게 커져있었다.

"북쪽으로 해안을 따라 올라가면 고구려 땅에 닿을 수 있다. 무제가 조선을 멸하고 4군을 세웠다고는 하나 그곳은 여전히 부여와 고구려가 세력을 다투고 있는 맥인들의 영토야. 한나라의 힘이 미치지 못하지. 우리 왕 황제 때 고구려를 토벌하고 왕을 참했다고 했지만 그것을 믿는 사람은 없었다. 오히려 고구려는 더욱 강성해져 요하 너머를 탐내고 있다. 그래서 더 우리가 환영받을지 모른다. 부지런히 걸어서 요서에만 이를 수 있다면 안전을 보장받을 수 있을 것이다. 나가서 말과 수레를 구해라. 너무 요란 떨지는 말아라. 민심이 여전히 사납다. 소문이 나면 또 어떤 위험이 입을 벌릴지 모를 일이다. 나도 걸을 테니 꼭 필요한 만큼만 구하거라."

2022년 4월

리한나와 준기 두 사람은 공원을 걸었다. 이른 오후여서 그런지 공원은 한적했다. 무표정한 노인들 몇몇만 여전한 겨울옷 차림으로 벤치에 앉아 따스한 봄볕을 즐기고 있었다. 의식 여행을 마친 뒤 리한나는 얼굴을 찡그리며 머리가 아파 바람 좀 쐬고 와야겠다고 말했다. 그러고는 준기를 잡아끌었다.

"같이 가주실 거죠?"

그러더니 나머지 두 사람의 대답도 듣지 않고 사무실을 나왔다. 졸지에 방 안에 남게 된 태호와 김 박사는 얼쯤한 얼굴로 서로를 바라봤다. 아마도 두 사람 역시 곧바로 짐을 챙겨 사무실을 나왔을 터였다. 그러고는 인사도 하는 둥 마는 둥 헤어졌을 게 분명했다. 어쩌면,

가능성은 많지 않지만 두 사람도 의기투합해 술을 한잔하러 갔을지도 몰랐다. 아무래도 좋았다.

리한나가 함박웃음을 띠며 말했다.

"김당 할아버지가 카리스마가 있었네요. 우유부단한 인물일 거라 생각했는데……."

"머리 아픈 건 나아지셨나요?"

머리가 아프다던 그녀를 조금은 걱정하던 준기가 물었다. 준기는 리한나를 걱정하면서도 그것이 자신을 위한 걱정인지도 모르겠다고 생각했다. 의식 여행에 어떤 후유증이 있을지 아무도 모르고, 리한나한테 그것이 왔다면 자신에게도 올 수 있을 테니까.

"준기 씨, 바보예요? 그 늙은이들한테서 빠져나오려고 그런 거 아녜요!"

리한나는 걸음을 멈추고 준기를 쳐다봤다. 한심하다는 표정이었다. 준기는 후유증 얘기를 하려다 참았다. 자칫 자기도 그럴까 봐 걱정하는 찌질이가 될 수도 있었다. 눈치 없는 인간으로 남는 게 차라리 나았다. 그는 화제를 돌렸다.

"이제 흉노 조상들을 받아들이기로 했나 보죠?"

"그렇게 생생하게 겪고 어찌 안 믿을 수 있겠어요?"

리한나의 인상이 펴졌다. 다시 의식 여행의 기억으로 돌아가는 것 같았다. 준기는 리한나의 공격에 의연하게 대처한 자신이 자랑스러웠다. 아주 조금.

"그런데 그 옛날에도 배를 타고 바다를 건널 수 있었나 봐요."

이제 준기가 좀 더 자랑스러워질 시간이었다. 이래 봬도 고대사 전공 교수 아닌가.

“네, 산둥반도와 랴오둥반도 사이가 가까워 오래전부터 뱃길로 이용되었죠. 120킬로미터 정도밖에 안 될 겁니다. 게다가 두 반도 사이 먀오다오군도라는 서른두 개의 섬들이 남북으로 줄지어 있어 항해의 길잡이 역할을 해줬죠. 한무제가 위씨조선을 공격할 때 수군 칠천 명이 발해—중국어로는 보하이해라고 하죠—를 건넜다는 기록이 있고, 고구려가 망한 뒤 발해—이건 나라 이름입니다—를 건국한 대조영도 산둥반도에 살다가 발해를 건너 흑룡강 일대로 갔다는 이야기가 있습니다.”

“대단해요. 한무제 때면 예수님이 태어나기도 전이잖아요.”

“사람들은 흔히 고대인들을 지나치게 무시하는 오류를 범해요. 그때는 인터넷도 없고 스마트폰도 없었으니까, 인터넷과 스마트 기기를 자유스럽게 조작하는 자신이 고대인보다 뛰어나다고 느끼는 거죠. 마치 자기가 인터넷과 스마트 기기를 만들기라도 한 것처럼……. 스마트 기기를 가지고 고작 한다는 게 가짜 뉴스 검색이나 악성 댓글을 다는 것뿐이면서 말이지요. 뇌 과학자들은 크로마뇽인의 아이를 타임머신에 태워 오늘날로 데려온 뒤 지금 아이들 수준으로 교육시키면, 그도 거뜬히 서울대학교에 갈 수 있다고 말합니다. 두뇌 기능으로 보자면 인류가 크로마뇽인 이후 거의 진화한 게 없다는 거죠. 선사시대 아이도 그럴진대 고대 아이들은 말할 필요도 없겠지요. 고대와 현대의 차이는 축적된 지식의 양의 차이지, 고대인과 현대인의 지능 차이가 아닌 겁니다. 현대의 발전된 과학 기술은 고대인들이 경험과 학습을 통해 축적한 지식이 없었으면 불가능한 것이죠. 아래 벽돌을 놓지 않고는 위 벽돌을 쌓아 올릴 수 없고, 결국 집도 지을 수 없는 것처럼 말이죠."

준기는 말하면서도 자신이 너무 열을 올리고 있다고 느꼈다. 자제해야겠다고 생각했지만 너무 늦었다. 리한나가 그런 기회를 놓칠 리 없었다.

"고대사 전공이시라고 너무 고대인 편을 드는 거 아니에요? 호호호."

준기도 멋쩍게 따라 웃었다.

"하하, 저 같은 사람이라도 고대인 편을 들어줘야죠. 그렇지 않으면 그들이 너무 외롭지 않겠습니까."

"어쨌거나 우리 고대인 조상들은 운이 없었네요. 풍랑으로 편한 뱃길이 막혔으니……."

"마침 태풍이 지나는 철이었는지 모르지요."

"육로로는 잘 갈까요? 아니 잘 갔을까요? 중국 국경을 벗어나려면 먼 길을 가야 하는데……."

또 한 번 준기의 자제심이 도전을 받았다. 준기가 가만히 있기에는 사람들이 고대사에 너무나 많은 편견을 가지고 있었다.

"그건 그렇지 않을 수 있어요. 현재의 눈으로 과거를 보면 안 됩니다. 한무제가 고조선을 멸하고 4군을 설치했다고는 하지만 요동과 요서 지역은 여전히 오환과 선비, 부여, 고구려의 각축장이었습니다. 한나라의 행정력이 미치질 못했죠. 한나라는 4군 이전에도 요동에 군현을 설치한 적이 있었습니다. 기원전 128년에 고조선의 지배 아래 있던 예의 남려가 이십팔만 백성을 이끌고 한나라에 투항했지요. 한나라는 이들을 받아들여 그 지역에 창해군을 설치하고 한나라 영토로 삼았지만 이 년 만에 폐지하고 맙니다. 왜 그랬을까요?"

"남려가 다시 반란을 일으켰나요?"

"그게 아닙니다. 외방에 군현을 설치하는 데 감당할 수 없는 비용이 들었기 때문입니다."

한무제 이전의 중국은 이른바 중원이라는 제한된 지역이었다. 황하 중·하류 일대로 오늘날의 허난성과 허베이성, 산시성 남부와 산둥성 서부 지역을 포함하고 있을 뿐이었다. 그 외곽에 거주하는, 자기가 다스릴 수 없는 민족들을 '사이四夷', 즉 동이·서융·남만·북적이라 일컬었다. 루쉰이 지적한 중국인들의 '정신 승리법'이 그때부터 이미 존재했던 것이다. 이솝 우화의 신 포도처럼, 나무에 매달린 포도가 너무 높아서 못 먹는 게 아니라 너무 시어서 안 먹는 것이었다. 정복할 수 없어서가 아니라, 야만스러워서 정복할 가치가 없는 것이란 말이다.

그런데 천자가 천하를 다스린다고 과장하던 자신들이 보기에도 중원만으로는 천하라 이르기에 너무 협소했다. 특히 대제국을 꿈꿨던 야심가인 한무제의 마음에 차지 않았다. 마침내 그는 천하 경략에 나선다. 오늘날 베트남과 맞닿는 남월 지역에 아홉 개, 태국 쪽인 서남이 지역에 여섯 개의 한군을 건설했다. 북쪽으로는 흉노의 하남·하서 지역에 삭방군을 두었고, 요동 방면에 창해군을 설치했다. 천하가 거의 오늘날 중국의 범주로 확대된 것이다.

하지만 그것은 지도상 영토에 불과한 것이었다. 중국 내의 군현들에 부과하는 인두세와 요역, 병역을 이들 외군에는 요구하지 못했다. 한나라의 법률조차 강제하지 못했고, 원래 있던 수장이 자기들의 사회 질서에 따라 통치하도록 허용했다. 그렇게 두면 외군을 개척한 의미가 없었다. 한나라의 행정력이 미치려면 도로가 필요했다. 하지만 그것은 당시 한의 재정 규모로 감당할 수 있는 과제가 아니었다. 그 어려움을 《사기》 〈평준서〉는 이렇게 설명하고 있다.

> 당몽과 사마상여 등이 서남이로 가는 길을 열어 산을 뚫고 천여 리의 길을 통하게 하여 파촉을 넓히니 파촉의 백성이 피폐하게 되었다. 팽오가 예 조선과 교역하여 창해군을 설치하니 연과 제 지방이 바람에 휩쓸리듯 징발, 동원되었다. (……) 길을 닦기 위해 수만 명을 동원했는데 (이들을 먹이기 위해) 천 리 떨어진 곳에서 양식을 져서 날랐지만 처음의 십 분의 일만 도달할 뿐이어서 (……) 여러 해가 지나도 길은 뚫리지 않고…….

이러다 보니 백성들의 원성이 자자했고 불필요한 외군 설치를 하지 말라는 상소가 끊이지 않았다. 결국 무제도 현실을 깨닫고 북쪽 삭방군을 제외한 나머지 외군 건설을 포기했다. 창해군이란 실재했던 것이 아니라 그야말로 도상 연습으로 그쳤던 것이다. 이로부터 이십여 년이 지난 뒤 한4군이 다시 설치되지만, 그것 역시 한나라의 직접적인 지배가 미치지 못하는 외군에 불과했다.

"다시 말해 여정은 길지만 폭풍 속 바다만큼 위험한 길은 아닐 수도 있었다는 말입니다."

리한나는 대답 대신 미소를 지을 뿐이었다. 그녀의 생각은 이미 다른 곳을 향해 날아가고 있은 지 오래였다.

기원후 25년

강물은 무심하게 흘렀다. 비류수라 불리는 강이다. 오늘날의 혼강으로 압록강의 지류다. 랴오닝성과 지린성의 경계를 흐른다. 강 서쪽으로 펼쳐진 넓은 분지 한복판에 웅장한 고원지대가 솟아있다. 동서로 폭이 300미터에 남북으로 길이가 1킬로미터 반에 달하는 높이 200미터의 직사각형 탁자 모양인데 이른바 메사 지형이라 불리는 것이다. 그 안에는 천지라는 이름의 연못이 있어 비상시에 식수로 사용할 수 있다. 한눈으로 봐도 천혜의 요새가 아닐 수 없다. 기원전 37년, 부여로부터 탈출한 동명성왕 주몽이 고구려를 건국할 때 수도로 삼은 곳이 여기다. 이곳을 보고 다른 어떤 곳이 눈에 들어왔을까. 이름하여 홀본이다. 광개토대왕비에 있는 이름으로《삼국사기》나《삼국유사》에는'졸본'으로 나온다. 중국 책《삼국지》〈위서〉에는'흘승골성'으로 기록되어 있다.

"참으로 웅장하고 신성한 모습이오. 저런 장대한 곳을 도읍지로 삼은 사람은 하늘이 내린 사람이 분명할 것이오."

"천제의 아드님이신 해모수 대왕이 다섯 마리 용이 끄는 수레를 타고 내려와 부여의 수도로 삼은 곳이 바로 여기라 하지요."

탄성을 멈추지 못하는 김당을 보며 호송 장수가 우쭐하며 말했다.

"그럼 여기가 부여 땅이오?"

"아니, 그렇지 않소. 여기는 고구려요. 해모수 대왕의 아드님인 해부루 대왕이 다른 곳으로 도읍을 옮기셨습니다. 해모수님의 또 다른 아드님으로 고구려의 시조가 되시는 우리 동명성왕께 양보를 하신 거지요."

"어째서 저런 신령스러운 곳을 양보하셨을까……."

"하늘의 뜻이 부여가 아닌 고구려에 있는 까닭 아니겠소?"

"그렇지! 그렇지!"

김당이 고구려 장수에게 연신 맞장구를 친 것은 그의 비위를 맞추려는 의도도 있었지만, 실로 산세의 신령함이 범상치 않았기 때문이었다.

김당 일행은 홀본천이라고도 불리던 비류수 가까이 이르렀을 때 고구려 초병들과 마주쳤다. 그는 병사들에게 자신들은 한나라에서 왔으며 고구려 임금을 알현하고 싶다고 알렸다. 김당의 일행이 그곳에 이른 것은 배를 버리고 걸은 뒤 꼬박 사 개월이 지나서였다.

수레 열한 대 중 네 대를 잃어야 했던 힘든 여정이었다. 비교적 평탄한 해안을 따라 왔지만, 길이 끊어진 곳을 만나면 다시 돌아가 험준한 고개를 넘어야 했다. 개울을 수십 개 건넜고 큰 강도 서너 차례 건너야 했다. 그 과정에서 두 명이 죽고 두 명이 병들었으며 네 명이 다쳤다. 더 이상 못 가겠다고 중도에 주저앉은 사람들이 두 가족 열아홉 명이었다. 수레 세 대가 강물에 휩쓸려 떠내려갔다. 나귀 또한 세 마리가 제가 끌던 수레와 함께 사라졌다. 수레 두 대의 바퀴 축이 부러졌다. 한 대는 나무를 깎아 바꿀 수 있었지만, 한 대는 버려야 했다. 나귀에 싣고 넘친 짐은 사람들이 짊어졌고 그래도 남은 것은 역시 버려야 했다.

고구려 초병들이 마주친 것은 그렇게 남은 여든세 명과 나귀 여덟 마리, 수레 일곱 대였다. 오랜 여정에 옷은 해지고 더러워졌지만 본

디는 신분 높은 사람들이나 입을 수 있는 귀한 옷이라는 것을 초병들은 한눈에 알아볼 수 있었다. 초병은 장수에게 알렸다. 장수 역시 신분이 미천한 사람들이 아님을 단박에 알아봤다. 장수는 조정에 알렸고, 한나라에서 온 망명객들을 극진히 대접하고 그들의 지도자를 임금 앞에 모시라는 명을 받았다.

비류수와 절벽 위 산성 사이에 펼쳐진 너른 분지에 흙을 쌓아 올린 토성이 나타났다. 고을 방어를 위한 평지성이었다. 고을은 그 안에 있었다. 고구려의 첫 도읍지 홀본이었다. 오늘날 중국 지린성 환인이다. 고을 안은 분주했다. 군사들 말고도 민가의 백성들도 평화로워 보이지 않았다. 여기저기를 잰걸음으로 뛰어다녔다. 무엇인가를 바삐 준비하는 모습들이었다.

"무슨 일이 있나 봅니다."

아버지를 뒤따르던 김안이 긴장된 얼굴로 물었다.

"북쪽 부여가 시비를 걸어왔다오. 한바탕 싸움이 불가피할 것 같소."

장수는 무덤덤하게 말했다. 그들에게 전쟁은 일상이었다. 조금 불편할 뿐이었다. 전쟁이 아닐 때라도 크게 편한 것도 없었다. 하지만 김안은 불안함을 감추지 못했다. 운명의 기구함을 탓하는 눈치였다.

'오는 길이 내내 전쟁터 같았는데 이제는 진짜 전쟁이라니…….'

그는 한숨을 내쉬며 아버지를 바라봤다. 김당은 조그마한 표정 변화 없이 앞만 보고 걸을 따름이었다. 세 사람은 왕궁 앞에 섰다. 아홉 개의 계단 위에 웅장하고 기품 있는 건물이 세워져 있었다. 아홉 계단의 궁전이란 뜻의 구제궁이다. 세 사람을 뒤따르던 병사가 계단을 올라 궁전을 지키는 호위병에게 손님의 도착을 알렸고, 잠시 후 그들은 고구려 왕 앞으로 인도되었다.

당시 고구려 왕은 시호가 대무신왕이 되는 인물로 이름은 무휼이었다. 동명성왕, 유리명왕에 이은 고구려의 제삼대 임금이다. 고구려 땅에서 태어난 첫 번째 임금이기도 하다.

"어서 오십시오. 대한大漢 제국의 투후께서 변방의 누추한 곳까지 먼 발걸음을 해주시니 몸 둘 바를 모르겠습니다."

고구려의 젊은 왕은 예의를 다했지만 위엄을 잃지 않았다. 그리 큰 체격이 아닌데도 함부로 넘볼 수 없는 기상이 서려있었다. 강인하면서도 온화한 인상이었다.

"한나라를 도망쳐 온 망명객에 불과한 몸을 환대해 주시니 저야말로 몸 둘 바를 모르겠습니다."

"일가와 함께 피난하셨다고 들었습니다. 귀하신 분께서 무슨 횡액을 만나셨길래 그리 하셨는지……."

김당은 흉노 출신으로 한무제에 패해 포로가 됐던 고조부 김일제부터 가문의 역사를 간략하게 털어놨다. 왕망이 황제를 참칭할 때 그를 도왔다는 사실은 빠뜨렸다. 어쩌다가 새 황제의 미움을 샀으며 이민족 출신이어서 은성하지 못한 가문을 잇기 위해서는 다른 선택지가 없었다고 말했다. 어쨌거나 거짓은 아니었다. 거짓이 통할 리도 없었다.

"잘 오셨습니다. 거친 땅이오나 이곳에서 가솔들과 함께 평안하게 지내십시오. 저의 사부로 모시겠습니다. 부디 많은 지혜를 나누어 주십시오."

고구려 왕의 거의 즉흥적인 사부 임명에 김당은 깜짝 놀라 허리를 숙이고 손사래를 쳤다.

"당치 않으십니다. 일개 도망자에 불과한 몸이 대왕의 스승이라니요. 송구하옵니다."

하지만 고구려 왕은 자리에서 내려와 김당에게 스승을 대하는 예를 갖췄다. 아울러 주위의 대소신료들에게 말했다.

"무엇들 하시오? 과인의 사부께 하례를 올리지 않고……."

모여있던 신하들이 일제히 김당에게 절했다. 김당은 새로 맞은 제자 앞에 엎드려 이마를 조아렸다. 중요한 순간이었다. 갈 곳 없던 피난민이 하루아침에 왕의 사부가 되는 횡재를 시기하는 사람이 분명 있을 터였다. 여러 명일 수도 있다. 그들을 자극해서 이로울 게 없었다. 자신을 여기에 인도한 장수의 비위를 맞춘 것도 같은 이유에서였다. 이른 봄 얼음장 위를 걷듯 한 발 한 발 조심해야 했다. 아니나 다를까, 벌써부터 그를 고깝게 보는 목소리가 터져 나왔다.

"감축드립니다, 전하! 대국의 현인을 스승으로 얻으셨으니 전하뿐 아니라 국가의 홍복이 아닐 수 없습니다. 마침 우리나라가 떠안은 과제가 있기에 그 문제를 현명하게 해결하도록 하늘이 보내신 사신이 아닌가 하옵니다. 부디 문제를 풀 수 있는 지혜를 현인께 청하소서!"

대무신왕은 기쁜 얼굴로 손뼉을 쳤다.

"옳거니, 맞는 말이오. 그것을 가져오라."

보자기로 쌓인 물건 하나가 왕 앞에 대령했다. 크기는 어른 몸통만 한데 한 사람이 쉽게 드는 걸로 봐서 무겁지는 않은 모양이었다.

보자기를 벗기니 가늘게 자른 대나무를 엮어 만든 새장이 나왔다. 그런데 안에 있는 새가 보통 새가 아니었다. 부리 모습은 까마귀가 분명한데 깃털 색이 붉었다. 더욱 신기한 것은 머리 하나에 두 개의 몸통이 붙어있었다. 김당은 놀라지 않을 수 없었다. 김안은 너무 놀라 뒷걸음질까지 쳤다. 김당에게 지혜를 청하라던 자는 흡족한 웃음을 띠었다.

'그러면 그렇지. 제까짓 게……'

"부여의 대소왕이 보낸 물건이라오. 부여의 어떤 백성이 잡아서 바친 것이라는데, 몸은 둘이나 머리가 하나이니 두 나라가 한 명의 왕 아래 합쳐진다는 계시라는 것이오. 그 새가 부여에서 잡혔으니 부여가 고구려를 차지할 징조라는 게지요. 가소롭기 짝이 없는 헛소리에 불과하기는 하나 어찌 대꾸를 해야 할지 아는 신하가 하나도 없구려. 국사께서 올바른 해법을 찾아주십시오."

잠시 새의 모습을 살피던 김당의 얼굴에 미소가 피어올랐다.

"어려운 문제가 아니로군요."

신하들이 탄성을 질렀고 왕은 얼굴에 화색이 돌았다.

"벌써 답을 찾으셨습니까?"

"그렇습니다. 몸은 둘인데 머리는 하나인 것은 두 나라가 하나로 합쳐진다는 게 맞습니다."

신하들의 탄성이 다시 나왔고 왕의 얼굴은 잿빛이 됐다.

"그렇다면 부여가 고구려를 차지하는 게 옳다는 말이오?"

김당은 잠시 뜸을 들인 뒤 다시 미소를 지으며 말했다.

"아닙니다. 고구려가 부여를 차지하게 되지요. 경하드립니다,

전하!"

신하들의 탄성이 함성으로 바뀌었고, 왕의 얼굴은 화색을 되찾았다.

"그것은 또 어찌 그리 된다는 말입니까? 어서 설명 좀 해주시오."

김당이 자신의 말에 귀를 기울이고 있는 신하들을 죽 돌아본 뒤 말했다.

"주나라를 세운 주공이 지은 《주례》의 〈고공기〉는 국가의 도성을 건설하는 법을 가르치고 있지요. 중국의 역대 왕조들 모두 도성을 건설하고 궁궐을 축조할 때 〈고공기〉의 예를 따랐습니다. 거기에 이런 말이 나옵니다. '동쪽을 청, 남쪽을 적, 서쪽을 백, 북쪽을 흑, 하늘을 현, 땅을 황이라 한다.' 이 말에 비춰 보면 북쪽의 부여는 검은색이요, 남쪽의 고구려는 붉은색입니다. 그런데 본래 검은 까마귀가 붉은색 까마귀가 되었으니 두 나라를 합칠 명운이 고구려로 넘어갔다는 뜻이 되는 것입니다. 게다가 그리 상서로운 새를 자신이 차지하지 않고 고구려로 보냈으니 스스로 주도권을 넘겨주었다고 보아야 할 것입니다."

"전하! 감축 또 감축드립니다!"

신하들이 모두 엎드려 왕에게 절했다. 김당도 왕 앞에 엎드렸다. 왕이 김당의 손을 잡아 일으켜 세웠다.

"과인이 드디어 뜻을 얻었도다. 하늘이 내 소원을 들어주어 큰 스승을 내렸도다."

2022년 4월

태호는 서재 의자에 무너지듯 주저앉았다. 그 바람에 손에 들고 있던 온더록스 잔에서 위스키가 쏟아져 카펫 위에 떨어졌지만 개의치 않았다.

'이대로는 안 돼. 이건 내가 원하는 게 아니야.'

그가 금인상의 존재를 안 것은 정확하게 십삼 년 전이었다. 부친은 그에게 가문의 보물이라는 금인상 이야기를 해줬다. 부친은 그 이야기를 조부한테 들었고, 조부는 또한 증조부한테서 들었다고 했다. 대대로 전해지던 금인상을 어느 대에선가 잃어버렸고 이후 오랫동안 말로만 전해 내려왔다고 했다. 부친은 비록 금인상은 잃어버렸지만 그 기억은 꼭 후대에 전해야 한다고 말했다. 금인상의 기억을 가진 사람에게 금인상이 돌아올 것이라는 게 조부의 당부였다고 했다. 자신도 그날이 꼭 올 것이라고 믿는다고 했다. 그러면서 자신이 본 적이 없는 금인상과 금인상을 보관하는 상자의 모습을 자세하게 설명했다.

부친의 이야기를 들으면서도 부친처럼 꼭 믿지는 않았던 태호는 그로부터 삼 년 뒤 우연한 기회에 입수한 사진을 보고는 부친만큼 금인상의 전설을 절실하게 믿게 되었다. 사진 속의 금인상과 상자가 부친이 묘사한 것과 흡사했던 것이다. 사진은 골동품상이 고객에게 팔기 위해 찍어둔 것 같았다. 작은 크기에 흑백인 데다 화질도 많이 떨어져 소재가 금인지 은인지도 구별이 되지 않았다. 하지만 옛 물건 중에 불상이 아닌 좌상은 보기가 드문 것이었다. 이것이 옳다고 단정할 수는 없었지만, 이런 좌상이 있다면 부친이 말한 금인상도 존재하지 않을 이유가 없었다. 이후 태호는 전국의 골동품상을 다 뒤졌다. 문중에서 금인상의 존재를 믿는 사람들을 총동원했다. 지인들을 통해 중국에까지 수소문해 봤지만 허사였다. 금인상은커녕 사진에 대한 실마리조차 얻을 수 없었다.

거기서 멈출 수는 없었다. 태호는 다른 방법을 찾았다. 전공인 정신분석학은 물론 역사와 심리학, 뇌과학을 연구했고 점복술과 최면요법까지 공부했다. 전생을 알 수 있다는 사람들을 찾아가 노하우를 배우기까지 했다. 그런 노력 끝에 나온 것이 의식 이격 요법이었다.

처음에 태호는 혼자서 의식 여행을 했다. 자신의 십 년 가까운 노력을 아무나하고 공유할 수 없었다. 몇 번의 시행착오 끝에 그는 금인상을 가진 사람의 의식 속에 들어갈 수 있었다. 제대로 찾은 길이었다. 그게 누르하였던 것이다. 하지만 혼자서 감당하기는 벅찬 작업이었다. 정확한 좌표를 찾았다가도 튕겨져 나오기 일쑤였고, 엉뚱한 곳에서 헤맨 것도 여러 번이었다. 준기와 리한나처럼 의식 이탈이 일어나 위험에 처한 적도 있었다. 의식 여행자와 그의 곁을 지켜줄 유도자, 이렇게 두 사람이 절대적으로 필요한 것이 의식 여행이었다. 태호는 위험을 무릅쓰고 혼자 의식 여행을 계속했지만, 어느 순간에 이르자 더 이상 진전이 없었다. 돌이켜 보니 그것은 금인상이 왕망의 손에 넘어갔기 때문이었다. 당시 태호에게는 왕망의 존재가 드러나지도 않았다. 그저 김일제의 몇 대 후손에게 금인상이 전해졌다는 것까지만 알 수 있었다.

태호는 조력자가 필요했다. 아니, 의식 여행 기법을 아는 자신이 조력자가 되어야 했고 의식 여행을 수행할 사람이 필요했다. 본인이 유도하는 대로 길을 잘 찾을 수 있는 의식 여행자가 필요했다. 역사적인 지식도 있어야 했고 입도 무거워야 했으며 어느 정도 체력도 갖춰주어야 했다. 무엇보다도 같은 경주 김씨여야 했다. 그러한 조건에 딱 들어맞는 게 준기였다. 어렵사리 찾아낸 준기를 설득해 의식 여행에 참여시킬 수 있었다. 준기의 역사적 지식과 호기심은 길을 찾아내는 데 큰 도움이 되는 것 같았다. 머지않아 금인상이 손에 잡힐 듯했다. 그런데…… 방해 세력이 등장했다. 리한나였다. 무슨 이유에서인지 그녀는 사사건건 태호의 발목을 잡고 나섰다. 문중의 다른 파벌을 규합해 조직적으로 길을 막았다. 그러더니 어떻게 알아냈는지 의식 여행까지 따라왔다.

'내가 그토록 많은 시간과 노력을 투자해 알아낸 방법을 어떻게…….'

리한나 쪽 역시 태호가 알고 있는 의식 여행의 노하우를 다 알고 있는 것 같았다. 그래서 그들이 당당히—태호에게는 뻔뻔하게—공동 작업을 요구해 올 때도 거부하지 못했다. 물론 공동 작업의 성과도 있었다. 공동으로 하지 않았다면 왕망에게 넘어갔던 금인상을 다시 김당의 손에 쥐여주지 못했을지도 모른다. 하지만 그것은 전혀 예측하지 못한 또 다른 결과를 가져왔다. 이상적인 의식 여행자였던 준기가 리한나와 가까워진 것이다. 언젠가부터 두 사람이 의식 여행에서 알아낸 사실을 태호에게 모두 털어놓지 않는 듯했다. 틀림없이 두 사람만이 공유하는 비밀이 있었다. 그것은 대단히 위험한 신호였다. 금인상을 독차지해야 할 태호로서는 결코 좌시할 수 없는 위험이었다.

'그럴 수는 없지.'

태호는 스마트폰을 들었다.

기원후 25~27년

대무신왕의 스승이 된 김당 일가는 집과 땅을 하사받아 홀본 일대에 정착했다. 김당은 닷새에 한 번씩 왕과 신하들을 모아놓고《주례》는 물론《시경》과《서경》등을 강독했다. 김안을 비롯해 장성한 남자들은 모두 크고 작은 벼슬을 얻어 조정에서 일하거나 크고 작은 고을을 다스렸다.

고구려 왕은 부여에 사신을 보내 김당의 해석을 설명하고 귀한 선물을 줘서 감사하다는 인사를 전했다. 부여의 대소왕은 길길이 날뛰었고 자신의 경솔함을 후회했다. 자신감을 얻은 고구려 왕은 부여를 칠 준비를 했다. 김당이 아직 거병할 때가 아니라고 말렸지만 왕은 듣지 않았다. 고구려의 녹을 먹은 지 얼마 되지 않아 입지가 넓지 못했던 김당으로서는 더 이상 만류하기도 힘들었다. 왕의 뜻이 그렇다면 따를 수밖에 없었다. 김당은 대신 손자인 김괴유를 불렀다.

출정을 하루 앞둔 날 김괴유가 왕을 알현했다. 그는 문자 그대로 기골이 장대한 거인이었다. 평소 훈족의 피가 흐르는 것을 자랑스럽게 생각하며 말 타기와 화살 쏘기 연마를 게을리하지 않았다.

"그래, 무슨 일로 찾아왔는가?"

김괴유가 대답했다.

"소신은 비록 한나라에서 오랫동안 살면서 편하게 글을 읽어왔지만 북방 훈족의 후예라는 사실을 한시도 잊은 적이 없습니다. 저희 훈족은 글을 배우지 못하고 소똥을 말리며 살더라도 결코 은혜를 잊는 법이 없습니다. 전하께서 저희 일가에 베푸신 은혜가 바다보다 넓은데 말에 오르시는 전하를 보고 소신이 어찌 발을 뻗고 잘 수 있겠습니까? 소신도 부여 정벌에 참여할 수 있도록 허락해 주소서. 제가 부여 왕의 머리를 베어 전하께 바치겠나이다."

"장하다! 그대와 같은 장사가 가세한다면 내 어디 천군만마를 부러워하리오."

왕은 감동해서 김괴유로 하여금 부여 정벌의 선봉에 서게 했다. 할아버지인 김당의 뜻이기도 했다. 《삼국사기》에는 그가 '북명北溟 사람 괴유'라고 나온다. "키가 아홉 척에 얼굴이 희고 눈에 광채가 있었다"고 전한다. 오늘날 아홉 척이면 딱 3미터지만, 후한 때의 척관법에 따르면 2미터 10여 센티미터다. 드물게 큰 키지만 불가능한 것도 아니다. 흰 피부와 광채가 있는 눈으로 비추어 서역에서 온 인물이라 본 것 같다. 북명이란 곳은 위치는 여전히 논란이 있지만, 특정한 지명이 아니라 '북쪽 나라'라는 뜻의 일반 명사로 보인다.

《장자》〈소요유〉 편에도 '북명北冥'이라는 이름이 나온다. 북명은 크기가 몇천 리나 되는 곤이라는 물고기가 사는 바다다. 곤은 물에서 튀어 올라 새가 되는데, 그것이 날개를 펴면 온 하늘을 덮는다는 붕이다. 이런 초자연적인 영물이 사는 곳을 특정하기란 가능한 일이 아니다. 그래서 그저 북쪽의 먼 바다(또는 땅)라 지칭한 것이다. 《삼국사기》의 북명과 《장자》의 북명이 한자가 다르기는 하지만, 그렇다고 서로 다른 지역이라고 봐야 하는 것은 아니다. 한자의 표기가 시대에 따라 차이가 있고, 다른 언어권의 지명을 한자의 훈과 음을 섞어서 쓰던 표기법을 고려하면 '물 수' 변이 있고 없음 정도는 의미 있는 차이가 아니다.

고구려 군대가 진군했다. 봄이 시작되는 2월이었다. 부여의 남쪽 국경의 평원에 다다랐을 때 김당은 왕에게 진군을 멈추게 했다.

"여기에 진을 치는 게 좋겠습니다."

왕이 의아한 표정으로 물었다.

"눈앞에 드넓은 평야가 펼쳐졌는데 어찌 멈추라 하시오. 파죽지세로 치고 나가야 군사들의 사기도 충천하지 않겠소?"

"두고 보시면 아실 겁니다."

김당이 미소를 지었다.

부여의 대소왕은 진작부터 전쟁을 준비하고 있었다. 자신을 조롱한 대가를 톡톡히 치르게 해주겠다고 다짐하면서 어이없는 실수로 내준 상서로운 까마귀를 도로 찾아올 생각이었다. 온 나라를 총동원해 군사와 군수물자를 끌어모았다. 그러던 차에 고구려 군사가 쳐들어온다는 소식을 들었다.

"개활지에 진을 쳤다고? 으하하. 고구려의 애송이 왕이 제 무덤자리를 찾은 모양이구나."

대소왕은 총공격 명령을 내렸다. 부여의 대군이 해안에 밀려드는 파도처럼 고구려군을 향해 돌격해 나갔다. 함성이 지축을 흔들었다. 그러나 봄이 되면서 눈이 쌓이고 얼었던 땅이 녹은 평원은 온통 진창이었다. 사람의 정강이까지 푹푹 빠질 정도였다. 부여군 선봉에 섰던 장수의 말이 고꾸라졌다. 내동댕이쳐진 장수는 목이 부러졌다. 기세 좋게 달려오던 군사들도 진창에 발이 빠져 옴짝달싹하지 못했다. 이들 불행한 선봉대는 뒤이어 달려오던 아군들에게 짓밟히고 깔렸다. 그들을 짓밟았던 군사들도 다시 진창에 빠졌고 뒤따르던 아군들 발밑에 깔렸다. 악순환이 계속됐다. 순식간에 부여군의 전열이 무너지고 아수라장으로 변해버렸다.

이때 고구려군의 진군나팔이 울리고 김괴유가 가장 먼저 달려나갔다. 알고 나서는 것과 모르고 덤비는 것은 운니지차雲泥之差, 그야말로 구름과 진흙의 차이였다. 고구려 군사들은 가급적 진창을 피해 굳은 땅을 딛고 다니며 부여군을 도륙했다. 생각지도 못했던 곤경에 발목이 잡힌 부여군은 꼼짝할 수 없는 몸으로 고구려군의 칼과 창을 받아야 했다. 실로 아비규환이었다.

"대소왕이다!"

함성에 김괴유가 돌아보니 말에서 떨어진 대소왕이 두세 장 앞에서 진창에 빠진 발목을 빼내며 달아나려고 애쓰고 있었다.

"건드리지 말아라! 저놈은 내 것이다."

김괴유는 긴 칼을 휘두르며 대소왕을 향해 내달렸다. 왕을 사수하려는 부여 병사들 몇 명이 달려들었지만 김괴유를 막아내지 못했다. 김괴유가 대소왕의 몇 발짝 뒤로 다가섰을 때 대소왕이 뒤돌아봤다. 공포와 절망이 반반씩 섞인 얼굴이었다. 김괴유의 칼이 번쩍였다. 대소왕의 머리가 진창에 떨어졌다. 여전히 공포와 절망이 반반씩 섞인 얼굴 그대로였다.

김괴유는 약속대로 대소왕의 머리를 대무신왕에게 바쳤다. 대무신왕은 괴유를 치하하고 대장군에 봉했다. 비록 함정에 빠졌고 왕이 죽었지만 부여군은 오만 명의 대군이었다. 전열을 재정비한 부여군은 신중하고 단단하게 반격을 준비했다. 수많은 사상자를 냈어도 이만 명에 불과한 고구려군보다 여전히 배 이상 많은 병력을 이용해 고구려군을 에워쌌다. 이제 고구려군 진영이 아수라장이 될 차례였다. 그렇다고 마음대로 후퇴하기도 쉬운 상황이 아니었다. 자칫 역습을 받아 괴멸될 수도 있었다.

"어찌하면 좋겠소?"

죽기를 각오하고 공격하면 이길 수도 있다는 의견도 있었지만 대체로 후퇴 쪽으로 결론이 모아졌다. 죽기를 각오하고 싸워야 하는 것은 왕이 죽은 혼란 속의 부여군 몫이었다. 고구려 입장에서는 잠시 병력을 거둬 적들이 스스로 무너지는 것을 지켜보는 것으로 충분했다. 하지만 어떻게…….

그때 김당이 입을 열었다.

"여기서 가장 높은 곳에 제단을 쌓으십시오. 깨끗이 씻긴 소를 잡아 제물을 올리십시오. 왕께서는 목욕재계를 하시고 새 옷으로 갈아입으신 다음 제단에 올라 하늘에 기도하십시오. 분명 하늘이 길을 알려주실 것입니다."

왕은 미심쩍었지만 김당이 시키는 대로 따랐다. 하지만 실제로 온 마음을 다해 빈 것은 김당이었다. 그는 막사 안에 따로 제대를 차렸다. 아무도 안으로 들어오지 못하도록 단단히 일렀다. 제대 위에 금인상을 올려놓고 그 앞에 엎드렸다. 그러고는 하늘에 길을 알려달라고 빌었다. 얼마나 지났을까, 금인상이 빛을 내기 시작했다. 아주 밝지도 않은, 그렇다고 어둡지도 않은 은은하고 오묘한 빛이었다. 그러한 빛을 뒤로하고 금인상의 얼굴에 잔잔한 미소가 퍼지는 듯했다.

왕의 기도는 효험이 있었다. 김당의 기도 덕분이었지만, 사람들은 왕의 영험함을 믿었다. 왕이 제단에 오른 다음 날부터 젖은 땅에서 안개가 피어오르기 시작했다. 안개는 점점 짙어져 한 치 앞을 분간하기 어려울 정도가 되었다. 고구려 군사들은 김당의 지시에 따라 풀을 엮어 허수아비를 만들었다. 허수아비에 투구를 씌우고 무기를 들렸다. 그렇게 허수아비로 거짓 군영을 만들어 놓고는 말에 재갈을 물린 뒤 소리 죽여 군대를 철수시켰다. 안개는 이레 동안 계속됐다. 고구려 군사가 사지에서 빠져나오기 충분한 시간이었다. 왕이 본국에 돌아와 하늘에 고하는 예를 행한 뒤 말했다.

"과인이 덕이 없어 당의 경고를 무시하고 경솔하게 부여를 쳐다보니 비록 그 왕은 죽였으나 나라를 멸망시키지 못했다. 또한 우리 군사와 물자를 많이 잃었으니 이 모두가 과인의 허물이다."

결과적으로 승리를 거둔 셈이었지만, 왕을 잃은 부여는 이후 혼란을 극복하지 못하고 점차 쇠락의 기미를 보인다. 고구려를 넘볼 생각은 엄두조차 못 냈다. 해씨 왕족들과 지배 귀족들 사이에서 내분도 일어났다. 대소의 아우가 자신을 따르는 백여 명의 가족, 측근과 함께 부여를 빠져나와 갈사국이란 나라를 세웠지만 오십 년도 지탱하지 못하고 고구려에 함락되었다. 또 대소왕의 사촌 동생은 부여 백성 만 명과 함께 고구려에 투항했다. 대무신왕은 그를 왕으로 봉하고 연나부를 만들어 다스리게 했다. 연나부는 나중에 고구려를 구성하는 다섯 부족 중 하나로 대대로 왕비를 배출했던 절노부로 이름이 바뀐다.

2022년 5월

"미국에서 학회가 있어서 잠시 다녀와야겠습니다. 나간 김에 둘러볼 곳도 있고 열흘에서 보름 정도 병원을 비울 것 같습니다."

스마트폰 너머로 들리는 태호의 목소리는 갈라질 듯 메말라 있었다.

"그럼 돌아오실 때까지 의식 여행은 잠시 쉬었다 갈까요?"

준기의 말에 태호는 황망하게 대답했다.

"아니요. 그러실 필요는 없습니다. 계속해 주세요. 김 박사가 있으니 아무 문제가 없을 겁니다."

그러면서 조심스럽게 덧붙였다.

"저도 영 출장이 내키지 않지만 어쩔 수가 없군요. 의식 여행을 시작할 때마다 저한테 문자 하나씩 넣어주십시오. 그렇게 문자라도 받아야 제 성마름을 좀 달랠 수 있을 거 같거든요. 좋은 소식 있으면 꼭 알려주는 것도 잊지 마시고요."

"네, 그렇게 하겠습니다. 잘 다녀오세요."

"태호 오빠예요?"

준기가 전화를 끊자마자 옆에서 걷던 리한나가 물었다.

"네, 미국 출장을 간다는군요."

"허, 별일이네. 병원 일도 내팽개치듯 하며 여기에 매달리던 사람이 이 와중에 출장이라니. 미국에 숨겨놓은 금인상이라도 또 있나?"

리한나는 입술을 삐죽이며 납득이 가지 않는다는 표정이었다. 사실 준기도 그랬다. 리한나 쪽과 협조하는 것을 마뜩잖게 생각하던 태호였다. 어쩔 수 없이 공동 작업을 하면서도 의심과 의혹의 눈초리를 거두지 않았었다. 그런 태호가 김 박사에게 모든 것을 맡기고 자리를 비우다니…… 있을 수 없는 일이었다. 그러나 준기의 입은 생각과 전혀 다른 말을 하고 있었다.

"중요한 세미나인가 보죠."

"네. 그럴 수도 있겠죠."

리한나의 대답이 의외로 순순하다고 느끼며 준기가 물었다.

"근데 왜 그렇게 오빠를 미워해요?"

"제가요? 제가 태호 오빠를 미워하는 거 같아요?"

"좋아하는 거 같지는 않은데……."

"사람들 사이에 애증 관계만 있는 게 아니죠. 애와 증이 양쪽 끝이라면 그 정가운데에 무심이 있어요. 태호 오빠에 대한 내 경우가 바로 그거죠. 무심."

"무심한 사람을 대하는 태도치고는 지나치게 적극적인데요. 무심한 사람이라면 그가 뭘 하든 관심이 없는 거 아닌가요?"

"그건 이미 말씀드렸을 텐데요. 위험한 도박을 하기 때문이라고."

"매를 호랑이로 만들려 한다는?"

"비유였을 뿐이지만 틀린 말도 아니네요. 네, 그래요. 태호 오빠는 매를 호랑이로 만들려고 해요. 그래서 못 하게 막을 뿐이에요."

"그게 무슨 뜻인지 여전히 감이 잡히지 않는데요?"

"준기 씨 참 웃기는 사람이에요. 그런 중요한 이야기를 어떻게 길바닥에서 해요. 맥주라도 한잔 사세요. 무슨 뜻인지 알고 싶으면……."

기원후 28년

후한의 요동 태수가 군사를 이끌고 고구려에 쳐들어왔다. 당시 한나라는 흉년이 들어 굶어죽는 사람들이 속출하고 도적이 벌 떼처럼 일어나고 있어 군사를 일으킬 만한 명분이 없었다. 그런데도 한나라가 도발을 한 것은 다른 목적이 있는 것이었다.

"박사 김당의 소환을 요구하고 있다고 그랬소?"

"그렇습니다. 황공하오나 한 황제가 왕망의 무리였던 역적을 내놓으라고 한답니다."

좌보 을두지가 김당을 힐끗 보며 대답했다. 김당은 난감할 수밖에 없었다. 황제가 아직도 자신을 추적하고 있다니…… 납득이 가지 않는 일이었다. 당시 상황은 왕망의 잔존 무리들이 거의 뿌리 뽑히고 서쪽의 변방 지역만 남아있었다. 촉 지방에서 공손술, 농서 지방에서 외효, 두 무장이 딴마음을 품고 그곳에서 땅 주인 행세를 하고 있었다. 신하들은 두 곳을 하루 빨리 토벌해 천하를 평정하라고 간했다. 이에 대해 "이미 중원이 평정되었으니 서쪽 변방은 안중에 두지 않아도度外視 문제 될 게 없을 것"이라고 말하던 광무제였다. 거기에서 '도외시'란 말이 나왔다.

광무제가 두 지방을 도외시한 것은 그 땅을 포기해서가 아니었다. 오랜 내전에 지친 장수와 병사 들을 우선 쉬게 해야 한다는 생각이었다. 그런 황제가 고작 흉노 출신 도망자 하나를 잡겠다고 군사를 동원한다는 것은 말이 안 됐다. 거기에는 또 다른 이유가 분명 있었다. 우보 송옥구도 생각이 같은 모양이었다. 그가 이유를 설명했다.

"지금처럼 나라가 어지러울 때 군사를 일으킨 것은 임금과 신하가 뜻을 모아 결정한 정책이 아닙니다. 필시 변방의 장수가 제 이익을 탐해 멋대로 침범한 것입니다. 하늘의 이치를 거스르고 사람의 도리에 어긋나는 것이니 결코 성과가 없을 것입니다."

논의 끝에 산성에 들어가 굳게 지키다 적군이 피로해지면 기습 공격해 한나라 군대를 물리치기로 의견이 모아졌다. 그렇게 해서 홀본산성으로 들어가 지키기를 보름 남짓 지났지만 한나라 군대의 포위는 풀리지 않았다. 왕이 신하들을 모은 뒤 다시 말했다.

"저들이 물러갈 기미를 보이지 않으니 어찌하면 좋겠는가?"

을두지가 말했다.

"한나라 장수가 생각하기를, 우리가 이처럼 높은 바위산 위에 있으니 필시 물이 부족해 곧 항복할 것이라 믿고 있는 것 같습니다. 우리에게 끊임없이 물이 솟는 샘이 있다는 사실을 알리는 것이 좋겠습니다."

김당이 보탰다.

"좌보의 말이 맞습니다. 연못 속의 잉어를 잡아 물풀로 싸서 보내면 좋을 듯합니다. 거기에 좋은 술도 함께 보내면 우리의 물이 마르지 않고 식량이 떨어지지 않을 것임을 내보일 수 있을 것입니다."

대무신왕은 그 말에 따라 한나라 장수에게 편지를 보냈다.

과인이 우매한 탓에 상국에 죄를 지어 장군으로 하여금 백만 군사

를 이끌고 공연히 우리 땅에서 비바람을 무릅쓰고 다니게 하였소. 장군의 후의에 달리 보답할 게 없어 그저 보잘것없는 물건이나마 장군 휘하에 보내드리는 바이오.

선물과 편지를 받은 요동 태수는 낙담했다. 잉어는 아직도 힘이 넘쳐 팔딱팔딱 뛰었고 물풀 또한 신선해서 윤기가 흘렀다. 물이 부족하면 있을 수 없는 물건들이었다. 성안에 물이 있다면 가뜩이나 난공불락인 성을 함락시키기란 더욱 어려울 터였다. 고구려 왕에게 회답을 보내야 했다.

우리 황제께서 대역죄인을 받아들인 대왕의 죄를 문책하라 하시기에 군사를 내어 고구려 국경에 온 것이나 열흘이 넘도록 요긴한 대책이 없었는데, 이제 보내신 편지를 보니 말씀이 공순하니 어찌 감히 핑계될 만한 구실을 붙여 황제께 보고하지 않을 수 있겠습니까.

태수는 군대를 이끌고 오던 길로 물러갔다.

《삼국사기》에는 이때 고구려군이 들어가 항전한 성의 이름이 '위나암성'이라 나온다. 국내 주류 학계는 위나암성을 국내성의 산성인 산성자산성으로 본다. 역시 《삼국사기》〈고구려본기〉 유리왕 22년 기사에 "겨울 10월에 왕이 국내로 도읍을 옮기고 위나암성을 쌓았다"는 내용이 있기 때문이다. 하지만 이는 김부식의 착각으로 보인다. 우선 을두지가 한 위나암성 묘사가 산성자산성의 환경과는 일치하지 않는다. 산성자산성은 성 밖 언덕에서 성안이 훤히 들여다보이는 구조로, '높은 바위산'이라고 하기에는 적합하지 않다. 그랬다면 한나라 군사들이 성안에 샘이 있다는 사실을 몰랐을 리 없다. 그보다는 홀본성의 산성(오늘날 중국에서는 오녀산성)에 더 들어맞는다.

또한《고려사》〈공민왕〉 조에서 홀본산성을 오로산성五老山城 또는 우라산성于羅山城이라 일컫고 있는데 이것이 위나암성과 더욱 가깝다. 조선 후기의 실학자 안정복 역시《동사강목》에서 우라산성의 발음이 위나암성에서 비롯된 것으로 보고 있다.

이와 함께 유리왕이 국내성으로 천도했다는 사실도 의심스럽다. 개국한 지 고작 삼십팔 년 만에 특별한 사유도 없이—제사에 제물로 쓸 돼지가 국내성으로 달아났다는 이유는 있다—더 좋아 보인다는 이유로 도읍지를 옮긴 것도 이해가 되지 않거니와, 일 년여 만에 성을 쌓고 천도를 할 수 있었다는 게 의심스럽다. 게다가 2000년대에 지린성 지안시의 국내성을 발굴 조사한 결과 3세기 이전의 흔적들은 하나도 나오지 않았다. 위나암성이 산성자산성이라면 가능한 일이 아니다. 고구려의 국내성 천도를 3세기 초로 보는 것이 설득력을 갖는 이유다.

2022년 5월

"아, 저기 가요, 우리."

리한나가 걸음을 멈췄다. 그런데 갑자기 멈춰 서는 바람에 뒤따라오던 사람과 부딪칠 뻔했다.

"뚜이부치. 오, 아임 쏘리."

하얀색 노타이 정장 차림의 신사가 미소 띤 얼굴로 중국어로 말했다가 곧바로 영어로 바꾸었다. 그는 마치 자기의 잘못이었던 것처럼 미안해했다. 그래서 더 미안해진 리한나는 연신 허리를 굽히며 사과했다. 신사는 리한나와 준기를 지나치며 미소를 거두었고, 그의 뒤를 따르던 역시 정장 차림의 두 사내가 굳은 표정으로 두 사람을 스쳐 지나갔다.

"요즘 중국인들 참 많이 세련돼졌어요."

리한나가 준기에게 귓속말로 말하며 자신이 가리켰던 가게로 들어갔다. 우연히 눈에 띈 곳이었지만 고추장 양념구이로 제법 소문난 집이었다. 한자리에서만 육십 년이 넘은 노포답게 여전히 연탄 화덕에 고기를 구웠다. 파스타를 안주 삼아 와인을 마시자는 준기의 제안을 귓등으로 무시하고 리한나가 고집을 부렸다. 그녀는 준기에게 묻지도 않고 소주 한 병과 맥주 한 병을 주문했다.

"딱 한 잔만 말고 다음부터는 그냥 소주 마셔요. 맥주는 배부르니까."

역시 준기에게 묻지도 않고 글라스에 소주와 맥주를 따른 리한나는 건배를 제안했다.

"음, 뭘로 할까? 그래요. 우리 고구려의 승리를 자축하며!"

다른 테이블의 손님 몇몇이 리한나와 준기를 힐끔 쳐다보며 수군거렸지만 리한나는 개의치 않았다. 벌컥벌컥 소리를 내며 잔을 비우고는 흡족한 표정으로 말했다.

"우리 얘기를 하려면 이런 집이 더 어울리지 않아요? 와인을 마시면서 고구려와 한나라 얘기를 하기는 좀 그렇지 않나? 호호호."

준기도 목이 말랐던 터라 한 번에 잔을 비운 뒤 리한나의 빈 잔까지 가져와 다시 술을 따랐다.

"맥주가 남았으니 한 잔씩 더 하죠."

눈대중으로 대충 맥주와 소주를 섞던 리한나와는 다르게 준기는 소주잔을 눈 가까이 대고 양을 정확하게 조절하며 소주를 따른 뒤 글라스에 부었다. 나머지 부분을 맥주로 채울 때도 두 잔을 교대로 조금씩 나눠가며 따랐다.

"엄청 꼼꼼하시네, 우리 교수님."

마지막 한 방울까지 짜내듯 따른 잔을 리한나에게 건네며 준기가 물었다.

"폭탄주의 생명이 무엇인지 아십니까?"

리한나가 고개를 갸웃거리더니 답했다.

"비율?"

"노."

"맛?"

"노."

"정량?"

"노."

"거품?"

"노!"

"아, 모르겠어요. 뭔데요?"

그때까지 잔을 들고 기다리던 준기가 미소를 지으며 잔을 내밀었다.

"균질입니다."

"균질?"

다시 단숨에 잔을 비운 준기가 말했다.

"네, 균질. 병권을 쥔 사람이 폭탄주를 말 때 다른 사람들은 대화를 하는 척하면서 다들 자기 잔을 곁눈질로 바라보고 있어요. 혹시나 내 잔만 독하게 만들어지는 게 아닐까 하고 말이지요. 만드는 사람이 잔을 마구 뒤섞거나 아무렇게나 따라서 들쑥날쑥한 잔들을 보며 기분이 나빴던 적 있지 않아요? 그럴 땐 술을 마시면서도 유쾌하지가 않지요. 나처럼 이렇게 자로 잰 듯 균질하게 만들면 다들 안심을 해요. 잔에 신경을 쓰지 않고 대화에 몰두할 수가 있는 거죠."

술 마실 생각은 잊은 듯 준기를 빤히 쳐다보고 있던 리한나가 말했다.

"준기 씨, 귀여워요. 이제 잔에 신경 쓸 필요 없으니 고대사 강의나 해주시죠, 귀여운 교수님."

"제가 들을 차례인 거 같은데요. 매를 호랑이로 만들려고 한다는 것의 의미에 대해."

"교수님이 분위기를 띄워주셔야 학생들이 질문도 하고 대답도 하고 그러는 거죠. 어서요, 교수님."

기원후 29년

한나라군이 철수하고 해가 바뀌었지만 김당의 마음은 안정되지 않았다. 오히려 시간이 지날수록 불편함이 더해갔다. 한나라군의 지난 침공은 요동 태수의 개인적인 공명심에서 비롯된 것이라 하더라도, 언제 또 그러한 공명심이 발동할지 모를 일이었다. 그때마다 김당 자신의 이름은 거병의 핑곗거리가 될 터였다. 한나라에서 도망쳐

온 망명객을 따뜻하게 맞아준 고구려인들의 호의도 그때마다 한 겹 한 겹 떨어져 나갈 게 분명했다. 김당이란 이름이 황제의 야심을 충족시키기 위한 명분이 될 수도 있었다. 황제의 야심은 요동 태수의 공명심과는 비교가 되지 않을 정도로 파괴적인 것이다. 그것은 작은 샘물로 가득 찰 그릇이 아니다. 고구려를 요절내고도 채워지지 않을 석호인 것이다.

'모르고 겪는 화난은 무죄이지만 알고도 맞는 화난은 죄악이다. 하물며 재앙이 올 것을 뻔히 알면서 나 몰라라 해 다른 사람들의 목숨까지 위태롭게 하는 짓이야……. 재앙은 한 번으로도 지나치다. 이대로 있을 수는 없다.'

김당은 자식들을 불렀다. 자식들이라야 큰아들 김안과 작은아들 김산, 손자 김관선뿐이었다. 큰손자 김괴유는 몇 년 전 죽었다. 대소왕의 목을 베고 나서 얼마 되지 않아 시름시름 앓기 시작하더니 그 큰 몸을 끝내 일으키지 못했다. 사람들은 죽은 대소왕이 한을 품고 괴유를 데려갔다고 수군댔다. 그들 말이 사실인지는 몰라도 괴유가 갑작스럽게 죽음을 맞은 것은 사실이었다. 괴유의 상태가 위중할 때 대무신왕은 몸소 병상을 찾아 위로했다. 괴유는 감읍해 눈물을 흘리며 죽어도 여한이 없다고 말했다. 괴유가 죽자 왕도 눈물을 흘렸다. 양지바른 곳에 묘를 쓰고 철마다 제사를 지내주라고 명했다.

"우리 가문의 존재가 이 나라에 짐이 되고 있다. 괴유가 공을 세우고 목숨을 내놓았지만 그것은 이미 치른 대가일 뿐이다. 한나라 군사들은 지난번 어리석게 물러났듯 또다시 어리석게 들이닥칠 것이다. 그때는 또 누가 공을 세우고 목숨을 내놓겠느냐. 그때는 우리 가문 전체의 목을 내놓는다 해도 모자랄 것이다."

아무도 대꾸를 하지 못했다. 김당이 말을 이었다.

"우리가 떠나는 게 옳다. 우리 가족이 짐을 짊으로써 이 나라 백성들이 짐을 내려놓을 수 있다면 그것은 백 번이고 짊어져야 할 우리의 짐이 아니겠느냐. 하지만 이제 겨우 한 뼘 누울 자리를 얻어 다리를 뻗게 된 문중 사람들에게 다시 짐을 싸도록 강요할 수는 없는 일이다. 우리 가족만 떠나는 게 옳다. 우리만 없으면 한나라도 우리의 이름을 고구려를 침범할 구실로 삼을 수 없을 것이다."

그때 무릎을 꿇고 듣고만 있던 손자 관선이 말했다.

"제가 감히 한 말씀 올려도 되겠습니까?"

"말해보거라."

관선은 조심스러웠지만 결기 어린 말투로 입을 열었다.

"자기가 하기 싫은 일은 남에게도 시키지 말라고 배웠습니다. 만약 제가 고구려 백성이라면 이방인들 탓에 제가 위험해질 때, 저도 그들을 미워하게 될 것 같습니다. 할아버님 말씀대로 이방인인 우리들이 떠나는 게 옳겠습니다. 다만 우리가 한나라를 떠나올 때와는 상황이 다르다고 여겨집니다. 지금 이곳은 우리에게 적대적이지 않습니다. 그렇다면 우리 가문 전체가 최종적인 목적지가 어디일지도 모르는 힘든 여정을 나설 필요는 없다고 생각합니다. 여자들과 아이들은 여기 남고 남자들만 먼저 떠나 달리 정착할 곳을 찾은 뒤 여자들과 아이들을 데려와도 무방할 듯합니다."

"관선이 현명하구나!"

김당은 가슴이 뿌듯해졌다. 손자가 믿음직하다는 생각에 힘이 솟았다. 아무리 험한 미래가 기다리고 있어도 저런 손자와 함께한다면 헤쳐나가지 못할 게 없을 것 같았다. 하지만 큰아들 김안은 그렇지 못했다. 얼굴이 하얗게 질려 가만히 앉아있지 못하고 연신 몸을 들썩였다. 고생할 것을 걱정하는 게 아니라, 걱정하느라 고생을 하고 있었다.

'못난 놈!'

김당은 문중 회의를 소집해 자신의 결정을 알렸다. 얼마간의 웅성거림도 있었지만 대체로 동의하는 분위기였다. 예상대로 대부분의 사람들은 또다시 짐을 꾸리고 싶어 하지 않았다. 정착하기를 바랐다. 하지만 몇몇 모험심 강한 젊은이들이 김당을 따르겠다고 나섰다. 김당은 젊은이들의 가족 어른들이 허락한다면 받아들이겠다고 말했다. 가족 어른들은 반대하지 않았다. 한 집당 한 명씩의 남자들은 남아야 한다는 의견이 나왔을 뿐이다. 여기에 모두가 동의했고, 가장 큰 목소리로 동의한 사람이 김안이었다. 그래서 그도 남기로 했다. 한 집당 한 명씩의 남자 원칙에 해당하는 사람은 김안 한 명이었다. 그래서 그는 행복한 한 명이 되었다. 장도에 오를 김당 일행은 열 명이었다. 많기도 하고 적기도 한 숫자였다.

다음 날 김당은 왕에게 자신의 뜻을 고했다. 왕은 펄쩍 뛰었다. 자신이 그대들 가족 하나 지켜주지 못할 것 같아서 떠나려 하느냐고 화를 냈다. 자신이 오히려 한나라 놈들을 혼쭐내 주려 한다고 큰소리쳤다. 김당은 왕의 발밑에 엎드렸다. 자신이 떠나야 고구려 백성들이 평안해진다고 간곡하게 고했다. 그래야 왕께서 뜻을 자유롭게 펼치실 수 있다고, 눈물을 뚝뚝 흘리며 제발 윤허해 달라고 빌었다. 김당의 호소가 너무 간절했기에 왕은 거부할 수 없었다. 왕도 눈물을 흘리며 허락했다.

왕은 김당에게 어디로 가려느냐고 물었다. 김당은 한나라에서 가장 멀리 떨어진 육지 끝으로 가겠다고 했다. 동남쪽으로 바다와 만나는 곳까지 가겠노라고 말했다. 왕은 길이 멀다며 수레와 말을 내주었다. 노자로 많은 은도 하사했다. 아울러 힘센 말갈인 열 명을 붙여 김당 일행을 수행하며 호위하도록 했다. 그렇게 김당 일행은 스무 명이 됐다. 여전히 많기도 하고 적기도 한 숫자였다.

2022년 5월

"매는 법을 상징했지요."

리한나의 말솜씨에 넘어간 준기가 말했다. 하지만 오늘은 어떻게든 매와 호랑이의 관계에 대해 리한나의 대답을 듣겠다고 마음먹었다. 매로 이야기를 시작한 이유가 그것이었다.

"소호의 왕국은 집비둘기, 산비둘기, 뻐꾸기, 매, 수리 등 온갖 새들이 각기 나랏일을 맡아 다스렸다고 하지요. 수리는 용맹하니 전쟁과 군사 일을 담당하고, 매는 사나우니 형벌을 맡고, 산비둘기는 잘 울어서 조정의 언로를 담당하는 식이었습니다."

"집비둘기는 내무 행정 일을 했겠네요."

"네. 뻐꾸기가 건축을 맡은 게 아이러니지요. 제 집도 짓지 않고 남의 둥지에 알을 낳는 놈들이 말이지요."

"원래 직접 집을 짓는 사람들보다 남이 지은 집을 사고파는 사람들이 주택 수요에 대해 더 잘 아는 법 아니겠어요?"

준기가 듣고 보니 맞는 소리였다. 수천 년 후의 주택 수요까지 고려해서 고대 신화가 만들어지지는 않았겠지만 논리에 맞고 또 일리도 있는 해석이었다.

"훌륭한 학생이군요. 이름이 뭐죠?"

"김윤영입니다."

준기의 농담에 리한나가 장단을 맞췄다. 준기는 수첩에 그녀의 이름을 메모하는 시늉을 하며 말했다.

"상점 10점!"

"와, 신난다!"

두 사람은 어린아이들처럼 신이 난 표정으로 박수를 쳤다. 옆 테이블에서 힐끗 쳐다보고 웃었지만 알 바 아니었다. 둘은 다시 한번 힘차게 건배를 했다. 준기가 말을 이었다.

"고대 중국의 동쪽 해안 지역에 거주하던 동이계 종족은 새를 토템으로 숭배했습니다. 소호의 새 왕국 신화도 동이계 종족의 이러한 새 토템 신앙을 반영하고 있는 거겠지요. 중국식 분류상 동이계인 우리 민족도 역시 새를 토템으로 숭배했지요. 부여의 시조인 해모수가 그랬어요. 그는 우리 역사상 최초로 새의 깃털로 장식한 모자를 쓴 사람으로 기록된 인물입니다. 그것은 아마도 해모수가 정치 지도자는 물론 제사를 담당하는 샤먼의 역할을 겸하고 있었기 때문일 겁니다. 제정일치의 사회였으니까요. 이후 고구려의 무사들이 그를 본받아 새의 깃털을 모자에 꽂고 다녔습니다. 해모수의 아들인 주몽은 아예 알에서 태어났지요."

"신라의 박혁거세도 알에서 태어났잖아요."

"그렇습니다. 이후 신라에서는 새 중에서도 닭으로 구체화합니다. 흰 닭이 품고 있던 금궤 안에 김알지가 들어있었지요. 그 닭이 울었던 숲의 원래 이름이 시림始林이었는데 이를 계기로 계림鷄林이라 바꿔 부르게 됩니다. 이후 계림은 신라의 국호를 의미하는 말이 되었죠."

"백제는 어떤가요?"

"고대 삼국의 시조 중에서 유일하게 탄생 설화가 없는 임금이 백제의 온조입니다. 하지만 백제도 닭과 관련이 없지 않지요. 백제 땅의 계룡산은 원래 '닭의 산'이었지요. 당나라에까지 유명했던 명산으로, 당나라에서는 '계산동치鷄山東峙'라 불렀습니다. '동쪽에 우뚝 솟은 닭의 산'이라고나 할까요. 닭이 새벽을 알리는 동물이므로 '새날의 동이 터오는 산'이라는 뜻이겠지요. 그런 신성한 의미 때문에 조선이 새 나라의 수도 후보지로 꼽았지 않았겠습니까? 오늘날 세종시도 같은 맥락에서 이해할 수 있을 거고요."

"고려는 뭐가 없나요?"

준기는 또다시 리한나의 페이스에 말려드는 것을 조심하면서 말을 이었다.

"고려 때는 토템 신앙이 지배하던 시기가 아니어서 동물을 신격화할 필요가 없었죠. 후삼국을 통일한 왕건으로서는 토템보다 도덕적 이데올로기가 더 훌륭한 건국 신화로 다가왔을 겁니다. 궁예와 견훤을 군주를 배신한 무도한 인물로 몰고 태조 왕건이 하늘의 뜻에 따라 이들을 격파하고 새 왕조를 세운 것으로 미화한 거죠. 하지만 지금 우리의 이야기 기준으로 보자면 고려는 새의 가치를 몰랐습니다. 그저 매를 신성시하는 몽골에 잡아다 바치기 바빴지요. 당시 황해도 해주와 백령도에 살던 매를 해동청海東青이라 부르고 전국 제일로 쳤습니다. 몽골에서도 이를 알고 해동청을 진상하라는 요구가 빗발쳤죠. 그래서 응방이라는 기구까지 두고 해동청을 조달해야 했습니다."

"해동청 보라매!"

"하하하. 맞습니다. 전라도 민요 '남원산성'의 한 소절이지요. 수지니 날지니 해동청 보라매…… 모두 매를 일컫는 말입니다. 수진은 날지 못하는 새끼를 잡아 집에서 기른 지 몇 해 된 매를 말하고, 날진은 산진이라고도 하는데 야생에서 몇 해 동안 자란 매를 말합니다. 보라매는 태어난 해에 잡아서 길들인 매인데 털빛이 옅은 담홍색이라 그렇게 부르지요. 이 밖에 송골매는 뭔가 거창한 뜻이 있을 것 같은데 아닙니다. 몽골어로 매를 '셩허르'라고 한다는데 그것을 음차해서 표기한 것일 뿐이지요. 보통 푸른빛이 도는 해동청 중에서 흰빛이 많은 것을 일컫는다고 해요."

"종류가 많기도 하네요."

"매의 종류에 따른 게 아니고, 사람의 필요에 따른 용도상 분류지요. 당시 백성들이 얼마나 힘들었는지 이해할 수 있는 대목입니다. 몽골에 매를 바쳐야 하는데 누가 매를 잡겠어요. 백성들이 잡아다 바쳐야 했겠지요. 어디 매가 쉽게 잡히는 동물입니까? 매의 둥지를 찾아서 새끼들을 잡아야 했지요. 우리나라 곳곳에 많은 응암, 응봉, 매봉이라는 지명이 민초들의 애환이 서린 이름입니다."

아, 이놈의 직업병. 일단 설명을 시작하면 꼬리에 꼬리를 무는 연상 작용. 자신의 오버가 쑥스럽기도 하고 목도 마르고 해서 준기는 술잔을 입에 털어 넣었다. 그때 추임새를 넣어가며 열심히 듣고 있던 리한나가 자리에서 벌떡 일어서 테이블 너머로 몸을 기울여서는 준기의 입에 자신의 입을 맞췄다.

"훌륭한 강의였어요, 준기 씨."

그러고는 아무 일도 없었다는 듯 자리에 앉으며 말했다.

"얼마 전에 가본 오르도스 박물관의 선우 청동상도 매 한 마리가 앉아있는 모자를 쓰고 있더군요."

기원후 29년

숲은 가문비나무와, 낙엽송, 전나무 같은 침엽수들이 키 자랑을 하고 있었다. 자작나무, 박달나무, 백양나무 같은 활엽수들도 질세라 끼어들었다. 빼곡하게 들어선 큰 키의 나무들이 한 치의 양보도 없이 서로 하늘에 먼저 이르려 다투었다. 그 밑으로 난 오솔길은 그래서 늘 어두웠다. 맑은 날 대낮에도 햇빛 한 줄기가 닿기 어려웠다. 겁이 많은 산짐승들에게는 오히려 이로웠다. 그 이로움에 기대어 움직이는 산짐승들이 많은지, 사람의 발자취 없는 오솔길이 제법 길 모습을 갖추고 있었다.

하지만 수레가 자유롭게 움직이기에는 지극히 좁았다. 가다가 빽빽한 나무들로 좁아지는 길을 만나면 좌로, 우로, 때로는 뒤로 돌아가기를 반복해야 했다. 일행과 떨어질 수 없으니 걷는 사람도 수레를 따라 돌아가야 했다. 수레를 끄는 말도 지쳤고, 걷는 사람도 지쳤다. 김당의 곤한 두 발이 한 걸음 떼기조차 힘들어졌을 때, 흐르는 물소리가 들렸다. 그리 멀지 않은 곳이었다. 마실 물은 오래전에 떨어지고 갈증에 목젖까지 말라있던 터에 물소리는 없던 힘까지 솟게 했다. 사람들의 발걸음이 빨라졌고, 앞으로 나아갈수록 물소리는 커졌다. 백 걸음 정도를 더 가자 숲이 끝나고 눈앞에 강이 펼쳐졌다. 강폭은 꽤 넓었지만 가뭄으로 물이 많이 줄었는지 상당 부분 드러난 바닥 위를 수심 깊지 않은 물이 구불구불 이어지고 있었다. 눈으로 보기에 가장 깊은 곳도 어른 허리에 미치지 않을 것 같았다.

옛 고구려 사람들이 맑은 강 '청하'라 부르던 압록강이었다. 고구려인들에게 압록강은 신성한 존재였다. 고구려의 시조인 주몽이 잉태된 곳인 까닭이다. 부여를 세운 해모수의 손자인 금와가 남행을 하다 태백산 남쪽 우발수라는 곳에서 한 여인을 만났다. 여인이 말했다.

"소녀는 압록강의 신 하백의 딸로서, 이름은 유화라고 합니다."

금와가 놀라서 물었다.

"어허, 그런데 어찌 이런 외진 곳에서 홀로 배회하고 있소?"

유화가 얼굴을 붉히며 고했다.

"동생들과 강가에 나와 노는데 한 남자가 나타나 자신이 천제의 아들 해모수라고 하면서 저를 웅심산 아래로 데려가 범한 뒤 사라져 버리고는 돌아오지 않았습니다. 저는 집에 홀로 돌아와 아버님께 사실대로 말했는데, 아버님이 몸을 더럽혔다고 노발대발하시어 저를 이곳으로 쫓아냈습니다."

금와는 유화를 가엾게 여겨 궁으로 데려와 거처할 방을 주었다. 그런데 괴이한 일이 벌어졌다. 방 안에 창을 닫았는데도 햇빛이 들어왔는데 유독 유화가 있는 곳만 비추었다. 그녀가 빛을 피해 다른 곳으로 옮겨도 햇빛이 그녀를 쫓아가며 비추는 것이었다. 마치 어미닭이 알을 품듯, 햇빛이 따스하게 유화를 품어 온기를 주려는 것 같았다. 얼마 후 유화에게 태기가 있더니 아홉 달 후에 커다란 알을 낳았다.《삼국사기》는 '닷 되 크기'라고 전한다.

금와는 알을 버리라고 명했다. 괴이하게 여겼기 때문이라지만 웃기는 이야기다. 금와 자신의 탄생 역시 괴이하기 짝이 없었기 때문이다. 그의 아버지 해부루는 만년까지 후사가 없자 산신령에게 제사를 지냈다. 얼마 후 해부루가 한 연못가에 이르렀을 때 그가 탄 말이 커다란 돌 앞에서 걸음을 멈추고는 눈물을 흘렸다. 이에 해부루가 돌을 치우게 했더니 돌 밑에 금빛 개구리처럼 생긴 사내아이가 있었다. 해부루는 신이 주신 아들이라 기뻐하며 이름을 금와로 짓고 태자로 삼았다. 그런 사람이 알을 보고 괴이하다 여긴다니 가소로운 일이 아닐 수 없다. 오히려 자신과 비슷한 점이 두려웠다고 하는 것이 맞을 것이다. 자기가 그랬듯 범상치 않은 탄생이 하늘의 뜻일 수 있다는 생각 말이다. 해부루야 자식이 없었으니까 자신을 아들로 받아들일 수 있었지만, 자기는 이미 장자 대소를 비롯해 아들들을 두고 있으니 필요 없는 탄생이었다.

왕명에 따라 신하들은 유화가 낳은 알을 짐승들에게 먹이로 던져주었다. 하지만 짐승들이 알을 깨서 먹지 않고 오히려 알을 감싸고 지키는 게 아닌가. 화가 난 금와는 알을 깨버리라고 명했다. 하지만 아무리 힘센 장사가 몽둥이로 내리쳐도 알은 끄떡없었다. 금와는 하늘의 뜻을 거스를 수 없음을 깨닫고 알을 유화에게 돌려주었다. 이

옥고 알에서 한 남자아이가 스스로 껍질을 깨고 나왔다. 탄생 신화가 늘 그렇듯 이 아이도 어릴 때부터 골격이 남다르고 풍채가 아름다웠다. 게다가 제 손으로 활과 화살을 만들어 쏘는데 쏠 때마다 백발백중이었다. 금와는 아이의 이름을 주몽이라고 지었는데, 주몽이란 부여 말로 명사수를 일컫는 말이었다.

대부분의 설화가 그렇듯 재주가 범상치 않던 이 아이도 주위의 시기와 질투를 받는다. 특히 금와의 태자인 대소가 자신의 자리를 지키는 데 불안을 느껴 주몽을 처치하라고 종용한다. 위험을 느낀 유화는 주몽을 탈출시킨다. 회귀 본능이랄까. 주몽은 자신이 잉태된 압록강 인근의 졸본 땅에 이르러 고구려를 건국하기에 이른다.

김당 일행이 당시 도착한 지역은 오늘날 북한의 자강도 위원군 일대였다. 압록강을 사이로 오늘날 중국 동북지방과 마주한 곳이다. 조선조 세종 때 신설된 군인데, 위수 유역의 언덕지대라 해서 위원이라는 이름이 붙었다. 신석기시대의 유물이 다수 발굴된 점으로 미루어 신석기 때부터 사람들이 정주하던 곳이었다.

일행은 수레가 내려갈 수 있는 지형을 찾아 물가로 다가갔다. 이른 봄의 강물은 시리도록 차가웠다. 그래도 사람들은 기꺼이 메말라 갈라진 목을 축이고 땀을 씻었다. 수레에서 해방된 말들도 그 차가움에 소스라치면서 목을 적셨다. 일행은 물가에서 밥을 지어 먹고 잠시 쉬어 가기로 했다. 말갈인들이 돌을 쌓고 솥을 걸었다. 땔감을 구해 와 불을 붙였다. 따뜻한 밥을 한 사발 먹고 나니 누구나 할 것 없이 졸음이 쏟아졌다.

김당의 눈꺼풀도 천근만근 주저앉았다. 잠깐이나마 눈을 붙이려는데 가슴에 뜨거운 열기가 밀려왔다. 김당은 정신이 번쩍 났다. 그것은 따사로운 햇볕 때문이 아니었다. 열기는 품속에서 나왔다. 옷 안에 손을 넣어보니 역시…… 금인상이 내뿜는 불안한 열기였다. 그것은 경고였다. 알지 못하는 위험이 다가오고 있었다.

김당은 주위를 둘러봤다. 어떠한 인기척도 없고 산새들조차 날지 않았다. 그는 정신을 집중해 귀를 기울였다. 산짐승들이 숨어버린 숲은 적막하리만치 조용했다. 강물도 처음 들었던 소리 그대로, 똑같은 유속으로 흘렀다. 무엇일까. 무슨 위험이 있기에 금인상이 경고하는 걸까. 산적이라도 나타난다는 걸까. 하지만 이처럼 인적이 미치지 않는 곳에 뭐 먹을 게 있겠다고 산적이 있겠나. 비록 산적이 있다 하더라도 스무 명이나 되는 장정들 앞에 함부로 나설 수도 없을 터였다. 아무리 생각해도 짚이는 것이 없었다.

그러나 김당이 간과한 것이 있었다. 가장 위험한 적은 언제나 내부에 있는 법이다. 말갈인들의 태도가 조금씩 달라진 것이다. 그들은 며칠 전부터 김당 일행의 눈치를 슬금슬금 살피며 자기들끼리 자기들 말로 속삭이기 시작했다. 그러더니 김당 일행이 알아듣지 못한다고 느끼자 점차 대담해져 큰 소리로 말을 주고받았다. 음흉한 웃음도 더욱 잦아졌다. 김당은 그들이 그저 피곤함을 잊고자 시답잖은 농담을 주고받는 것이라 여겼다. 자기들 대신 말을 몰고 짐을 지는 것이 고맙고 미안할 따름이었다. 자신들을 보호하라는 왕명을 받은 그들이 다른 마음을 품고 있으리라고는 상상도 하지 못했다.

하지만 말갈인들은 언어만큼이나 생각도 달랐다. 그들은 고구려 왕에게 충성할 필요가 없었다. 그들 중 누군가가 김당 일행이 고구려 왕에게 하사받은 은자가 많다더라고 다른 말갈인들에게 말했다. 지나가는 말이었다. 얼마 후 다른 한 명이 그 정도면 어디를 가더라도 떵떵거리며 살 수 있을 것이라고 보탰다. 더 이상 지나가는 말이 아니었다. 다음 날 다른 한 명이 목적지에 도착하면 우리에게도 은자를 좀 나눠줄까 하고 물었다. 다른 한 명이 나쁜 사람들 같지는 않으니 우리의 노고를 모른 척하지는 않을 것이라고 대답했다. 그러고는 앞서가며 말을 끌던 네 명 모두 껄껄껄 웃으며 행복해했다. 이튿날 은자 얘기를 처음 꺼냈던 말갈인이 땅끝까지 가기 싫다고 말했다. 그러자 다른 한 명이 자기도 그렇다고 말했다. 그렇게 투덜거리며 길을 걷다가 세 번째 말갈인이 말했다.

"은자를 빼앗아 달아나 버릴까?"

나머지 세 사람이 놀란 얼굴로 그를 쳐다봤다.

"이들 정도면 우리가 해치울 수 있지. 우리끼리 은자를 나누면 몫도 커져서 팔자를 고칠 수 있을 테고…… 어딜 가도 평생 향기로운 술에 계집 엉덩이를 두드리며 살 수 있을 거야. 흐흐흐."

나머지 세 사람은 자신도 모르게 군침을 삼켰다. 그때 뒤따라오던 말갈인이 소리를 질렀다.

"쓸데없는 소리들 말고 길이나 잘 열어!"

나이가 가장 많은 중년의 말갈인이었다. 그는 앞서가던 말갈인들이 웃고 떠들자 무슨 말들을 하는지 귀 기울이다 험상궂은 말들을 들은 것이었다. 앞쪽 네 명의 말갈인들은 연장자의 호통에 주춤했지만 생각을 바꾸지는 않았다. 적절한 거사 시기만 노리고 있을 뿐이었다. 그때가 바로 지금이었다. 둔덕 위 나무에 기대앉아 시선을 강 건너편에 던지고 있던 김당의 목에 차가운 날카로움이 느껴졌다.

"꼼짝 마! 조금이라도 움직이면 목이 날아갈 줄 알아!"

은자 얘기를 처음 꺼냈던 말갈인이었다. 이마에 장고 모양의 점이 있었다. 그가 칼을 김당의 목에 들이대고 위협하는 사이 나머지 세 명도 칼을 꺼내 들고 다른 일행들을 겨눴다. 식사 후 달콤한 오수를 즐기고 있던 일행들은 말갈인들의 갑작스러운 태도 변화에 어안이 벙벙할 뿐이었다.

"뭣들 하는 짓이냐? 어서 칼을 내려놓지 못해?"

중년의 말갈인이 다시 호통을 쳤다. 점박이가 음흉한 웃음을 흘리며 말했다.

"영감은 가만히 계슈. 그래도 한몫 챙겨드릴 테니까."

점박이는 다시 김당의 목을 칼로 누르며 말했다.

"가지고 있는 은자를 몽땅 내놔! 그 양이 흡족하면 목숨은 살려줄 테니……."

김당은 아들 김산에게 말갈인의 말을 따르라고 일렀다. 김산이 몸을 일으켜 수레에 실린 궤짝을 열었다. 그러고는 궤짝 안을 뒤져 자루 두 개를 꺼냈다. 두 자루 모두 묵직해 보이는 물건이 가득 담겨있었다. 손에 칼을 쥔 말갈인들의 눈이 휘둥그레졌다. 그중 한 명이 김산을 밀치고 자루를 열더니 안에 가득 찬 은을 보고 황홀해졌다. 다른 두 명도 못 참고 나머지 자루에 달려들었다. 그들 역시 이내 황홀해졌다. 그들과는 조금 떨어져서 김당을 위협하고 있던 점박이도 자루가 몹시 궁금했다. 하지만 그는 더욱 궁금한 게 있었다.

"흐흐흐, 가슴에 품은 것도 내놓으시지."

'아니, 그걸 어떻게…….'

말갈인이 그런 김당의 마음을 읽기라도 했다는 듯 말했다.

"내가 유심히 지켜봐 왔지. 늘 한 손을 가슴속에 넣고 어루만지고 있는 것을. 얼마나 귀한 물건이라 그러는지 늘 궁금했다. 어서 꺼내!"

김당은 아득한 나락으로 떨어지는 것 같았다.

'이제 여기서 끝인가.'

점박이의 손에 힘이 들어갔다. 날카로운 칼날이 김당의 목을 파고 들었다. 김당이 어쩔 수 없이 금인상을 꺼내 들었다. 말갈인이 금인상을 낚아챘다.

"오, 역시 황금이었구나! 얼마나 애지중지 품었는지 뜨끈뜨끈하구나. 크크크."

점박이는 자루를 든 말갈인들보다 더욱 황홀했다. 금빛 황홀경이었다. 하지만 그것은 오래가지 못했다. 점박이가 금인상을 햇빛에 비춰 보려고 금인상을 들어 올리는 순간 숲속에서 주먹만 한 돌멩이가 날아와 점박이의 이마를 정통으로 가격한 것이다.

"으헉!"

점박이는 그대로 고꾸라지며 둔덕 아래로 굴러떨어졌다. 그 순간을 놓치지 않고 중년의 말갈인이 수레 앞에 있던 말갈인에게 달려들었다. 솜씨 좋게 휘두른 몽둥이가 두 사람의 안면을 차례로 가격했다.

"어이쿠!"

두 말갈인이 나가떨어졌다. 그사이 김당의 일행들이 떨어진 칼을 주워 들고 쓰러진 말갈인들의 얼굴을 겨누었다. 이제 남은 것은 자루 앞의 한 명이었다. 그는 너무나 급작스럽게 이뤄진 상황 변화에 적응하지 못하고 칼을 든 채 멍하니 서있다가 중년의 말갈인과 눈이 마주쳤다. 중년의 말갈인 얼굴에 회심의 미소가 피어올랐다. 남은 한 명의 말갈인은 그 모습을 보고 너무나 놀라 칼을 떨어뜨리고 말았다. 상대가 두려워서가 아니었다. 중년의 말갈인이 갑자기 이상한 차림새의 젊은 여인으로 바뀌었던 것이다.

2022년 4월

"에잇, 나쁜 놈! 죽어랏!"

중년의 말갈인, 아니 리한나는 남은 한 명의 말갈인에게 달려들었다. 그러고는 몽둥이로 그의 어깨를 사정없이 내려쳤다. 말갈인은 공포에 질려 땅에 쓰러졌다. 그것은 몽둥이에 의한 공포가 아니라 순식간에 바뀐 얼굴에 대한 공포였다. 말갈인은 팔로 얼굴을 감싼 채 일체의 저항도 없이 리한나의 몽둥이세례를 받았다.

"아윌 퍼킹 킬 유!"

놀란 것은 다른 사람들도 마찬가지였다. 김당 역시 입을 다물지 못했다. 하지만 그는 순식간에 바뀐 얼굴 때문에 놀란 것은 아니었다. 김당, 아니 준기가 놀란 것은 리한나의 다른 모습 때문이었다. 그녀는 지금 제정신이 아니었다. 더 이상 놔두면 사람을 죽일 것 같았다.

"그만해요. 리한나!"

준기는 리한나에게 달려들었다. 뒤에서 꼭 껴안아 팔을 못 쓰게 막았다. 빠져나오려고 용을 쓰던 리한나는 차츰 정신이 돌아왔다.

"어머, 뭐 하시는 거예요?"

"그런 것 따질 때가 아닌 거 같은데요. 뛰어요."

준기는 리한나의 손을 잡고 숲으로 달려갔다. 두 사람이 숲속으로 사라진 뒤 한참 후까지 나머지 사람들은 입을 커다랗게 벌린 채 숲을 바라보고 있어야 했다. 그것은 김당 일행이나 그들을 도운 말갈인은 물론 은자를 탈취하려던 말갈인들도 마찬가지였다.

그때까지는 아무도 몰랐다. 금인상이 사라진 것을……. 한 번도 앞에 나선 적 없던 말수 적은 말갈인과 함께 말이다.

"생각보다 용감하던데요?"

"놀리지 마세요. 무서워 죽는 줄 알았다고요."

"그 말갈인은 아마 영어로 욕을 먹은 최초의 동양인일 겁니다. 동서양을 통틀어도 그렇겠네요. 기원전 55년, 브리타니아섬에 상륙했던 카이사르도 그런 욕은 못 들었을 거예요. 퍼킹이란 단어가 당시에는 없었을 테니까……."

준기는 웃으며 말했다. 리한나는 입술을 삐죽이며 쏘아붙였다.

"농담을 참 진지하게 하는 재주가 있으시네요. 정말 무서워서 제정신이 아니었다니까요."

"그 말갈인은 상당한 무술 고수인 거 같던데요. 그런데도 무서웠다고요?"

"맞아요. 다른 말갈인과는 달리 체계적으로 훈련을 받은 전사였어요. 그래서 몽둥이만으로 칼을 든 두 명을 순식간에 제압할 때는 신이 났죠. 그런데 갑자기 저로 바뀐 거잖아요. 마침 그때 의식 이탈이 일어나서……. 눈앞에 험상궂게 생긴 사람이 칼을 들고 서있는데 어떻게 해야 할지 모르겠더라고요. 몽둥이를 어떻게 휘둘렀는지도 모르겠어요."

"뭐, 죽지는 않았을 겁니다. 몽둥이찜질이 아니라 놀라서 심장마비가 오지 않았다면……."

"재미없다니까요. 그런 진지한 농담."

리한나는 콧방귀를 뀌고 고개를 돌렸다가 갑자기 생각났다는 듯 다시 물었다.

"그런데 잘 해결됐겠지요? 나쁜 말갈인들을 잘 진압했겠지요? 끝을 보질 못해서……."

"잘됐을 겁니다. 리한나 씨가 맹활약을 펼쳐서…… 좀 더 패주질 못해서 아쉽습니까?"

리한나는 주먹으로 준기의 가슴을 때렸다.

"아주 끝장을 못 내서 아쉬운데 준기 씨한테라도 풀어야겠네요."

"이런, 사양하겠습니다. 말갈인처럼 맞다가는 뼈도 못 추리겠던데요. 하하하."

"그러니까 그렇게 안 되려면 잔말 말고 따라오세요. 소맥이라도 벌컥벌컥 들이켜야 놀란 가슴이 진정될 것 같아요. 그런데……."

"어? 정말요. 왜 우리가 계속 여기 있는 거죠?"

두 사람은 그제야 자신들이 2022년으로 돌아가지 않고 있음을 깨달았다. 의식 이탈이 일어난 뒤 숲속으로 뛰어든 두 사람은 바위 밑에 몸을 숨겼다. 보통 때 같으면 이런 상황이 벌어지면 두 사람을 지켜보고 있던 김 박사와 태호가 이상을 감지하고 두 사람을 흔들어 깨웠다. 설령 그렇지 않더라도 의식 이탈의 지속 시간은 그리 길지 않아 몇 분을 넘기지 않았다. 누가 깨우지 않아도 저절로 현실로 돌아왔던 것이다. 그런데 지금은 십 분이 넘도록 의식 이탈이 계속되고 있는 것이었다. 태호의 부재를 감안하더라도 뭔가 잘못되고 있음이 분명했다.

김 박사도 이상을 느꼈다. 의식 여행을 시작한 이후 처음 접하는 이상이었다. 의식 여행 시간이 길어지고 있었다. 보통의 경우라면 지금쯤이면 돌아왔어야 했다. 그런데 두 사람은 아주 깊은 잠에 빠진 것처럼 미동도 없이 편안하게 누워있었다. 처음부터 잠시도 한눈을 팔지 않았지만 변함없었다. 어떠한 돌발 상황이 벌어졌다면 그럴 수는 없을 터였다. 조금이라도 몸을 꿈틀대야 했을 텐데 그렇지 않았다.

'이 친구들이 지나치게 몰입을 하는 것 같군. 메소드 연기를 하는 배우처럼 말이야.'

김 박사는 조금 더 지켜보기로 하고 양손을 들어 올려 크게 기지개를 켰다.

기원후 30년

김당은 서둘러 둔덕 아래로 내려갔다. 둔덕 중간에서 둔덕을 향해 굽어 자란 낙엽송의 반대 방향으로 지표면을 뚫고 나온 굵은 뿌리 사이에 말갈인이 머리를 처박고 고꾸라져 있었다. 김당은 그를 밀쳐냈다. 말갈인은 바닥 위에 편안하게 돌아누운 자세가 됐다. 이마에서 피가 흐르고 있었지만 죽은 것 같지는 않았다. 그의 생사는 아무래도 상관없었다. 김당의 관심은 오직 하나였다. 그러나 아무리 찾아도 없었다. 사람들을 불러 주변을 샅샅이 뒤졌지만 어디에도 보이지 않았다. 심지어 돌무더기를 들춰보기까지 했지만 나오지 않았다. 김당은 말갈인이 둔덕 아래로 굴러떨어질 때 양손에 들고 있던 칼과 금인상이 동시에 아래로 떨어지는 것을 보았다. 그리고 둔덕 아래는 평평한 지형이어서 더 이상 아래로 굴러갈 곳이 없었다. 그런데 없었다. 칼은 있었지만 금인상이 없었다.

"어허, 이런 변고가 있나."

2022년 5월

숲에는 어둠이 먼저 내렸다. 준기와 리한나 두 사람이 바위 밑에서 몸을 웅크리고 있던 불과 십여 분 사이에 어둠의 색은 뿌연 회색에서 불투명한 암청색으로 바뀌었다. 어깨를 맞대고 있는 두 사람의 얼굴이 서로에게 희미하게 보일 정도였다.

"어떡해요, 우리……."

리한나의 속삭임이 떨렸다.

"조금만 더 기다려 보도록 하죠. 숲을 헤매는 것보다는 이곳이 안전할 것 같아요."

준기는 리한나를 안심시키기 위해 그녀의 손을 꼭 쥐었다. 그러고는 남아있는 오른손으로 주변을 더듬었다. 나뭇가지라도 들고 있어야 마음이 놓일 것 같았다. 이런 원시림에 어떤 야생동물이 있을지 몰랐다. 남산도 아니고 압록강 일대 아닌가. 게다가 2000년대가 아니라 이천 년 전 아닌가. 준기는 어둠 속에서 먹잇감을 노려보고 있는 호랑이를 떠올리고는 온몸에 소름이 돋는 느낌을 받았다. 손바닥에는 소름이 돋지 않는 것을 다행이라고 생각했다. 리한나에게 겁을 내는 모습을 보여주고 싶지는 않았다.

그때 준기의 손에 무엇인가가 잡혔다. 눈앞으로 가져와서 보니 50센티미터 정도 길이의 나무토막이었다. 한 손아귀에 들어오지 않을 정도로 굵은 것이었다.

"그걸로 뭐 하시게요?"

리한나가 고개를 길게 빼고 물었다.

"이걸로 리한나 씨를 보호해 주려고요."

리한나가 쿡쿡 웃었다.

"이번엔 마음에 들어요. 그 진지한 농담."

"제가 이래 봬도…… 어, 이거 좀 이상하지 않아요?"

"……."

"그냥 부러진 게 아니에요. 도끼나 칼로 자른 겁니다."

그랬다. 오랫동안 방치돼 드러나지 않았지만 나무토막은 분명 예리한 도구로 자른 것이었다. 잔가지를 쳐낸 흔적도 있었다.

"잠깐만요."

준기는 나무토막이 있던 바닥을 양손으로 짚어나갔다. 바위를 오른쪽으로 끼고 돌자 낮은 키의 덤불 뒤로 움푹 꺼지는 곳이 있었다.

"어이쿠!"

준기가 짚은 손이 바닥에 닿지 않았다. 준기의 몸이 균형을 잃고 앞으로 굴렀다.

"왜 그래요? 준기 씨?"

리한나가 놀라 소리쳤다. 하지만 목구멍을 겨우 넘는 작은 목소리였다.

"괜, 괜찮아요. 구덩이에 빠졌을 뿐이에요."

준기는 팔을 휘저어 주변을 살폈다. 구덩이는 무릎까지 빠질 정도의 깊이에 크지 않은 어른이 웅크리고 누울 수 있을 만한 크기였다. 바닥에는 마른 풀이 제법 두툼하게 깔려있어 푹신했다. 분명 사람이 바위 밑 흙을 파내 만든 것이었다.

"이리 와요. 여기 좋아요."

리한나는 기어서 준기 쪽으로 왔다. 조심스럽게 구덩이 안으로 내려가 준기 옆에 앉았다. 좁기는 했지만 두 사람이 등을 기대고 앉을 수 있는 공간이었다. 어둠에 익숙해진 눈으로 보니 구덩이 입구에 돌을 쌓아 입구를 반쯤 막아놓은 형태였다. 그 앞에는 준기가 집었던 것과 같은 크기의 나무토막이 여러 개 쌓여있었다.

"아마도 심마니나 사냥꾼 들이 잠시 쉬었다 가는 장소로 만든 것 같아요. 이걸로 이렇게 입구를 막고요."

준기는 나무토막을 세워서 차례차례 입구에 끼웠다. 나무토막의 길이가 입구의 크기에 딱 들어맞았다. 마지막 토막까지 끼워 넣으니 호랑이가 와도 안전할 것 같았다.

"완벽하군요."

"언제까지 이렇게 있어야 할까요?"

리한나가 추운지 두 손을 가슴 위로 모으며 말했다.

"글쎄요. 여기서 한숨 자다 보면 2022년 서울에서 깨어나지 않을까요?"

"준기 씨, 생각보다 듬직해요. 이런 상황에서도 당황하지 않고……."

준기도 스스로 놀라고 있는 중이었다. 자신이 이렇게 늠름할 줄은 미처 몰랐었다. 불안한 마음은 없지 않았지만 크게 두렵지도 않았다. 기사도라는 게 이런 것일까. 사랑하는 여자를 위해 두려움 없이 불을 뿜는 용을 향해 창을 들고 달려가는 기사들의 마음이 이런 것일까.

'사랑? 김준기! 오버하지 마!'

준기는 사랑이란 단어를 떠올린 자신에 대해 웃음이 나왔다.

잠시 후 리한나가 몸을 떨며 말했다.

"추워요."

그녀는 청바지에 얇은 블라우스만을 걸치고 있었다. 준기도 니트셔츠만 입고 있어서 벗어줄 수도 없었다. 두 사람 모두 의식 여행을 떠나기 전 사무실에 겉옷을 벗어두었던 것이다. 준기는 한쪽 팔을 들어 리한나의 어깨를 감쌌다. 손바닥으로 그녀의 팔뚝을 비볐다.

"따뜻하네요."

그녀의 온기도 준기에게 전해졌다. 떨림과 함께였다. 준기의 가슴이 사정없이 뛰었다. 이것도 그녀에게 전달될 터였다. 주저하던 그의 나머지 손이 그녀의 허리를 감싸 안았다. 두 사람의 얼굴이 가까워졌다. 두 눈을 감고 있는 리한나의 얼굴이 희미하게 들어왔다. 두 사람의 입술이 서서히 그리고 부드럽게 포개졌다.

실로 오랜만에 너른 들판이 김당 일행의 눈앞에 펼쳐졌다. 산과 숲만 보고 걷다가 시야가 탁 트인 너른 들판을 마주하니 눈이 부셨다. 평야를 병풍처럼 감싸 안은 산 위에서 불어오는 산들바람에 가슴속부터 시원해졌다. 안변 삼십 리라 일컬어지는 안변평야다. 동예의 일부였다가 고구려에 복속된 뒤 비열홀군이라 불리었고, 신라 땅이 되어서는 비열주로 바뀌었다. 안변이라는 이름은 고려 때 생긴 것으로, 안동·안서·안남·안북과 함께 '안'자 돌림 도호부 다섯 곳을 설치하면서 안변이라 불리게 됐다. 오늘날은 북한 땅 강원도에 속해 있다.

평야를 둘러싼 산세는 험하기 이를 데 없다. 서쪽으로 백암산, 저두산, 추애산으로 이어지는 마식령산맥이 지나고 동남쪽 황룡산에서 출발한 태백산맥이 남쪽 방향으로 달린다. 서울을 출발해 추가령 지구대를 따라 달리던 경원선이 추가령을 넘어 이곳을 지난 뒤 원산에 닿았다. '신고산 타령'으로 유명한 신고산이 안변의 한 역 이름이다. 원래 고산리가 있었는데, 철도 개통으로 서쪽으로 2킬로미터쯤 떨어진 곳에 신고산면이 생기면서 원래 고산은 구고산이 되어버렸다.

"신고산이 우르루 함흥차 떠나는 소리에 구고산 큰애기 반봇짐만 싸누나."

신고산 타령은 개화기에 도시 공장으로 일자리를 찾아 떠나는 시골 처녀들의 애환을 절절하게 표현한 것이었다. 서울에서 함경도 쪽으로 가는 나그네는 안변군 신고산면과 회양군 화북면 사이에 있는 철령을 넘어야 한다. 철령 이남을 관동, 이북을 관북 지방이라 불렀다. 고려 때 철령에 철관이라는 관문을 두었던 까닭이다. 해발 685미터의 이 고개는 하도 험해 "앞서가는 사람의 뒤꿈치가 뒤따라가는 사람의 이마를 친다"는 말까지 있었다.

김당의 일행이 철령을 넘을 생각은 없었다. 평야를 관통해 바닷가로 나간 뒤 해안을 따라 남쪽으로 내려갈 예정이었다. 그들의 목적지는 한나라에서 가장 멀리 떨어진 바닷가 땅끝이었기 때문이다. 일행이 한가로운 들판을 바라보며 한숨 돌리고 있을 때 멀리서 수십 명의 군사들이 일행을 향해 달려왔다.

"아버님! 저기 군사들이……."

김산이 자리에서 일어서며 외쳤다.

"보고 있다. 동요하지 말고 차분하거라."

'아, 금인상이 있었다면 이런 상황을 사전에 예고해서 현명하게 대처할 수 있게 해주었을 텐데…….'

김당은 다시 한번 심장이 녹아내리는 듯한 아픔을 느꼈다.

'이 일을 어찌할꼬…… 죽어서 조상들 앞에 어찌 선단 말인가.'

눈만 감으면 불호령을 내리는 아버지의 모습이 그려졌다. 하루에도 몇 번씩 칼로 목을 찔러 조상들 앞에 엎드려야 한다는 충동에 사로잡혔지만, 자신만 바라보는 자식과 손자 들이 있으니 그럴 수도 없었다. 살아도 사는 게 아니었지만 죽는다고 사라지는 고통이 아니었다.

긴 창과 활로 무장한 군사들이 일행을 에워쌌다. 김당의 일행은 배신한 말갈인 네 명과 사라진 말갈인 한 명을 뺀 열다섯 명이었다.

김당은 배신한 자들을 죽이지 않았다. 대신 각각 양손을 뒤로 묶고 여덟 개의 손을 다시 하나로 묶은 뒤 풀어주었다. 결박당한 네 명이 각각 동서남북 방향을 향하는 모습이었다.

"어디든 너희들이 원하는 곳으로 가거라."

한 몸이 된 네 명은 서로 앞으로 나아가다 이리 쓰러지고 저리 자빠졌다. 일어나기도 힘들었다. 서로에게 악을 쓰면서 가까스로 일어났다가도 금방 다시 고꾸라지고 말았다. 두 사람씩 등을 맞댄 채 옆걸음으로 걷는 게 움직일 수 있는 거의 유일한 방법이었다. 그것을 터득하게 될지, 그래서 어디로 가게 될지는 그들의 문제였다. 어떻게 결박을 풀 수 있을지, 끝내 못 풀고 굶주린 호랑이의 저녁거리가 될지는 그들의 운명이었다. 나머지 말갈인 다섯 명은 그들에게 동조하지 않았다. 중년의 말갈인을 따라 김당 일행에게 충성할 것을 맹세했다.

높이가 오 척 정도 되어 보이는 키 작은 말을 탄 장수가 일행에게 다가왔다.

"무엇 하는 놈들이냐?"

장수는 고구려와 같은 언어를 사용했다. 하지만 복장은 조금 달랐다. 고구려 사람들이 깃이 있는 저고리를 입었다면, 이 장수와 병사들의 옷은 목둘레가 둥글었다. 김당이 두 손을 모아 읍하며 대답했다.

"우리는 멀리 한나라에서 전란을 피해 온 난민들이오. 이곳은 그저 지나가는 길이올시다."

장수의 말이 험해졌다.

"난민? 난민 행장이 아닌데? 바른대로 털어놓지 못하겠느냐! 함부로 산천 경계를 넘어 남의 땅을 침범했을 때는 노예가 되든지, 소와 말로써 변상을 해야 하는 게 우리의 법속이다."

그때 김당이 밟고 있는 땅은 역사 속에서 동예라 일컬어지던 곳이었다. 동예는 중앙집권적인 왕이 없이, 각각의 마을마다 삼로라 불리는 지도자가 있어 마을을 다스렸다. 혈연 공동체인 마을마다 자급자족의 경제생활을 했으며, 다른 집단과의 교류가 활발하지 않은 폐쇄적 사회였다. 따라서 산천을 경계로 어로와 수렵, 농경과 채집 등 각 마을의 경제활동 영역을 정해놓고 엄격히 지켰던 것이다. 《삼국지》〈동이열전〉에는 동예 사회의 모습을 이렇게 기록하고 있다.

> 동예는 산과 강을 중시하는 습속이 있어, 여러 읍락이 산과 강을 경계로 나뉘어 있으며 함부로 다른 읍락의 영역에 들어가지 않는다. 만약 무단으로 경계를 침범하는 일이 발생하면 벌로 사람과 소, 말을 바치게 했는데 이를 책화責禍라 하였다.

"그러한 법속을 알지 못했습니다. 또한 이 땅을 지나지 않으면 우리의 목적지에 도착할 수 없으니 참으로 딱한 일입니다. 선처해 주시오."

"어디로 가느냐?"

"바닷가를 따라 남쪽 끝까지 내려가려 합니다."

"바다를 찾아가는 이유가 있느냐?"

김당은 장수에게 저간의 사정을 간략하게 설명했다. 한나라의 투후요, 고구려 왕의 스승이었다는 말을 장수는 반신반의하는 눈치였다. 하지만 장수의 말이 눈에 띄게 유순해졌다.

"내 마음대로 결정할 수 있는 일이 아니오. 우선 삼로를 뵙고 말씀하시오."

동예의 병사들이 겨누던 창을 거두고 김당 일행을 마을로 이끌었다. 마을로 들어서자 초막집들이 줄지어 있었다. 그런데 이상한 것은 촌락의 군데군데에 불에 탄 집터가 여러 곳 보이는 것이었다. 김당이 화재가 났었나 보다고 말했더니, 초상을 치렀던 집들이란 대답이 돌아왔다. 동예에서는 사람들이 죽거나 병에 걸리면 집의 운이 다했다고 믿어, 살던 집을 불태우고 새집을 지어 이주한다는 것이었다.

삼로가 거처하는 곳은 기와집이었고 담장까지 갖춘 제법 큰 규모였지만 크게 화려하지는 않았다. 일행은 마당에서 기다리게 하고 김당과 김산이 안으로 들어갔다.

"고구려 왕의 스승이라 하시었소?"

삼로라 불리는 노인이 물었다. 일흔쯤 되어 보이는 온화한 인상의 남자였다. 고을에서 가장 큰 어른이라고 했다. 김당은 그에게 자신이 한나라를 떠나와 고구려 왕의 스승이 된 사연과 고구려를 다시 떠나게 된 이유를 차근차근 설명했다.

"그렇군요. 고구려와 우리는 원래 한 핏줄입니다. 고구려 사람들은 스스로 맥인이라 일컫는데 맥은 곧 예에서 나온 것이지요. 말도 같고, 법속도 비슷합니다. 그러니 여러 가지로 모자란 촌구석이기는 하지만 편안하게 머물며 몸을 추스르십시오. 이곳에 몸을 두시기 원하신다면 거처도 마련해 드리겠습니다."

2022년 5월

김 박사는 초조했다. 준기와 리한나 두 사람이 죽은 듯 누워있는 게 벌써 두 시간째였다. 두 사람 모두 혈압이 정상이었고 심박수도 이상 없었다. 뇌파도 측정해 봤지만 특이한 변화는 없었다. 시간 말고는 이상 징후가 하나도 없었다. 하지만 너무 길었다. 평소에 비해 세 배 이상 긴 시간이었다. 태호에게 전화를 해보았지만 연결이 되지 않았다. 해외 로밍이 되어 있으니 무슨 일이 있으면 언제든지 연락하라고 먼저 얘기했던 태호였지만 그 자신에게 무슨 일이 있는지 전화를 받지 않았다.

결정을 내려야 했다.

'분명히 무엇인가가 잘못된 거야. 그렇지 않고서야 이렇게 길게 이어질 수가 없어.'

김 박사는 사무실을 서성였다. 담배까지 빼어 물었다. 불을 붙이지는 않았지만 결심을 하는 데 도움이 될 것 같았다. 의식 여행을 강제로 종료시켜야 해. 깨워야 해. 김 박사는 리한나에게로 다가갔다. 그녀의 어깨를 잡고 흔들려는 순간, 리한나가 눈을 번쩍 떴다. 김 박사는 깜짝 놀라 뒷걸음질했다. 김 박사의 등 뒤에서 준기도 눈을 떴다. 리한나와 준기가 거의 동시에 암체어에서 상체를 벌떡 일으켜 세웠다. 두 사람의 눈이 마주쳤다. 서로의 몸을 살피던 눈길이 빠르게 자신을 향했다. 안도감과 함께 영문 모를 아쉬움이 두 남녀의 얼굴을 스쳤다. 준기가 부끄럽다는 듯한 미소와 함께 고개를 돌렸다. 리한나의 뺨이 불그스레 물들었다.

'이건 뭐지? 두 사람…….'

김 박사는 영문을 모르면서도 뭔가 억울한 느낌이 들었다. 그때 김 박사의 스마트폰에서 문자 수신음이 들렸다. 태호였다.

중지시키세요.

'뭐 이런 놈이 다…….'

김박사의 입에서 욕이 터져나오려던 순간 리한나와 준기 두 사람이 동시에 외쳤다.

"거기!"

기원후 30년

김산은 아침 일찍 움집에서 나왔다. 삼로는 김당 일행에게 움집 세 채를 하사했다. 마침 땅을 파둔 집터가 있어 하루 만에 집이 완성될 수 있었다. 아무리 움집이라도 놀라운 솜씨였다. 사람이 죽거나 병들면 집을 버리고 새집을 짓는 사람들이니 그럴 만도 하겠다고 김산은 생각했다. 당시 동예인들의 민가는 대체로 가로 6미터, 세로 3미터 정도의 직사각형 모양을 깊이 50센티미터가량 파고 기둥을 세운 뒤 초막을 씌운 움집들이었다. 필요에 따라 옆으로 확장해 '여呂' 자나 '철凸' 자 형태가 되기도 했다. 안쪽 깊은 곳은 토기들을 보관하며 여자들이 머물고, 바깥 입구 쪽은 농기구를 놔두는 남성들의 공간이 된다. 가운데 부분은 작업실로 사용되었다. 내부에는 난방과 취사를 위해 바닥에 한 줄로 고래를 만든 초기 형태의 온돌이 있었다. 이것이 나중에 바닥 전체에 구들장을 까는 한국의 전통 온돌로 완성되는 것이다.

이른 시간인데도 마을은 활력이 가득했다. 사람들이 아침 식사를 한 지 이미 오래됐는지 저마다 활이나 농기구를 들고 산으로 들로 분주한 발걸음을 옮겼다. 벌써 고기잡이를 마치고 그물을 널어 말리는 어부들도 있었다. 동예의 특산품으로는 단궁과 반어피, 과하마가 알려져 있다. 단궁은 박달나무로 만든 활이고 반어피는 바다표범 가죽, 과하마는 키가 작아 말을 타고도 과수나무 아래를 지나갈 수 있다 해서 이름 붙은 조랑말이었다. 김당 일행을 삼로에게 인도한 장수가 탄 말이 과하마였다.

김산이 고을의 중심부에 이르자 연기가 피어오르고 여러 사람들이 모여 있는 곳이 있었다. 대장간인 것 같았다. 김산이 다가가서 보자 사람들이 모인 곳 가운데 어른 키 높이로 벽돌을 쌓아 올린 고로가 있고, 아래쪽에 있는 구멍에 사람들이 연신 장작을 넣고 풀무질을 해가며 불을 때고 있었다. 그런데 무슨 문제가 있는지 사람들이 고개를 이리저리 갸우뚱하고 있었다. 김산이 물었다.

"쇠를 만들고 있군요. 그런데 뭐가 잘못됐습니까?"

사람들 중 가장 나이가 많아 보이는 사내가 김산을 반겼다.

"아, 한나라에서 왔다는 분이구먼. 대국의 귀인이니 잘 아시겠소. 우리를 좀 도와주구려."

그는 자신들이 강가에서 채취한 사철을 제련하려 하는데 아무리 장작을 때도 쇠를 녹여낼 수 없어서 낭패라고 말했다. 보통 남쪽의 구야국에서 쇠를 사왔는데, 구야국 사람들이 하도 위세를 떨어서 자신들도 쇠를 만드는 기술을 배우려 한다는 것이었다. 구야국 장인을 눈동냥 한 것에 동을 만들던 기술을 보태 비슷한 고로를 만들기까지에는 이르렀는데 뭘 빠뜨렸는지 작동을 하지 않는다고 말했다.

"흠, 제가 한번 볼까요?"

김산은 철을 직접 만들어 본 것은 아니었지만 어릴 적 집 가까이 있던 대장간에 자주 놀러 다녔기에 쇠를 만드는 방법에 대해 보고 들은 바가 있었다. 벌겋게 달군 쇠를 두드려 칼을 만들고 호미를 만드는 게 어린 눈에 마냥 신기했다. 그를 귀엽게 본 대장장이가 두드려 보라고 그의 손에 망치를 쥐여주기도 했다. 김산이 보기에 고로는 이전에 본 것보다 크기는 작았지만 형태와 원리가 비슷했다. 문제는 연료였다.

"장작은 불 힘이 약하기 때문에 아무리 많이 때도 사철을 녹일 수 없지요. 나무를 태워 만든 목탄을 써야 불 힘이 철광석을 녹일 만큼 세집니다."

동예인들은 무릎을 쳤다. 장작불보다 더 큰 화력이 있다는 것을 몰랐던 것이다. 그런데 힘쓰는 일은 해본 적도 없고 글이나 읽게 생긴 귀공자가 그런 사실을 알고 있다는 데 감탄하지 않을 수 없었다.

한걸음 더 나아가 김산은 그들에게 선철을 만드는 방법까지 알려주었다. 그런 식의 고로 방식으로 만들어지는 철은 괴련철이라 하는 것으로, 비교적 무르기 때문에 단단한 철로 만들려면 불에 달궜다 꺼내 두드리는 작업을 수차례 반복해야 했다. 게다가 만들어진 괴련철을 꺼내기 위해서는 고로를 부수어야만 했다. 따라서 철을 얻는 데 많은 시간과 비용이 들고 생산되는 철의 양도 적었다. 하지만 액체 상태로 만든 선철은 거푸집에 넣어 주물로 찍어낼 수 있었기에 생산량이 월등히 높았다.

철에 숯을 넣으면 괴련철을 얻을 수 있는 온도에서도 철을 액체 상태로 만들 수 있었다. 그러한 주철은 탄소가 많이 함유돼 잘 부러지는 게 문제였다. 하지만 철에 규소를 넣어주면 탄소 성분과 결합해 흑연이 되어 나오기 때문에 탄소를 분리시켜 강한 철을 만들 수 있었다. 물론 이것 역시 김산이 스스로 해본 것은 아니었다. 대장장이가 하는 것을 보고 대장장이한테서 들은 것을 전해주었을 뿐이다. 하지만 눈과 귀로만 아는 자기보다는 동을 제련한 경험이 있는 동예인들이 훨씬 이해가 빠를 터였다. 만약 그렇지 못하다면 그것은 그들이 해결해야 할 문제였다.

2022년 5월

준기와 리한나 두 사람은 이 층 창가 테이블에 마주 보고 앉았다. 점심때가 지난 시간이라 식당은 한산했다. 한쪽 구석에서 그날 일을 마친 아르바이트생이 늦은 점심을 먹고 있었다. 땡! 종이 울리자 아르바이트생은 젓가락을 놓고 일어나 일 층 주방에서 올라오는 음식용 엘리베이터에서 쏸라탕을 꺼내 두 사람 사이에 놓고는 다시 자기 자리로 가서 음식을 먹었다.

"아직도 어안이 벙벙하네요."

준기가 리한나의 잔에 고량주를 따르며 말했다. 어색함을 깨기 위한 노력이었다. 머릿속은 어색함보다 혼란스러움이 지배했다. 황홀함과 경이로움이 뒤섞인 혼란이었다. 똑같은 것을 리한나도 느꼈다.

이곳에 오자고 한 것은 리한나였다. 뭔가 새콤한 것이 당겼다. 알코올도 필요했다. 새콤한 것은 혼란한 머릿속을 정리해 줄 수 있을 것 같았고 알코올은 어색함을 없애줄 것 같았다.

"저도 뭐가 뭔지 모르겠어요."

리한나가 술잔을 쳐다보며 말했다. 두 사람은 술잔을 가볍게 부딪친 뒤 입안에 털어 넣었다. 그러고는 쏸라탕과 뒤이어 나온 난자완스는 건드리지도 않은 채 말없이 앉아있었다.

심마니의 토굴에서 두 사람은 한 몸이 됐다. 추위와 두려움에 떨리는 서로의 몸을 안아 온기를 보탰고 그렇게 더해진 온기는 이내 두 사람을 뜨겁게 달궜다. 어둠은 더 이상 문제가 아니었다. 몸으로 상대를 보고 느꼈다. 어둠은 몸이 상대의 몸을 탐색하는 데 집중할 수 있도록 도왔다. 서로의 손가락이 상대의 몸에서 미끄러질 때 두 사람은 몸을 떨었다. 추위와 두려움이 주는 오싹한 떨림과는 다른, 나른하게 퍼지는 기분 좋은 떨림이었다. 가장 예민한 곳이 가장 예민한 곳에 닿았을 때 두 사람은 전율했다. 두 사람은 온 힘을 주어 상대를 끌어당겼다. 좁은 공간 역시 그들이 최대한 서로에게 가까워질 수 있도록 도왔다. 두 사람은 가까워지고 또 가까워졌다. 서로에게 다가가고 또 다가갔다. 더 이상 가까워질 수 없을 때까지 다가갔다. 그렇게 두 사람은 한 몸이 됐다. 완벽한 한 몸이었다.

그때였다. 두 사람이 절정에 다다른 그 순간, 그들은 무엇인가가 아니, 어쩌면 누군가가 부르는 듯한 느낌을 받았다. 누가 소리쳐 부르는 것이 아니라 마음의 울림이 마음으로 전해지는 것 같았다. 물체의 진동으로 생긴 음파가 귀청에 닿는 것이 아니라, 잔잔한 호수 한 가운데서 인 파문이 물가에 와닿는 것과도 같은 느낌이었다. 그 파문은 강렬하지는 않았지만 두 사람은 확실하게 그것을 느낄 수 있었다.

"느껴져요?"

"네."

세 번째 같은 파문이 두 사람에게 이른 순간 두 사람은 아득한 심연으로 빨려 들어가는 느낌을 받았다. 그들을 감쌌던 어둠보다 훨씬 깊었지만 눈부시게 밝은 심연이었다.

강렬한 빛에 두 사람은 눈을 뜰 수가 없었다. 얼마나 지났을까. 눈을 떴을 때는 사위가 밝은 대낮이었다. 장소도 토굴이 아닌 확 트인 들판이었다. 눈앞으로 임도가 지났고 나무 사이로 멀리 바다가 보였다. 눈에 보이지는 않지만 멀지 않은 곳에 도로가 있는지 자동차가 지나는 소리도 들렸다.

'자동차?'

시간도 이천 년 전이 아니었다.

"어머!"

리한나가 비명을 질렀다. 블라우스와 청바지가 반쯤 벗겨진, 정확히 말하자면 벗은 상태였던 것이다. 팬티까지 내려와 있었다. 준기 역시 마찬가지였다. 화들짝 놀란 두 사람은 서둘러 옷을 챙겨 입었다. 아니, 그렇지 못했다. 그 자리에서 수증기처럼 사라졌다가 사무실의 암체어 위에서 깨어난 것이다. 두 사람을 걱정했던 가엾은 김 박사만 놀라게 하면서…….

"거기가 어딜까요?"

침묵을 깬 것은 리한나였다. 여전히 시선은 손으로 만지작거리고 있는 술잔으로 떨어뜨린 채였다. 준기는 자신의 잔과 리한나의 잔에 차례로 술을 따랐다.

"글쎄요. 동해안 어딘 거 같지 않았어요? 해송 너머로 보이던 바다가 왠지 익숙한 풍경이었던 거 같아요. 중요한 건 고구려 때가 아니었다는 거……."

"그죠? 자동차 소리가 들렸고 콘크리트 포장된 임도도 있었어요. 정확하진 않지만 현대식 건물을 본 거 같기도 하고……."

"그렇다면 우리가 의식 여행 중에 또 다른 의식 여행을 한 건가요? 또 다른 시간과 공간대로요?"

"꿈속에서 또 꿈을 꾸듯이……."

이번에는 리한나가 자신의 잔과 준기의 잔에 차례로 고량주를 따랐다.

"그런데 그건 또 뭐였죠? 분명히 누군가가 부르는 것 같았어요. 자석처럼 끌어당기는 것 같기도 하고요."

준기가 다시 술을 입안에 털어 넣으면서 말했다.

"맞아요. 분명히 뭔가가, 어떤 힘이 있었어요. 그리고 그것이 우리를 그리로 끌고 갔어요."

리한나도 술잔을 들어 반쯤 마신 뒤 내려놨다.

"어떤 힘…… 그리로…… 무슨 힘이 어디로요?"

준기는 대답 대신 어깨를 으쓱해 보였다. 할리우드 영화에서 많이 본 모습인데 자신의 몸짓은 서양인들처럼 자연스럽지 않았다고 느껴졌다.

"김 박사가 무슨 짓을 한 건 아니겠죠? 우리가 의식 여행을 떠난 뒤에……."

"그건 아닐 거예요. 김 박사도 놀라고 있었어요. 우리한테 뭘 했길래 그리 오래 걸렸냐고 물었잖아요."

"그렇죠."

리한나는 남은 술을 마신 뒤 숟가락을 들어 쏸라탕을 한 술 떠 입에 넣었다. 그러고는 준기를 쳐다보며 웃었다. 식당에 온 뒤 처음으로 준기와 얼굴을 마주친 것이었다.

"맛있어요."

준기는 와락 그녀를 안고 싶다는 생각을 했다. 사랑스러웠다. 그는 지난밤 아닌 지난밤의 기억을 떠올렸다. 그때는 시각이 필요 없는 감각이었는데 지금은 아니었다. 모든 감각이 제 역량을 발휘하는 순간이 각각 따로 있는 것이다. 준기는 자신도 모르게 침을 삼켰다. 그 소리가 너무나 커서 온 식당 안에서 메아리치는 것처럼 느껴졌다. 그는 얼른 술을 따라 마시면서 딴청을 피웠다.

"들어요. 시간이 많이 늦어서 배고플 거예요."

"그런데요……."

"네."

잠시 뜸을 들이던 리한나가 물었다.

"그런데…… 우리가 관계를 가진 거예요?"

"……."

따지고 보면 그랬다. 지금도 온몸의 피부에 남아있는 듯 너무나 생생한 기억이었지만, 실제적인 육체의 결합은 아니었던 것이다. 의식의 결합일 뿐이었다. 그렇다고 상상이나 꿈으로 치부할 수는 없었다. 두 사람의 기억이 그렇게 일치하는 상상이나 꿈은 있을 수 없었다.

"그야말로 운우지정雲雨之情이네요."

준기는 멋쩍은 미소를 지으며 말했다.

"운우지정이란 남녀가 정을 나눈 걸 말하는 거잖아요?"

"네. 그걸 구름과 비로 비유하는 데에 얽힌 얘기가 있어요. 태곳적에 신농씨의 막내딸 요희가 꽃다운 나이에 요절하고 말지요. 얼마 후 그녀가 죽은 고요산이란 곳에 노란 꽃이 피어났다죠. 열매도 열렸는데 사람들이 그 열매를 먹으면 이성으로부터 사랑을 받았다고 해요. 사랑을 받을 기회가 없었던 요희의 영혼이 도와준 거겠죠. 그러자 하늘이 요희의 슬픈 운명을 달래기 위해 그녀의 넋을 사천성에 있는 무산으로 데려가 구름과 비의 신이 되게 했대요. 세월이 많이 흐른 뒤 전국시대 초나라 회왕이 무산의 호숫가에서 놀다가 깜빡 잠이 들었어요. 그런데 꿈에 요희가 나타나 서로 정을 나누었어요. 한 번도 경험하지 못한 황홀경을 느꼈던 회왕이 다시 만날 수 없느냐고 묻자 요희가 대답했대요. 자신은 아침에는 한 조각 구름이 되어 산골짜기를 어루만지며 노닐다가 저녁에는 비가 되어 지상에 내려온다고요. 그래서 남녀가 사랑을 나누는 것을 운우지정이라고 했다지요. 무산에서 꾼 꿈이라고 무산지몽巫山之夢이라고도 하고요."

"그 뒤로도 요희와 회왕 두 사람의 만남이 계속됐나요?"

"회왕이 호숫가에 조운정朝雲亭이라는 정자를 지었다니까 계속 운우지정을 나누었는지도 모르죠."

"왜 석우정夕雨亭이라고 하지 않았을까요? 아침 구름은 만날 수 없고 만날 수 있는 건 저녁 비인데……."

"글쎄요. 저녁 비로는 만날 수 있지만 아침 구름으로는 만날 수 없는 그리움을 담아서 지은 이름 아닐까요."

준기는 의외로 운우지정 고사에 관심을 보이는 리한나가 귀여웠다. 그녀도 두 사람의 운우지정이 좋은 기억, 아니 좋은 감각으로 남아있다는 얘기였다. 리한나가 중얼거렸다.

"무산지몽은 아닌데……."

기원후 30년

김당 일행이 동예에 머문 지 한 달 가까이 지났다. 몸은 편한데 마음은 그렇지 못했다. 등은 단단한 바닥에 대고 누웠는데 발은 허공에 떠있는 듯한 기분이었다. 책을 읽어도 집중하기 어려웠고 배불리 먹어도 늘 헛헛했다. 늘 마음 한구석이 텅 빈 느낌이었다.

김당뿐 아니라 일행 모두가 그랬다. 심지어 말갈인들조차 좀처럼 새 터에 정을 붙이지 못했다. 김당의 눈치를 보며 자기들끼리 모여 수군댔다. 김산만이 자기가 전수한 방법을 동예인들이 제대로 실현해 내는지 관심을 갖고 대장간을 들락거렸다. 하지만 그것 역시 허전한 마음을 달래기 위함 이상이 아니었다. 이곳이 정착할 곳이 아님을, 소식을 기다리고 있을 가족들을 불러올 곳이 아님을 모든 일행이 알고 있었던 것이다. 삼로가 김당을 불렀다.

"옹졸한 촌구석이라 지내시기가 답답하시지요?"

"무슨 말씀이십니까. 삼로 어른의 후의에 집처럼 편안할 따름입니다."

김당은 속내를 들킨 것 같아 무안했다. 삼로는 김당의 마음을 이해한다는 듯 미소를 지었다.

"왜 답답하지 않으시겠습니까? 대륙을 호령하시다가 이 궁벽한 어촌에 거하게 되셨으니……. 그동안 집에 찾아온 손님을 내쫓는 것 같아 말씀을 드리지 못했습니다만, 남쪽 진국으로 가시면 이곳보다는 숨 쉬기가 편안하실 겁니다."

"진국이라 하시면……."

"저도 잘 알지는 못하나 듣는 바로는, 지금 우리가 딛고 있는 땅이 중국 동쪽에 위치한 반도인데 그 반도 남쪽에 있는 여러 소국들을 일컬어 진국이라 한답니다. 사실 진국은 오래전 얘기고 지금은 끼리끼리 뭉치고 합쳐서 세 나라가 되었다지요. 서쪽에 마한이 있고 동쪽에 진한이 있으며 가운데 있는 나라를 변한이라 한답니다. 이들을 통틀어 삼한이라고 하지요. 여기서 바닷길을 따라 남행을 하시면 진한에 이르게 됩니다. 진한이라는 이름 아래 열두 개의 작은 나라들이 있는데 그중 사로국이 가장 강력하다고 들었습니다. 사로국의 임금을 이사금이라 하는데, 그들은 떡을 깨문 뒤 그것에 난 이빨 자국 수가 많은 사람이 임금이 된다고 합니다. 나이가 많을수록 이빨이 많고 이빨이 많을수록 현명하다는 게지요. 이사금이라는 호칭도 잇자국이라는 뜻이랍니다. 지금 사로국의 이사금은 유리인데, 그의 할아버지는 하늘에서 내려온 백마가 싣고 온 알에서 태어났다고 합니다. 그 알의 모습이 표주박처럼 생겨서 성을 박이라 했고 이름을 혁거세라 불렀다지요. 어릴 적부터 용모와 행동이 범상치가 않아서 여섯 부의 원로들이 왕으로 추대를 했지요. 또한 혁거세의 부인, 그러니까 유리의 할머니는 우물가에 내려온 용이 옆구리로 낳았다고 합니다. 우물 이름을 따서 알영이라 불렀는데 자라면서 덕성이 충만해 왕비로 삼았답니다."

"그야말로 하늘이 내린 부부로군요. 자자손손 훌륭하지 않을 수 없겠습니다."

"하늘의 뜻을 잘 읽고 따르기만 한다면 그렇겠지요."

"다른 나라들은 사정이 어떤지요?"

"서쪽의 마한은 삼한 중에서 가장 강력한 국가입니다. 남쪽 나라들이 진국으로 불릴 때도 마한의 우두머리가 늘 진국의 왕이 되었지요. 마한에는 오십 개가 넘는 소국들이 있는데, 그중에서 목지국이란 나라가 가장 힘이 세므로 목지국 임금이 늘 마한의 왕이 되었습니다. 목지국은 조선 왕 준이 위만에게 나라를 빼앗긴 뒤 근신과 궁인을 거느리고 바다를 건너와 세운 나라라고 합니다. 하지만 손이 끊어져 지금의 임금은 준과 혈연관계가 없는 사람입니다. 목지국 외에도 마한에서 가장 북쪽에 있는 십제라는 나라가 힘을 키우고 있다고 들었습니다. 그들은 고구려와 조상이 같으며 박해를 피해 남쪽으로 내려왔는데 목지국 왕이 땅을 내줘 나라를 세웠다고 합니다. 그들은 임금을 부르는 호칭이 두 가지인데, 귀족들은 어라하라 부르고, 백성들은 건길지라 부른다고 하지요. 변한에는 열두 개의 나라가 있는데 그중에서 구야국이 가장 강력한 나라입니다. 그곳에는 왕이 없고 구간이라고 부르는 아홉 명의 원로들이 나라를 다스리고 있지요."

김당은 일어서서 두 손을 모아 읍한 뒤 말했다.

"삼로 어른의 지식의 깊이가 과연 끝을 모르는 심연과도 같습니다."

삼로가 손사래를 쳤다.

"과찬이십니다. 그저 귀동냥으로 주워들은 것일 뿐입니다."

김당이 다시 한번 읍하며 물었다.

"삼로 어른께서 보시기에 우리가 어느 곳으로 가면 가장 좋을 것 같으신지요."

삼로는 자리를 고쳐 앉으며 대답했다.

"제가 감히 판단해 보건대, 진한 사로국으로 가시는 게 가장 이로울 듯합니다. 그 나라의 여섯 부 백성들이 대부분 조선에서 내려온 사람들로서 타지에서 온 이민을 대하는 태도가 자기 식구를 대하는 것과 다를 바 없다고 합니다. 멀리 중국의 진나라에서 온 유민들에게까지 논과 밭을 주어 살게 했다고 들었습니다."

2022년 6월

태호가 돌아온 것은 십삼 일 만이었다. 열흘에서 보름 정도 일정이라고 하더니 딱 중간이었다. 학회 말고도 몇 군데 들를 곳이 있다고 하더니 정말로 그랬는지 얼굴도 제법 햇볕에 그을린 티가 났다. 금방 이발을 하고 왔다는 짧은 머리가 짙어진 피부색과 잘 어울려 훨씬 젊어 보였다. 그는 밝은 표정으로 사람들과 인사했지만 어두운 소식부터 들어야 했다. 의식 여행의 좌표가 잡히지 않는다는 것이었다. 준기와 리한나 두 사람의 의식 여행이 평상시와 다르게 길어졌던 그날 이후부터 그랬다. 세 번이나 시도해 봤지만 번번이 실패했다. 암체어에 누워 홀로그램에 집중했지만 헛수고였다. 의식은 좀처럼 사무실 밖으로 떠날 생각을 하지 않았다.

준기와 리한나는 김 박사에게 그날 말갈인들의 반란으로 의식 이탈이 일어난 뒤 무슨 이유인지 이탈이 지속되는 바람에 숲속에 숨어 있었노라고 말했었다. 또 다른 이탈이 일어나 의식이 다른 시공간으로 이동했다는 말은 얼떨결에 하지 못했다. 말하다 보면 그 사이에 일어난 사건을 이야기하게 될까 우려한 까닭이었다. 그러다 보니 태호에게도 그 사실을 숨길 수밖에 없었다. 꼬리를 물지 않는 거짓말은 없는 법이다. 최선을 다하고 있는 김 박사에게 미안한 마음이 들긴 했지만 어쩔 수 없었다. 끝까지 숨길 생각은 아니었다. 기회를 봐서 적절한 타이밍에 말을 해야겠다고 입을 맞췄다. 물론 두 사람 사이에 일어난 일은 예외였다. 그것은 태호와 김 박사 두 사람과 관계가 없는 일이므로 얘기할 필요가 없었다.

놀랍게도 태호는 어두운 소식을 듣고도 크게 놀라지 않아 사람들을 놀라게 했다. 특히 태호 없이 혼자서 작업을 진행한 첫날 이상이 생기는 바람에 찜찜함을 감출 수 없던 김 박사는 더욱 놀랐다. 태호는 처음에는 다소 놀라는 표정을 짓더니 이내 원래의 얼굴로 돌아왔다. 어떻게 생각하면 그럴 줄 알았다는 태도로도 읽혔다. 김 박사는 살짝 기분이 나빠졌다. 하지만 태호는 다른 진단을 내놨다.

"금인상이 사라진 것 같군요."

"금인상이 사라졌다고요?"

나머지 세 사람이 동시에 외쳤다. 놀라운 얘기였다. 태호가 가장 흥분할 만한 얘기였는데, 정작 태호 본인은 차분하게 말했다.

"네. 말갈인들의 반란이 있었다고 했죠? 또 말갈인 손에 금인상이 넘어갔다고 했죠? 반란을 진압하는 데는 성공했지만 그들과 다투는 과정에서 금인상을 손에서 놓쳤는데 다시 찾지 못한 것 같아요. 두 분은 그 자리에 있었는데 보지 못했나요?"

준기와 리한나 두 사람은 고개를 저었다. 준기는 자신을, 아니 김당을 위협했던 말갈인이 갑자기 비명을 지르며 둔덕 아래로 굴러떨어지는 장면을 기억했다. 그때 그가 금인상을 떨어뜨리는 것을 본 것 같았다. 하지만 둔덕이 그리 높지 않았고 경사면도 아니어서 금인상을 잃어버렸으리라고는 생각하지 못했다. 그리고 리한나의 의식 이탈이 일어나면서 그 자리를 피했어야 했기에 이후의 상황은 보지 못했다. 리한나도 마찬가지였다. 자기가 변한 모습을 본 말갈인의 표정이 아직도 생생했다. 달아나는 것이 최우선이었다. 태호가 말을 이었다.

"의식 여행은 사람의 의식을 추적하는 것입니다. 금인상과 관련된 가능한 한 많은 정보를 담아서 금인상을 가진, 정확히 말해서는 가질 만한 사람을⋯⋯ 그리고⋯⋯."

태호는 김 박사와 리한나를 둘러봤다.

"그 주변 사람들을 추적해 온 것이지요. 그런데 금인상을 잃어버리니 좌표가 어긋나고 마는 것이지요. 지금 상황으로 봐서는 김당 일행과 금인상이 추적 가능한 거리 이상으로 멀어져 있는 것 같습니다. 게다가 누군가의 손에 있는 것이 아니라 어떤 외진 곳에 떨어져 있는 게 틀림없습니다. 그러니까 잘못된 좌표로 가지도 못하고 튕겨져 나오는 것이지요."

논리적인 설명이었다. 금인상을 잃어버렸지만 김당으로서는 그 자리에 머물러 있을 수는 없었을 터였다. 일행을 이끌고 남행을 계속했을 것이고, 금인상이 그곳 어딘가에 숨어있다면 김당 일행과의 거리는 갈수록 멀어졌을 것이다. 그렇다면…… 그렇다면 금인상을 찾을 방법이 없어졌다는 얘기였다.

"김당 일행을 추적하는 것은 어렵지 않습니다. 정보 수정만 하면 되니까요. 하지만 그들을 좇는 것은 이제 의미가 없어졌습니다. 금인상은 이제 그들의 손에 없으니까요. 그렇게 잃어버렸다면 금인상이 다시 그들의 손에 돌아갈 가능성은 제로에 가깝습니다."

"그럼 이제 어떡해야 해요? 금인상을 못 찾는다는 말이에요?"

리한나가 물었다. 태호보다 더 다급한 말투였다. 태호는 김 박사를 돌아봤다. 할 말을 찾지 못하는 듯했다. 태호가 좌중을 돌아보며 말했다.

"방법을 찾아야지요. 당분간 의식 여행은 중단하기로 합시다."

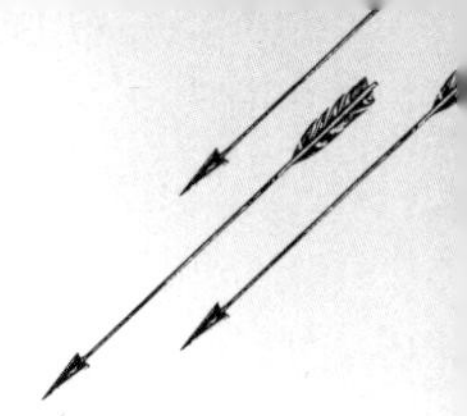

4. 제천금인의 주인

기원후 65년

'어찌 되었나? 어찌 이리 기별이 없나?'

김관선은 가만히 앉아있을 수가 없었다. 방에서 나와 마당을 서성였다. 집안의 가장 큰 어른으로서 경망스러운 모습을 보이지 않으려고 애써 모른 체하고 있지만, 속은 타들어 가 재가 될 지경이었다. 며느리가 해산을 앞두고 있었다. 큰아들 훤의 처였다. 오랫동안 기다려 온 가문의 장손이 태어나는 경사였다. 마음이 달뜨지 않을 수 없었다. 며느리가 산기를 알리고 집안의 여인들이 며느리 거처로 들어간 지 한나절이 다 되었다. 그런데도 아직 소식이 없었다. '아무렴. 단단한 쇠를 얻으려면 오래도록 불을 때야 하듯, 장차 훌륭한 인물이 나오려면 오랫동안 산고를 겪어야 하는 게지.'

그렇게 마음을 다잡고 있을 때 염무가 달려왔다. 얼굴에 함박웃음이 가득했다.

“고추랍니다. 탱글탱글 잘 여문 고추랍니다.”

“오, 하늘님! 감사합니다. 감사합니다.”

관선은 두 손을 합장하고 연신 하늘을 향해 절을 했다. 그러더니 이내 얼굴에서 웃음기를 거둬들이고는 굳은 표정으로 염무에게 말했다.

“다시 말하지만 절대로 밖에 나가 발설하면 안 되네. 알고 있지?”

“알고말고요. 제 입이 만근입니다.”

염무는 손가락으로 입을 꿰매는 시늉을 하며 말했다. 염무는 말갈인이었다. 김당 일행이 고구려를 떠날 때 합류했던 말갈인 중 가장 어렸다. 하지만 말수도 적고 행동도 진득해 할아버지 김당의 사랑을 받았다. 그때 갓 스물 살이 된 관선보다 세 살이 많아 관선이 형처럼 따랐는데도 늘 그를 깍듯이 대했다.

일행이 이곳 사로국에 이르러 정착하게 됐을 때 김당은 말갈인들에게도 은자를 충분히 나눠주어 독립해 살 수 있게 해주었다. 모두들 감사해하며 주변에 밭을 얻고 집을 지었다. 그런데 염무는 그들을 따르지 않았다. 말없이 김씨 일가와 함께 있었다. 김당도 그를 받아들였다. 집안 북쪽 끝에 별채를 지어 거처하게 했다. 이후로 염무는 집안의 온갖 궂은일을 마다하지 않으며 그들의 일부가 됐다. 김당은 그에게 김씨 성도 주며 친자식처럼 대했다. 좋은 신붓감을 찾아 짝도 지어주었다. 관선이 고구려에 남아있던 가족들을 불러오기 위해 중년의 말갈인과 함께 길을 떠날 때도 염무는 동행을 자처했다. 내심 염무가 관선을 따라가기를 바랐던 김당은 스스로 나서주는 그가 고마웠다. 가장 믿음직한 세 사람이었다. 김당은 가는 길에 꼭 금인상을 잃었던 곳을 들르라면서 다시 한번 주위를 찾아보라고 일렀다. 관선은 그 장소를 기억할 수 있었다. 수풀이 좀 더 우거졌지만 알아보는 게 어렵지 않았다. 세 사람이 둔덕 주변을 샅샅이 뒤졌지만 금인상은 없었다. 가족들을 데리고 돌아오는 길에도 찾아봤다. 역시 없었다. 기대는 크지 않았어도 실망은 번번이 컸다. 관선만큼이나 염무도 안타까워했다.

관선은 방으로 올라갔다. 벽장을 열고 노란 보자기로 쌓여있는 물건을 꺼냈다. 책상에 있던 책들을 내려놓고 그 위에 그 물건을 내려놓았다. 보자기를 열자 금장식이 된 상자가 나왔다. 금인상이 들어있던 상자였다. 하지만 속은 비어있었다. 금인상이 누울 자리가 움푹 파여 있을 뿐이었다.

'이제야 할아버지의 유지를 실현할 수 있게 되었다.'

김당은 사로국에 정착한 지 이태 만에 죽었다. 죽기 전까지 그는 하루하루를 죄인처럼 살았다. 부드러운 비단옷을 마다하고 거친 베옷만 입었으며 맛있는 고기와 생선을 물리치고 기장밥에 나물만 입에 댔다. 좋은 것이 생기면 모두 아랫사람들에게 나누어 주었다. 그러면서 늘 하늘을 올려다보며 한숨을 쉬었다.

몸이 급속히 약해지던 어느 날 김당은 곡기를 끊고 자리에 누웠다. 며칠 뒤 발을 동동 구르는 김산과 관선을 불렀다. 김당은 힘든 숨을 내쉬며 한 마디 한 마디 또박또박 말했다. 김산과 관선은 얼굴을 바닥에 대고 엎드려 울었다. 할아버지, 아버지의 말씀을 따르겠노라고 울면서 말했다. 그리고 다음 날 김당은 죽었다.

김산은 아버지의 유지를 받들지 못했다. 김당이 죽고 서른 해를 더 살았지만 그럴 수가 없었다. 준비가 되어있지 않았다. 세 해 전 김산도 죽었다. 마지막 숨을 쉬기 전 그는 김당과 똑같은 당부를 했다. 곧 때가 올 것이라고 말했다. 관선은 울면서 그러겠노라고 말했다. 울었지만 김당의 임종 때만큼 울지는 않았다. 관선도 때가 무르익고 있음을 느끼고 있었다.

2022년 6월

의식 여행이 중단된 지 보름이 지났다. 그 사이 태호한테서는 전혀 연락이 없었다. 준기도, 리한나도 태호에게 연락하지 않았다. 그러나 준기와 리한나는 사흘에 한 번 꼴로 만났다. 점심시간에 그녀가 준기의 학교로 찾아왔다. 식사를 같이하고 캠퍼스를 산책했다. 때론 퇴근 후 시내에서 만나 저녁 식사를 함께했다. 술도 마셨다.

두 사람은 의식적으로 의식 여행 이야기는 피했다. 그 얘기를 하면 무엇보다 운우지정이 먼저 떠올라 쑥스러웠다. 두 사람 모두 그랬다. 그 황홀했던 순간만큼은 결코 잊고 싶지 않았지만 토론할 주제는 아니었다. 그냥 혼자서 그때의 기억을 떠올리며 다시 황홀해졌다. 태호 얘기를 먼저 꺼낸 건 리한나였다. 보름이 되던 날 저녁, 와인 잔을 기울이면서 지나가듯 리한나가 말했다.

"태호 오빠는 등산 취미를 새로 갖게 됐나 봐요. 설악산 등반을 2박 3일씩 하고 그런대요."

"연락이 왔어요?"

준기는 태호에게 섭섭함을 느끼는 자신이 낯설었다. 연락을 하면 나한테 하리라 했던 생각은 결국 피가 물보다 진하다는 진리를 거스르는 예상이었나. 하지만 그것은 오해였다.

"아뇨. 오빠를 지켜보는 사람이 있어요."

"이런…… 사람을 붙인 거예요?"

"그냥 놔둘 수는 없죠. 가만히 있을 사람이 아닌데."

"그렇다고 미행까지 할 게 있나요? 제일 속이 타는 사람이 김 원장일 텐데요."

"그냥 지켜보는 것뿐이에요. 차를 가지고 가서 대청봉, 노적봉, 신선대 같은 데 올랐다 내려와서는 동해안 쪽으로 돌아서 온다고 해요. 이 더위에 설악산의 모든 봉우리들을 완등하려나 봐요."

리한나는 잔을 내려놓으며 조용히 웃었다. 준기도 이상하기는 했다. 6월이긴 하지만 이른 더위로 낮 기온이 30도를 오르내렸다. 신문과 방송에선 '30년 만에 가장 빠른 30도'라는 말장난 같은 카피를 떠들어 댔다. 아직 습도가 높지 않아 그늘에서는 견딜 만하지만 설악산을 오르기에는 무리한 더위였다. 게다가 태호는 등산 취미가 있던 사람도 아니었다. 등산은커녕 산책도 즐겨 하지 않았다. 그런 사람이 갑자기 등산이라니. 동네 뒷산도 아니고 설악산이라니…….

"새로운 방법을 찾아내기 위해 몸을 혹사하는지도 모르죠. 마라톤을 하는 사람들이 경험하는 러너스 하이 같은 거 있잖아요. 극한의 고통에 이르면 몸에서 엔도르핀이 나와서 피곤을 잊고 하늘을 나는 것 같은 행복감을 느낀다고 하죠. 그때 생각지도 않았던 아이디어가 떠오를 수도 있겠죠. 그런데 김 박사한테는 무슨 성과가 없나요?"

준기가 진심으로 태호를 걱정하며 물었다. 태호보다는 객관적일 수 있는 김 박사라도 대안을 찾아내길 바라는 마음이었다. 리한나는 고개를 저었다.

"의식 여행과는 전혀 다른 방법을 모색해야 하니까 아직 감이 안 잡히는 모양이에요."

그러다 갑자기 생각이 났다는 듯 웃으며 말했다.

"혹시 태호 오빠, 금인상을 찾으러 다니는 거 아녜요? 호호."

준기도 웃음을 터뜨렸다.

"하하. 잃어버린 사람들도 못 찾은 것을 어떻게 찾아요. 게다가 잃어버린 곳이 압록강 인근인데 설악산에서 무슨……."

리한나가 또다시 갑자기 생각났다는 듯 웃음을 멈추고 말했다.

"그러고 보니 북한 지역은 아니네요. 압록강을 건너기 전에 잃어버렸으니 중국 땅이에요. 많이 바뀌었을 테지만 가볼 수는 있겠어요."

"압록강 일대를 뒤진다고요? 압록강이 790킬로미터예요. 졸본에서 내려올 만한 지점으로 한정한다고 해도 중상류 쪽으로 최소한 100킬로미터는 되겠죠. 그중에서 수심이 깊지 않은 곳만 대상으로 한다면 30킬로미터 정도로 좁힐 수 있을 거예요. 물론 그때와는 환경이 많이 달라졌겠지만 그건 무시하는 수밖에 없죠. 당시 지형을 알 길이 없으니까. 30킬로미터 정도면 베이스캠프를 차려놓고 고작 몇 년만 뒤지면 되겠네요. 하하하."

테이블에 기댄 두 손 위에 얼굴을 올려놓고 준기의 설명을 듣고 있던 리한나가 웃으며 말했다.

"농담 한마디에 어쩌면 그렇게 학구적으로 반응할 수 있담?"

기원후 65년

서라벌에 어둠이 걷히기 시작할 때도 금성 서쪽의 작은 숲은 여전히 깊은 밤이었다. 숲의 규모는 작아도 느티나무와 물푸레나무 같은 키 큰 교목들이 울창했던 까닭이다. 사로국이 처음 생길 때부터 국가의 중심이 되던 숲이었다. 그래서 사람들은 나라가 시작된 숲, 시림이라 불렀다. 박혁거세가 즉위한 지 스물한 해가 되던 해에 시림 동쪽에 성을 쌓고 금성이라 칭할 때도, 그리고 오 년 뒤 금성 안에 궁궐을 지어 나라의 기틀을 세울 때도 시림은 여전히 신성한 국가의 중심이었다.

동이 트기 시작하는데도 어둠이 물러갈 생각을 하지 않는 시림에서 몇 명의 사내들이 나왔다. 어둠과 구별되지 않기 위해 머리에서 발끝까지 검은 차림을 한 그들은 어둠 속에서도 좀 더 어두운 그늘을 따라 소리 없이 사라졌다. 그리고 시림에서 닭이 힘차게 울었다.

얼마 후 탈해 이사금의 신하인 호공이 입궐하는 길에 시림을 지나다 닭 울음소리를 들었다.

"민가도 아니고 어찌 숲에서 닭이 우는고? 가보고 오너라."

달려 들어갔던 시종이 달려 나왔다.

"나뭇가지에 금궤가 하나 걸려있고 그 밑에서 커다란 닭이 울고 있습니다."

호공이 가마에서 내려 숲으로 걸어 들어갔다. 백 보도 채 걷지 않았을 때 과연 물푸레나무 아래 형형한 눈빛의 하얀 수탉 한 마리가 있었고, 그 위에는 사람 키 높이의 나뭇가지에 금으로 된 상자가 똑바로 놓여있었다. 수탉은 사람들이 다가서자 울음을 그쳤지만 달아나지 않고 자리를 지켰다. 마치 스스로 금궤를 지키는 파수꾼이라도 된다는 듯 사람들을 쏘아봤다.

"저 궤를 내리거라."

시종이 조심스럽게 궤를 내렸다. 닭은 뒤로 물러섰다. 궤를 내리는 것을 허락한다는 것 같았다. 시종이 궤를 호공 앞에 내밀었다. 궤는 모서리마다 금으로 장식되어 이제 겨우 조금씩 스며들기 시작한 숲의 옅은 빛에도 반짝였다. 호공이 그 아름다움에 감탄하며 천천히 궤를 열었다.

"아, 아니?"

궤 안에는 빨간 비단에 싸인 갓난아기가 들어있었다. 도톰한 입술을 살짝 벌리고 쌔근쌔근 자고 있었지만 알 수 없는 기품이 가득 서려있었다. 호공은 비단을 살짝 들추었다. 사내아이였다. 호공은 궤를 닫고 걸음을 서둘렀다. 입궐한 뒤 곧바로 탈해 이사금에 고했다.

"이것이 시림에 있었다고?"

"그렇습니다. 금궤를 지키고 있던 닭이 울어 알렸습니다."

탈해는 금궤 속의 아이에게서 자신을 보는 듯했다. 늙은 어머니한테 들었던 이야기가 기억의 표면으로 솟아올랐다.

어머니가 갯바위 아래에서 굴을 따고 있는데 바다 쪽에서 까치 울음소리가 들렸다. 고개를 들어보니 궤 하나가 바다 위에 떠있었다. 그리고 까치 한 마리가 궤를 따라 날면서 울었다. 어머니가 줄을 던져 궤를 끌어당긴 뒤 열어보니 아이가 들어있었다. 어머니는 그 아이를 거두어 길렀다. 그 아이가 바로 탈해 자신이었다.

자기와 너무도 흡사한 사연을 가진 아이가 눈앞에 있는 것이다. 바다가 숲이 되고, 까치가 닭으로 바뀌었을 뿐이다. 바다와 까치가 어울리지 않듯, 숲과 닭도 자연스럽지 않았다. 그만큼 범상치 않은 것이었다. 범상치 않은 아이였다.

탈해는 좌우의 신하를 둘러보며 말했다.

"이 아이야말로 어찌 하늘이 내게 주신 자식이 아니겠는가! 닭이 그러한 하늘의 뜻을 알렸도다. 그 뜻을 받들어 오늘부터 시림을 계림이라 바꿔 부르리라."

탈해는 아이를 거둬 기르기로 했다. '알지'라는 이름도 주었다. 그리고 금궤에서 나왔으므로 성을 김이라고 하였다. 그것 역시 자신과 같았다. 어머니가 자신을 거두었을 때 마을의 노인 하나가 말했다고 했다. 이 아이는 성씨를 알 수 없으나 궤를 따라 까치가 울고 있었으므로 까치 작鵲 자에서 새 조를 떼어내 석昔씨라 하는 게 좋겠다고. 또한 궤를 풀고 나왔으니 마땅히 탈해脫解라고 이름해야 한다고.

2022년 6월

27인치 데스크톱의 화면은 초록색으로 가득 채워져 있었다. 구글 지도의 위성 사진이었다. 초록의 짙고 옅음으로 지형의 등고선이 표시되고 연한 갈색의 꼬불꼬불한 줄이 도로를 나타냈다. 위쪽의 특정 지역 역시 꼬불거리는 빨간 선으로 둘러쳐져 있었다. 리한나는 마우스로 지도를 당겼다 풀었다 하면서 살폈다. 멀리서도 보고 가까이 들여다보기도 했으며 고개를 옆으로 돌려서도 보았다. 한참을 그러더니 마우스를 던져놓고는 의자에 등을 기대 깊숙이 파묻혔다.

"역시 안 되겠어."

그녀가 살폈던 것은 북한 땅이 아니었다. 붉은 줄로 표시된 중국 랴오닝성 환런 만주족 자치구에서 북한 쪽으로 가는 방향의 압록강 일대였다. 위성 사진을 클로즈업해 수위가 낮은 지역을 찾고 있었던 것이었다. 준기에게는 농담이라고 했지만 생각해 보니 살펴볼 필요가 있었다. 밑져야 본전 아닌가. 여기다 싶은 지역이 있으면 당장이라도 날아갈 생각이었다. 하지만 구글 지도로는 수위까지 알기가 쉽지 않았다. 상류 지역 말고는 확연히 드러나지 않았다. 설령 드러난다 해도 지금과 이천 년 전의 압록강 수위가 같으리라고 확신할 수 있는 곳은 없었다.

엄두가 나지 않았다. 쓴웃음이 나왔다. 준기에게 조금 쑥스러웠기 때문이다. 그때 노크 소리가 들렸다. 리한나가 대답을 하기 전에 문이 열렸고 검은색 페도라를 쓴 중년 사내가 들어왔다. 리한나가 묻기 전에 그가 먼저 입을 열었다.

"김 원장이 또 설악산에 갔습니다."

리한나가 의자에서 등을 떼고 몸을 조금 일으켰다.

"또? 돌아온 지 얼마나 됐다고……."

"이틀 만입니다. 등산 장비를 챙겨 가기는 하는데 등산 말고 또 다른 목적이 있는 것 같습니다."

리한나가 의자에 똑바로 앉았다.

"다른 목적요?"

페도라가 한 걸음 리한나에게 다가서며 말했다. 다가선 만큼 목소리가 낮아졌다.

"네, 등산은 하는 둥 마는 둥 하고 바로 내려와 해안로를 따라 북쪽으로 거슬러 올라간답니다. 지금까지 속초 영랑호에서부터 고성 가진항까지 다녔답니다. 물론 몇 번에 나눠서 간 것입니다만……. 해안로를 천천히 달리다 자주 차를 세우고 내려 주변 지형을 살핀다는군요."

"바다 쪽을요? 아니면 육지 쪽을?"

"둘 다인 것 같습니다. 이쪽저쪽을 한참 동안 둘러보고 사진도 찍고 한답니다."

"흠. 무얼 하는 걸까요? 사진작가로 직업을 바꾸려는 건 아닐 테고……."

페도라가 양복 안주머니에서 사진을 꺼내 리한나에게 내밀며 말했다.

"사진작가처럼 보이기도 한답니다. 갓길에 차를 세워놓고 해안로를 건너 언덕을 올라서는 주변을 열심히 살피고 사진 찍고 한 적이 지금까지 두어 번 있었대요."

사진 속 태호는 해송이 우거진 언덕에 서서 바다를 향해 앵글을 잡고 있었다. 멀리서 망원 렌즈로 찍은 사진이어서 얼굴이 보이지는 않았지만 제법 전문 사진작가다운 포즈였다.

"여기가 어디예요?"

"가진항 근처라고 들었습니다."

"가진항이라……."

리한나는 마우스를 잡고 데스크톱의 구글 지도를 가진항 쪽으로 옮겼다. 초록색 육지와 군청색 바다가 대비를 이뤘다. 마우스를 가진

항에서 천천히 속초로 끌어내렸다. 이 길을 거슬러 올라갔다고? 클로즈업을 했더니 주변의 식당과 민박집 들이 표시되어 나왔다.

기원후 65년

"아버님, 다녀왔습니다."

김훤이 김관선의 방문 밖에서 고했다.

"들어오너라."

김훤은 방문을 열고 들어가 관선 앞에 무릎을 조아렸다. 관선은 호롱이 켜진 작은 책상 앞에 앉아 책을 읽고 있었다. 훤은 여전히 검은 옷차림이었다. 눈에서 굵은 물방울이 떨어져 방바닥에 부서졌다.

"시키는 대로 했느냐?"

관선이 시선을 책에 고정시킨 채 물었다.

"네, 호공이 궤를 가지고 궁궐로 들어가는 것까지 지켜보고 돌아오는 길입니다."

그제야 관선은 고개를 들어 아들을 쳐다봤다.

"울지 말거라. 그 아이에게도 이로운 일이다."

"죄송합니다. 아버님."

김훤이 눈물을 훔쳤다. 검은 소맷자락이 이미 많이 젖어 더욱 검었다. 관선은 책장을 덮고 시선을 허공에 던졌다. 할아버지 김당이 웃고 있었다.

'잘해주었다. 이제 편히 쉴 수 있겠구나.'

그 뒤로 아버지 김산의 웃는 얼굴도 보였다.

'잘했다, 아들아.'

모든 것이 김당의 뜻이었다. 김당은 죽기 며칠 전 산과 관선을 불러놓고 말했다.

"유리 이사금이 승하하면 그 자리를 석탈해가 물려받게 될 것이다. 탈해가 이사금이 된 뒤 우리 가문에서 태어나는 첫 아이를 그에게 주거라. 금인상이 들어있던 금궤가 있다. 이른 새벽 그 금궤에 아이를 잘 담아 시림의 나뭇가지에 올려놓거라. 그 아래 수탉을 가져다 놓아야 한다. 수탉이 울어야 사람들이 금궤를 발견하게 될 것이야. 목청 큰 놈으로 늘 준비해 두거라. 사람들이 금궤를 찾으면 그 귀함을 알고 이사금에게 바칠 것이다. 그 아이가 장차 이사금이 되거나 이사금이 될 아이를 낳으리라."

그때만 해도 관선은 할아버지의 말을 반신반의했다. 유리 이사금한테 아들이 둘이나 있었기 때문이다. 하지만 일곱 해 전 유리는 아들 아닌 석탈해에게 양위하고 붕어했다.

"나의 두 아들은 그 재주가 탈해에 훨씬 못 미치니 내가 죽으면 탈해로 하여금 왕위를 잇게 하라. 나의 유훈을 잊지 말라."

그것은 유리가 탈해에 진 빚을 갚은 것이었다. 유리 이사금의 아버지이자 선왕인 남해 차차웅은 죽음에 이르러 아들 유리와 사위 탈해를 불러 말했다. 내가 죽은 뒤 너희 박·석 두 성씨 가운데 나이가 많은 사람이 왕위를 잇도록 하라. 남해가 죽자 유리는 평소 덕망이 있던 탈해에게 왕위를 양보하려 했다. 하지만 탈해가 이를 사양하며 말했다.

"임금의 자리는 용렬한 사람이 감당할 바가 아닙니다. 내가 듣건

대 성스럽고 지혜가 있는 사람은 이가 많다고 합니다."

이어 유리와 탈해가 떡을 깨물어 시합을 했다. 살펴보니 유리의 잇자국이 더 많았다. 이에 좌우의 신하들이 유리를 왕으로 받들었다. 이후 임금의 호칭을 이사금이라 했다.

남해는 박혁거세의 적자이고 유리는 남해의 태자다. 그들은 박혁거세의 직계 후손들로 시조와 같은 탄생 설화가 없는 임금들이다. 만약 그들이 금궤에 담긴 아이를 봤다면 감동의 깊이가 적었을 것이다. 하지만 석탈해는 다르다. 자신이 알에서 태어난 난생설화의 주인공이기에 금궤와 닭이 주는 의미가 남달랐을 터다.

탈해가 어머니에게 들은 이야기는 해안가에 닿은 궤에서부터겠지만 그의 탄생 설화는 좀 더 거슬러 올라간다. 《삼국사기》에 따르면 탈해는 본래 다파나국이라는 곳에서 태어났다. 그 나라는 왜국의 동북쪽 일천 리에 있다. 《삼국유사》에는 위치 설명 없이 '용성국'으로만 나온다. 다파나국이든 용성국이든, 그 나라 왕이 여인국의 왕녀를 아내로 맞이했는데 임신한 지 칠 년 만에 큰 알을 낳았다. 왕은 크게 놀라 "사람이 알을 낳았으니 상서롭지 못하다"며 알을 내다 버리라고 명했다. 하지만 왕비는 차마 버릴 수가 없었다. 왕 몰래 비단으로 알과 보물을 싸서 궤 속에 넣은 뒤 바다에 띄워 떠가는 대로 놓아두었다. 발견한 사람이 보물을 대가로 잘 키워주기를 바란 것이었다. 알이 든 궤는 처음에 금관국의 바닷가에 닿았는데, 그곳 사람들이 괴이하게 여겨 건지지 않고 다시 떠내려 보냈다. 궤는 결국 진한의 아진포 어구에 이르렀는데 그때가 시조 박혁거세가 왕위에 오른 지 삼십구 년째 되는 해였다.

탈해를 기른 어머니가 궤를 발견한 곳이 그 아진포다. 그녀는 탈해가 총명한 것을 알고 학문에만 정진하게 한다. 탈해는 책을 많이 읽어 지리에도 통했다. 그는 어느 날 토함산에 올랐다가 양산 아래 있는 호공의 집이 길한 땅임을 알았다. 이에 몰래 호공의 집 담 밑에 숫돌과 숯을 묻어놓고 호공을 찾아간다. 그러고는 이 집이 원래 대장장이였던 자기 조상의 집인데 잠시 이웃 마을에 가있는 동안 호공의 조상이 빼앗아 살게 된 것이라고 주장했다. 호공이 증거를 보이라 하자 탈해는 숫돌과 숯을 찾아내 들이밀었다. 호공은 탈해에게 집을 내줄 수밖에 없었다. 이 말을 들은 남해 차차웅이 탈해의 현명함을 듣고 딸을 내주어 사위로 삼았다. 이어 왕을 보좌하는 대보의 지위에 이르게 된다.

김당은 그런 탈해가 결국 왕위에 오를 것이라고 내다본 것이다. 임금의 양자가 되는 것 이상으로 권력에 다가가는 지름길이 또 있을까. 김당의 예언 혹은 희망에 따라 알지는 권력자 탈해의 양자가 되어 이후 탈해와 거의 같은 성장 경로를 밟는다. 그리고 총명함과 풍부한 지략으로 명성을 얻고 대보의 자리까지 오른다. 탈해는 알지에게 왕위를 물려주려 했으나 알지는 이를 사양하고 탈해의 둘째 아들인 파사에게 양보한다. 이 또한 탈해의 방식 그대로다. 비록 임금이 되지는 않더라도 박씨와 석씨가 독점한 권력 구조 안에 김씨의 자리를 마련하는 후일을 기약한 것이다. 서두름은 그르침을 앞당길 뿐이다. 때를 아는 사람은 서두르지 않는다. 최선을 다하고 결과를 기다린다. 결과는 하늘의 몫이다.

김당은 몰랐겠지만, 후대에 제갈량은 그것을 '수인사대천명修人事待

天命'이라는 어록으로 남겼다. 시간이 더 지나 서양 사람들도 같은 격언을 만들었다. '최선을 다하라. 뒷일은 신이 알아서 하신다Do your best. God do the rest.' 진리는 동서고금을 가리지 않는다. 김당의 노력 역시 기다림 끝에 하늘의 보답을 받았다. 알지는 세한을 낳았다. 세한은 아도를 낳았고, 아도는 수류를 낳았으며, 수류는 욱부를 낳았다. 또 욱부는 구도를 낳고, 구도가 미추를 낳으니 이 미추가 비로소 신라의 13대 임금이 된다.

2022년 7월

준기의 마음속에 그때의 감각들이 또다시 되살아났다. 실제가 아니었는데 실제보다 더 살아있는 손끝, 코끝, 귀 끝의 기억이었다. 그의 손가락이 리한나의 청바지에 닿았을 때 그 도도하게 뭉툭한 질감, 그의 손가락이 그녀의 배 위를 미끄러질 때 그 생경한 온기와 뾰족한 소름이 선명했다. 쉽게 열리기를 거부하는 블라우스의 부드러운 완고함, 단단하지만 관대하게 허락하는 청바지의 엄격한 너그러움이 여전히 생생했다. 그에 비하면 내 손으로 내 바지의 단추를 풀 때는 얼마나 무미건조했던가. 바닥에 깔린 마른 풀의 사각거림, 크레센도 숨소리, 팔과 다리가 토굴 벽에 닿을 때마다 피어오르던 달짝지근한 흙냄새가 고스란히 떠올랐다. 마지막 순간의 그 황홀. 그 황홀이 너무나 크고 너무나 짧았다.

회상의 순간에도 황홀은 짧았고 이내 다른 기억으로 이어졌다. 그것은 경이였다. 누군가의 부름. 강렬하지 않은데도 확실하게 느껴지던 부름. 이후 아득한 심연으로 빨려 들어가던 느낌. 그 강렬했던 빛. 그리고 펼쳐진 또 다른 시공간.

그것이 무엇이었을까. 왜 그런 일이 벌어진 걸까. 준기는 그날 이후 떠올린 의문을 여러 번 되새겼지만 답이 나오지 않았다. 무엇이 부른 걸까. 과연 부른 것은 맞는 걸까. 의식 여행 속의 의식 여행은 부름의 결과일까. 왜 그곳이었을까. 시간 이동은 또 무엇 때문일까. 그때는 언제였을까. 의문은 꼬리를 무는데 답은 어느 꼬리에도 달려 있지 않았다. 누가, 무엇이 준기와 리한나를 동시에 불렀다는 말인가. 그 무엇이, 두 사람에게 같은 시간, 같은 공간으로 이동하는 티켓을 내주었다는 말인가. 두 사람은 어떻게 그 티켓을 얻을 수 있었을까. 어떤 비용을 치르고…….

'비용?'

그날 두 사람이 한 일은 무엇인가. 말갈인들의 반란을 진압하고 의식 이탈이 일어나 숲으로 달아났으며, 심마니의 토굴에 숨어 관계를 가졌다. 실제적으로 말갈인에 대항해 싸운 것은 리한나 혼자였다. 준기는 말갈인의 칼날이 목을 파고들까 봐 떨고 있었을 뿐이었다. 그것은 제외.

심마니의 토굴이 시공간을 여행하는 타임머신이었을까. 따지고 보면 의식 여행 자체가 타임머신인데 그 안에 또 다른 시공간을 이동하는 장치가 필요할까. 그것도 우연한 발견으로 나타나는 타임머신이라니……. SF 영화에서나 있을 법한 일이었다. 그것도 제외.

그렇다면 마지막으로 관계가 남는다. 성관계가 시공간을 여행하는 열쇠라는 말인가.

'풉! 그거 괜찮은 열…….'

준기의 입에서 헛웃음이 나왔다 이내 사라졌다. 수차례에 걸친 의식 여행 중에 관계를 가진 때는 그때 한 번이었고, 마침 그때 유일했던 의식 여행 속의 의식 여행이 일어났었다. 개연성이 없지 않은 가정이었다. 순간 준기의 머릿속에 태호가 한 말이 스쳐 지나갔다. 왕망이 최후를 맞던 날 반란군을 피해 어렵사리 돌아온 준기와 리한나 두 사람을 다시 왕망의 궁궐로 돌려보내면서 했던 말이었다.

"금인상의 파동입니다. 주파수라고 표현해도 되겠네요. 금인상의 주파수를 알았으니 좌표를 추적하기가 더 용이할 겁니다. 경우에 따라서는 금인상이 두 사람을 찾을 수도 있을 테고요. 금인상도 두 분의 주파수를 알았을 테니까요."

준기는 무릎을 쳤다.

"파동!"

기원후 80~253년

석탈해는 그 요란한 전설에 비해 즉위 후 크게 내세울 만한 공적이 없다. 그것은 역설적으로 탈해가 백성들의 안위를 걱정하고 평화를 사랑한 선군이라는 반증이기도 하다. 흔히 왕의 공적은 정복, 토건, 건축과 동의어다. 수많은 전쟁을 일으켜 영토를 확장하고 웅장하고 화려한 기념물과 건축물을 세워야 후대가 열광하는 공적을 남길 수 있는 것이다. 하지만 당대의 백성들에게 그것은 오직 고통일 뿐이다. 본인의 의지와 상관없이 전장에서 목숨을 바쳐야 하고, 본인이 감당하기 어려운 세금과 노역을 부담해야 한다. 전쟁에서 승리하건 위대한 건축물이 세워지건 내가 얻을 수 있는 보상은 보잘것없는 것일 뿐인데도 말이다.

석탈해에 관한 기록을 보면 그는 정복왕이 아니었다. 백제나 가야, 왜의 공격을 물리쳤을 뿐 침략 전쟁을 벌이지 않았다. 그의 치세 동안 신라의 영토는 오늘날 경주와 울산 일대에 머물렀다. 대규모 건축 사업도 펼치지 않았다. 대신 가뭄이 들어 도탄에 빠진 백성들을 적극적으로 구휼했을 뿐이다.

그것은 또한 신라가 아직 권력이 한곳에 모이는 강력한 중앙집권 국가가 아니었기 때문이기도 하다. 팔십 년, 세상을 떠날 때 탈해는 자신이 그렇게 받은 것처럼 왕위를 자식에게 물려주지 않고—또는 물려주지 못하고—유리왕의 둘째 아들인 파사에게 넘긴다. 이후 신라의 왕위는 박씨와 석씨가 사이좋게 나눠 가진다. 파사-지마-일성-아달라로 4대에 걸친 박씨 이사금이 이어지다가 벌휴-내해-조분-첨해에 이르는 석씨 이사금 또한 4대에 걸쳐 계속된다. 백 년에 가까운 박씨의 통치가 있었음에도 별다른 다툼 없이 석씨로 왕위가 넘어가는 것은 왕권과 맞먹는 귀족권이 존재하는 까닭이다. 석탈해 재위 시에도 박씨 귀족들에게 나라 안의 주와 군을 나눠 다스리게 했다는 기록이 있다.

석탈해의 아들은 구추라는 이름만 기록에 있을 뿐 달리 행적이 전해지지 않는다. 벌휴 이사금이 구추의 아들로 기록되지만 나이로 볼 때 신빙성이 떨어진다. 김알지는 탈해가 죽을 때 열다섯 살에 불과한 데다 양자였으므로 왕위 계승 후보에 들지 못했을 것이다. 하지만 김씨의 힘을 결집해 김씨가 박·석씨에 이은 제삼의 귀족 세력으로 성장하는 데 커다란 역할을 한 것은 부인할 수 없을 것이다.

2022년 7월

"파동?"

리한나가 되물었다.

"네, 파동. 기억 안 나요? 김 원장이 하던 말. 금인상의 파동, 주파수라고도 했는데요."

"아, 맞아요. 기억나요. 그걸로 금인상이 우리를 찾을지도 모른다고 했지요. 그러니까……."

리한나는 걸음을 멈추며 준기를 올려다봤다.

"그러니까 금인상이 우리를 불렀다는 거군요. 그날."

준기가 고개를 끄덕였다.

"그날 우리 둘 다 느꼈었잖아요. 누군가 우리를 부르는 듯하던 것을. 그 누군가가 금인상이었던 거죠."

리한나가 예리하게 파고들었다.

"그렇다고 해도 이상해요. 그날 금인상이 사라진 곳은 압록강 근처였는데 금인상이 우릴 불러서 간 곳은 바닷가였잖아요. 금인상이 왜 엉뚱한 곳으로 부른 거죠? 게다가 우리가 숲에 숨어있던 때는 분명 이천 년 전이었는데 불과 몇 시간 후에 금인상이 부른 곳의 시간은 오늘날 우리 시대에 가까웠어요."

"그건, 의식 여행의 시간과 현실의 시간이 일치하지 않아서 그런 거 아닐까요? 의식 여행의 시간은 선택적 시간이니까…… 거기에 무엇 때문인지는 몰라도 전에 없이 오랜 시간의 의식 이탈이 일어나면서 그 차이가 더욱 커진 거죠. 다시 말해 그날 우리의 의식이 이탈했던 몇 시간은 의식 여행의 시간으로 보자면 긴 공백에 해당될 수 있다는 얘기죠. 무언가 이상이 있었던 것은 분명하고요."

"아인슈타인의 특수상대성이론을 소환해야 하는 건가요?"

"하하, 그럴지도요."

"그래도 압록강에 있던 금인상이 바닷가로 우릴 부른 것에 대한 대답은 되지 않는데요?"

"내 가설이 맞다면 우리가 오랫동안 의식 이탈을 하고 있는 동안 누군가 금인상을 바닷가로 옮겨놓은 것일 수 있겠죠. 사람의 손을 떠난 금인상이 걸어서 바다 구경을 하러 가지는 않았을 테니까."

"하지만 거기에도 금인상은 없었잖아요. 금인상이 우릴 그리로 불렀다면 거기 금인상이 있었어야 하지 않나요?"

준기는 리한나가 문제를 조목조목 짚어내는 데 거듭 감탄했다.

"그곳 어딘가에 있었을 겁니다. 우리가 미처 예상하지 못했던 이동이었기 때문에 찾을 생각도 하지 못했던 거죠. 마침 의식 여행이 끝나는 바람에 거기 머문 시간도 짧았고요."

한동안 말없이 걷던 리한나가 다시 걸음을 멈추며 물었다.

"그런데 왜 그 후로는 금인상이 우릴 찾지 않는 걸까요?"

"그건……."

"자기가 불렀는데 우리가 못 들어서 화가 난 건가? 그렇다고 기회를 한 번밖에 안 주는 건 좀 지나치지. 우리도 나름 노력했잖아요. 의식 여행을 몇 번이나 시도했는데 번번이 튕겨져 나오고……."

준기는 리한나가 자기의 가설을 비아냥댄다는 느낌에 살짝 기분이 나빠졌다. 그것을 눈치챘는지 리한나는 준기의 팔짱을 끼며 생글거렸다.

"혹시 금인상은 계속 우릴 부르고 있는데 우리가 못 듣고 있는 건 아닐까요?"

리한나가 갑자기 길을 막듯 준기를 마주 보고 서며 말했다. 농담처럼 던진 자기 말에 스스로 놀란 것 같았다.

"정말 그럴 수 있겠어요. 계속 우리를 부르고 있을 수 있다고요. 지금까지 왜 그 생각을 못했지? 금인상은 지금도 우리를 찾고 있어요. 우리가 못 느낄 뿐이에요."

준기도 아차 싶었다.

'이런 멍청한…… 금인상이 불렀다는 생각까지 했으면서 왜 금인상이 계속 부르고 있을 것이라는 생각은 못해낸 거지?'

그는 '부른다'는 단어의 사전적 의미에 지나치게 매몰되어 있었던 것이다. '말이나 행동으로 다른 사람의 주의를 끌거나 오라고 한다'는 그 청각적 그리고 시각적 의미에 빠져있었던 것이다. 금인상이 소리쳐 부르는 게 아닌데…….

"맞아요. 금인상이 계속 신호를 보내고 있다는 게 맞겠어요. 그런데 우리가 그것을 수신하지 못하고 있는 겁니다."

"그럼 그때는 어떻게 수신한 거죠?"

"주파수가 맞았던 거겠죠."

"지금은 안 맞고요?"

"수신이 안 되는 걸 보면 안 맞는 것일 테고요."

"그럼 그때는 어떻게 맞았던 거죠?"

"다이얼을 돌리다 보니 우연히……?"

"다이얼? 무슨 다이얼요?"

"꼭 라디오 다이얼 같은 건 아니더라도 그 역할을 하는 게 있었던 것 아닐까요?"

"토굴? 토굴이 다이얼이었을까요?"

"토굴은 일종의 안테나로 보는 게 더 맞을 듯한데요. 다이얼처럼 조절할 수 있는 게 아니니까. 안테나가 있다고 다 수신이 가능한 건 아니지요."

"그럼 지금 우리는 안테나도 없는 난청 지역에 있는 거겠네요?"

"다이얼도 안 맞고."

"다이얼을 어떻게 맞추죠?"

"다이얼을 찾는 게 먼저겠죠."

두 사람은 다시 걷기 시작했다. 말은 없었지만 둘의 머릿속은 다이얼, 안테나, 주파수, 파동 같은 단어들을 되뇌며 쉼 없이 그리고 빠르게 돌아가고 있었다. 불현듯 슬롯머신처럼 돌아가던 두 사람의 생각이 회전을 멈췄다. 걸음도 따라 멈췄다. 누가 먼저랄 것도 없었다. 하지만 머릿속 결론을 말로 꺼내놓기는 쉽지 않았다. 잠시 침묵이 흘렀다. 그래도 말을 안 할 수는 없었다. 누가 먼저랄 것도 없었다. 두 사람의 입이 동시에 열리며 서로 용기를 얻었다.

"혹시?"

"설마?"

잭팟이었다.

기원후 253년

석우로는 머리카락을 쥐어뜯었다. 후회막급이었다. 어리석었다. 참았어야 했다. 화가 머리끝까지 치솟는다 해도 그런 망언, 망동을 해서는 안 되었다. 신라의 십칠 관등 중 가장 높은 서불한의 위치에 있는 자신은 더욱 자제를 했어야 했다.

사달은 달포 전 열린 연회에서 벌어졌다. 왜국 사신 갈나고를 접대하는 자리였다. 그는 최근 잇따른 왜인들의 노략질에 대한 신라의 분노를 무마하기 위해 바다를 건너왔다. 갈나고는 앞으로 그런 일이 재발하지 않도록 최대한 조치하겠다고 약속했지만, 결코 사죄하지 않았고 미안한 표정도 아니었다. 오히려 태풍 피해를 본 자기네 어민들에 대해 이웃 신라가 지나치게 인색하게 군다고 불평했다.

신라 측 대표로 참석한 게 석우로였다. 우로는 석씨 왕가로 10대 임금이었던 내해 이사금의 아들이다. 왜국의 침략을 분쇄한 것은 물론 감문국, 포상8국, 사량별국 같은 소국들을 진압해 영토를 넓힌 대장군이기도 했다. 감문국은 오늘날 경북 김천의 일부, 포상8국은 경상도 남해안과 전라도 남해안 일부 지역이고 사량별국은 경북 상주 지역에 해당된다.

"그러니까 우리 신라가 잘못했다는 겁니까?"

"그런 건 아니지만 부자 나라 신라가 가난한 데다 재해까지 입은 우리 백성들에게 은혜를 베풀 수 있는 게 아닌가 말씀드리는 겁니다."

"당신네 조정은 무엇을 하고 있길래 우리가 도와야 한다는 겁니까?"

"우리 임금께서도 밤낮을 가리지 않고 보살피고 있지만 워낙 피해가 크다 보니 말단까지 도움의 손길이 닿지 못하고 있는 것이지요."

"귀국 사람들은 배가 고프면 이웃 나라를 노략질합니까?"

"사흘을 굶으면 눈에 뵈는 게 없을 수도 있겠지요."

"우리 백성들은 풀뿌리를 캐고 나무껍질을 벗겨 먹을지언정 이웃을 향해 칼을 겨누지는 않습니다."

"그처럼 도리에 밝은 백성들이 눈 어두워 길 잃은 백성들을 이해하고 보살펴야 하지 않겠습니까?"

갈나고는 석우로의 질책에 한 뼘도 물러서지 않았다. 말꼬리를 잡고 늘어지며 밉살스럽게 깐족거렸다. 석우로의 뺨이 분노로 씰룩거렸다.

"그대는 스무 해 전 여름 그대 나라가 병선 일백 척으로 우리 사도성을 침략했던 일을 기억하는가?"

"오래전 일이라 기억이 나지 않소만……."

"그렇겠지. 그 일을 기억한다면 지금처럼 가벼운 입을 놀리지는 않겠지."

"……."

"잊었다니 내가 상기시켜 주겠소. 좁고 긴 배 일백 척에서 내린 귀국 병사 일천 명이 사도성을 에워싸고 공격했지요. 사흘 밤낮이 지나도 성을 함락시키지 못하고 식량이 떨어지자 그대들은 철수하기 시작했소. 그때 내가 말을 몰고 나가 귀국 병사들을 짓밟았지. 절반의 목이 땅에 떨어져 구르고 나머지 절반의 병사들이 가까스로 배에 올라탔지만 어찌 그게 끝이겠는가. 우리나라의 바람은 항상 우리 편이라는 사실을 알아두시오. 우리 병사들의 불화살이 하늘을 불태울 듯했다오. 귀국의 배는 모두 불타고 귀국 병사는 모두 물귀신이 됐지. 단 한 사람도 고국 땅을 밟지 못했소. 이제 기억이 좀 나시오?"

갈나고는 애써 화를 참으며 말했다.

"승패는 병가지상사가 아니겠소."

참지 못한 것은 석우로였다. 석우로는 두 손으로 탁자를 내리치며 벌떡 일어섰다.

"내가 오늘 맹세하기를, 길지 않은 시간 내에 배를 내어 그대들에게 결코 잊지 못할 교훈을 보여주겠다. 그대들의 왕과 왕비를 포로로 잡아와 왕은 소금 굽는 종으로 삼고 왕비는 밥 짓는 부엌데기로 만들리라."

얼굴이 벌겋게 상기된 갈나고는 자리를 박차고 일어나 왜국으로 돌아가 버렸다. 왜 왕이 갈나고의 보고를 받고 진노했음은 물론이다. 역사에 기록된 최초의 한·일 외교 분쟁이었다. 왜 왕은 장수 우도주군에 명하여 신라를 치게 했다. 그렇게 바다를 건너온 왜의 병선 이백 척이 상륙을 앞두고 있었다. 그때 밖에서 기별이 왔다.

"이사금께서 들라고 하십니다."

2022년 7월

"배고파요. 저기 가요, 우리."

리한나는 앞에 보이는 곰탕집을 가리키며 말했다. 정작 자리를 잡은 뒤 주문한 것은 수육과 소주였다. 준기와 리한나는 두어 순배가 돌 때까지 말없이 술과 고기만 삼켰다. 맛있다, 괜찮네, 말 아닌 말들만 검불처럼 날렸다. 하지만 그 어떤 재판관보다 더 빨리 분쟁을 해결하는 것이 술이라고 에우리피데스가 말했던가. 술이 판결을 내릴 수 있을 만큼 충분한 용기를 먼저 준 것은 리한나한테였다. 그녀가 네 번째 잔을 내려놓으며 말했다.

"그러니까 오르가슴에 도달해야 주파수가 맞는다는 말이잖아요."

오르가슴이란 말을 필요 이상으로 크게 한 것은 리한나였지만 부끄러운 것은 준기였다. 주위를 살폈지만 다른 손님들은 두 사람에게 관심이 없는 듯 자신들의 주제에만 열을 올리고 있었다. 공연히 무안해진 준기가 서둘러 대답했다.

"아마 그때 우리의 뇌 파동이 금인상의 주파수와 일치했던 것 같아요. 그 순간에 누군가 부르는 듯한 느낌을 받았잖아요. 금인상의 신호를 수신한 거죠."

"그러니까 오르가슴 때요."

이번에는 주위를 둘러보지 않았지만 준기는 따가운 시선들을 뒤통수로 느낄 수 있었다.

"목소리 좀 낮추는 게 어때요. 내가 아직 보청기를 껴야 할 나이는 아니거든요."

리한나가 목소리를 낮추고 얼굴을 준기 가까이 들이밀면서 말했다.

"내가 부끄러워요? 준기 씨?"

리한나의 짓궂은 장난에 준기는 멋쩍게 웃을 수밖에 없었다.

"하하, 그럴 리가요."

"좋아요. 용어를 좀 순화해서 '애크미acme'로 하죠. 애크미의 상태에 도달할 때 우리의 뇌파가 금인상의 뇌파, 아니 주파수와 같아지고 그래야 비로소 금인상의 신호를 우리가 수신할 수 있다는 거죠?"

"우리의 경험을 통해 내린 결론은 그렇습니다."

"그렇죠. 우리는 애크미에 도달했고 누군가의 부름을 받았으며 그가 부른 장소로 옮겨갔죠."

리한나가 애크미에 도달했다고 했을 때 준기는 조금 부끄러웠지만 리한나는 아무런 표정 변화 없이 말을 이었다.

"그 누군가가 금인상인데, 그곳에서 금인상을 발견하진 못했지만 분명히 거기 있을 거라는 얘기죠."

"그렇습니다."

"그렇다면 금인상을 찾으려면 그곳에 다시 가야 하는데 그러려면 우리가 다시 오르, 아니 애크미의 상태에 도달해야 한다는 얘기네요."

"……."

"그러려면 우리가 다시 관계를 가져야 하고요."

"……."

두 사람의 얼굴이 발갛게 달아올랐다. 부끄러움 때문인지 술을 마신 탓인지 알 수 없었다.

기원후 253년

첨해 이사금은 금성의 궁궐에 있지 않았다. 왜의 침략에 금성이 포위될 것을 우려해 유촌으로 피난해 있었다. 유촌은 오늘날 울진으로 추정되는 곳이다.

'이런 한심한…… 그깟 왜놈들을 물리칠 생각은 하지 않고, 임금이 백성을 버리고 달아날 궁리부터 했다니…….'

"왜적의 기세가 사뭇 등등하니 어찌하면 좋겠소, 서불한."

싸우기 전에 달아난 사람의 머릿속에 있는 대책은 한 가지밖에 없었다. 그것은 군대를 이끌고 나가 적을 격퇴하라는 주문이 아니었다. 너의 망언으로 이 지경에 이르렀으니 네가 책임을 지고 사태를 수습하라는 것이었다. 이사금의 입으로 직접 듣지 않아도 알 수 있었다. 석우로는 말했다.

"오늘 이 환란은 소신이 말을 삼가지 않은 데서 비롯된 것이니 소신이 책임을 지겠습니다."

이사금의 얼굴이 환하게 펴졌다.

"서불한이 그리해 주겠소?"

석우로는 단신으로 말을 달려 해변으로 나갔다. 왜군은 이미 상륙을 마치고 진격 태세를 갖추고 있었다. 석우로가 왜군 진영에 걸어 들어가 적장 앞에서 말했다.

"내가 지난번에 한 말은 단지 주연에서 한 농담이었을 뿐인데 이렇게 군사를 일으켜 남의 땅을 밟다니 그대들의 왕은 참으로 속이 좁소."

왜장 우도주군은 아무 말 없이 석우로를 바라봤다. 그러고는 그를 포박하게 한 뒤 밖으로 끌어냈다. 왜군들은 백사장 위에 장작을 쌓았다. 그리고 그 위에 기둥을 세워 석우로를 묶고는 불을 붙였다. 석우로가 외쳤다.

"나 석우로, 오늘까지 수많은 전투에 나가 싸우면 반드시 이겼고 이기지 못해도 지지는 않았다. 그런데 입 한번 놀린 게 재앙이 되어 이렇게 죽음을 맞게 되었으니 수만 개의 칼과 창보다 혀끝이 더 날카로운 것인지 알겠노라. 하지만 이 몸 하나 불살라 문제를 해결한다면 이 또한 이긴 것이니 석우로다운 죽음 아니겠느냐. 으하하하!"

왜장은 역시 대꾸하지 않았다. 석우로의 몸이 다 타서 스러질 때까지 말없이 지켜보고 있다가 그대로 두고 배에 올라 돌아갔다.

이때의 일을《일본서기》는 조금 다르게 기록하고 있다.

> 신라왕 우류조부리지간宇流助富利智干을 포로로 삼아 해변으로 와서 무릎뼈를 뽑고 돌 위에 포복시켰다. 조금 있다가 베어서 모래 속에 묻었다. 한 사람을 신라에 주재하는 대사로 남겨놓고 돌아갔다.

'우류'는 우로를 일컬음이요, '조부리지간'은 서불한의 왜식 발음이었을 터다. 석우로를 신라왕이라 한 것은 그가 유력한 왕족이긴 하지만 정식 왕위에 오른 것이 아니므로 전공을 부풀리기 위한 과장이 아닐 수 없다. 석우로를 죽인 방법에서 차이를 보이는 것은 양국의 문화적 차이에 따른 것이 아닐까 한다.《일본서기》에 묘사한 방법이 지나치게 잔인한 까닭에《삼국사기》에 화형으로 바꾸어 기록했을 가능성이 있다.

화형은 한반도에서 흔했던 방법은 아니었지만 삼국시대에 몇몇 기록이 있다. 무엇보다 김유신이 유부남 김춘추와 정을 통한 여동생 문희를 화형에 처하려 했던 것이 떠오른다. 김춘추와 문희를 혼인시키기 위한 이벤트였는데 워낙 극적 효과가 커서 선덕여왕의 혼인 명령을 이끌어 낼 수 있었다. 그만큼 바꿔 기록하기도 좋았을 것이다.

어쨌거나 석우로는 자신의 경솔함이 초래한 환란에 개인적으로 책임을 졌다. 국가 경영이 아니라 생선가게 하나를 운영하는 데서도 있을 수 없는 일이었다. 종업원이 상한 생선을 팔아 손님이 탈이 났다고 종업원에게 모든 책임을 떠넘기고 주인은 나 몰라라 할 수는 없는 일이다. 하물며 나라 일이야…… 재상의 실수로 외적의 침략을 받았는데 일체의 군사 지원 없이 재상 혼자 해결하도록 압박할 수는 없다. 그런데 그런 어처구니없는 일이 버젓이 벌어진 것이다.

거기에는 다른 배경이 있었다. 석우로는 신라의 10대 임금인 내해이사금의 태자였다. 그러나 11대 이사금은 내해의 사위인 조분에게 넘어갔다. 그것은 9대 이사금인 벌휴의 태자였던 골정이 일찍 죽었기 때문에 어린 벌휴의 손자 조분 대신 사위였던 내해가 왕위를 물려받은 것과 같은 이치였다. 조분 역시 우로를 자신의 딸과 결혼시켜 사위로 삼았다. 차기 이사금의 1순위 자격을 우로에게 준 것이다. 그런데 12대 이사금은 조분의 친동생인 첨해의 차지가 되어버렸다. 이사금의 아들과 사위 중 연장자를 선택하던 신라 초기의 왕위 계승 원칙이 무너지기 시작한 것이다.

석우로는 이에 불만이 많았다. 왕위 계승 자격 1순위일 뿐만 아니라 용맹하고 덕 있는 장수로 신망을 얻고 있던 자신 아닌가. 사석에서 다음 이사금은 자기 아들 차례가 되어야 한다고 떠들고 다녔다. 첨해 이사금이 듣기 좋은 소리는 아니었다. 경계를 하지 않을 수 없었을 것이다. 그러던 차에 석우로의 가벼운 입이 외교 분쟁을 일으키자 이사금은 '옳다구나' 한 것이다. 그에게 모든 책임을 떠넘겨 전쟁을 종식하고 정적도 제거하는 일석이조의 성과를 거둔 것이다. 하지만 어부지리라는 게 또 있었다. 그것은 첨해의 몫이 아니었다.

2022년 7월

리한나는 두 팔을 준기의 어깨 위에 내려놓았다. 준기는 오른팔로 리한나의 허리를 감싸 안고 왼팔로 리한나의 머리를 받쳤다. 준기의 두 팔에 힘이 들어갔다. 두 사람의 허리가 맞닿았다. 서로의 입술이 포개졌다. 침대 위에 서로 마주 보고 앉은 채 안으려니 허리가 꺾였지만, 리한나가 준기의 다리 위에 포개 앉음으로써 편안해졌다. 둘은 서로를 끌어당겼다. 두 사람 사이에 공기 방울 하나라도 남아있는 것을 허용할 생각이 없는 듯했다. 굴곡이 있고 그것의 크기와 부피에 차이가 있는 두 사람의 몸이 퍼즐 조각처럼 완벽하게 맞아떨어질 수 있다는 게 놀라웠다.

애크미에 도달하기 쉽게 한다는 아로마 향초를 피웠지만 불필요한 짓이었다는 게 금방 드러났다. 숙제를 하는 마음으로 호텔 방에서 알몸이 된 두 사람이지만 그것 역시 핑계였다는 게 바로 드러났다. 혀와 혀가 일합을 겨룬 순간부터 그들의 머릿속에 금인상 따위는 없었다. 상대의 몸을 게걸스럽게 먹어 치우기 위해 달라붙어 싸우는 두 마리의 맹수처럼 서로의 몸을 거칠게 그리고 빈틈없이 탐했다. 호흡이 거칠어지고 맥박이 빨라졌다. 신음이 터져 나왔다. 고통의 비명과 열락의 신음이 그토록 닮을 수 있음이 놀라웠다. 마지막 남은 힘까지 모두 끌어내 태웠다. 그렇게 절정이 왔다. 그 순간…….

두 사람의 가슴에 파문이 와 닿았다. 이번에는 훨씬 더 구체적이고 분명한 느낌이었다. 아득히 먼 곳에서 온 것이라는 거리감까지 느껴졌다. 이윽고 두 사람은 깊고 깊지만 더없이 밝은 심연으로 빨려 들어갔다.

강렬한 빛에 감았던 눈을 뜨자 조금은 익숙한 풍광이 펼쳐져 있었다. 해송이 우거진 언덕 너머로 짙푸른 바다가 보였다. 콘크리트 임도는 지난번의 기억보다는 더 멀리 있었고 그 뒤로 샌드위치 패널로 벽을 댄 조립식 가건물이 눈에 들어왔다. 언덕 아래 바다 쪽에서 들리던 것 같았던 자동차 소리도 바다를 바라보고 선 두 사람의 뒤편에서 들렸다. 아마도 바다와 해안길 사이의 언덕인 모양이었다.

대신 지난번에는 보지 못했던 커다란 암벽이 솟아있었다. 언덕 한 쪽 끝을 단단히 부여잡고 밑으로 절벽을 이루는, 언덕 위로 솟은 높이만 해도 10미터는 충분히 넘어 보이는 암벽이었다. 정상은 대체로 평평한데 절벽 반대쪽으로 뾰족하게 튀어나온 부분이 있어 매부리를 닮은 형상이었다. 시야에서 벗어날 만큼 작은 바위가 아니었는데 주변 풍경과 너무나 조화를 이루고 있어 놓쳤던 것 같았다. 바위산을 깎아내기 어려워 그 뒤로 우회하는 해안길이 만들어졌구나 싶었다. 암벽 정상 부근에는 소나무가 바다를 향해 뻗었다가 니은 자로 방향을 틀어 하늘로 솟아있었다. 암벽을 매부리로 본다면 마치 매가 나뭇가지를 물고 있는 형상이었다. 하지만 바위를 본 열 명 중 일고여덟은 매부리를 연상하지 못할 수도 있겠다는 생각이 들었다.

몸이 바위 쪽을 향할 때 가슴에 닿는 파문의 세기가 커졌다.

"준기 씨도 그래요?"

리한나가 일어서며 물었다가 화들짝 놀라 다시 주저앉았다. 발가벗고 있는 자신을 발견한 것이다. 준기도 그제야 두 사람 모두 알몸임을 알아차렸다.

'아차…….'

지난번 하의가 벗겨진 상태여서 무안했던 경험을 하고도 미리 생각하지 못했던 것이다. 한술 더 떠 이번엔 아예 옷을 다 벗어두고 온 셈이었다. 다른 사람들은 보이지 않는다는 게 다행이었다. 수치심보다 실소가 터져 나왔다. 어쩌겠는가. 이렇게 된 걸……. 게다가 실제 상황도 아니고 의식 여행 중 아닌가.

"아이참. 이게 웃겨요?"

"어쩌겠어요. 그것보다 지금은 이곳이 어딘지 알아볼 수 있는 표지를 찾는 게 중요해요. 다음에 와서 알아볼 수 있도록……. 의식 여행이 끝나기 전에 서둘러……."

몸을 일으키려는 준기를 리한나가 끌어당겼다.

"안 돼요."

"그럼 여기서 그냥 이러고 있자고요?"

"나를 업어요."

"뭐라고요?"

"빨리요."

일어선 준기는 몸을 숙였고 리한나는 재빠르게 그의 등에 업혔다.

"이래야 내가 안 보일 거 아녜요."

리한나의 몸이 보이지 않는 대신 부드럽고 따뜻한 촉감으로 다가왔다. 조금 전에 느꼈던 것과는 또 다른 기분 좋은 감촉이었다.

"생각보다 무거운데요."

"쓸데없는 거 느끼지 말고 빨리 찾아봐요. 시간 없어요."

준기는 리한나를 업고 바위 끝으로 다가갔다. 하지만 더 이상 파문은 느껴지지 않았다. 이미 절정의 순간에서 멀어진 두 사람의 뇌파가 금인상의 주파수와 어긋난 것이다. 어쨌든 바위 주변으로 좁혀졌으니 큰 수확이었다. 이제 지명을 파악하는 게 급선무였다. 준기의 발걸음이 급해졌다. 남들이 본다면 어지간히 우스꽝스러울 것이라는 생각이 들었다. 벌거벗은 남자가 벌거벗은 여자를 업고 엉거주춤 걷는 모습이 자연스러울 수는 없었다.

같은 방향으로 한 사람이 된 두 사람은 이리저리 고개를 돌려 주변을 살폈다. 사이사이 해안 도로가 보였으나 교통 표지판은 없었다. 인가와 전신주도 눈에 띄었지만 지명을 확인할 단서는 없었다. 반대쪽으로 몸을 돌려 갈 수 있는 만큼 가보니 해안 도로 끝에 간판이 달린 낡은 집이 보였다. 구멍가게 같았다.

"저거 보여요? 저기 하얀 간판."

"무슨 상회라고 쓰인 것 같은데…… 아, 서울상회!"

"서운상회 아니에요? 바닷가에 무슨 서울상회?"

"아니, 서울상회 맞아요. 뭐 우리 집 앞에도 영덕물회가 있……."

말을 마치기도 전에 두 사람의 발가벗은 모습이 수증기가 공기 중에 퍼지듯 흩어졌다.

기원후 261년

강보에 쌓인 아이의 이마에 물방울이 떨어졌다. 아이를 무릎 위에 올려놓고 물끄러미 바라보던 명원부인의 눈물이었다. 잠시 움찔했던 아이는 이내 잠에 빠져들었다. 그녀는 옷고름으로 아이의 이마에서 눈물을 닦아냈다.

아직 젖도 떼지 못한 아들이었다. 남편이 석씨 왕조의 시조인 석탈해처럼 훌륭하게 될 것이라며 흘해라고 이름 지은 아이였다. "우리 집안을 일으킬 사람이 바로 이 아이"라고 호언하던 아이였다. 그런데 아이가 돌을 맞기도 전에 남편이 죽었다. 그것도 끔찍하게 불에 타 죽었다. 왕이 되었어야 했고, 나라의 재상이었던 남편이 누구 하나 추도하는 사람 없이 외롭게 죽음을 맞아야 했다. 그럴 수는 없었다. 그래서는 안 되었다. 비록 젖먹이일지언정 아비의 죽음을 지켜야 했다. 사람을 시켜 강보를 안고 말에 태워 해안으로 가게 했다. 아이에게 아비의 죽음을 똑바로 보게 하라고 일렀다. 결코 잊지 않도록 눈에 담게 하라고 시켰다. 그것은 아이가 할 일이었다. 죽은 남편의 아내로서, 아이의 어미로서, 자신이 할 일은 따로 있었다.

아이의 이마에 두 번째 눈물방울은 떨어지지 않았다. 명원부인은 유모를 불러 강보를 건넸다. 그러고는 각간 김미추를 찾아갔다. 김미추는 그녀의 제부였다. 김미추는 석우로와 함께 조분 이사금의 사위였으며, 명원부인의 여동생인 광명부인의 남편이었다.

"세상에 도가 한 줌이라도 남아있다면 결코 이런 일은 없었을 것입니다."

명원부인은 제부 앞에서 무릎을 꿇으며 울부짖었다. 당황한 김미추가 그녀를 일으켜 세워 의자에 앉힌 뒤 말했다.

"면목 없습니다, 처형. 결코 일어날 수 없는 일, 결코 일어나서는 안 될 일이 일어났습니다. 허나 이사금의 뜻이 그러하니 저로서는 어쩔 도리가 없었습니다."

"제가 어찌 각간을 탓하겠습니까. 만약 제가 조금이라도 각간을 원망하는 마음을 가졌다면 천벌을 면치 못할 것입니다. 하지만 천벌에 더해 지벌까지 받는 한이 있더라도 이번 일을 그냥 넘길 수는 없습니다. 어찌 왕이 됐어야 마땅할 사람을 홀로 불구덩이에 들어가도록 강박할 수가 있습니까. 눈을 감으면 불에 타고 있는 남편이 보여 잠을 잘 수가 없습니다. 귀를 막아도 남편의 비명이 들립니다. 가장 두려운 건 흘해가 커서 제 아비에 대해 물으면 뭐라고 대답해 줘야 할지 모른다는 겁니다."

명원부인의 작은 어깨가 흔들렸다. 김미추 역시 안타깝고 가슴이 아팠다. 하지만 그녀의 오열을 지켜볼 수밖에 없었다. 자신이 각간이기는 했지만 석씨 이사금의 마음을 움직이기에는 김씨 일족의 세력이 여전히 약했다. 잠시 후 명원부인이 울음을 멈추고 옷매무새를 가다듬었다. 그러고는 단호한 목소리로 말했다.

"바로잡아야 합니다. 이것은 제 남편의 원혼을 달래기 위해서일 뿐만이 아니라 국가의 기틀을 곧게 세우기 위해서라도 해야 하는 일입니다."

"어떻게 바로잡는다는 말씀입니까?"

명원부인의 목소리가 낮아졌다.

"첨해가 이사금이 될 때부터 어긋난 것입니다. 그것은 석첨해가 아니라 제 남편 석우로의 자리였습니다. 그것을 지혜도 없고 공적도 없는 첨해가 가로챈 것이지요. 그러니 어찌 이웃나라들에게 하찮게 보이지 않을 수 있겠습니까. 술자리의 농지거리를 핑계로 왜국이 과잉되게 군사까지 일으킨 것도 서라벌을 업신여긴 게 아니고 뭐겠습니까. 우리 사로국이 어찌 나오는지 떠보고, 이참에 자기들에게 커다란 위협이 될 수 있는 인물까지 제거하는 일거양득의 결과를 노린 것이지요. 이번에는 거병한 명분이 바로 해소되었으니 저대로 물러갔지만, 이제 신라의 임금이 심약한 것을 알았으니 분명 다른 꼬투리를 잡아 재침할 게 분명합니다. 그때는 저들이 희생양 하나를 불태우고 물러나지는 않을 것입니다."

미추가 듣고 보니 과연 그랬다. 왜군이 이처럼 쉽게 물러간 배경에는 석우로의 희생도 있었지만, 또 다른 속셈이 있는 것이 분명했다. 그것은 이번보다 훨씬 큰 규모의 침공일 터였다. 국운이 걸린 위기가 아닐 수 없었다. 자신에게는 또한 둘도 없는 기회이기도 했다. 그것은 석씨 왕가의 분열이었다. 강력한 석씨가 둘로 갈라진다는 것은 김씨가 왕위에 도전할 수 있는 힘 있는 세력으로 발돋움할 수 있다는 얘기였다. 둘로 갈라진 어느 한쪽과 연합한다면 임금의 자리는 멀리 있는 것이 아니었다.

"처형의 혜안이 서불한의 그것에 버금가는군요. 나는 그저 감탄

할 뿐입니다."

명원부인은 고개를 저었다.

"공치사를 위해 드리는 말씀이 아닙니다. 행동에 나서야지요."

"어떤?"

"제게 적절한 물건이 있어요."

2022년 7월

"마음에 걸려요. 김 원장한테 말을 못 한 게……."

준기가 사이드 미러를 통해 뒤따르는 검은색 밴을 확인하며 말했다. 밴에는 페도라를 비롯해 세 명의 사내가 타고 있었다. 그들은 서울에서부터 리한나가 운전하는 승용차에 바싹 코를 붙이고 따라왔다. 승용차와 밴 사이에 다른 자동차가 끼어드는 것을 결코 용납하지 않겠다는 것 같았고, 실제로 단 한 번도 허용하지 않았다. 리한나는 전방에서 눈을 떼지 않으며 말했다.

"전화도 안 받는다면서요. 그럼 자기 탓이지. 물론 받는다고 얘기해 주고 싶은 생각도 없지만……."

"금인상을 찾더라도 김 원장에게 숨길 생각이에요?"

"숨기진 않아요. 말하지 않을 뿐이지."

"나중에 알면 김 원장이 가만있지 않을 텐데……."

"그 인간도 말하지 않는데요, 뭐."

"말하지 않는다고요? 뭘?"

"그 약은 인간이 왜 그렇게 동해안을 오르락내리락하고 있을까요?

태호 오빠도 동해안 어딘가에 금인상이 있다는 걸 아는 거예요. 분명해요. 우리에게 숨기는 게 있다고요."

그것은 준기도 생각하는 바였다. 하지만 어떻게? 두 번이나 그 장소로 의식 여행을 했던 자신들조차 여전히 동해안이라고 추측할 뿐 그것도 확실한 것은 아니었다. 그런데 김 원장이 어떻게 동해안이라고 단정할 수 있다는 말인가. 그것도 자신들보다 먼저……. 동해안이 맞다 해도 그 장소의 위치를 가늠할 수 있는 주변 풍경 본 것은 두 사람뿐이었다. 그런 단서도 없는 태호가 금인상을 찾아다닌다는 것은 그야말로 백사장에서 바늘 찾기와 같은 짓이었다. 그런 점들 때문에 준기는 태호가 동해안을 다니는 게 금인상을 찾기 위해서라고 연결짓기가 어려웠다. 하지만 우연이라고 치부하기에는 태호의 행동에 미심쩍은 게 많았다.

"김 원장이 어떻게 알 수 있을까요?"

"태호 오빠도 오르가슴, 여기선 괜찮죠? 우리 둘만 있으니까……오르가슴을 느꼈나 보죠."

리한나는 자기가 말하면서도 우스운지 소리 내 웃으며 승용차의 전화 연결 버튼을 눌렀다. 김한용 부장. 그것이 페도라의 이름인 것 같았다. 두 번째 신호음이 울리기 전에 그가 전화를 받았다.

"이제 속초 시내를 통과하면 해안에 붙은 길로만 올라갈 거예요. 혹시 내가 길을 잘못 들면 하이빔을 켜서 신호하시고요. 길 좌측으로 서울상회 간판을 놓치면 안 돼요. 하얀색 간판입니다."

서울에서 출발하면서 몇 번이나 강조했던 서울상회 하얀색 간판이었다. 준기도 긴장이 됐다. 서울상회 간판이 금인상을 찾을 수 있는 유일한 단서였다. 서울상회를 발견하지 못한다면 아마도 보트를 타고 동해안을 거슬러 올라가면서 매부리처럼 생긴 바위를 찾아야 할텐데 그것은 가능성이 더 적은 일이었다. 비슷하게 생긴 바위가 너무나 많을 터였다. 바다 쪽에서는 또 바위가 다른 모습을 띠고 있을지도 몰랐다.

해안 도로를 따라 올라가는 것이 생각만큼 쉬운 일은 아니었다. 하나의 도로가 해안을 따라 길게 뻗은 게 아니라 여러 길들이 이어졌다 끊어졌다를 반복했다. 갈래길이 반대쪽으로 이어지는 곳도 있었다. 유턴하듯 방향을 틀어 다시 남쪽으로 내려와야 했다. 그런 길들은 대부분 어느 정도 가면 막혀있어 차를 돌려 나와야 했지만 확인하지 않을 수 없었다. 길이 좁아서 속도를 내기도 어려웠다. 차체가 큰 밴은 더 힘들었다. 하지만 리한나는 불평 한마디 없이 운전대를 이리 꺾고 저리 꺾으며 잘도 빠져나갔다.

밴 역시 앞차와의 간격을 넓히지 않았다. 때로는 사람이 내려서 확인해야 하는 경우도 있었다. 그럴 때마다 페도라가 내려서 살펴보고는 양팔을 교차해 없다는 신호를 앞차에 보냈다. 그러고는 다시 차에 올랐다. 저곳은 아니라는 확신이 드는 곳도 있었지만 확실히 해두는 게 좋았다. 처음부터 다시 시작할 수는 없었다.

고성에 도착하기도 전에 정오를 넘겼는데 점심 식사를 하자는 사람은 없었다. 얼마 후 태호가 사진작가 포즈를 취했던 가진항을 지날 때까지도 서울상회는 나타나지 않았다. 혹시나 하고 염두에 두고 있던 서운상회도 없었다.

"어디에 있니, 어디에 숨었니, 서울상회야."

리한나가 운전대를 잡은 채 허리를 폈다.

"힘들면 교대할까요?"

"아니, 괜찮아요."

"오래 운전했는데 잠깐 쉬어 가지요?"

"힘들어요?"

"아니, 나야 괜찮지만……."

"그럼 좀 더 가죠, 우리."

좀 더라는 시간은 한 시간 가까이 이어졌다. 거진항을 지나고 대진항도 지났다. 통일 전망대 출입 신고소를 지나고 얼마나 갔을까. 작은 사거리를 지나자마자 외딴집이 하나 나타났다. 그곳에 하얀 간판이 걸려있었다. 준기와 리한나가 멀리서 바라본 그대로였다. 작은 구멍가게였다. 감청색 글씨로 쓰인 빛바랜 서울상회였다. 내비게이션에는 앞길 이름이 금강산로라고 나와있었다.

"저기! 서울상회!"

서울상회가 정말로 있었다. 서울상회란 현실적으로 존재하는 곳이었던 것이다. 리한나는 너무 기쁜 나머지 축하의 경적을 울릴 뻔한 것을 가까스로 참았다.

"저기서 우리 뭐 좀 먹어요. 잔뜩!"

곡괭이와 삽, 로프에 금속 탐지기까지 든 사내들이 밴에서 내렸다. 그들이 앞장서 매부리 바위 언덕으로 오르는 길을 찾았다. 절벽에 맞닥뜨려 돌아 나온 적이 있기는 했지만 그다지 어렵지 않게, 서울상회를 찾는 것만큼 지루하지도 않게 언덕에 오를 수 있었다. 해송들 사이로 바다가 보였다. 벌거벗은 준기가 벌거벗은 리한나를 업고 엉거주춤 걷던 바로 그곳이었다. 두 사람은 공연히 부끄러워졌다.

매부리 바위 주변을 금속 탐지기로 샅샅이 훑었지만 소리는 울리지 않았다. 분명 암벽 쪽을 향했을 때 와닿는 느낌이 강했다. 언덕의 어디에서도 탐지기는 묵묵부답이었다. 언덕은 대부분 암석이어서 땅거죽이 얇았다. 삽으로 흙을 뜨려 해도 이내 딱딱한 암석에 닿았다. 나름 흙이 깊은 곳 몇 군데를 파보았지만 나오는 것은 없었다.

"암벽 위가 아닐까요?"

페도라가 리한나에게 말했다. 날렵하게 생긴 사내 한 명이 로프를 메고 바위를 기어올랐다. 정상에 올라선 사내가 로프를 내렸고 금속 탐지기를 끌어 올렸다. 사내가 탐지기를 작동시켰고 얼마 후 "삐" 소리가 아래까지 들렸다.

"내가 올라가겠습니다."

준기가 나섰다. 준기의 허리에 로프를 묶고 위에 있던 사내가 로프를 잡아 끌어 올려 주었다. 바위의 정상은 생각보다 넓었으며 분화구처럼 안쪽으로 파여있었다. 마치 커다란 돌확에 흙이 채워져 있는 듯했다. 탐지기는 암벽 정상의 가장 가운데 부분에서 가장 확실하게 반응했다. 삽 두 자루가 로프에 매달려 올라왔고 정상 위의 두 사람은 조심스럽게 흙을 퍼내기 시작했다.

금인상이 상할 것을 우려한 더딘 작업이 이어졌고, 50센티미터가량 파 내려갈 때까지 아무것도 나오지 않았다. 이제 구덩이에 들어가서 파야 하므로 한 명이 작업을 할 수밖에 없었다. 다른 한 명의 사내가 더 올라와 교대를 했다. 구덩이의 깊이가 1미터에 가까워졌지만 여전히 아무것도 없었다.

휴식을 취하던 사내가 다시 교대를 해주려고 다가서는 순간 삽이 딱딱한 물체에 닿는 소리가 났다. 금속끼리 부딪치는 날카로운 소리는 아니었지만 분명 무언가가 있었다. 준기가 작업을 중지시켰다. 작업하던 사내가 구덩이에서 나오고 준기가 들어갔다. 준기는 나뭇가지로 딱딱한 물체를 덮은 흙을 긁어냈다. 딱딱한 물체는 석탄 같았다. 깊은 석탄층이라도 있는 걸까 걱정했지만 다행히 가로와 세로가 40센티미터 정도, 두께가 5센티미터 정도에 불과한 사각형 판 모양이었다. 조심스럽게 석탄 판을 들어내자 다시 부드러운 흙이 나왔고, 흙을 헤치니 수줍은 빛이 흙 속에서 새어 나왔다. 금빛이었다.

"찾았어요!"

준기가 조심스럽게 흙을 헤치자 금인상이 모습을 드러냈다. 의식여행 때 본 금인상 그대로였다. 오랜 세월 동안 땅속에 있었음이 분명한데 찬란한 빛을 고스란히 머금고 있었다. 매장 상태로 봐서 누가 신중하게 묻어놓은 것 같았다. 구덩이를 판 뒤 그 안에 더 작은 구덩이를 또 파서 금인상을 넣고는 빈 공간을 흙으로 채우고, 그 위에 일정한 길이의 나무토막을 나란히 배열해 뚜껑처럼 덮었던 것 같았다. 그러고는 다시 흙으로 덮었는데 오랜 세월이 흙속의 나무토막들을 석탄으로 만든 것이었다. 원래 의도했는지는 모르지만 나무가 탄화하면서 땅속의 습기를 빨아들여 흙이 건조함과 부드러움을 동시에 유지할 수 있는 최적의 상태를 제공한 것이다. 거기에 돌확처럼 생긴 바위가 장기 보존에 적합한 독항아리의 역할을 해준 듯했다.

준기는 천천히 금인상을 들어 올렸다. 온화한 얼굴이었다. 은은해서 더욱 찬란한 금빛 미소가 자신을 마주 보고 있었다. 가슴이 벅차 숨이 막혔다. 금인상을 처음부터 지켜봐 왔던 자신이었다. 묵돌 선우가 가장 사랑하는 친구인 누르하에게 준 것이었다. 그것이 후대로 전해지면서 흉노의 초원에서 한반도로 옮겨질 때까지 벌어졌던 수많은 사건들이 준기의 기억 속에 고스란히 각인되어 있었다. 관찰자로서만의 기억이 아니었다. 적극적인 개입자이기도 했다. 잃어버릴 뻔한 금인상을 찾아 후손들에 전달해 주기까지 했다. 결국은 어리석은 후손들이 잃어버리고 말았지만, 그래서 이천 년의 세월 동안 억지로 잠들어있게 했지만, 끝내 그것을 자신이 되찾은 것이다.

처음에 준기는 흉노의 후손이라는 태호의 말에 코웃음을 쳤다. 의식 여행을 통해 놀라운 모험을 하면서도 자신이 그들과 관계가 있다는 생각은 한 줌도 하지 않았다. 하지만 금인상의 부름을 받았던 순간부터 조금씩 바뀌기 시작했다. 그리고 금인상을 들고 서있는 지금 이 순간 그는 분명히 느낄 수 있었다. 잃어버렸던 가문의 보물을 되찾은 자랑스러운 후손이 바로 자신이었던 것이다.

준기는 금인상을 소중히 안고 구덩이에서 나왔다. 리한나에게 보여주기 위해 언덕 쪽을 향해 금인상을 내밀었다. 그런데…… 리한나는 울상을 짓고 있었다. 그녀의 목에는 뒤에 선 검은 그림자가 들이대고 있는 칼날이 번뜩였다. 그 옆에 또 하나의 그림자가 있었다. 그는 3, 4미터쯤 떨어진 곳에서 분노를 이기지 못해 얼굴 근육이 경련을 일으키고 서있는 페도라를 위협하고 있었다. 그의 손에는 시위가 팽팽하게 당겨진 석궁이 들려있었다.

"뭐 하는 짓입니까?"

준기의 목소리가 경악으로 떨렸다. 석궁이 웃으며 말했다.

"김 교수, 고생 많았어요. 내게도 그걸 만져볼 기회를 주시오. 하하하."

태호였다.

기원후 261년

김알지의 7세손 김미추가 신라의 13대 이사금에 즉위했다. 박씨와 석씨들이 독점해 온 사로국의 왕위 계승 구도에서 나온 첫 김씨 이사금이었다. 흉노 왕자 검돌이 한무제로부터 김씨 성과 일제라는 이름을 하사받은 지 삼백칠십육 년, 그의 후손 김당이 한반도 땅을 밟은 지 이백삼십육 년, 김알지가 계림에서 태어난 지 백구십육 년째 되는 해였다. 그리고 묵돌 선우가 누르하에게 제천금인상을 준 지 사백칠십 년, 금인상이 사람의 손을 떠난 지 이백구십 년이 되는 해였다.

전날 12대 이사금인 첨해가 급서한 뒤 원로들이 추대한 결과였다. 첨해가 아들이 없었기 때문이기도 했지만, 석씨 왕가 일부에서 강력하게 미추를 천거한 덕분이었다. 거기에는 명원부인 석씨의 힘이 컸다. 그녀는 조분과 첨해 이사금을 배출한 골정계 석씨와 갈렸던 내해계 석씨들을 끌어모았다. 처음에는 반대가 거셌다. 전례가 없다는 이유였다. 새로움은 늘 익숙함한테 핍박받는 법이다.

"이 나라를 창업하신 혁거세 거서간과 먼 바다를 건너와 석씨를 일으킨 탈해 시조 이후 박씨와 석씨가 아닌 자가 임금의 자리에 오른 적은 단 한 번도 없었소. 앞으로도 그 전범이 깨져야 할 하등의 이유를 나는 알지 못하겠소."

"김씨는 탈해 시조께서 거두시어 김이라는 성을 주시고 양자로 삼았으니 석씨와 같은 성씨나 다름없습니다."

"박씨들은 여러 차례 후사가 없었기에 이제 임금을 할 만한 사람이 없는 형편이외다. 그렇다면 우리 석씨가 왕권을 독차지할 수 있을 텐데 그 좋은 마당에 김씨를 끌어들여 몫을 나눌 필요가 없지요."

"참으로 딱하십니다. 배부른 호랑이는 사슴을 봐도 내버려 두지만, 다른 호랑이를 보면 아무리 배가 불러도 사생결단을 한다는 것을 모르십니까?"

"그게 무슨 소리요?"

"김씨보다는 석씨가 석씨에게 치명적이 될 수 있다는 말입니다."

"……."

"지금 우리 석씨도 골정계와 내해계로 사실상 분열된 마당 아닌가요? 조분 이사금 자리를 동생인 첨해가 물려받은 것만 봐도 골정계가 내해계와 왕권을 나눌 생각이 없다는 뜻 아니겠습니까. 그렇게 계속 골정계가 임금 자리를 독차지해도 같은 석씨이니 무방하다는 겁니까?"

"그런 건 아니지만……."

"지금 석씨 중에서 임금을 고르면 우리 내해계의 잇자국이 부족해 다시 골정계로 넘어갈 수밖에 없습니다. 그렇게 되면 골정계가 우리 내해계를 가만 내버려 두지 않을 것입니다. 그것은 우리 내해계는 앞으로 배부른 골정계 호랑이들에게 목덜미를 물려 숨통이 끊어지거나 저 변방으로 달아나 썩은 고기나 뜯는 신세가 된다는 뜻이지요."

"끙……."

"지금 김씨들 세력이 변변찮으니 이사금이 나와봐야 무엇이 두렵겠습니까. 김씨 이사금을 만드는 데 빚을 지운 만큼 다음 이사금을 내해의 직계들에게 넘겨야 한다는 명분도 세울 수 있을 것입니다."

김미추를 이사금으로 만든 명원부인의 공은 석씨 원로들을 설득한 데만 있는 것이 아니었다. 그보다 훨씬 더 결정적인 일을 그녀가 해냈다. 그것은 그녀가 가진 적절한 물건, 즉 비상을 첨해 이사금의 국에 탄 것이었다. 그것은 남편 석우로에 대한 복수이기도 했지만, 골정계에게 적절한 후계를 준비할 여유를 주지 않기 위한 기습공격이었다.

일반적으로 《삼국사기》〈본기〉는 '왕이 죽었다'는 말로 한 왕의 기사를 마무리한다. 그런데 첨해 이사금의 경우 '왕이 갑자기 병에 걸려 죽었다王暴疾薨'고 나온다. 실제로 왕이 치명적인 질병에 걸려 급사한 것일 수도 있지만, 그보다는 어떤 자연적이지 않은 이유에 의해 왕이 사망했을 가능성이 더 높아 보인다. 내해계 석씨 왕족과 조분 이사금의 사위인 김미추가 결탁한 반정이 그것이다.

킹메이커 명원부인이 미추 이사금 대에서 실세로 행세했음은 짐작이 어렵지 않다.

어느 날 왜국에서 사신이 왔다. 명원부인은 자신의 집에서 왜국 사신을 접대하겠노라고 미추에게 청했다. 미추는 허락했다. 명원부인은 맛있는 음식과 귀한 술을 잔뜩 차려놓고 사신을 맞았다. 미인들을 옆에 앉혀놓고 꿈같은 시간을 보내던 사신은 대취했다. 명원부인은 장사들을 시켜 사신을 뜰로 끌어내렸다. 뜰에는 어느새 장작더미가 쌓여있었다. 장사들이 사신을 불구덩이에 던졌다. 사신의 몸이 재가 되어 사그라들 때까지 명원부인은 지켜보았다. 그 옆에는 여전히 어렸지만 이제는 혼자 설 수 있는 나이가 된 아들 흘해도 있었다. 나중에 16대 이사금이 될 아이였다. 야심은 시간을 더 필요로 했지만 복수는 완성되는 순간이었다.

왜국은 가만있지 않았다. 군사를 끌고 바다를 건너와 금성을 공격했다. 신라는 준비가 되어있었다. 왜군은 금성을 함락하지 못하고 철수했다. 미추가 군사를 몰고 나가 왜군을 공격했다. 왜군은 올 때보다 훨씬 적은 수만 돌아갈 수 있었다.

이 사건을《일본서기》는 역시 다르게 기록하고 있다. 역사는 언제 어디서나 기록한 자의 입맛에 맞는 것이다.

> 죽은 왕의 처는 신라인과 공모하여 일본 대사에게 '왕의 시신이 있는 곳을 알려주면 그대와 결혼하겠다'고 속였다. 왕의 시신이 있는 곳을 알자 곧바로 대사를 죽이고 왕의 시신을 꺼내 다른 곳에 묻었다. 그때 대사의 시신을 왕의 시신 밑에 묻고 '존비의 순서는 마땅히 이와 같아야 한다'고 말했다. 천황이 진노하여 신라를 정벌하러 군대를 보내자 신라인들이 왕의 처를 죽이고 사죄하여 일본군은 철수했다.

2022년 7월

서로를 바라보는 얼굴에 허탈한 미소가 번졌다. 그 미소는 큭큭 웃음으로 입안에서 머물다 입술을 살며시 넘더니 커다란 폭소로 바뀌어 터져 나왔다. 준기와 리한나 두 사람은 그렇게 웃는 서로의 모습이 더 우스워 앙천대소를 터뜨렸다. 서로에게 손가락질까지 해가며, 허리를 구부리고 배꼽까지 잡아가며 크게 웃었다. 이른 저녁 시간이라 식당 안에는 두 사람 말고는 손님이 하나도 없었다. 멀찍이 앉은 주인만 그들을 실없게 바라보았다.

웃음이 잦아들자 허망함이 맹렬히 밀려와 그 빈자리를 채웠다. 어떠한 감정이 빠져나가고 다른 감정으로 채워지는 속도가 그토록 빠를 수 있다는 게 놀라웠다. 감정의 충만은 육체까지 기만했다. 허무로 가득 찬 마음은 허기를 느끼지 못했다. 종일 배를 주렸는데도 마음은 두 사람 사이에 놓인 싱싱한 오징어회에 젓가락을 대라는 명령을 내리지 않았다. 함께 놓인 소주잔 역시 처음 따랐을 때 그대로였다. 두 사람 모두 소주 맛이 써서 입만 댄 채 내려놓아야 했다.

"닭 쫓던 개가 지붕 쳐다본다는 게 우리를 두고 하는 말이네요."

감정 표현을 애써 감추고 있는 준기와는 달리 리한나는 거의 울상이 되어있었다. 한마디만 자극하면 금방 울음을 터뜨릴 것 같은 얼굴이었다.

"고양이가 잡은 메추리를 개에게 빼앗긴 꼴이지요. 좀 더 정확하게 비유하자면……."

준기의 어설픈 농담에 리한나는 웃지 않았다. 그녀는 잔을 들며 말했다.

"한잔해요. 가엾은 고양이들끼리."

준기의 말에 조금이나마 위로가 됐는지 리한나는 단숨에 술을 입에 털어 넣었다. 반만 마시고 내려놓으려던 준기도 그 모습을 보고 잔을 비웠다. 다시 잔을 채우며 준기가 물었다.

"김 원장은 왜 그렇게 금인상에 집착을 하는 거지요?"

리한나의 예상대로 태호는 동해안 어딘가에 금인상이 있다는 것을, 조금 더 구체적으로 금인상이 묻혀있다는 사실을 알고 있었다. 동해안 어딘가에 금인상을 매장한 게 바로 태호 자신이었던 까닭이다. 앞서 태호는 석궁을 흔들며 말했다.

"나도 그것을 만질 자격이 충분히, 아니 여기 있는 누구보다 자격이 있는 사람이지요. 그것을 여기에 묻은 사람이 바로 나니까……."

"당신이 묻었다고요?"

"그렇소. 나요, 내가 묻었소."

"어떻게 그럴 수가……."

태호는 자신이 승리자임을 과시하려는 과장된 웃음을 터뜨렸다.

"하하하. 그렇지 않으면 금인상이 왜 여기 묻혀있겠소? 내가 금인상을 이곳까지 가져오느라 얼마나 고생한 줄 알아요? 어허, 움직이지 말라니까. 이 물건이 보기보다 강력하다오. 이 정도 거리면 충분히 심장에 구멍을 낼 수 있지요."

태호가 승리감에 도취해 한눈을 파는 사이 페도라가 그에게 달려들어 제압하려 했지만 석궁이 다시 자신을 겨누자 어쩔 수 없이 두 손을 들고 말았다.

"그날 김당의 목에, 아니 김 교수의 목이었던가요? 칼을 들이댔던 말갈인이 갑자기 비명을 지르고 쓰러지던 것 기억합니까? 왜 그랬겠어요. 내가 돌을 던져 명중시킨 겁니다. 말갈인 한 명이 사라진 것도 기억나지요? 그게 나였어요. 운 좋게도 그 말갈인의 돌팔매질 솜씨가 보통이 아니더라고요."

태호는 준기를 쳐다보며 말을 이었다.

"그날 나는 내 진료실에서 따로 의식 여행을 했어요. 김 교수의 말이 도움이 됐지요. 의식 속에 들어간 사람을 어느 정도 내 의지대로 조종할 수 있더라는 것 말입니다. 사달이 벌어졌을 때 빨리 숲으로 들어가라고 명령했지요. 그런데 그 친구가 말을 잘 안 들어서 힘들었습니다. 가까스로 둔덕 가까운 숲에 몸을 숨길 수 있었고, 돌을 주워 그 말갈놈의 이마를 향해 냅다 던졌지요. 그놈이 쓰러질 때 금인상이 둔덕 뒤로 떨어지는 걸 봤어요. 얼른 주워서 달아났는데 말갈인들과 싸우느라 아무도 알아차리지 못하더군요. 이곳을 찾는 데 정신이 팔려 내가 미행하는 걸 아무도 눈치 못 챈 것처럼 말이지요. 하하하."

"자기가 묻었다면서 왜 우리를 미행한 거죠?"

리한나가 앙칼진 목소리를 뱉어냈다. 태호는 리한나에게 미소를 던지며 말했다.

"좋은 질문이야. 나중에 알아볼 수 있는 곳을 찾느라 엄청 애를 먹었지. 이곳 정도면 되겠다 싶어서 묻었는데 이천 년의 세월이 지형을 완전히 바꿔놓았네. 저 바위도 저렇게 높지 않았는데 말이야. 바닷바람에 지표가 많이 깎인 모양이야. 김 교수가 서있는 그곳도 크레바스처럼 깊이 팼었는데 그 사이 흙이 많이 쌓였나 보죠? 흙을 파내는 데 생각보다 시간이 오래 걸리더라고. 나는 그토록 깊이 파지는 않았던 것 같았는데. 그래도 그 바위가 고맙네. 이천 년이라는 긴 시간 동안 잘 간직하고 있었으니 말이야. 아참, 미행한 이유를 설명하는 중이었지. 어쨌거나 몇 날 며칠을 뒤지고 다녔는데 도저히 못 찾겠더라고. 생각을 바꿨지. 너희들이 가만히 있지는 않을 것 같아서. 틀림없이 뭔가 다른 방법을 모색할 거라고 생각하고 지켜봤는데 갑자기 분주히 움직이더라고. 부리나케 따라오느라 여러 사람을 데려오지도 못했잖아. 그나마 이 물건이 트렁크에 있었던 게 다행이었지."

태호는 석궁을 들어 보였다.

"그런데 어떻게 이곳까지 금인상을 가져올 수 있었지요? 압록강에서 이곳까지는 짧은 거리가 아닌데……."

준기의 질문에 태호는 감개가 무량한 듯 한숨을 내쉬고는 말했다.

"아까도 말했지만 그 말갈인을 조종하느라 애를 많이 먹었어요. 자꾸 제 살던 곳으로 돌아가려고 해서…… 금인상을 남쪽 사로국으로 가져가서 팔면 한몫 잡을 수 있다고 설득했지요. 그런데 그게 참 어려운 일이잖아요. 그 친구는 금인상의 가치를 모르니까. 지나치게 귀하다고 알려주면 그 친구가 절대로 손에서 놓지 않을 테고, 별로 귀한 게 아니라고 하면 언제든 버리고 돌아갈 수 있을 테니 말입니다. 적당한 값어치를 맞추느라 힘들었어요. 아무튼 그 친구가 돌팔매질만큼 발도 빠르더군요. 아무리 빨라도 하루아침에 올 수 있는 거리는 아니어서 몇 번의 의식 여행을 해야 했지요. 말갈인의 마음이 바뀌지 않도록 단단히 마음을 다잡게 하고 말이지요. 몇 번에 나눠서 하다 보니 위치를 파악하기 어려운 게 가장 큰 문제였어요. 혹시나 현재

북한 지역이나 비무장 지대에 묻으면 도로아미타불이니까 말이지요. 지금 생각해도 아주 적절한 장소를 잘 찾아냈다는 생각이 드네요."

"그런데 말갈인에게 어떻게 금인상을 이곳에 묻게 시켰지요? 이곳에 묻어버리면 그가 그때까지 한 고생이 모두 헛수고가 되는데……."

준기의 질문을 들은 태호의 얼굴에 다시 한번 승리자의 미소가 번졌다.

"그것 또한 좋은 질문입니다. 역시 교수님이라 지적이 날카로우시군요. 하하하. 대답은 간단합니다. 오컴의 면도날처럼 불필요한 가설들을 모조리 잘라버리면 되지요. 마지막 의식 여행 때 의식 이탈을 일으켰습니다. 금인상을 들고 말갈인의 의식에서 빠져나왔어요. 그러고는 달아났지요. 어안이 벙벙한 채 금인상을 떨어뜨린 줄 알고 발밑을 살피던 그 친구의 표정이 아직도 생생합니다. 그러고는 지금 이곳까지 달려……."

그때 석궁에서 슉 하는 발사음이 났다. 화살이 날아가 페도라의 오른쪽 어깨에 박혔다. 태호가 이야기에 정신이 팔린 틈을 노려 페도라가 그를 공격하려 했지만 눈치를 챈 태호가 방아쇠를 당긴 것이었다. 페도라가 쓰러졌고 태호는 석궁에 다시 화살을 장전했다.

"움직이지 말라고 했잖아! 첫 번째 화살은 빗나갔지만 두 번째 것은 정말 심장 한가운데 박아주겠어."

놀란 준기와 리한나의 입에서 신음이 터져 나왔다. 바위 정상에 있던 사내 두 명은 자기들의 두목이 쓰러지는 것을 보고도 할 수 있는 게 없어서 발만 동동 굴렀다. 태호는 리한나의 목에 칼을 들이대고 있던 사내에게 눈짓을 한 뒤 말했다.

"내가 너무 말이 많았나 보군요. 자, 교수님 이제 수업을 마칠 시간입니다. 어서 그 물건을 넘겨주시지요."

사내가 리한나의 목에서 칼을 거두고 바위 밑으로 걸어갔다. 리한나는 페도라에게 달려가 상태를 살폈다. 바위 밑에서 사내가 두 손을 벌렸고, 준기는 어쩔 수 없이 금인상을 그에게 떨어뜨렸다. 사내는 사뿐히 금인상을 받은 뒤 태호에게 다가갔다. 사내와 태호가 금인상과 석궁을 맞바꾸었다. 금인상을 든 태호의 얼굴이 환하게 빛났다. 금인상의 금빛 때문만은 아니었다.

"나는 이제 가보도록 하지요. 이 물건을 찾으려고 가장 노력한 사람이 가져가는 것이니 너무 아쉬워하지는 말아요. 조심해서 내려와요, 김 교수. 떨어지면 좀 다칠 것 같네요. 아, 그 친구도 맞은 곳을 보니 아프긴 하겠지만 생명에 지장은 없을 거야. 치료만 잘 받으면 팔을 쓰는 데도 문제가 없을 테고. 그러니까 말을 들었어야지. 분수에 넘치는 만용은 넘치는 만큼 대가를 치러야 하는 법이거든."

태호는 금인상을 품에 안고 천천히 사라졌다. 사내도 석궁을 겨냥한 채 뒷걸음질로 그를 따랐다. 바위 정상의 두 사내가 뛰듯 날듯 내려왔을 때는 이미 자동차 타이어가 미끄러지는 소리가 난 뒤였다. 두 사내가 페도라를 부축해 밴에 태웠다. 화살이 박혀있어 출혈이 심하지는 않았다. 리한나의 지시에 따라 두 사내가 탄 밴이 강릉아산병원 응급실을 향해 출발했다. 리한나는 병원에 전화를 걸어 화살에 맞은 응급환자가 곧 도착할 것임을 알렸다.

"화살이라고요?"

수화기 너머로 놀란 목소리가 들려왔다.

"네."

리한나는 전화를 끊었다. 그러고는 땅바닥에 쓰러지듯 주저앉았다. 준기가 달려가 그녀를 안았다. 한참을 그렇게 있었다. 가까스로 리한나가 기운을 차렸다. 두 사람은 언덕을 내려와 차에 올랐다. 준기가 운전석에 앉았다. 승용차는 강릉을 향해 7번 국도를 달렸다. 이제 주변을 살필 필요가 없었으므로 속도가 빨라졌다. 주문진쯤 이르렀을 때 조수석에 탄 리한나의 전화벨이 울렸다. 무사히 화살을 제거했다는 보고였다. 페도라는 다행히 근육만 다쳤다고 했다. 수술을 마친 뒤 일반 병실로 옮겼고 안정제를 투여해 잠을 자고 있다고 했다. 전화 속 목소리는 자신들이 페도라를 교대로 지켜보겠노라고 했다. 병원에 갈 필요가 없게 된 두 사람은 차를 해안 쪽으로 돌렸다. 주차장에 차를 세우고 한 횟집을 찾아 들어갔다. 두 사람 모두 그대로 서울로 올라갈 기분이 아니었다.

기원후 297년

수백 발의 화살이 한꺼번에 월성 안으로 쏟아졌다. 궁수들이 활에 다시 화살을 거는 짧은 시간이 지나면 또다시 수백 발의 화살이 월성 하늘을 덮었다. 쇠뇌는 좀 더 더디지만 더욱 강력했다. 왕이 있는 대전 기둥에까지 화살이 날아와 박힐 정도였다. 왕궁 안에서 허둥지둥 움직이던 많은 사람들이 화살을 맞고 쓰러졌다. 남천이 흐르는 남쪽을 제외하고 북·동·서 세 면을 군사들이 에워쌌다. 이서국의 기습 공격이었다. 수천의 병사들이 이른 새벽, 잠이 덜 깬 서라벌에 밀어닥쳤다. 그야말로 파죽지세였다. 이서국은 오늘날 경북 청도 지역에 바탕을 둔 소국이었다. 서라벌은 그들이 침략 준비를 하고 있는 것도 몰랐다. 부랴부랴 병력을 총동원했지만 역부족이었다. 공성추가 성문을 두드렸다. 함락은 시간 문제였다.

성안 사람들이 발만 동동 구르고 있을 때 서쪽에서 먼지바람이 일었다. 지축이 흔들렸다. 수만 명의 군사들이 몰려오고 있었다. 성안 사람들의 탄식이 흘러나왔다. 아, 이제 끝이로구나. 군사들의 발걸음이 코앞에서 들렸을 때 탄식은 절규로 바뀌었다. 성안의 병사들은 얼어붙은 듯 서서 하늘을 바라볼 따름이었다. 곧 들이닥칠 그들의 잔인한 운명을 받아들여야 했다. 그런데…… 성 밖에서 비명이 터져 나왔다. 서쪽에서 온 군사들이 이서국 병사들을 후방에서 공격한 것이었다. 성안 사람들이 보니 투구에 대나무 잎을 꽂은 군사들이 이서국 병사들을 도륙하고 있었다. 이서국 군사들은 갑작스러운 공격에 혼란에 빠져 어쩔 줄을 모르고 우왕좌왕했다. 절반의 병사들이 쓰러졌고 절반의 병사들은 줄행랑을 쳤다.

놀라운 일이 또 벌어졌다. 혼비백산한 적군이 모두 물러나고 난 뒤 댓잎을 꽂은 병사들도 따라 자취를 감췄다. 아무리 신속하게 이동한다 해도 그 많은 병력이 움직이려면 최소한 반나절 이상의 시간이 필요했다. 그런데 한순간에 사라진 것이었다. 댓잎 병사들의 행방을 찾던 성안 사람들이 발밑을 살펴보니 대나무 잎들이 떨어져 있었다. 대나무 잎들은 서쪽을 향해 줄지어 있었다. 한두 개씩 떨어진 잎들을 따라가 보니 미추왕릉에 이르렀다. 능 앞에 수많은 댓잎이 쌓여있었다. 사람들이 탄성을 질렀다. 선왕의 음덕이었구나! 이후 사람들은 미추왕릉을 죽현릉 또는 죽장릉이라 불렀다. 미추 이사금 사후 십사 년이 지난 유례 이사금 때의 일이다.

미추 이사금이 죽은 뒤 왕위는 명원부인의 바람대로 곧바로 흘해에게 이어지지는 않았다. 여전히 흘해가 어렸기 때문이다. 이사금이 연장자를 의미하는 칭호라는 사실을 잊어서는 안 된다. 미추 이후 이사금 자리는 조분 이사금의 아들과 손자인 유례와 기림이 차례로 물려받게 된다. 하지만 이들 두 이사금의 재위 기간은 매우 짧았다. 각각 십오 년과 십삼 년에 불과했다. 그렇게 이십팔 년을 기다렸다 이사금이 된 흘해는 보란 듯 사십칠 년이라는 긴 시간 동안 왕좌에 눌러앉아 있었다. 하지만 그게 마지막이었다. 그가 마지막이었다. 흘해는 마지막 석씨 이사금이었고, 마지막 이사금이었으며, 김씨가 아닌 신라의 마지막 왕이었다.

흘해의 후계자인 내물은 마립간이란 칭호를 썼다. 마립은 신라 말로 말뚝이었다. 왕과 신하들이 위치하는 자리를 정한 말뚝이다. 간은 수장을 뜻하니, 마립간은 최고 말뚝을 말한다. 이처럼 왕의 칭호가 바뀌는 것은 더 이상 이사금처럼 연장자순으로 왕위가 넘어가지 않는다는 것을 의미한다. 권력이 결코 나뉘지 않는다는 제 속성을 찾아가는 것이다. 권력이 커질수록 그렇다. 부족국가에서 중앙집권국가로 확대되면서 확대된 권력은 남과 나눠 먹지 않고 권력자의 가계로만 이어지게 된다. 김씨 왕조가 시작된 것이다.

김씨 왕조를 처음 연 왕인만큼 미추 이사금이 호국 신격화하는 것은 당연한 일이다. 심지어 수백 년 뒤인 36대 혜공왕 때까지 그런 작업이 계속된다.

779년, 김유신의 무덤에 갑자기 회오리바람이 일었다. 먼지바람이 사라지자 준마를 탄 사람의 모습이 보였는데 김유신 장군과 같았다. 갑옷을 입고 무기를 든 마흔 명가량의 군사가 장군의 뒤를 따랐다. 그들은 죽현릉을 향했다. 장군 일행이 능에 이르자 다시 회오리바람이 일었다. 그리고 능 속에서 말소리가 들렸는데 땅을 울렸다.

"신이 평생 난국을 구제하고 삼국을 통일한 공이 있으며 이제 혼백이 되어서도 나라를 보호하고 재앙을 물리치며 환난을 구제하는 마음을 한시도 버린 적이 없습니다. 그런데 지난 경술년 신의 자손이 아무 죄도 없이 죽음을 당했으니 이는 임금이나 신하들이 나의 공적을 무시하는 것입니다. 신은 차라리 먼 곳으로 옮겨가 다시는 나라 걱정을 하지 않을까 합니다. 바라옵건대 왕께서는 허락해 주소서."

능 속에서 다시 대답하는 소리가 들렸다.

"나와 공이 이 나라를 지키지 않는다면 저 백성들은 누구에게 의지한다는 말인가. 공은 다른 생각 말고 전과 같이 힘쓰도록 하오."

김유신이 청하고 미추왕이 불허하는 소리였다. 이러한 대화가 세 번이나 계속되었지만 미추왕은 끝내 허락하지 않았다. 능 밖에 회오리바람이 다시 일었고, 김유신은 말을 타고 왔던 길을 되돌아갔다.

김유신이 하소연한 경술년의 일은 770년, 대아찬 김융이 반란을 일으켰다가 죽임을 당한 사건을 말한다. 반란을 일으킨 이유는 명확하지 않으나 혜공왕의 실정이 원인이 되었을 가능성이 크다. 혜공왕은 여덟 살에 왕위에 올라 태후 만월부인이 오랫동안 섭정했다. 그동안 반란이 끊임없이 일어났고 혜공왕 역시 780년, 김지정의 난 때

시해당한다.

김유신 장군의 분노를 전해 들은 열세 살 어린 왕은 두려움에 떨었다. 대신 김경신을 보내 김유신의 능에 가서 사죄하게 하고 취선사에 공덕보전 삼십 결을 하사해 공의 명복을 빌었다. 취선사는 김유신이 고구려를 평정하고 세웠다는 절이다.

2022년 7월

"오빠가 왜 그토록 금인상에 집착하냐고요?"

리한나가 술잔을 내려놓으며 되물었다. 여전히 오징어회 접시는 손도 대지 않은 상태였다. 그때 다시 리한나의 전화벨이 울렸다. 이번에는 태호였다.

"아까 질문이 많아서 대답을 해주다 보니 정작 내가 궁금한 건 물어보질 못했네. 금인상이 그곳에 묻혀있다는 것은 어떻게 알게 된 거지? 금인상이 의식을 가진 것도 아니고…… 사람 손을 벗어났기 때문에 의식 여행을 할 수도 없었을 텐데…… 하긴 금인상을 가진 마당에 궁금할 것도 없지만 말이야."

리한나는 대답 없이 전화를 끊었다. 그러고는 준기를 쳐다보며 말했다.

"오빠가 매를 호랑이로 바꾸려 한다는 게 무슨 뜻이냐고 물은 적이 있죠?"

그랬다. 리한나가 그렇게 설명한 뒤 두어 차례 물었지만 그때마다 그녀는 즉답을 피했다.

"미국에 있을 때 부모님과 전화를 하면 말미에 항상 하시던 말씀이 있었죠. 내가 친지들 안부를 물을 때마다 '잘 있다, 괜찮다' 하시면서도 '태호, 걔가 좀 이상하다고, 걱정이라고…….' 무슨 일이 있냐고 내가 물으면 설명 대신 지나가는 말로 '가문을 두 동강 냈다, 만고역적이 되려 한다'고 말하시곤 서둘러 끊으셨어요."

"만고역적?"

"네, 만고역적. 너무 웃기지 않아요? 정치인이나 공직자도 아니고 일개 정신과 의사가 무슨…… 그냥 역적도 아니고 만고역적이에요? 난 역사와 정치에 관심이 없었고 가문에 대해서도 잘 알지 못했는데, 만고역적이라는 얘기를 들으니 호기심이 동하더라고요. 내가 무슨 일에 한 번 빠지면 끝장을 보는 성미거든요."

리한나는 술잔을 비웠다. 그러고는 처음으로 오징어회 몇 가닥을 젓가락으로 집어 맛보았다. 말을 하다 보니 식욕이 돌아온 모양이었다.

"그래서 틈틈이 알아봤죠. 그나마 친하게 지내던 친척들한테 전화나 이메일로 물어서……. 그런데 만족할 만한 대답을 못 듣겠더라고요. 뭘 아는 사람들은 말을 아끼고, 모르는 사람들은 아무 말이나 해대니 그럴 수밖에요. 그래서 역사 공부를 했죠. 고등학교 때까지 역사를 제일 싫어했는데 밤새워 역사책을 읽게 될 줄이야……."

리한나는 이제 평소의 명랑함을 거의 되찾고 있었다. 술잔을 비우는 속도는 차츰 느려졌고 젓가락질은 좀 더 잦아졌다.

"소호금천이나 궁기 같은 것도 그때 알게 됐어요. 나 원 참, 흉노가 조상이라는 것도 그런데 소호금천이라니……."

"신화와 역사의 경계 지대는 늘 안개에 휩싸여 있죠. 그래서 사람들이 늘 거기서 길을 잃곤 해요. 역사 쪽에서 신화를 보기도 하고 신화 쪽에서 역사라 믿기도 하고…….”

“맞아요. 원래 우리 가문은 전자 쪽이었어요. 소호금천은 그저 전설로 받아들였을 뿐 큰 의미를 부여하지 않았죠. 그런데 태호 오빠가 들쑤신 거예요. 그 정체불명의 사진을 들고 시제에 참석해서 어른들을 꼬드긴 거죠. 이것이 김일제의 소호금천 금인상인데 값으로 따질 수 없는 엄청난 보물이다. 최근까지 전해 내려와 우리나라 어디에 있는데 후손인 우리가 찾아야 하지 않겠나. 내가 찾을 수 있다. 꼭 찾겠다. 이런 식으로요.”

“나도 그 꼬드김에 넘어간 거네요.”

준기의 말에 리한나가 웃었다. 태호에게 금인상을 빼앗긴 뒤 처음 짓는 웃음이었다.

“우리 교수님도 넘어갈 정도니 노인네들이야 오죽했겠어요. 금인상을 찾는 데 필요한 자금을 모아서 태호 오빠에게 건넸겠죠.”

“그래도 날사기꾼은 아니죠. 금인상은 진짜 있었으니까. 게다가 찾기까지 했고…….”

준기는 말을 하다가 리한나의 눈치를 살폈다. 그녀가 다시 어두워지는 게 싫었다. 하지만 리한나의 표정은 변화가 없었다. 이제 충격을 극복한 것 같았다.

“네, 태호 오빠가 집안 어른들을 상대로 사기를 치려던 건 아니고요. 목적은 다른 데 있었죠.”

“다른 목적?”

“오빠는 오랜 연구와 조사 끝에 금인상의 존재를 확신하고 있었던 것 같아요. 다만 그것의 행방을 알 수가 없다는 게 문제였죠. 온갖 방법을 동원해도 소득이 없자 전생에 관심을 갖게 됐어요. 김일제 후손들의 전생에 들어갈 수만 있다면 금인상을 위치를 추적할 수 있을 테니까. 지푸라기라도 잡는 심정이었겠죠. 그렇게 한동안 전생을 좇는 방법에 대해 연구하다 의식 여행이라는 실효성 있는 추적 수단을 발견하게 된 거예요. 그러고는 도와주는 사람 하나 없이 혼자서 다 한 거죠. 자기가 관제사도 되고 우주 비행사도 되고……."

"대단한 집념이 아닐 수 없군요."

"그야말로 의지의 한국인이죠. 거기까지는 좋은데 어느 날 다른 마음을 먹게 된 거예요. 그래서 이런 사달이 난 거고……."

리한나는 말을 잠시 멈췄다가 추가로 주문한 술병을 가져온 종업원이 사라지자 말을 이었다.

"우리가 의식 여행에서 본 것처럼 김일제와 신라의 김씨들은 관련이 있지만, 그 뿌리가 소호금천까지 올라가지는 않잖아요. 굳이 연관성을 찾자면 금밖에 없죠. 소호금천이 금덕으로 어진 통치를 했다는…… 신라 김씨들의 시조인 김알지가 하늘에서 내려온 금궤에서 나오고……."

"《위서》를 보면 소호를 동이족의 수령이라고 일컫고 있긴 해요. 하지만 그렇게 보면 신라의 김씨는 흉노 김일제를 거치지 않고도 곧바로 소호로 이어질 수 있는 거죠. 그래서 신라의 김씨들은 통일신라 시대에 이르기까지 자신들의 시조로 소호금천, 중조로 김일제를 함께 거론하고 있지요. 하지만 소호를 동이족의 수령으로 본다는 건 과도한 중화주의의 산물이 아닐 수 없어요. 천하의 모든 종족이 중화라는 뿌리에서 비롯됐다는……. 《사기》에서 흉노를 하나라 하후씨의 후손으로 기록하고 있는 것도 그런 중화주의의 소산이에요. 후대의 학자들은 더욱 심했죠. 중국 역사에 처음으로 흉노를 기록한 사마천만 해도 흉노의 선조가 되는 부족인 훈육을 요 · 순 이전의 북방 유목민족이라 설명했지만, 나중에는 사람 이름이 돼버려요. 무도했던 하나라 걸왕의 아들이라는 거죠. 걸왕의 아들 훈육이 걸의 처첩을 제 아내로 거느리고 북방의 벌판으로 달아나 유목 생활을 영위했는데 그가 흉노의 시조라는 겁니다. 흉노가 중국에는 늘 커다란 골칫거리였기에 선조 역시 좀 더 악당으로 바뀌는 거겠죠."

"신라의 김씨들이 소호금천을 내세운 것도 그러한 중화주의에 편승한 거 아니겠어요? 자신들의 선조를 미화하려는……."

"그렇죠. 박 · 석씨에 비해 가장 늦게 왕위에 오른 성씨이니 정통성 확보가 필요했을 겁니다. 자꾸 강조하다 보니 아예 믿게 됐을 테고요. 김유신의 비문에도 '헌원의 후예요 소호의 자손'이라고 쓰여 있죠. 당나라에 살던 신라인 김씨 부인의 묘비명에는 김일제도 등장해요. 김씨의 시조가 소호금천이며 투후 김일제는 중시조라는 거죠."

"그런 믿음을 21세기에까지 고수하고 있는 믿음직한 후손이 태호 오빠예요."

"그렇다고 그게 죄악은 아닐 텐데요. 범죄도 아니고."

"죄악이 될 수도 있죠. 그것을 사적인 이익을 위해 악용한다면……."

"사적인 이익?"

리한나는 반쯤 남은 잔을 들어 건배를 하는 시늉을 하고는 입에 털어 넣었다. 그러고는 준기가 다시 잔을 채워주기를 기다렸다가 살짝 입에 대고는 내려놨다.

"중국 정부와 접촉을 했어요. 우리 가문 어른들에게 한 제안을 중국 정부에게도 한 거죠. 물론 우리 가문의 보물이 아니라 중국의 보물이라고 말을 바꿨겠죠. 소호금천의 금인상이라고 하면 중국 역시 귀가 솔깃할 테니까. 그렇잖아도 동북공정이니 뭐니 해서 부여와 고구려의 역사를 자기들 역사에 끼워 넣고 있는 마당에 김일제의 금인상이 한반도에서 발견됐다고 하면 신라의 역사, 나아가 한반도 전체의 역사를 자기들 거라고 주장할 수도 있지 않겠어요."

"아니, 김 원장은 왜 그런 짓을?"

"결국 돈이죠. 우리가 알아본 바로는 금인상을 넘기는 대가로 중국 전역에 걸친 의료 법인 네트워크의 설립 허가를 받기로 한 것 같아요. 모르긴 해도 수백조 규모의 사업이 될 거예요. 지분의 일부를 주겠다는 약속에 혹해서 오빠 쪽으로 넘어간 문중 사람도 몇몇 있다고 들었어요. 아직 가문 전체에 공론화하지는 않았지만 내막을 알게 된 일부 어른들이 불같이 화를 내고 있지요. 만고역적이라는 말도 그래서 나왔고요. 태호 오빠의 야심을 저지해야 한다는 생각이 구체화됐고, 내가 이곳저곳 캐고 다니다가 그 임무를 떠맡게 된 셈이지요."

"매파와 호랑이파의 대결이군요. 매의 본성을 지키려는 세력과 매를 호랑이로 바꾸려는 세력의 싸움……."

리한나는 대답 대신 잔잔한 미소를 지었다. 쓸쓸해 보이는 미소였다.

"우리가 문장으로 궁기를 선택한 것도 그런 이유예요. 성질은 강팍해도 위선을 참지 않는 궁기 말예요. 태호 오빠와 그 무리들의 위선을 응징하고 야욕을 꺾겠다는 의지의 표현이죠."

궁기는 사흉으로 일컬어졌지만 본래 서쪽에서 이매망량魑魅魍魎을 막는 신이었다.

이·매·망·량은 네 글자 모두 도깨비를 말하는데 그중에서도 이매는 산에 사는 괴물이요, 망량은 물에 사는 요괴다. 주나라 대부 왕손만이 초나라 장왕에게 한 말에 나온다. 《좌씨전》에 보면 초 장왕이 왕손만에게 주 왕실이 가진 정鼎의 크기와 무게가 어떠한지 묻는다. 정은 왕권을 상징하는 솥이다. 쇠락한 주 왕실 대신 천하를 손에 넣으려는 장왕의 야심을 노골적으로 드러낸 것이다. 여기서 권력을 차지하려는 야욕을 뜻하는 '솥의 크기와 무게를 묻는다問鼎之大小輕重'는 고사가 나왔다. 왕손만은 천하를 얻기 위해서는 솥의 크기와 무게가 아니라 덕이 있느냐 없느냐가 중요한 것이라고 장왕을 꾸짖는다.

"정에 온갖 사물을 새겨놓음으로써 백성들이 신성한 것과 간악한 것을 구별할 수 있게 하는 것입니다. 그로써 백성들이 이매망량 같은 도깨비들을 피할 수 있는 것입니다."

이후 이매망량은 세상의 온갖 요괴와 괴물을 뜻하다가 사람들을 해치는 온갖 악인들을 포괄하는 용어가 됐다.

기원후 681년

왕이 죽었다. 신라의 가장 위대한 왕이었다. 한반도 역사를 통틀어도 열 손가락 안에 꼽힐 뛰어난 군주였다. 즉위 전 백제를 합치는 데 큰 공을 세웠고, 즉위 후 고구려를 품에 넣었다. 이어 한반도를 날로 삼키려던 당나라를 헛된 꿈에서 깨워주었다. 그렇게 삼국 통일을 이뤄냈다. 고구려의 옛 땅 전체를 회복하지는 못했다. 하지만 언제까지 정복 전쟁만 하고 있을 수는 없는 일이었다. 전란으로 피폐해진 백성들의 삶을 생각해야 했다.

백제와 고구려 유민들을 감싸 안아야 했다. 서로의 이질적 요소들을 하나로 엮어 발전 동력으로 삼아야 했다. 이를 위해 국가 체제를 정비해야 했다. 통일된 신라의 수도로서 금성은 너무 동남쪽에 치우쳐 있었다. 국가 통합을 위해 중추 도시들을 건설할 필요가 있었다. 다섯 개의 작은 수도, 즉 다섯 소경을 만들었다. 옛 고구려 지역인 오늘날 충북 충주에 중원 소경, 강원도 원주에 북원 소경을 두었다. 옛 백제 지역인 충북 청주에 서원 소경, 전북 남원에 남원 소경을 설치했다. 옛 가야 땅인 경북 김해에는 금관 소경을 건설했다.

왕은 가장 위대한 왕에 딱 들어맞는 시호를 받았다. 문무文武가 그것이다. 김부식도 《삼국사기》를 집필하면서 〈신라 본기〉에서 유일하게 〈문무왕〉 편을 상·하로 나눠 두 권을 할애하는 합당한 성의를 보였다. 거기에는 문무왕의 유조 전문이 실려있다. 그중에서 문학적 정취가 넘치면서도 왕의 훌륭함을 엿볼 수 있는 대목이 있다.

> 산과 골짜기는 풍광이 달라지고 사람의 세대도 바뀌고 옮겨가니, 오왕[손권]의 북산 무덤 물오리 향로는 고운 금빛이 사라졌고 위왕[조조]의 서릉 망루는 동작이라는 이름만 겨우 남았을 뿐이다. 지난날 만사를 아우르던 영웅도 끝내 한 무더기 흙더미가 되고 말아 꼴 베고 소 먹이는 아이들이 그 위에서 노래하고 여우와 토끼가 그

> 옆에서 굴을 팔 것이니, 분묘를 치장하는 것은 한갓 재물만 허비하고 사서에 비방만 남길 것이며 공연히 사람을 수고롭게 하면서도 죽은 혼령을 구제하지 못하는 것이다.

문무왕은 자신의 말처럼 화려한 능묘를 남기지 않았다. 평생 나라를 지키기 위해 풍찬노숙했던 왕은, 그래서 병까지 얻어 쉰여섯 해를 넘기지 못했던 왕은, 죽어서도 나라를 지키는 호국룡이 되고자 했다. 임종 열흘 뒤 화장을 해서 동해 어구의 큰 돌 위에 장사 지내라고 일렀다. 문무왕의 아들 신문왕은 뭍에서 100미터 떨어진 작은 바위섬에 열십자 모양의 물길을 냈다. 바닷물이 사방에서 들고 나는 한가운데 유골을 안치한 뒤 거북 등처럼 넓적한 바위를 덮었다. 대왕암 해중릉이다. 아들은 아버지의 유지를 받들면서도 한없이 가슴이 쓰라렸다. 장삼이사도 아니고 통일을 달성한 대왕인데, 변변한 묫자리 하나 쓰지 못하고 바다에 유골을 뿌려야 하다니……. 그래서 대왕암 가까운 바닷가에 감은사를 창건했다. 선대 부왕의 은혜에 감사한다는 뜻이다. 오늘날 감은사는 절터에 삼 층 석탑 두 개만 남아 있다.《삼국유사》가 이렇게 전한다.

> 절에 있던 기록은 이러하다. '문무왕께서 왜군을 진압하려고 이 절을 짓기 시작하셨지만 마치지 못하고 세상을 떠나시어 바다의 용이 되었다. 아드님인 신문왕께서 왕위에 오른 해에 공사를 마쳤다. 금당 돌계단 아래에 동쪽을 향해 구멍을 하나 뚫어두었으니, 곧 용이 절로 들어와 돌아다니게 하려고 마련한 것이다.'

세월이 흐르고, 1970년대 시행한 발굴 조사의 결과는 놀라웠다. 금당 바닥의 받침돌을 이중으로 놓은 특수 구조가 모습을 드러냈다. 정사각형 받침돌을 돌다리처럼 띄엄띄엄 놓고 그 위에 긴 받침돌을 마루처럼 깔았다. 용이 된 문무왕이 드나들 수 있는 공간이었다. 돌계단 아래 뚫은 용혈을 통해 절의 금당까지 들어올 수 있게 한 것이다.

오늘날 감은사 터는 바다에서 조금 떨어져 있고 그 앞에 대종천이 흐른다. 천 년이 넘는 세월 동안 강을 따라 흘러와 쌓인 모래들이 바다를 육지로 바꾸었다. 따라서 동해 바다를 지키던 문무왕이 잠시 쉬러 오려면 구차하게 개울을 지나야 한다. 개울을 건너와 봐야 받침돌들만 남은 절터에는 밤이슬 피할 지붕도 없다. 아마도 풍찬노숙이 대왕의 팔자인가 보다. 스스로 선택한 팔자다. 늘 이런 이롭지 않은 선택을 하는 사람들이 있는 법이다. 그들이 축축한 흙바닥에서 뜬눈으로 밤을 새며 지키는 나라에서, 배불리 먹고 등 따뜻하게 잔 사람들이 나라 팔아먹을 궁리를 하는 것이 세상 이치다. 곧 자신의 어깨 위에, 그리고 후손의 어깨 위에까지 내려 얹힐 치욕의 멍에를 미처 깨닫지 못하고 말이다.

나라를 팔 일이야 흔치 않지만, 나라 지킨 은혜를 기억하는 것도 흔치 않은 일이다. 보상되지 않는 기억은 쉽게 잊히는 법이다. 그렇지 않다면 사천왕사에 세워졌던 문무왕비가 여염집 안마당에서 발견되는 일은 없었을 터다. 사천왕사는 문무왕이 불력佛力으로 당나라 군대를 물리치려고 수도 금성에 세운 절이다. 절을 완공하기 전에 당나라 대군이 쳐들어오자 비단에 그림을 그려 임시 절집을 만들고 풀을 엮어 신상을 세웠다. 어쨌거나 그 덕이었는지 당나라 군대는 물러갔다.

오 년 뒤 나무와 기와로 된 절을 완성해 사천왕사라 이름 지었다. 문무왕을 화장하기에 딱 어울리는 절이었다. 선왕의 유지에 따라 능을 만들지는 못했지만 신문왕은 사천왕사에 아버지를 기리는 비석을 하나 세웠다. 사천왕사는 임진왜란 때 불탄 것으로 추정된다. 비석도 그때 파손되어 사라졌다. 왜적들이 자신들을 물리친다는 호국룡을 내버려 두었을 리 없다. 오늘날 사천왕사 터에는 비석 아래 귀부만 남아있다.

파손된 비석의 네 조각을 조선 정조 때 경주부윤 홍양호가 발견했다. 그는 비석 조각들을 탁본해 청나라 금석학자에게 보내기까지 했지만 실물을 보존할 생각은 하지 않았다. 깨진 것은 보존할 가치마저 깨졌다. 버려진 조각들은 다시 행방이 묘연해졌다. 그러다 1961년, 아랫부분 세 조각이 발견됐다. 이번에는 그래도 보는 눈이 있었던 덕분에 국립경주박물관에 소장됐다.

나머지 윗부분 한 조각이 현현하기는 2009년까지 기다려야 했다. 눈 밝은 한 수도 검침원이 어느 한 주택의 수돗가에서 발견해 냈다. 시멘트로 아랫부분을 고정시켜 빨래판으로 사용되고 있었다. 천 년의 역사가 일상의 때를 벗기고 있었던 것이다.

실물이 발견되었다고 새로운 사실이 밝혀진 것은 없다. 이미 명문의 탁본이 있었던 까닭이다. 그때 안 보이던 글자가 빨래판 노릇을 하다 선명해졌을 리 없다. 비문에 '투후 제천지윤 전칠엽秺侯祭天之胤傳七葉'이라는 구절이 있다. 하늘에 제사 지내는 투후의 후손이 7대를 전해 내려왔다는 뜻이다. 투후는 한무제가 김일제에게 분봉한 제후 칭호다. 명문의 그다음 줄에는 '십오대조 성한왕十五代祖成漢王'이라는 말이 새겨져 있다. 문무왕의 15대조는 김알지다. 앞줄과 이어 해석하면 김일제의 7대손이 자신의 15대조인 김알지라는 의미가 된다. 문무왕이 스스로 흉노의 후손임을 밝히고 있는 것이다. 이 글의 출발점이 바로 여기다.

2022년 10월

바다는 잔잔했다. 그래서 더, 먹구름 가득한 하늘이 검은 바다와 구분이 가지 않았다. 간간이 수평선 가까운, 먼 바다에서 실처럼 가는 번개가 가지를 뻗었다. 뒤따라야 할 천둥소리는 들리지 않았다. 대양을 건너오기에는 너무나 먼 곳의 번개였다. 손가락으로 찌르기만 해도 물이 뚝뚝 떨어질 듯한 습기 가득한 하늘이었지만 비는 내리지 않았다. 중력이 허용하는 가장 굵은 빗방울을 응축하고 있는 것 같았다. 수도꼭지에서 떨어지기 직전의 물방울이 가장 굵은 것처럼…….

잿빛 망망대해에 소형 요트 하나가 떠 있었다. 24피트 세일링 크루저 요트의 펄 섞인 하얀 동체는 한 줌 빛에도 눈부시게 반짝일 준비가 되어있었지만, 두꺼운 구름이 햇볕의 통과를 거부하는 탓에 애석하게도 칙칙한 비둘기색으로 보였다. 요트에는 세 명의 사내가 타고 있었다. 모두 새로 사 입은 듯한 반바지에 하와이언 셔츠를 걸쳤다. 낚시나 스쿠버다이빙을 즐길 생각은 없어 보였다. 옷은 몸에서 겉돌고 몸은 배와 겉돌고 있었다. 한 사내는 고물에 앉아 움직임 없는 배의 틸러에 손을 올려놓았고, 또 한 사내는 마스트에 기대서서 쌍안경으로 사방을 둘러보고 있었다. 나머지 한 사내는 선실에 앉아 지피에스 기기와 시계, 스마트폰을 번갈아 가며 들여다봤다. 얼굴에서 조금씩 짙어지는 초조함이 묻어 나왔다. 태호였다. 그의 옆자리에는 검정색 보스턴백 하나가 놓여있었다.

시간은 오후 2시가 삼 분여를 지나고 있었다. 어군 탐지 기능이 있는 지피에스 모니터에는 해도가 표시되어 나왔고 그 한가운데 빨간 점이 깜박였다. 지금 그들의, 아니 그들이 어제 임대한 요트가 떠있는 곳이었다. 스마트폰에는 문자 메시지 하나가 열린 채 켜져 있었다. 숫자와 기호, 알파벳이 나열된 메시지였다.

14:00

19°17'15.1" N 121°13'01.7" E

접선 시간과 장소였다. 오후 2시, 북위 19도17분15.1초 동경 121도13분01.7초. 지피에스에 나타나는 숫자와 문자 메시지의 숫자가 정확하게 일치했다. 그것은 필리핀 루손섬 북부에 위치한 바부얀 제도의 좌표였다. 바부얀 제도 중에서 가장 서쪽에 위치한 달루피리섬의 북부 해상이었다. 모호하기는 하지만 남중국해를 살짝 벗어난 태평양의 출발점이었다.

정확히 일치하는 위치와는 달리, 시간은 갈수록 차이가 커지고 있었다. 접선 상대가 늦고 있는 것이다. 시간의 차이가 십 분을 넘어서려 할 때 쌍안경을 든 사내가 외쳤다.

"옵니다."

태호가 나가보니 남쪽에 작은 점 하나가 보였다. 깨알만 하던 작은 점은 이내 커져 양옆에 물보라를 단 배의 모습을 드러냈다. 한 갑판에 두 개의 선체가 결합된 카타마란 세일링 요트였다. 20여 미터 앞에서 엔진을 끈 카타마란은 미끄러지듯 다가와 태호의 요트 옆에 붙었다. 가까이서 보니 태호의 요트보다 훨씬 컸다. 카타마란에도 세 명의 사내가 타고 있었다. 한 명은 군청색 줄무늬 라운드 티에 베이지색 반바지, 또 한 명은 하늘색 셔츠에 베이지색 반바지 차림이었고, 선미의 쿠션 의자에 앉아있던 한 명은 해가 났다면 눈부시게 빛났을 흰 셔츠와 흰 바지를 입고 있었다. 세 명 모두 필리핀인처럼 보이지는 않았고 북방계 중국인들 같았다. 흰 바지가 일어서며 물었다.

"미스터 김, 태, 호?"

"예스."

흰 바지가 웃으며 다가와 악수를 청했다. 그러고는 유창한 영어로 말했다.

"늦어서 미안합니다. 오다가 처리할 일이 갑자기 생기는 바람에 본의 아니게 결례를 했습니다."

"괜찮습니다. 그런데 정부에서 나오신 분들이 맞습니까?"

미심쩍어 하는 태호의 표정을 보고 흰 바지가 웃었다.

"우리가 정부 사람들 같아 보이지 않습니까?"

"그런 건 아닙니다만, 이런 미팅이 일반적인 경우는 아니지요."

여전히 의심을 거두지 않는 태호에게 흰 바지가 미소를 띠며 말했다.

"일반적이지는 않지요. 맞습니다. 우리는 정부 사람들이 아닙니다."

태호의 얼굴이 약간 일그러졌다. 경계심이 드러나는 표정을 숨길 수 없었다. 흰 바지는 여전히 미소를 거두지 않으며 태호에게 명함을 내밀었다.

"우리는 중국 정부를 대행하는 회사입니다. 정부가 직접 나서기 어려운 일을 우리가 맡아서 하지요. 지금 이런 일 같은 것 말입니다. 불법적인 것은 아니더라도 대대적으로 알릴 일은 또 아니잖습니까."

명함에는 흑우사黑雨社라는 큰 글씨 아래 왕푸웨이王孚偉라는 이름만이 한자와 영문으로 함께 인쇄되어 있었다. 권력자들의 명함처럼 전화번호나 이메일 주소는 없었다. 받는 사람이 오히려 기분 나쁠 그런 오만한 명함이었다.

"흑우, 검은 비라는 이름이 좀 걸리시죠? 이해합니다. 저도 썩 마음에 드는 이름은 아니니까요. 하지만 창업자가 지은 이름이라 어쩔 수가 없군요. 우리는 완벽한 뒤처리를 모토로 합니다. 먼지 하나 남기지 않는 빗물처럼 말이지요. 빗물이 세상은 깨끗하게 하지만 빗물 그 자체는 더러워질 수밖에 없지요. 흑우란 그것을 의미합니다. 세상을 깨끗하게 하고 검게 된 빗물."

"그렇군요."

"특히 정부와 함께하는 일은 완벽해야지요. 자칫 불필요한 외교 문제가 발생할 수 있으니까요. 미팅 장소를 이렇게 바다 한가운데로 잡은 것도 그 때문입니다. 이해해 주십시오."

태호는 한편으로 수긍이 가기는 했지만 다른 한편으로는 여전히 의심이 가시지 않았다.

“하지만 계약서에 서명을 해야 할 텐데 책임 있는 당국자가 없이는…….”

“정당한 의문입니다. 이 배로 건너오십시오. 보여드릴 게 있습니다.”

줄무늬 셔츠가 태호의 손을 잡아 배를 옮겨 타는 것을 도와주었다. 흰바지는 자기가 앉았던 자리를 태호에게 양보하고 나은 자로 꺾인 옆자리로 옮겨 앉았다. 그리고 줄무늬 셔츠에게 눈짓을 했다. 줄무늬 셔츠가 하드케이스 가방을 가져와 테이블에 올려놓았다. 가방 안에는 서류로 가득했다. 흰 바지는 가장 위에 있던, 군청색 벨벳으로 고급스럽게 감싼 서류 케이스 두 개를 태호에게 내밀었다. 하나는 계약서였고 다른 하나는 허가서였다.

“책임 있는 당국자의 서명이 이미 되어있습니다. 귀한 의미가 담긴 물건을 넘겨주시는 데 대한 보답입니다. 일종의 백지수표 같은 거죠. 닥터 김만 사인을 하시면 됩니다.”

흰 바지는 ‘책임 있는 당국자’에 힘을 주어 말했다. 태호는 그의 말에서 비아냥거림과 안도감을 동시에 느꼈다. 비아냥거림을 들으며 안도감을 느낄 수 있다는 게 우스웠지만 웃지 않았다.

“나머지는 관련 서류들입니다. 서명을 할 곳이 많지만 천천히 하셔도 됩니다.”

“이 중 절반은 당신들을 위한 것일 텐데요.”

“그렇습니다. 하지만 우리들은 급할 게 없습니다. 다시 말하지만 이 사업은 우리가 필요로 해서 하는 게 아니라 귀한 의미가 담긴 물건을 얻는 데 대한 보답이기 때문입니다. 천천히 보내주셔도 됩니다. 사업 추진에 우리가 할 수 있는 협조는 아끼지 않겠지만 사업의 성패 여부는…… 미안한 말씀입니다만 솔직하게 말하지 않을 수 없군요. 그래야 더 신뢰가 가실 테니까요. 사업의 성패 여부는 크게 관심이 없습니다. 그것은 오직 닥터 김의 능력에 달렸습니다. 우리는 성공의 과실을 요구하지도 실패의 책임을 부담하지도 않을 겁니다."

"……."

태호는 말없이 고개만 끄덕였다.

"이제 물건을 좀 볼까요?"

이번에는 태호가 눈짓을 했고 하와이언 셔츠가 줄무늬 티에게 보스턴백을 넘겨주었다. 가방에는 직사각형 모양의 세라믹 상자가 들어있었다. 흰 바지가 상자를 열었다. 하늘색 셔츠가 다가와 상자에 담긴 물건을 자세히 들여다봤다. 골동품 전문가인 모양이었다. 그는 손전등과 돋보기를 가지고 한참 동안 살펴보더니 고개를 끄덕였다. 흰 바지가 세라믹 상자를 닫았다.

"자, 이제 거래는 끝났습니다. 물건은 잘 전달하겠습니다. 닥터 김의 성공을 기원합니다. 그럼 이만."

태호는 하드케이스 가방을 들고 자신의 요트에 옮겨 탔다. 서류가 가득 찬 가방은 생각보다 무거웠다. 두 개의 엔진에 시동을 건 카타마란은 크게 반원을 그린 뒤 남쪽을 향해 빠르게 나아갔다. 태호는 옆자리에 놓은 하드케이스 가방에 손을 얹고 숨을 깊게 들이마셨다가 뱉었다. 그제야 긴장이 풀리고 미소가 배어 나왔다. 나머지 두 하와이언 셔츠도 따라 미소 지었다. 서로 다른 각자의 행복한 미래를 생각하면서. 깨알만 하게 작아졌던 카타마란이 시야에서 사라졌다. 그때 하드케이스에서 미세한 울림이 있었다. 태호도 그 울림을 느꼈지만 고개를 돌릴 틈도 없었다. 귀를 찢는 소리와 함께 하드케이스가 폭발했다. 요트가 두 동강이 났고 불이 붙었다. 서서히 가라앉았다. 바다는 여전히 잔잔했고 다른 움직임은 하나도 없었다.

작은 섬의 작은 숲 한편에 작은 오두막이 하나 있었다. 섬은 길이가 20킬로미터도 안 되고 폭도 가장 넓은 곳이 7킬로미터에 불과했다. 섬 북서쪽 해안에서 시작되는 야트막한 구릉에 남북으로 길게 숲이 이어졌다. 경사가 심하지 않아 힘들이지 않고 오르내릴 수 있는 구릉이었다. 오두막에 가려면 숲속 오솔길을 쉰 걸음쯤 걸어 들어가야 했다. 어부들이 어구를 보관하려고 지은 창고 같았지만, 사람 손이 닿지 않은 지 오래된 듯했다. 널빤지 벽은 원래 색을 알 수 없을 정도로 페인트칠이 벗겨진 대신 이끼가 덕지덕지 달라붙었고 주변으로 무릎 높이의 잡초가 무성했다.

그러나 이날은 달랐다. 사람들의 잰걸음이 오두막의 녹슨 양철 문을 열었다. 어부 같지 않은 사내들이 제 집처럼 당당했다. 밖에 두 사람이 서있고 안에는 세 사람이 서있었다. 오두막 안에는 바닥에 앉은 사람이 둘 더 있었다. 앉았다기보다는 널브러졌다는 것이 더 맞는 표현이었다. 두 손을 뒤로 결박당하고 입에는 재갈이 물렸다. 준기와 리한나였다. 그들 앞에는 오두막에 어울리지 않게 위아래 모두 흰 옷을 입은 사내가 서있었다. 다른 사내가 오두막에 있던 의자 하나를 끌어다 놓았지만 사내는 앉지 않았다. 흰 바지를 입으려면 앉을 자리 정도는 가려야 했다. 카타마란의 흰 바지였다.

"나는 아직도 이해가 되지 않아요. 당신들은 무슨 이유로 내 뒤를 밟은 겁니까?"

흰 바지가 고갯짓을 하자 다른 사내가 준기와 리한나한테서 재갈을 벗겼다. 입이 자유로워지자마자 리한나가 앙칼지게 외쳤다.

"우린 당신들을 따라간 게 아니라니까요. 우린 관광객이라고요. 한국인 관광객!"

흰 바지가 웃으며 말했다.

"나더러 그 말을 믿으라는 겁니까? 관광객이 보라카이나 팔라완을 놔두고 왜 이런 황량한 섬에 옵니까? 그리고 그런 낡은 방카를 타고 아무것도 없는 먼 바다로 나간다고요? 오늘처럼 찌푸린 날에?"

"우린 한적한 바다를 보고 싶었을 뿐이에요. 관광객들이 없는 조용한 바다."

리한나도 지지 않고 말했지만 흰 바지의 인상이 싸늘하게 굳었다.

"당신들, 김태호 씨와 무슨 관계입니까?"

"……."

리한나의 말문이 막혔다.

'그래, 맞았어. 바로 짚은 거야. 태호 오빠가 거래한 게 이자들이야.'

태호에게 금인상을 빼앗긴 뒤 리한나와 준기는 여러 차례 의식 여행을 시도했지만 성공하지 못했다. 홀로그램을 태호 얼굴로 바꿔도 김 박사는 좌표를 찾지 못했다. 이때도 두 사람은 이유를 모르고 있었지만, 그것은 태호가 제작한 세라믹 상자 때문이었다. 금인상의 파동은 두꺼운 세라믹을 뚫고 나오지 못했다. 세라믹의 성분에 파동을 흡수하는 재료가 섞인 탓이었다. 두 사람의 마지막 시도가 실패로 끝나기 직전, 기적 같은 행운이 따랐다. 태호가 금인상과 작별 인사라도 하려던 걸까. 잠시 세라믹 상자가 열렸고, 순간 준기가 태호의 의식에 연결됐다. 불과 삼십 초도 안 되는 짧은 시간이었지만 태호 마음속의 한 단어를 읽는 데는 충분했다.

'달루피리섬?'

스마트폰의 문자 메시지에 나열된 숫자도 보였지만 기억할 수는 없었다.

위키피디아는 달루피리섬이 필리핀 루손해협 북부의 한 섬이라고 알려주었다. 항공사에서 근무하는 친지는 마닐라를 경유해 카가얀데오로 공항까지 가는 태호의 항공편 예매 사실을 확인했다. 그는 태호가 요트도 한 척 렌트했다고 전했다.

'중국이 아니라 필리핀? 섬과 요트는 또 뭐야?'

어쨌거나 선택의 여지가 없었다. 준기와 리한나는 태호보다 앞선 항공권을 예약했다.

루손섬 북부에 있는 카가얀데오로 공항에서 잠복하던 두 사람은 입국 게이트에서 나오는 태호를 어렵잖게 발견했다. 동행이 두 명 더 있었다. 그들은 택시를 잡아타고 해안으로 갔다. 한 건물에 들어가더니 잠시 후 현지인 한 명과 다시 나왔다. 그들은 모터보트를 탔다. 그러고는 해안에서 50여 미터 떨어진 곳에 정박 중이던 요트에 올랐다. 필리핀인이 요트에 대해 설명하는 것 같았다. 준기와 리한나는 그 건물로 뛰어 들어갔다. 요트를 빌릴 수는 없었다. 대신 필리핀 전통 선박인 방카를 빌렸다. 좁고 긴 선체의 양쪽에 날개처럼 지지대를 단 것이었다. 다행히 모터는 달려있었다. 두 사람이 방카 운항법을 배우고 출발하려 할 때 태호의 요트는 이미 작은 점이 되어 북쪽을 향하고 있었다.

그때 검은색 SUV가 해안에 도착했고 범상치 않은 사람들이 내렸다. 다섯 명이었다. 현지인들이 아니었다. 준기와 리한나는 방카의 출발을 미루었다. 그들의 요트는 해변에 정박되어 있었다. 바닥에 센터보드가 없는 카타마란이어서 뭍 가까이 배를 댈 수 있었다. 쌍발 엔진이 켜지고 카타마란이 출발했다. 카타마란 역시 북쪽을 향했다. 태호와 관련이 있는 것이 분명해 보였다. 카타마란이 작은 점이 되어갈 때 방카가 출발했다. 엔진 마력은 작았지만 보트가 가벼워 제법 빠른 속도를 냈다.

십여 분쯤 달렸을 때 사라졌던 작은 점이 다시 나타났다. 작은 점은 점점 커졌다. 카타마란은 정지해 있었다. 어쩔 수 없이 지나치려는데 카타마란이 정지 신호를 보내며 다가왔다. 카타마란에서 두 명이 거침없이 방카로 옮겨 탔다. 그들은 국적이 어디냐, 목적지가 어디냐 캐어물었다. 한국인 관광객이라고 대답했다. 방카에 옮겨 탄 사내 한 명이 카타마란에 대고 소리쳤다. 중국어였다. 카타마란에서 아래위로 흰옷을 입은 사내가 물끄러미 내려다봤다. 왠지 낯익은 얼굴이었다. 그가 중국어로 뭐라 말하자 방카의 사내가 권총을 꺼내더니 준기와 리한나를 선수 쪽으로 밀었다. 다른 사내가 키를 잡았다. 한동안 방카가 카타마란을 뒤따랐다. 한참을 달리자 왼쪽으로 섬이 하나 눈에 들어왔다. 방카는 섬의 서북쪽 해안으로 방향을 틀었다. 카타마란은 섬을 지나 북쪽으로 사라졌다.

두 사내가 준기와 리한나의 손을 뒤로 결박했다. 사내 한 명이 앞장서 숲으로 들어가더니 낡은 오두막에 두 사람을 던져 넣었다. 그리고 얼마 후 흰 바지가 오두막에 들어온 것이다.

"나는 그저 궁금할 뿐이지 그걸 꼭 알아야 하는 건 아냐."

흰 바지의 표정과 말투가 거칠어졌다. 그의 얼굴에 잔인한 미소가 스쳤다.

"김태호가 그 물건을 어떻게 찾았는지도 궁금했지만 묻지 않았지. 호기심을 해소하는 데는 두 가지 방법이 있어. 하나는 호기심을 유발하는 걸 차지하는 거고 다른 하나는 그걸 없애버리는 거야. 그래서 하나는 차지했고 하나는 없애버렸지."

"김태호에게 무슨 짓을 한 거야?"

놀란 준기와 리한나가 동시에 외쳤다. 영어 속 김태호가 낯설고 우습게 느껴졌지만 웃을 수 없었다. 웃은 것은 흰 바지였다. 물론 다른 이유에서였다.

"역시 김태호를 알고 있군. 당신들도 그 물건에 관심이 있나?"

"그건 우리 거야. 우리가 찾은 거라고!"

리한나가 절망적으로 외쳤다. 흰 바지는 감이 잡힌다는 표정을 지었다.

"그렇군. 당신들 것을 김태호가 훔친 거야. 아니 빼앗았나? 그렇다면 김태호도 억울할 게 없겠네. 벌 받을 짓을 한 거야. 그래서 벌을 받은 것이고……."

흰 바지가 잔인한 미소를 거두고 싸늘한 표정으로 물었다.

"이런, 또다시 궁금한 게 생겼네. 당신들은 그 물건의 존재를 어떻게 알게 된 거지?"

"김태호가 어디 있는지나 말해!"

준기가 외쳤다. 흰 바지가 무릎을 굽혀 준기에게 얼굴을 들이댔다.

"다시 말하지만, 궁금할 뿐이지 꼭 알아야 하는 건 아니야."

흰 바지는 다시 몸을 일으키더니 몇 걸음 벽 쪽으로 다가서다 휙 돌아서며 말했다.

"당신들은 그 물건이 뭔지 아나? 그것이 어떤 힘을 가졌는지 알기나 하냔 말이야."

이자도 금인상에 대해 알고 있다. 아니, 우리가 모르는 것까지 알고 있다. 도대체 이자의 정체는 무엇인가. 의문이 꼬리를 물었지만 리한나는 다른 대답을 했다.

"그건 우리 집안의 가보일 뿐이야. 금동상에 무슨 힘이 있다는 거야?"

흰 바지가 리한나에게 다가섰다. 이번엔 무릎을 굽혀 리한나에게 얼굴을 들이댔다.

"가보? 아하, 당신들도 그 잘난 김씨들이군그래. 김태호처럼. 김태호 역시 대대로 내려오는 가보라면서 그것이 가진 힘도 모르더군. 알았다면 그깟 하찮은 이권과 맞바꾸지는 않았을 텐데. 존재하지도 않았던 그런 이권과 말이야, 하하하."

이자들은 태호와 거래를 한 게 아니었다. 태호를 속이고 금인상을 빼앗은 것이었다. 그렇다면 태호는…… 태호가 위험하다는 얘기였다.

"당신들, 정체가 뭐야? 김태호는 지금 어디 있어? 우리한테 왜 이러는 거야?"

흰 바지가 몸을 일으켰다.

"한 가지씩 물어봐야 대답을 해주지. 좋아, 말해주겠어. 나는 답을 얻지 못하면 없애버리면 그만이지만 여러분들은 그럴 형편이 못 되니까 말이야. 뭘 물어봤더라…… 그렇지 나의 정체. 나로 말하자면, 금인의 진정한 주인이지."

"……."

"미술에 문외한인 졸부가 명화를 사서 거실에 걸어놓았어. 그러고는 그 그림의 미술사적 의미를 아는 가난뱅이 친구를 불러 자랑을 하지. 이게 얼마짜리라고. 친구는 가격보다 그림의 아름다움을 느끼며 황홀해하지. 졸부는 친구가 자신을 부러워하는 줄 알고 으쓱하겠지. 이 두 사람 중에서 그 명화의 진정한 주인을 고르라면 누구겠어?"

"당신이 그 친구라는 얘기를 하고 싶은 건가?"

흰 바지가 어깨를 으쓱했다.

"나야 가난뱅이는 아니지만, 금인의 진정한 가치를 알고 있는 데다 그것을 손에 넣기까지 했으니 두말할 필요가 없지. 그것의 소유권을 주장할 만한 정통성도 있고."

"정통성?"

"아, 내 소개를 하는 중이었지. 미안, 소개가 늦었네. 내 이름은 왕푸웨이라고 하지. 내 이름을 듣고 누구 생각나는 사람이 있을까?"

"……."

"하긴, 당신네 성씨만큼이나 흔한 성이다 보니 그럴 거야. 그래도 왕망이라는 이름은 알겠지?"

"왕망!"

"하하, 발음이 시원찮긴 해도 알긴 아는 모양이네. 맞아. 신 왕조, 왕조랄 것도 없지만 새로운 나라를 세워 세상을 바꾸려 했던 왕망이

나의 할아버지, 아니 할아버지의 할아버지, 몇 번을 반복해야 할지는 모르지만, 어쨌든 할아버지야. 역사에서 평가하는 것보다는 훨씬 훌륭하신 분이었지만, 그를 위해 변명하고 싶은 생각은 없어. 내가 말하고자 하는 것은 역사책에 나오지도 않으니까. 중요한 것은 왕망이 금인상의 가치를 알아본 첫 번째 인물이었다는 거지. 그것이 당신네 가문에서 대대로 내려오던 것이었다지만 당신들 할아버지들 중에서 그것의 가치를 아는 사람은 아무도 없었어. 그러니까 왕망이 손을 내미니 냉큼 넘겼겠지. 왕망이 조금만 더 일찍 그것의 존재를 알았더라면 신나라가 그렇게 허망하게 무너지지는 않았을 거야. 아마 이 세상도 왕망의 이상에 더 가까운, 살기 좋은 세상이 되어있었겠지. 하긴 역사라는 게 악인들의 손에 이끌리는 시기가 훨씬 길잖아. 선한 의도를 따라 역사가 흘러가는 경우는 새벽의 별빛처럼 짧은 법이지."

흰 바지는 잠시 회상에 잠기는 듯하다 말을 이었다.

"나는 어릴 때 왕망이 금인의 힘을 빌려 세상을 개혁하려 했다는 얘기를 듣고 흥분했어. 성공하지 못한 게 못내 분했지. 난리통에 금인을 잃어버렸다는 말을 들었을 때는 마치 내 팔 하나를 잃어버린 듯 아팠어. 그래서 내가 찾기로 한 거야. 대학에 들어가서부터 지금까지 십오 년을 추적했지. 십오 년! 짧은 세월은 아니잖아? 대학을 일 년 만에 관두고 취업을 했어. 그래, 지금 이 회사. 삼 년쯤 다니다 아예 인수를 해버렸지. 창업자가 제안을 하더라고. 물론 내가 요구를 하기는 했지. 조금 거칠게 말이야. 여기저기 찾아다니려면 돈이 많이 필요하잖아. 당신네 할아버지 김일제의 봉토였던, 그래서 지금도 그 후손들이 모여 산다는 산둥 지방을 샅샅이 뒤졌어. 하지만 가지고 있을 때도 몰랐던 금인의 가치를, 갖지도 못한 후손들이 어찌 알겠나. 산시성, 간쑤성은 말할 것도 없고 내몽골 자치구까지 안 가본 데가 없어. 하지만 행방을 모르겠더라고. 확신은 점점 커져가는데 단서는 작아지는 거야. 정말 포기할 뻔했다니까. 그래도 그렇게 다니며 온갖 사람들을 만난 덕분에 사업은 성공할 수 있었지. 그게 지금까지 버텨올 수 있는 힘이었어. 그런데 올 초에 금인상을 매개로 중국 정부와 거래하려 하는 한국인이 있다는 얘기를 들었어. 그게 김태호야. 아차 싶더군. 비슷한 얘기만 있으면 나도 한국 땅에 갔거든. 당신들은 못할 일이지만 북한에도 들어갔어. 그러나 모두 헛수고였지. 그런데 김태호가 대단한 일을 했더라고. 이제 와서 보니 대단한 것은 당신들이었네. 어쨌거나 정부 인사를 가장하고 김태호에게 접근했더니 미끼를 덥석 물더군. 그 후의 경위는 당신들도 알 테고……. 결국 금인은 진정한 주인에게 돌아오고야 말았지. 이런 걸 사필귀정이라고 하나?"

흰 바지는 감개무량한 듯 목소리가 떨렸다. 그가 잠시 눈을 감았다 뜨더니 다시 입을 열었다.

"다음 질문은 뭐였더라. 아, 김태호가 어디 있냐고? 나는 정말 충분한 대가를 치러주고 싶었어. 금인을 찾아준 그가 고마웠거든. 어떤 가격을 부르든 다 지불할 용의가 있었지. 정말이야. 그런데 그는 다른 걸 요구했어. 깔끔하게 거래를 한 번에 끝내려 하지 않고 지속 가능한, 이럴 때 이런 용어를 써도 되나? 어쨌든 그런 사업을 원했지. 애석하게도 그건 들어줄 수가 없었어. 쿨하게 맺고 쿨하게 끝내야지, 관계가 주저리주저리 이어지는 것은 내가 견딜 수 없거든. 그에게도 설명했지만 우리 사업은 완벽한 뒤처리가 생명이야. 그래서 거래처에서 우리를 믿고 일을 맡기는 거 아니겠어. 그래서 우리 식으로 깔끔하게 뒤처리를 했지."

리한나가 울먹이며 소리쳤다.

"그를 어떻게 했어? 이 나쁜 자식아!"

흰 바지를 향해 달려들려던 준기를 향해 다른 사내의 발길질이 날아왔다. 준기가 구석으로 나가떨어졌다.

"오, 노! 점잖게 모시라니까. 미안해. 우리 직원이 성질이 급해서……. 세 번째 질문의 대답은 이미 나와버렸네. 당신들한테 왜 이러냐는 거였잖아. 아까 말했지만 우리는 완벽한 뒤처리를 중요하게 생각하거든. 원한 건 아니지만 당신들이 여기까지 와버렸으니 나도 어쩔 수가 없네. 김태호 씨를 만나면 전해줘. 정말로 어떠한 가격이든 지불할 준비가 되어있었다고."

흰 바지는 오두막의 문을 열고 나가면서 성질 급한 직원에게 지시했다.

"악어 농장에 던져. 멸종 위기의 동물을 보호해야지."

뉘엿뉘엿 해가 숨어들었다. 비릿한 냄새에 움찔하며 준기는 깨어났다. 시커멓게 때가 낀 타일 바닥 위에 코를 박고 엎드린 채였다. 고개를 들었다. 반대쪽을 향한 채 모로 누워 있는 리한나가 보였다. 그녀를 깨우려 했으나 소리가 나오지 않았다. 재갈이 다시 물렸고 손도 여전히 뒤로 묶여 있었다. 몸을 움직이다 발이 물에 젖는 느낌이 왔다. 기분 나쁜 미지근함이었다. 발아래로는 물이었다. 가까스로 몸을 돌려 살펴보니 물 빠진 수영장 같은 구조물 안에 자신들이 있었다. 바닥은 평평했지만 발아래 쪽으로 경사를 만들어 물을 채워놓은 것 같았다. 수영장과 다른 점이라면 그들의 머리 쪽 왼편 구석에 문이 있는 것이었다. 폭이 1미터쯤 되는, 초록색 페인트가 칠해진 창살문이 열린 채로 있었다.

흰 바지가 오두막을 나간 뒤 성질 급한 직원이 준기의 코에 무엇인가를 댔다. 역한 냄새와 함께 숨이 턱 막혔다. 마취제로 의식을 잃게 만든 뒤 이리로 옮긴 모양이었다. 그때 흰 바지가 무언가 지시를 내렸었다. 중국어로 말했지만 '아거'라는 말을 들은 것 같았다. 아거, 악어? 이곳은 악어 우리?

흰 바지는 푹신한 쿠션을 넣은 등나무 소파에 파묻혀 있었다. 방갈로의 탁 트인 테라스에 두꺼운 먹구름을 뚫고 나오느라 물이 다 빠져버린 붉은빛 석양이 힘겹게 와닿았다. 의자 앞에는 역시 등나무로 만든 타원형 테이블이 있었고, 그 위에 놓인 촛대의 향초 일곱 개가 은은한 빛과 향을 발했다. 유대인들의 제식에 쓰이는 메노라를 본떠 만든 촛대였다. 일곱 개의 촛불이 제각기 흔들리면서 아래 놓인 세라믹 상자에 미묘한 빛의 물결을 만들었다.

줄무늬 티셔츠가 샴페인 병이 담긴 얼음통과 유리잔을 들고 들어와 테이블에 내려놓았다. 그러고는 말도 없이 유리잔에 샴페인을 가득 따른 뒤 나갔다. 술을 즐기지 않는 왕푸웨이였지만 오늘만큼은 축배를 들지 않을 수 없었다. 그가 준기와 리한나에게 늘어놓은 장광설에는 과장이 없었다. 금인이라는 말만 듣고 찾아다닌 세월이 십오 년이었다. 하지만 결코 무모한 짓이 아니었다는 게 자랑스러웠다. 그

세월에 대한 보상이 지금 눈앞에 있는 것이다.

왕푸웨이는 샴페인 잔을 들어 허공에 대고 홀로 건배를 외친 뒤 벌컥벌컥 마셨다. 잔을 내려놓고 천천히 세라믹 상자를 열었다. 붉은 벨벳 속에 누운 금인이 최후의 승리자를 향해 미소 짓는 것 같았다. 가슴이 벅차올랐다. 손가락으로 금인을 쓸어보았다. 생각보다 서늘한 금속 감촉이 전해졌지만 가슴은 더욱 뜨거워졌다. 다시 샴페인을 잔에 따랐다. 터질 것 같은 가슴을 식혀야 했다.

태양은 수평선 너머로 완전히 사라졌다. 해거름이 남긴 밝음도 짙은 구름에 가려 힘을 쓰지 못했다. 사위가 어둑해졌다. 눈앞에 있는 리한나의 머리가 타일 바닥과 구분이 잘 가지 않을 정도였다. 준기는 가까스로 상체를 일으켜 벽에 기댔다. 리한나는 아직도 의식이 없었다. 발로 툭툭 쳐보았지만 움직임이 없었다.

그때 스윽, 무엇인가 끄는 혹은 끌리는 소리가 들렸다. 그리 멀지 않은 곳에서 나는 소리였다. 나다 그치기를 반복하는 소리가 점점 가까워졌다. 창살문 쪽이었다. 준기의 온몸에 공포의 소름이 돋았다. 발로 미친 듯이 리한나의 몸을 찼다. 그제야 리한나는 정신이 드는 것 같았다. 눈을 뜨고 어둠 속을 분간하기 위해 애쓰는 것 같더니 준기 쪽으로 고개를 돌렸다. 아주 짧은 순간 반가움이 스쳤던 그녀의 눈빛이 이내 두려움으로 물들었다. 준기는 눈짓으로 왼쪽의 문을 가리켰다. 리한나도 고개를 들어 문 쪽을 바라봤다. 그녀 역시 소리를 듣고 몸을 움츠렸다. 그녀는 물개처럼 몸을 움직여 준기 옆에 붙었다. 떨고 있었다.

그때 창살문에서 뾰족하고 시커먼 그림자가 쑤욱 불거져 나왔다. 어두워서 잘 보이지 않았지만 점점 형체가 분명해졌다. 악어의 주둥이였다. 두 사람은 경악했다. 너무 놀라 재갈이 없더라도 소리칠 수가 없을 것 같았다.

왕푸웨이는 경외심을 가지고 금인을 조심스럽게 꺼내 들었다. 어릴 적 친척 노인은 금인이 무한한 힘을 가졌다고 말했다. 닥쳐올 위험을 미리 알려주고 닥친 위험에서 보호해 주며 위험을 불러온 자를 응징한다고 했다. 흉노가 한나라의 조공까지 받는 대제국이 된 것도 금인의 힘이었다. 그러다 어리석은 흉노의 왕들이 금인을 잃어버렸고 왕망이 그것을 되찾아 소호금천의 금덕 정치를 재현하려 했다. 그러나 운을 다한 한나라 유씨 왕조의 사주를 받은 아둔한 백성들이 난을 일으켜 왕망의 뜻이 꺾이고 말았다. 이후 금인은 자취를 감추었지만 지금도 어딘가에서 누군가 찾아주기를 기다리고 있다는 데서 늘 이야기는 끝났다.

같은 이야기를 수십 번 들었지만 그때마다 손에 땀을 쥐었고 환호했으며 탄식했다. 다른 아이들은 콧방귀를 뀌며 다른 놀이를 찾아 떠났지만 그는 너무나 큰 감동의 무게에 몸을 일으킬 수 없었다. 노인한테서 마지막으로 금인 이야기를 들었을 때도 그랬다. 노인은 홀로 남은 그의 머리를 쓰다듬으며 말했다.

"네가 찾아보거라. 누구보다 큰 힘을 갖게 될 거야."

그때 어린 왕푸웨이는 전율했고 다짐했으며 찾아다녔고 끝내 거머쥔 것이다.

악어는 움직임을 멈추었다. 혹시 있을지 모를 위험을 살피는 것 같았다. 그러고는 안전하다고 판단했는지 주둥이를 들이밀었다. 몸통이 안으로 반쯤 들어왔을 때 악어는 준기와 리한나를 발견하고는 다시 멈췄다. 평소보다 큰 먹이에 놀란 듯했다. 게다가 살아있는 먹이였다. 두 사람을 조심스럽게 살피고 있는 악어의 등을 타고 성질 급한 다른 악어가 우리로 들어왔다. 두 번째 악어가 다 들어오기도 전에 첫 번째 악어의 등에 길이라도 난 듯 세 번째 악어가 모습을 드러냈다. 첫 번째 악어가 화가 났는지 몸서리를 쳤고, 두 번째와 세 번째 악어도 이에 반응하면서 입구에서 잠시 소란이 일었다.

준기는 공항에서 산 필리핀 여행 가이드에서 필리핀 악어가 위급한 멸종 위기에 있다고 읽었다. 야생 악어는 달루피리섬을 비롯한 두세 지역에 백사십여 마리만 남아있다고 했다. 야생 절멸의 전 단계에 도달한 위기 상황에서 대대적인 보존 노력이 이뤄지고 있다는 게 맞는 모양이었다. 이렇게 눈앞에까지 악어가 있는 걸 보면……. 다행히 세 마리가 전부인 것 같았다.

'다행?'

세 마리 악어의 시선이 두 사람을 향했다. 어두워서 보이지 않았지만 두 사람의 눈과 마주쳤을 터였다. 세 마리 악어가 거의 동시에 두 사람을 향해 성큼성큼 다가왔다.

왕푸웨이는 금인을 보며 세상을 바꾸려는 왕망의 뜻을 생각했다. 그 뜻을 자신이 이어가겠다고 다짐했다. 하지만 그것은 나중의 일이었다. 우선 처리할 일이 있었다. 어리석은 무리들이 있었다. 그들은 터무니없는 실력으로, 그만큼 싼 가격으로 신흥 재벌들에게 손을 뻗쳤다. 그것은 단지 흑우사의 시장 점유율이 줄어드는 문제가 아니었다. 시장 자체를 절멸시킬 수 있는 크나큰 위협이었다. 그들은 완벽하지 못한 뒤처리로 여러 차례 물의를 일으켰다. 그때마다 왕푸웨이가 두 번째 청소에 나서 말끔하게 지웠다. 하지만 그들은 고마워하거나 미안해하지 않았다. 오히려 불쾌하게 여겼다. 자존심이 상했다면 존재감을 키워야 할 텐데 엉뚱하게 질투심만 키웠다. 흑우사의 일에 훼방을 놓기도 했다. 그렇게 해서 사회적 주목을 받으면 정부가 눈감고 있을 리 없을 터였다. 그런 야생 절멸이 일어나기 전에 조치를 취해야 했다.

왕푸웨이는 금인을 든 양손을 하늘 높이 뻗었다. 눈을 감고 보구회의 진가를 떠올렸다. 어리석은 무리들의 우두머리였다. 왕푸웨이의 손이 떨렸다. 촛불에 비친 금인은 눈이 시리도록 푸른빛이었다. 촛불이 흔들렸고 금인을 감싸고 있던 푸른빛도 따라 흔들렸다.

악어들이 멈췄다. 먹잇감이 사정거리에 들어온 것이었다. 세 마리의 악어가 준기 앞에 일렬횡대로 섰다. 이제 정확한 일격으로 먹이의 숨통을 끊는 일만 남겨두고 있었다. 준기는 절망적으로 몸을 움직여 뒤로 물러나려 애썼다. 리한나 역시 준기의 뒤에서 애벌레처럼 꼬물거렸다. 하지만 공포에 질린 몸짓으로 움직인 거리는 미미할 뿐이었다. 악어 역시 더 이상 먹이가 뒤로 물러서는 것을 허용할 생각이 없었다. 가운데 있던 악어가 가장 먼저 커다란 입을 벌리고 먹이를 향해 달려들었다.

금인이 갑자기 달아오르기 시작했다. 왕푸웨이는 놀라 자리에서 벌떡 일어섰다. 금인은 더 이상 잡을 수 없을 만큼 뜨거워졌다. 그는 금인을 더 이상 들고 있을 수 없었다. 손바닥이 타들어 가는 냄새가 났다. 금인이 테이블에 떨어지면서 촛대의 아래 부분을 때렸다. 촛대가 앞쪽으로 쓰러졌고 향초들이 왕푸웨이의 발밑에 우수수 쏟아져 내렸다.

챙! 소리와 함께 불꽃이 일었고 악어가 튕기듯 나동그라졌다. 악어의 이빨이 준기의 몸에 닿기 직전 허공에서 뻗어 나온 한 줄기 푸른 빛이 악어의 이빨을 강타한 것이다. 촛불 앞에서 반짝이던 금인상의 푸른빛과 같은 색이었다. 두 번째, 세 번째 악어의 공격도 마찬가지였다. 여지없이 푸른빛의 세례를 받았다.

흰 바지에 불이 붙었다. 불길은 이내 사타구니로 치밀어 올랐다. 왕푸웨이는 비명을 지르며 바닥을 굴렀다. 불이 나무 바닥과 등나무 가구에 옮겨 붙었다. 맹렬한 불길이 순식간에 방갈로 전체를 휩쌌다.

악어들은 감전이라도 된 듯 뒤집어져 몸을 떨었다. 잠시 후 정신을 차린 악어들이 자세를 바로잡았지만 다시 공격할 의사는 없어 보였다. 어리둥절한 표정으로 슬금슬금 뒷걸음질 치며 물러났다.

준기와 리한나 입장에서는 눈으로 보고도 믿기지 않는 일이었다. 어두운 허공에서 튀어나온 푸른 빛줄기가 마치 요격이라도 하듯 세

차례나 악어의 공격을 막아낸 것이었다. 그때마다 죽기 살기로 온몸을 흔든 덕에 리한나의 손을 묶은 밧줄이 느슨해졌다. 리한나는 자신의 손목을 밧줄에서 빼낸 뒤 재갈을 풀었다. 그러고는 준기의 밧줄도 벗겨냈다. 두 사람은 서둘러 우리 바깥으로 올라선 다음, 졸지에 저녁을 굶게 된 악어들을 뒤로하고 밖으로 뛰어나왔다. 바다 쪽에서 불길이 솟아오르는 것이 보였다. 리조트에서 화재가 난 것 같았다. 우왕좌왕하는 사람들의 외침이 들려왔다.

2022년 10월

바다는 잔잔했다. 준기와 리한나 두 사람은 몽돌이 덮인 모래톱에 나란히 서서 말없이 바다를 바라보았다. 그들이 보름 전 보았던 바다와는 너무도 다른 풍경이었다. 금방이라도 장대비를 쏟을 것 같던 잿빛 하늘과 또 그것과 구분되지 않을 만큼 검었던 열대 바다와는 달리, 하늘은 구름 한 점 없이 푸르렀고 바다는 미늘 갑옷으로 뒤덮인 듯 은빛으로 반짝였다. 갑옷을 뚫고 홀로 솟은 작은 바위섬은 유리구슬을 쌓아놓은 것처럼 투명하게 빛났다. 갑옷과 구슬을 빛내는 햇살이 두 사람의 피부에도 기분 좋게 내려앉았다.

"다 끝났어요."

리한나가 바위섬에 시선을 고정한 채 말했다.

"네, 다 끝났어요."

준기가 대답했다. 그의 눈길 역시 바위섬에서 떨어질 줄 몰랐다.

"잘한 거겠지요?"

리한나가 준기에게 고개를 돌리며 물었다.

"잘한 거예요. 금인상이 가장 어울리는 자리를 찾아간 거예요."

준기가 리한나의 손을 잡으며 대답했다. 두 사람은 서로의 손을 꼭 쥐었다. 금인상을 문무대왕암에 수장하고 나온 길이었다. 방수가 되고 녹슬지 않는 특수 금속 상자를 제작해 금인상을 넣은 뒤 바다 속에 안치했다. 우여곡절 끝에 금인상을 되찾았지만 자신들의 품이 제자리는 아니었다.

그날 준기와 리한나는 불이 난 방갈로 주변에서 낯익은 사내들이 소화기와 물통을 들고 이리저리 뛰는 것을 보았다. 흰 바지는 보이지 않았다. 불은 방갈로 한 채를 고스란히 잿더미로 만든 뒤에야 꺼졌다. 가까이 가서 확인하고 싶었지만 사내들의 눈에 띌까 두려워 다가갈 수 없었다. 불이 거의 잡혀갈 무렵 두 사람은 화재 현장을 떠나 숙소를 얻었다. 트윈베드가 있는 방 하나를 잡았지만 아무 일도 없었다. 두 사람 모두 씻을 생각도 못 하고 각자의 침대에 쓰러졌다.

이튿날 10시가 넘었을 때 두 사람은 겨우 잠에서 깼다. 그제야 두 사람은 자신들의 몰골이 말이 아님을 깨달았다. 서로에게 손가락질하며 씁쓸한 웃음을 터뜨렸다. 참을 수 없는 허기가 밀려왔지만 먼저 몸을 씻지 않을 수 없었다. 숙소의 야외 레스토랑에서 늦은 아침 식사를 했다. 주문을 받으러 온 종업원이 방갈로의 화재 사고를 전하며 수선을 떨었다. 중국인 투숙객 한 명이 죽었다며 몸서리를 쳤다.

그날 하루 종일 두 사람은 숙소에 머물렀다. 지금쯤이면 그들이 악어 우리를 빠져나간 사실이 확인되었을 터였다. 숙소에 놓인 안내 책자는 그들이 있는 곳이 달루피리섬이라고 안내하고 있었다. 섬에서 나가기 위해 배를 빌리거나 정기 여객선을 타는 것은 위험했다. 흰 바지 일당이 눈을 부라리고 있을 게 뻔했다.

해가 지고 나서야 조심스럽게 화재 현장에 가보았다. 어젯밤의 소란과 달리 적막만이 잿더미를 감싸고 있었다. 불이 난 방갈로는 전망과 독립성을 확보하기 위해 구릉 지대에 거리를 두고 지은 방갈로들 중에서도 가장 높은 곳에 있었다. 방갈로의 왼쪽 옆으로 잔디밭이 펼쳐졌고 테라스가 있는 앞쪽과 창을 낸 오른쪽은 낭떠러지여서 바다가 훤히 내려다보였다. 두 사람은 숙소로 돌아와 레스토랑에서 와인을 주문했다. 종업원에게 새로운 소식이 있느냐고 물었지만 그녀는 어깨만 으쓱할 뿐이었다. 리한나가 그녀의 손에 10달러 지폐를 쥐여주었다. 행복해진 종업원은 얼마 후 와인을 테이블에 내려놓으며 팁 값을 했다.

"중국인들이 방갈로 세 채를 빌렸었대요. 불이 난 방갈로는 가장 럭셔리하고 비싼 곳인데, 거기 묵은 사람이 촛불을 켰다가 불을 냈다는군요. 촛불은 금지돼 있는데……. 불에 탄 시신은 경찰이 인수해 갔고, 나머지 중국인들은 오늘 아침 일찍 짐을 챙겨서 떠났대요."

"귀중품 피해는 없었나요?"

"별것 없었나 봐요. 그런 게 있었다면 수다쟁이 키티가 아무 말 안 했을 리 없죠."

10달러 이상의 가치가 있는 정보였다. 리한나는 다시 10달러 지폐를 꺼내 테이블에 올려놓았다. 종업원은 20달러어치 행복해졌다.

가장 고급스러운 방갈로라면 흰 바지가 묵었을 게 분명했고, 그가 금인상을 부하들에게 맡겼을 리도 없었다. 그렇다면 금인상은 화재 현장에 있었을 텐데 발견되지 않았다. 부하들이 불을 끄다 발견해 챙겼을 수도 있지만 부하들은 금인상의 가치를 알지 못하는 것 같았다. 금인상을 찾으려고 무리하지 않았을 거라는 얘기다. 그렇다면 가능성은 하나밖에 없었다. 현장 어딘가에 숨어 있는 것이다. 준기와 리한나의 눈이 수줍게 마주쳤다.

그날 밤 두 사람은 침대 하나만을 사용했다. 사랑을 나누었고 절정에 도달했을 때 그들의 의식은 다시 한번 금인상 곁으로 빨려 들어갔다. 두 사람은 그곳이 어딘지 금방 알 수 있었다. 얼마 후 두 사람이 밖으로 나왔다. 불이 난 방갈로 아래쪽에 있는 커다란 팜나무 뒤 수풀에서 금인상을 찾을 수 있었다. 금인상은 타거나 긁힌 자국 하나도 없이 빛나고 있었다.

다음 날 저녁 두 사람은 공항에서 산 《마닐라타임스》에서 방갈로 화재 기사를 보았다. 사회면 톱기사였는데 제목이 엉뚱해 그냥 넘길 뻔했다. '중국 경쟁 기업가 두 명 한날 사망'이었다. 기사는 필리핀 달루피리섬 휴양지에서 화재가 나 중국 업계 1위의 용역회사인 흑우사 왕푸웨이 회장이 숨졌다고 전한 뒤 다른 소식을 덧붙였다. 같은 날 상하이의 한 호텔 입구에서 승용차에 탑승하려던 2위 용역업체 보구회의 진가 회장이 갑자기 떨어진 벼락에 맞고 사망했다는 것이었다. 승용차 문을 잡고 있던 도어보이는 다치지 않았으며 사업가 혼자만 불탔다고 신문은 전했다. 신문의 능력 있는 편집자가 전날 중국과 필리핀에서 우연히 일어난 사건을 하나로 묶어 기사를 키운 것이었다. 놀라운 우연이었다.

"어쩌면 고성에 그냥 놔두는 게 나을 뻔했는지도 모르겠어요. 이천 년 가까이 안식하던 자리였는데…….”

리한나의 말에 준기가 고개를 저었다.

“아니! 아니에요. 거기에서는 금인상이 스스로 나온 거예요. 그곳은 결코 금인상의 안식처가 될 수 없었을 거예요. 나중에 파내기 위해서 묻은 거였으니까.”

태호를 떠올렸는지 리한나의 눈에 눈물이 고였다가 이내 커다란 물방울이 되어 흘러내렸다. 준기가 손가락으로 리한나의 뺨을 닦아주며 말했다.

“자신이 금인상의 원주인인 훈족의 후손이라고 자랑스럽게 밝힌 왕이잖아요. 살아서 통일을 이루고 죽어서 호국룡이 된 위대한 왕에게 강력한 무기를 쥐여주는 것도 썩 괜찮은 일 아니겠어요?”

두 사람은 손을 꼭 잡고 걸었다. 대왕암 앞의 해안 도로에는 과거 횟집이었다가 바뀐 굿당과 민박집 들이 줄지어 있었다. 한때 싱싱한 횟감이 헤엄치던 수족관은 방생을 위한 물고기들이 차지하고 있었다. 신이 된 문무대왕에게 복을 빌러 찾아오는 사람들이 많은 모양이었다. 문무대왕이 뉘 집 아들 장가와 뉘 집 딸 수능시험에 관심이 있을지는 모르겠지만, 이제 강력한 금인상까지 들었으니 앞으로 굿의 효력이 훨씬 커지겠다고 농담하며 준기와 리한나는 쓴웃음을 지었다.

화살 끝에 새긴 이름: 초원의 화살, 김金의 나라에 닿다

초판 1쇄 인쇄 2023년 4월 24일
초판 1쇄 발행 2023년 5월 11일

지은이 | 이훈범
발행인 | 강봉자, 김은경

펴낸곳 | (주)문학수첩
주소 | 경기도 파주시 회동길 503-1(문발동 633-4) 출판문화단지
전화 | 031-955-9088(대표번호), 9530(편집부)
팩스 | 031-955-9066
등록 | 1991년 11월 27일 제16-482호

홈페이지 | www.moonhak.co.kr
블로그 | blog.naver.commoonhak91
이메일 | moonhak@moonhak.co.kr

ISBN 979-11-92776-57-6 03810